단국대학교 현대문학연구소 학술총서2

김남조 시 연구

김옥성 외 9인

지식과교양

▲ 숙명여대에서

▲ 40대 중반

▲ 2016년 잡지사 인터뷰 당시

(김세중 미술관 제공)

서문

학술총서 제2권의 간행을 기념하여

지난 시월 십일 김남조 시인이 별세하였다. 시인은 1948년부터 시를 발표했으니 70년 넘게 시작을 이어왔다. 더 놀라운 것은 그 기나긴 세월 동안 지켜온 자신의 시에 대한 변함없는 신념이다. 김남조는 기어(奇語)나 실험적 형식을 거부하고 일관되게 정갈한 서정시를 고수해왔다. 내용 면에서도 사랑이라는 주제와 기독교적 정신 세계를 지속적으로 펼쳐 보여주었다. 그는 실존적이고 철학적인 고민과 사유를 정갈한 형식 속에 담아내면서 서정시의 본령을 지켜온 대표적인 시인이다.

여성시 문학사적 차원에서 그는, 1세대 김명순, 김일엽, 나혜석, 2세대 모윤숙, 노천명 등의 뒤를 이은 3세대 여성 시인으로서 홍윤숙과 함께 대표적인 전후 신세대로 자리매김 된다.

전후 신세대 여성 시인으로서 김남조 시의 저변에는 "목숨"에 대한 실존적 고민이 깔려있다. 그러한 시각으로 바라본다면 김남조는 평생 동안 '생명'에 대한 사유와 상상을 전개한 시인이다. 그의 시에는 그만의 독특한 색채가 있지만, 오랜 기간 방대한 분량의 시편을 생산한 만큼 미

시적인 관점에서는 매우 다채로운 면모를 지니고 있다는 점을 간과해서는 안 된다.

본서는 김남조 시의 몇 가지 중요한 측면을 조명한다. 첫째, 전후 의식에서 생성되는 실존의식을 구명한다. 둘째, 김남조 시의 기독교 사상에서 중요한 지점인 막달라 마리아의 의미를 짚어내고 있다. 셋째, 그의 생명 의식과 직결되는 생태주의를 살핀다. 그 외에도, 모성, 죽음, 휴머니즘, 침묵, 밤, 아가 등은 김남조 시에서 의미심장한 요소들이다.

본서가 김남조의 방대하고 다채로운 시 세계를 보다 심층적이고 학술적으로 접근하는 길에 자그마한 디딤돌 하나가 된다면 기쁘겠다.

여기 수록된 논문들은 단국대 대학원-현대문학 연구소의 구성원들이 함께 공부한 결과물이다. 학술지에 발표한 논문과 미발표 논문이 섞여 있으며, 석사 과정생부터 박사까지 여러 연구자들이 참여하였다. 당연히 부족한 점이 많은 책이다. 그러나 어떤 면에서는 학술총서 제1권에 비하여 큰 발전을 이루었다고 할 수 있다. 특히 대학원생들의 연구역량이 일층 강화되었다는 점에서 그러하다.

어렵고 험난한 환경에서 학문의 길에 투신한 대학원생 및 수료생들에게 미안함과 고마움을 감추기 어렵다. 자괴감이 엄습해올 때가 많다. 그러나 후학들을 생각하면 두 눈을 부릅떠야만 한다. 어둠이 짙어질수록 우리는 자등명(自燈明) 법등명(法燈明)의 등불을 더욱 높이 치켜들어야만 한다. 함께 가는 우리의 이 길. 시작은 미약하지만 수고하는 자의 끝은 창대하리라 믿는다.

자료를 제공해주신 유족 및 김세중 미술관, 김원영 선생님, 열악한 여건 속에서도 출판을 맡아주신 지식과교양 윤석산 사장님께 진심으로 감사드린다.

2023년 동짓달 죽전의 법화루에서
저자를 대표하여
단국대학교 현대문학 연구소장 김옥성

| 목차 |

제1장

김남조 시의 실존의식 연구
-1950년대 시를 중심으로

김희원 · 김옥성

1. 서론

1950년대 등단하여 지금까지 꾸준히 시를 창작하며 자신만의 시 세계를 구축하고 있는 김남조의 수식어로는 대표적으로 전후 시인, 기독교 시인, 사랑의 시인 등이 있다. 더불어 93세의 나이에 19번째 시집이자 마지막 시집인 『사람아, 사람아』를 펴낼 정도로 시 창작에 꾸준하였기에 그의 시는 긴 생명력을 지녔다. 다시 말하면 그의 시 인생만으로도 우리 문학사의 한 축을 형성한다. 특히 『한국전후문제시집』[1]에 김남조

---

[1] 박인환 외, 『한국전후문제시집』, 신구문화사, 1961.해방기인 1945년부터 전후인 1960년 말 동안 시작(詩作)활동을 한 100여 명의 시인들 중 편집위원의 협의로 35명의 시인을 선정해 각 16편의 시와 시관을 수록하였다. 김남조는 이 책에 실린 작가 중 유일한 여성 작가이다. 한편 이 책에 대해서는 여러 논란이 있으나 1960년대 출간된 이 도서가 당시의 정전의 역할을 했다는 것만은 부인할 수가 없다. 게다가 수록 작품의 질적 수준이 매우 고르다는 점이 특징으로 거론되는데, 이는 편집의 엄정성에서 찾을 수 있다.(이에 대해서는 이명찬, 「1960년대 시단과 『한국전후문제시집』」, 『독서연구』 제26권, 한국독서학회, 2011 참고)

의 작품이 실리면서 그는 한국 문단에서 주요한 시인으로 여겨지기 시작했다.

김남조 시에 대한 연구는 '기독교적 상상력'으로 대표되는 '종교적 상상력'과 '사랑'이라는 두 축을 중심으로 한다. 요즘 들어서는 시적 언어의 특징을 구조적으로 살피는 작업도 이루어지고 있다. 이중 기독교적 상상력은 가톨릭 신자로서의 김남조의 삶과 연관하여 그 주제와 의미를 구명하는 연구[2]로 진행되어 왔다. 한편으로 '사랑'을 중심으로 한 논의[3]들은 인간애, 모성애, 자연애 등 다양한 측면에서 김남조 시에 나타난 사랑의 의미를 깊이 있게 다루었다.

그럼에도 기존의 연구들은 다음과 같은 한계를 갖는다. 첫째, 그의 시를 초기-중기-후기로 개괄적으로 구분하면서, 각 시기에 나타나는 세밀한 변화 양상을 포착하지 않고 뭉뚱그려 연구하고 있다. 따라서 초-중-후기로 나뉘는 전체 시세계의 흐름은 어느 정도 윤곽이 드러났으나,

---

2) 김효중, 「김남조의 詩」, 『한국 현대시 성찰』, 우리문학사, 1995 ; 심선옥, 「생명의식과 사랑의 종교적 변용」, 『한국예술총집(문학편4)』, 대한민국예술원, 1997 ; 엄미라, 「가톨릭시즘의 시 연구」, 건국대학교 대학원 석사학위논문, 1999 ; 김영선, 「삶과 신앙의 문학적 상상력」, 『한국문예비평연구』 16, 한국현대문예비평학회, 2005 ; 이길연, 「가톨릭시즘과 아가페적 사랑을 통한 구원시학」, 『기도-주님이라는 부름, 그빛으로』, 고요아침, 2005; 김효중, 「김남조의 가톨릭시 연구」, 『인문과학연구』 7, 인문과학연구학회, 2006 ; 양갑효, 「김남조 신앙시 연구」, 백석대학교 기독교예술대학원 석사학위논문, 2008.

3) 성낙희, 『한국 현대 여류문학 연구』, 숙명여자대학교 대학원 석사학위논문, 1969 ; 김해성, 「김남조론」, 『한국현대시인론』, 금강출판사, 1973 ; 김복순, 「한국 현대 여류시에 나타난 애정의식 연구-모윤숙, 노천명, 김남조, 홍윤숙 시를 중심으로」, 서울여자대학교 대학원 박사학위논문, 1990 ; 이숭원, 「시의 절정, 시인의 초월」, 『폐허 속의 축복』, 천년의 시작, 2004 ; 채영희, 「김남조 시 연구 : 죽음의식과 생명의지를 중심으로」, 중앙대학교 예술대학원 석사학위논문, 2013 ; 이은영, 「김남조 시에 나타나는 주체와 타자의 관계 양상 연구」, 아주대학교 대학원 석사학위논문, 2013.

각 시기별 내의 유의미한 차이점이 간과되고 있다. 둘째, 그의 시세계의 결과로서 '기독교적 상상력'을 다루고 있을 뿐 그러한 상상력이 작품에 드러나기까지 어떠한 과정을 거쳤는지는 논의에서 제외되었다.

이에 본고는 김남조의 시세계의 근간을 천착하려는 목적에서 그의 초기시의 시적 자아 정서의 변화 양상을 살펴보고자 한다.[4] 초기시의 중요성을 역설한 연구자 중 김옥성은 김남조의 초기시 중 『목숨』을 그의 시력에서 중요하다고 평가할 수 있는 이유로 『목숨』이 전시에 출간되었다는 점과 전시에 출간된 시집 중 개인의 내면에 집중한 드문 시집이라는 점을 들고 있다. 특히 대부분의 기성 문인들이 반공 이데올로기를 담은 시를 창작할 때, 당시 무명시인 김남조는 비교적 그러한 이데올로기의 굴레로부터 벗어날 수 있었다는 것이다.[5] 이에 동의하면서 본고는 1950년대 발간된 시집을 연구의 대상으로 삼았다. 이는 초기시[6]에 해당하는 1950년대 시집의 미세하면서도 유의미한 차이점을 고찰하여 70년 시력

---

4) 본고에서는 김남조의 초기 시편들에서 기독교적 세계관이 저변에 깔려 있을지언정, 기독교적 신앙심이 시 정신 발현의 재료로 가공되어 적극적으로 작품에 나타나는 것은 중기, 후기 시편들에 비해 약하다고 보았다. 초기에 비교적 옅었던 기독교적 색채는 특히 『시로 쓴 김대건 신부』(1983)와 신앙시집인 『기도-주님이라는 부름, 그 빛으로』(2005)의 출간을 통해 수면 위로 드러난다. 이 시집들은 자신의 신앙을 통해 시쓰기를 전개한 결과물로 볼 수 있다.

5) 김옥성, 「김남조의 『목숨』에 나타난 죄의식과 자기구원 의식 연구」, 『어문학』 132, 한국어문학회, 2016, 194-195쪽.

6) 2020년 19번째 시집을 마지막 시집으로 출간한 김남조의 시세계는 70년이라는 긴 시력 안에서 그의 시세계의 시기 구분에 대한 논의는 대체적으로 비슷한 편이지만 연구자별로 약간의 차이를 보인다. 여기서는 정영애의 논의를 따랐다. 초기 제1시집 『목숨』(1953) ~ 제3시집 『나무와 바람』(1958), 중기 제4시집 『정념의 기』(1960) ~ 제10시집 『빛과 고요』(1982), 후기 제12시집 『바람세례』(1988) ~ 제16시집 『귀중한 오늘』(2007) (정영애, 「김남조 시의 변모 양상 연구」, 숙명여자대학교 대학원 박사학위논문, 2009)

(詩歷)을 가능하게 한 김남조의 시세계의 근원을 탐구하고자 함이다.

한국전쟁으로 살아있는 대부분의 사람들이 고통 받던 시기에 문인들은 문학을 통해 자기 정체성을 찾기 위해 노력했다. 죽음을 목도한 경험은 존재의 의미를 성찰하게 하는 사색으로 이어진다. 이는 일명 실존주의 문학이라고 불리는 문학의 한 줄기를 형성하게 되는데 한국 문단에서 1950년대에 실존주의가 유행한 것도 같은 맥락에서 이해될 수 있다.[7] 그러나 이 글에서 밝히고자 하는 김남조 시에 나타난 실존은 이러한 양상에서 한 단계 더 궁극적 실존에 가까운 것이다. 김남조의 시가 가지고 있는 보편적인 문학적 속성으로서의 실존은 오히려 기독교적 상상력으로서의 실존[8]에 선행하는 인간 본연으로서의 실존이다. 이는 한국 역사의 특수성인 한국전쟁의 체험에서 비롯되는 바, 하이데거가 말하는 기투자로서의 실존이다. 즉 '던져진 자'인 피투자로서의 인간이 '어떻게' 살아야 기투자로서 존재할 수 있는가에 대한 근본적인 고민이다. 김남조 시에 나타난 초기의 실존의식은 전쟁의 상흔을 넘어 김남조 시세계의 전반을 관통하는 주제로서 영향을 미치고 있다고 볼 수 있다.

이러한 실존의 문제는 김남조의 전후 시 즉 1950년대 시편들에서 '분노'와 '고독'의 정서로 나타난다. 전쟁 체험으로 인해 촉발된 '분노'의 정서는 개인적 정서로서의 분노로만 기능하지 않는다. 이 분노는 정치적 차원에서의 기능을 하게 되는데 그것은 바로 '전쟁을 체험한 민족'을 위

---

7) 전기철에 따르면 1950년대에 나타난 한국 문단에서의 실존주의 문학은 "철학적 개념이기보다 불안과 위기의식을 자각한 인간의 정신 혹은 그것에서 벗어나고픈 인간을 그린 것"으로 정의할 수 있다. (전기철, 『한국 전후 문예비평 연구』, 도서출판 서울, 1994. 11쪽)

8) 여기서 기독교적 상상력으로서의 실존은 구원받아야 하는 자로서의 종교적 실존을 의미하는 말로 썼다.

한 분노이다. 또한 각 시집에서 '고독'의 정서는 하나의 양상으로만 나타나지 않는다. 본고에서 천착하고자 하는 김남조 시의 '고독'은 실존에 가까이 다가가는 하나의 과정으로서 나타나는데, 김남조에게 있어 '실존'이란 이타 정신으로 귀결된다. 김남조 시에 나타나는 이러한 정서는 각 시집을 거치면서 세밀하게 변화한다. 이러한 변화는 김남조 시세계의 근간을 이루는 첫 과정이기에 중요하다. 따라서 본고에서는 실존의 문제에 기대어 1950년대에 간행된 3권의 시집에서 변화하는 시적 자아의 세밀한 내면의 변화 양상을 살펴볼 것이다. 초기시에서 보이는 이러한 변화는 역사의 격동기인 1950년대를 살아가야 했던 시인 개인으로서의 투철한 세계 극복 의지이다. 개인의 세계 극복 의지는 이타 정신으로 확대되며 전쟁의 상흔을 이겨낼 보편적 힘을 생성시킨다. 이러한 과정에서 김남조의 시편들은 무난하고 평화롭게 그 극복으로 나아가지 않는다. 중기, 후기시로 갈수록 절제와 인고의 시 세계를 구축한 김남조의 시편들은 초기의 치열한 실존적 극복이 있었기 때문에 가능했던 것이다.

2. 전쟁 체험과 불안, 분노 : 『목숨』

『목숨』은 1953년에 간행되었으나 1951년까지의 작품이 담겨있는 시집이다.[9] 시기적으로 한창 한국전쟁이 진행 중일 때 창작한 작품들이 실

---

9) "나의 첫 시집 『목숨』은 1953년 1월 간행되었으나 2년 가까이 출판사에 유보되어 있었기에 1951년까지의 작품이 담겨있으며, 그간에 쓰여진 시는 두 번째 시집에 들어갔고, 문단의 어른들이 과분한 축복을 주셨음이 이 책의 큰 힘이 되었다."(김남조, 「나의 문학」, 『사랑 후에 남은 사랑』, 미래지성, 1999, 251쪽)

려 있으니 전쟁 체험으로 인한 의식이 거의 고스란히 영향을 끼친 시집
이라고 보아야 할 것이다. 1950년대 문학 작품은 전쟁이 남긴 상처와 폐
허 의식에 보다 많은 관심을 보인다. 폐허 의식에는 전쟁으로 인한 삶의
황폐함뿐만 아니라 근원적인 존재 조건의 황폐도 포함된다.[10] 여기서
근원적인 존재 조건의 황폐의 극단은 바로 '죽음'이다. 그리하여 『목숨』
에는 죽음을 직간접적으로 체험한 화자의 정서가 형상화되는데 이는
불안과 분노로 나타난다.

　아직 목숨을 목숨이라고 할 수 있는가/ 꼭 눈을 뽑힌 것처럼 불쌍한/
산과 가축과 신작로와 정든 장독까지/ 누구 가랑잎 아닌 사람이 없고/ 누
구 살고 싶지 않는 사람이 없는/ 불붙은 서울에서/ 금방 오무려 연꽃처럼
죽어갈 지구를 붙잡고/ 살면서 배운 가장 욕심 없는/ 기도를 올렸습니다.

　반만 년 유구한 세월에/ 가슴 틀어박고/ 매아미처럼 목태우다 태우다
끝내 헛되이 숨져간/ 이 모두 하늘이 낸 선천의 벌족(罰族) 이더라도/
돌멩이처럼 어느 산야에고 굴러/ 그래도 죽지만 않는/ 목숨이 갖고 싶
었습니다

　　　　　　　　　　　　　　　　　　　　　　　-「목숨」, 59쪽[11]

　시집 『목숨』의 표제작인 「목숨」에서 시적 자아는 "아직 목숨을 목숨
이라고 할 수 있는가"라고 반문하며 언제 어떻게 지금 겨우 '붙어있는'

---

10) 문선영, 「1950년대 전쟁기 시의 실존의식 연구」, 『한국시문학』, 12, 2002, 207-236
　　쪽.
11) 본고의 모든 시 인용은 김남조, 『김남조 시전집』, 국학자료원, 2005.

목숨이 사라질지 모른다는 불안을 드러내고 있다. "죽어갈", "숨져간" 등
의 직접적으로 죽음을 의미하는 시어를 사용한 것으로 보아 이 불안은
'죽음'에서 비롯된 불안이다. 특히 시적 자아가 목격한 죽음은 개인적인
죽음에서 그치는 것이 아니라 '산'과 '가축'. '신작로'와 '장독' 등 화자의
생활 환경의 파괴로부터 시작하여 '서울'에서 '지구'로 확장된다. 이러
한 죽음의식은 '벌족(閥族)'으로 이어지며 민족적 원죄 의식으로 이어
진다. 그럼에도 불구하고 화자는 '죽지만 않는 목숨'을 기도하는데, '목
숨'에 대한 갈망은 인간 본연의 욕구로서의 갈망이며 '살고자 하는' 본능
적인 행위라고 볼 수 있다. 이것은 "살면서 배운 가장 욕심 없는" 기도로
서 처절한 생존의 의지다. '목숨'에 대한 이러한 유한성은 「환호」에서는
"숨죽이는 정적"으로 비유된다. 목숨을 부지하기 위해서 숨죽이고 지내
야 하는 역설적인 상황은 "밤과 별, 계절과 대지"가 "화석처럼 눌려 있"
는 극한의 상황으로, 자아는 소리 없이 눈물을 삼킬 뿐이다.("나는 눈물
에 잠겼다")

　이러한 상황에서 자아는 불안을 느낄 수밖에 없는데 하이데거에게 있
어 '죽음'은 불안을 야기하는 가장 근본적인 현상이다. 인간이라면 누구
나 죽음을 맞이하게 되는데 자신 앞에 닥쳐 있는 죽음에 직면할 때 가장
고유한 '있을 수 있음'을 절실하게 되새길 수 있기 때문이다.[12] 여기서

---

12) 키에르케고르는 기독교적 사상가로서 그가 말하는 '불안'의 개념은 "죄의 가능성의
　　조건으로서 불안과 죄 안에 있는 인간들의 불안"이다. 이 불안은 죄로부터의 구원을
　　필요로 한다는 점 즉 신에 귀의하는 것을 통해서 불안을 극복하고 진정한 자신이 될
　　수 있다는 점에서 신과 밀접한 연관을 맺을 수밖에 없다. 반면에 하이데거는 "자신의
　　존재 물음과 관련하여 불안이라는 현상을 해석한다." 다시 말하면 하이데거의 불안
　　은 존재에 대한 청종에 의해 극복될 수 있으며 이것은 존재 자체에게로 관심을 돌리
　　는 계기가 될 수 있다.(이에 대해서는 박찬국, 「키에르케고르와 하이데거의 불안 개
　　념에 대한 비교 연구」, 『시대와 철학』 10-1, 한국철학사상연구회, 1999, 191-214쪽

'불안'은 일상이 깨어질 때 마주할 수 있는 감정으로 자신의 유한성을 타인의 '죽음'으로 경험할 때이다. 따라서 『목숨』에 나타나는 불안 의식은 전쟁이라는 극한의 상황 속에서 인간의 유한성을 코앞에서 인식한 시적 자아의 내면 표현이다. 후술하겠지만 이러한 불안은 시적 자아의 내적 성숙을 야기하게 되는 기저로 작용한다는 점에서 "불안이 욕망의 주체로의 성숙을 촉구하는 요청"[13]이라고 말한 라캉의 언급을 떠올리게 한다.

한편 「목숨」에서 시적 자아가 느끼는 불안은 개인적인 것을 넘어 민족적, 전지구적이기 때문에 이 불안은 분노의 감정을 유발한다.

운명이야 처음부터 믿지 않는다고 말했습니다만/ 어두운 길바닥 /못생긴 질그릇처럼 퍼질고 앉아/ 눈도 귀도 없이 울어 보았습니다/ 어찌 울적한 산불뿐이겠습니까/ 인간도 이따금 하늘 골수까지/ 헤집고 물어뜯는/ 담대한 분노이어야 하는 것을

학력이나 강령, 노숙한 태양 같은 것이/ 그 무슨 소용이겠습니까/ 원시의 동맥이 실하게 내어 비치는/ 착하고 실한 하나의 지아비를/ 우주처럼 섬기며 살고 싶었습니다.

참고) 김남조의 초기시에서 나타나는 불안의 정서는 키에르케고르보다는 하이데거의 불안에 가깝다. 특히 불안의 이유가 "어떤 객체적인 것에서 찾아질 수 있는 것이 아니라, 오직 현존재 자신이 존재한다는 사실, 즉 현존재 자신이 죽음을 향해서 존재하며 현존재 자신의 실존에 죽음의 가능성이 속해있다는 사실"(박서현, 하이데거에 있어서 '죽음'의 의미」, 『철학』, 109, 한국철학회, 2011, 190쪽)에 있다는 점에서 더 그러하다.

13) 홍준기, 「불안과 그 대상에 관한 연구」, 『철학과 현상학 연구』 17, 한국현상학회, 2001, 234-267쪽.

목숨도 바램도 기다림까지/ 자라모가지처럼 움츠르드는/ 검은 상복 같은 밤에/ 미운 질그릇처럼 퍼질고 앉아/ 눈물 적시며 허무는/ 검은 흙 덩이의 묵시……/ 오오 아직도 이처럼 번성한/ 인욕(忍辱)의 윤리가 있 습니다

-「어둠」, 56-57쪽

'어두운 길바닥'으로 나타나는 죽음의 세계에서 시적 자아는 '분노'를 가져야 함을 역설한다. '학력'과 '강령', '태양'마저도 소용이 없다고 말하는 자아는, '원시의 동맥'인 생명력으로 가득한 대상만을 열렬히 바라고 있다. 그러나 그러한 바람이 실현될 수 없는 현실에서 할 수 있는 것이라고는 목 놓아 우는 것뿐이다.

여기서 '분노'는 생에 대한 가장 적극적인 의지의 표현이자 한편으로 자아를 구속하는 반의지로 볼 수 있다. 이러한 '분노'의 역설적인 면은 "세계를 향해 자신의 존재를 호소"하는 표현이라는 특성을 잘 나타낸다. 한편 분노는 자신이 옳다고 믿는 가치나 도덕률이 공격을 받을 경우, 내면의 욕구가 좌절되는 경우, 보복에 대한 충동이 일어나는 경우에 발생한다.[14] 이에 비추어 본다면 이 시기 시편들에서 드러나는 분노는 평화에 대한 욕구, 생명 존중에 대한 가치가 좌절된 것에서부터 비롯된 것이라고 볼 수 있다. 즉, 시적 자아의 '분노'는 개인적 감정이기는 하지만 공동체의 안위가 흔들리는 상황으로부터 파생된 것이라고 볼 수 있다.

특히 주목해야 할 것은 김남조 시에 나타난 분노는 단순히 부정적인 상황에서 감정적으로 나타나는 분노와는 차이가 있다는 점이다. 누스바

---

14) 권혁남, 「분노에 대한 인간학적 고찰」, 『인간연구』 19, 가톨릭대학교 인간학연구소, 2010, 77-105쪽.

움은 '이행분노'라는 개념을 통해 미래지향적 분노를 상정한다. 이 분노
는 아리스토텔레스가 말한 지위 격하에 따른 분노 혹은 복수를 위한 정
서와는 다르다. 누스바움이 말한 '이행분노'는 정치적 영역 즉 공공과 복
리의 영역에 드러나는 분노로서 규범적 불합리성을 체험 혹은 목격한
후 생산적이고 미래지향적인 방안을 모색할 수 있는 정서이다. 이러한
'분노'는 결론적으로 사회가 긍정적인 방향으로 나아가게 한다.[15] 이러
한 점에서 김남조의 초기시에서 자주 등장하는 분노의 정서는 개인적
정서를 넘어 사회적·역사적인 의미로 확장될 가능성을 지닌다. 이것은
이후 시편에서 나타날, 김남조 시세계의 한 축을 형성하는 이타 정신의
발현을 가능하게 하는 정서적 시발점이 된다는 점에서 유의미하다고
하겠다.

　그러나 전쟁 즉 철저히 외부적이고 무력적으로 이루어지는 파괴의 현
장에서 '분노'의 정서는 타인과의 어떠한 소통으로 이어질 수 없기 때문
에 시적 자아가 당면한 현실에 대한 해결책을 제시해 주지는 못한다. 그
리하여 자아는 '기원'과 '시간'에 자신의 바람을 담아 보기로 한다.

　밤 깊어 박쥐 하나 빠져 들어간 검은 샘물가/ 별이사 흔한 것이라 해두

---

15) 마사 누스바움, 『분노와 용서』, 뿌리와이파리, 2018, 52-89쪽. 　한편 방승호 역시 김
　남조의 초기시에 나타나는 '분노'에 대해 마사바움의 이행분노 개념으로 논의를 펼
　친 바 있다. 「김남조의 초기시에 나타난 분노와 멜랑콜리 연구」에서 김남조의 초기
　시에 나타나는 분노는 "대타자에게 그대로 되돌려주"는 복수의 성격이 아니라 감
　정의 정화 즉 "감정노동'을 겸허하게 승화"시키는 정서로 나타난다고 언급하고 있
　다.(방승호, 「김남조 초기시에 나타난 분노와 멜랑콜리 연구」, 『우리문학연구』, 70,
　우리문학회, 2021, 432-439쪽) 본고에서는 이러한 의견에 동의하면서도 '분노'의 정
　서가 개인의 정서 승화에 그치지 않고 결국 이타 정신이 발현되는 매개가 된다는 점
　을 강조하고자 한다.

고서도/ 명주실 한 오리만큼씩 비벼지곤 꺼져 버리는/ 바람결 숨결

　…(중략)…

　형벌의 굴레를 쓴 채/ 그 하필 엄청난 그리스도를 안고/ 나는 이 밤에/ 검은 샘 속으로 떨어져 버리고 싶어

　…(중략)…

　나는 왜 아직도 인내를 배우지 못해 광녀마냥/ 울부짖는 분노를 메고

　…(중략)…

　아직도 새벽은 오지 않는다/ 살눈썹 한 웅큼을 뽑히고 난 듯 굽어 샘 속을 들여다 보면/ 아무래도 다시 기원을 쌓아 올리는 일밖에/ 아무래도 다시 세월을 믿어 보는 일밖에

-「사야(邪夜)」부분, 80-81쪽

　암흑의 '밤'에 자아는 샘물을 들여다본다. 이것은 자아 성찰의 행위이자 극도의 불안과 분노의 정서를 극복하고자 함이다. 나아가 '박쥐'로 비유되는 "벌 받는 존재"[16] 즉 전쟁이라는 폐허의 세계 속에 내던져진 존재를 직시하는 행위이기도 하다. 자아가 샘물을 들여다보는 행위는 불가항력적인 '죽음'이라는 세계로부터, 언제 꺼질지 모르는 '목숨'으로부터 내면을 단련하는 것이다. 세계로부터 비롯된 분노는 자신에게로 향하게 되는데 이는 '인내'를 배우지 못했기 때문이다. 여기서 '인내'는 세계를 살아가는 방편으로 '사야(邪夜)'가 아무 일 없이 지나가길 바라는 ("아무래도 다시 세월을 믿어 보는 일밖에") 인고의 시간을 함축한다. 이러한 시적 자아의 현실 대응은 아직은 소극적이고 절망적이다. 이러

---

16) 김옥성은 「김남조 『목숨』에 나타난 죄의식과 자기구원 의식에 관한 연구」에서 이 작품의 "박쥐"를 '죄인'으로서의 자아를 의미한다고 보았다. (김옥성, 앞의 논문, 200-202쪽)

한 태도는 "그 하필 엄청난 그리스도를 안고/ 나는 이 밤에/ 검은 샘 속으로 떨어져 버리고 싶어"의 시구에서 잘 드러난다.[17] 절대자인 '그리스도'조차 자아를 절망과 분노에서 자유롭게 할 수 없다고 인식하는 지점이 자아의 소극적 태도를 잘 나타내 준다. 이러한 자아의 인식이 변화되기 위해서는 적극적 인고의 시간이 필요한데, 김남조의 시에서 이는 '고독'으로 형상화된다.

> 이제는 나 다시는 너 없이 살기를/ 원치 않으마/ 진실로 모든 잘못은/
> 너를 돌려놓고 살려던 데서 빚어졌거니/ 네 이름은 고독/ 내 오랜 뉘우침
> 이/ 네 앞에 와서 머무노니
>
> ─「고독」, 75쪽

시적 자아는 스스로 '고독'과 함께하고자 한다. 이러한 행위에는 지금의 모든 불행은 '고독'을 외면했기 때문이라는 인식이("진실로 모든 잘못은/ 너를 돌려놓고 살려던 데서 빚어졌거니") 자리한다. 그러나 이러한 인식은 『목숨』에서는 구체화되지 못한다.

요컨대 『목숨』에서의 시적 자아는 전쟁 체험으로 인한 불안과 분노를 느끼게 되는데, 이는 한국전쟁이라는 특수성 속에서 '실존'이라는 보편적 가치에 이르는 과정에서 나타나는 정서라고 볼 수 있다. 이 시기 이

---

17) 한편 절대자로 해석되는 '엄청난 그리스도'조차 화자의 분노와 절망을 거세해 줄 수 없다는 것을 통해 김남조의 초기시에는 종교적 구원으로의 갈망보다는 내면적 정서 표출이 더욱 우세하다는 것을 유추해 볼 수 있다. 이러한 점이 본고가 초기에 나타난 시적 자아의 실존의 문제를 살펴보려고 하는 목적이 되기도 한다. 이것은 그가 독실한 천주교 신자였다는 점과 더불어 예술적 형상화의 전개에서 어떠한 과정이 김남조의 시세계를 기독교적 상상력으로 이끌었는가 하는 부분과 맞닿아 있기 때문이다.

러한 극단적 절망의 상황에서 벗어나는 방법으로 나타난 '고독'은 시에 언급은 되었으나 아직은 피상적인 정서에 머물러 있다.

3. 자기 응시와 현실 극복으로서의 고독과 참회 :『나 아드의 향유』

『목숨』에서의 시적 자아는 전쟁의 상처에 노출된 자아로서, 그로 인해 야기된 불안과 분노로 현실에 대응할 수밖에 없었다면,『나아드의 향유』에 이르러 자아는 철저한 고독에 이르게 된다. 야스퍼스에 따르면 인간은 '좌절'을 하고, 좌절을 하되 바로 '한계 상황'에서 좌절하며 그렇기 때문에 진리로 나아가려는 의지의 지속이 필요하다. 이때 인간은 고독할 수밖에 없는데 이 고독함이 바로 그 의지를 가능하게 하기 때문이다. 이 고독 덕분에 인간은 자기 존재를 발견하게 된다.[18] 김남조의 시에서도 고독은『목숨』에서 나타나는 불안과 분노를 뛰어넘는 일종의 통과의례적인 성격을 지닌다. 다음의「만가」에는 궁극적 실존에 이르기 위한 과정으로서의 고독이 나타난다.

    노래를 청하지 말아 주십시오/ 이름을 부르지 말아 주십시오/ 나의 검
    은 밤으로 돌아갈 시간입니다/ 뭇별 눈 감겨 주십시오/ 작은 틈새도 실오
    리만한 빛도 막아 주십시오/ 구석진 내 골방에서 흥건히/ 피를 쏟아야할

---

18) 요한네스 힐쉬베르거(강성위 역),『서양 철학사』하권, 이문출판사, 2012, 854~857
쪽.

시간입니다

 …(중략)…

이따금 동굴같이 빈 가슴 부여안고/ 어린 아들처럼 안기려 오던/ 착한 내 사람, 착한 내 사람/ 아무래도 영영 목숨은 지워지고 남은 건/ 수정 같은 체념이어야 하겠습니다/ 뭇별 눈 감겨 주십시오/ 영원히 어둠으로 두어 주십시오/ 무덤엔 아무말도 새기지 말아주십시오

행여 슬펐다고 말을 전하지 마십시오

－「만가(輓歌)」, 108-109쪽

여기서 '나의 검은 밤'은 철저한 고독을 의미하는 시간이다. 이 밤의 시간은 '실오리만한' 별빛도 새어 들어와선 안 되는 공간으로 자아의 내면의 고통을 모두 쏟아내야 하는 시간("구석진 내 골방에서 흥건히/ 피를 쏟아야할 시간입니다")이기도 하다. 이러한 고독을 가능하게 하는 것은 '그 사람'의 죽음이다. 여기서 '그 사람'은 김남조의 자전적인 측면에서 개인적인 인간관계를 맺고 있던 인물로 볼 수도 있으나, 당시의 전쟁으로 인한 죽음이라고 하는 것이 비단 개인의 문제만은 아니었으므로 전쟁으로 인해 스러진 불특정 다수를 의미한다고 확장할 수 있다.[19] 그렇게 본다면 「만가」의 자아는 『목숨』에서와 달리 죽음의식에서 비롯된 불안을 직시하고 그것을 대면하기 위한 적극적 행위를 시작했다고 볼 수 있다.

---

19) 이에 대해 김남조는 "6.25 사변의 가장 큰 특징은 이별과 죽임이 풍족한 배급처럼 골고루 나눠지는 일이었다. 내 주변의 많은 젊은이들이 이 일을 겪었고 내게 있어서도 하나뿐이던 동생이 죽고 그 천문학 교수는 납북되었다"라고 쓰고 있다. (김남조, 「세 갈래로 쓰는 나의 자전 에세이」, 『시와시학』, 시와시학사, 1997 가을, 47쪽)

이러한 고독은 불안과 분노, 절망의 늪에서 자아를 꺼내줄 수 있다. 고통을 쏟아낸 자아는 드디어 "어둠"(「어둠」, 「사야」) 밖으로 나올 수 있게 된다.

　이제는 슬플 수 있는 / 아무 것도 남지 않았어라/ 백 가지 선약(仙藥)으로도/ 어쩌지 못한 상처마저 칠월 훈풍에/ 꽃포기처럼 아무노니 / 가슴을 내밀고 / 햇빛이 화살처럼 꽂혀오는/ 더운 대지에 서 있다

　산이여 당신을 바라 볼 때/ 내가 젊었다는 한 가지가/ 구렁이만치 징그럽고 싫던 그 마음 알리라/ 당신만이 오직 천심의 모상임으로 깊이 알고 압도뿐이노니

　오늘은 햇빛이 화살처럼 내리는 대지/ 물줄기처럼 뿜어나는/ 내 적라의 심혼을 보렴아/ 허리 펴는 의용을 보렴아
　　　　　　　　　　　　　　　　　　　　　-「산」, 98쪽

자아는 "슬플 수 있는 아무 것도 남지 않았"다고 고백한다. 상처가 꽃처럼 아문 자아의 이상은 바로 '산'이다. '산'은 "천심의 모상"으로 존재하는 대상이다. 어머니 신(神)으로서의 '산'이 생명과 풍요를 의미한다는 사실을 상기할 때, 이 작품의 '산'은 전쟁의 상흔과는 대조되는 의미로 해석할 수 있다. 그곳에서 자아는 자신의 "허리 펴는 의용"을 마주하고 있는 것이다. 이러한 상상력은 「산에서」[20]에서도 반복된다. 「산에서」

---

20) 너와 하늘과, 하늘과 너와/ 한 필 비단폭의 두끝인 줄도/ 지금엔 알았어라//푸른 보리밭 해종일/ 푸른 바람이 불어와도/ 산정의 진달래야 굳이 붉구나/ 그 진달래 한 송이만 따먹자/ 찝찔한 눈물 같은 미각// 움실움실 산이 큽니다/ 해마다 봄철에 크고

의 자아는 '산'과 '하늘'이 맞닿아 있는 풍경을 바라보며 높디높은 산과 하늘처럼 '너'도 어디선가 커가고 있음을 상상한다. 자아가 염원하는 시간인 '그 날'에 함께하길 바라는 '너'는 자아와 함께 그 이상적 시간을 만끽할 수 있는 대상이자 지금은 부재하는 대상이다. 그러나 시적 자아는 '산'의 속성을 떠올리며 '샘물처럼', '시냇물처럼', '호수처럼' 살고자 한다. 반복되는 물의 이미지는 시적 자아가 추구하는, 순수하면서 불변하는 태도로 미래지향적인 가치를 추구하는 삶의 모습을 형상화하고 있다.

여기서 특이한 부분은 "내가 젊었다는 한 가지가/ 구렁이만치 징그럽고 싫던 그 마음 알리라"의 구절이다. 이러한 상상력은 『목숨』의 「낙엽」[21]에서도 비슷하게 나타난다. 「낙엽」에서 "삼단 같은 머릿결"로 표현되는 자아의 젊음은 늙음과 대비되는 생명력이 아닌, '성숙'과 대비되는 '미성숙'으로 읽힌다. ("나만이 아직도 궂은 벌처럼 젊었습니다") 그러한 자신의 미성숙은 "궂은 벌"로 인식되며 앞에서 언급한 불안과 분노의 한 부분을 차지한다. 그러나 『나아드의 향유』에서의 자아는 처절한

커서/ 산은 높다오 하늘은 더 높다오/ 내 눈에 더운 눈물이 넘쳐 흐름은/ 어디선가 너도 이 봄에/ 커가고 있는 게지// 또다시 노래부르리/ 철마나 부르고 부르던 노래/ 네 곁에 이르지 못했어도/ 이 노래 기어이 네 마음에 닿아/ 너를 불러오리니// 샘물처럼 살자/ 시냇물처럼 살자/ 호수처럼 우리는 살자/ 눈감아도 보이는/ 저 고갯길 위로/ 긴 그림자 먼저 너 돌아오리라/ 오랜 날의 내 기다림/ 너를 울리리/ 그 날이면 (「산에서」, 118-119쪽)

21) 바람이 일어 짐짓 서릿발 같은 바람이 일어 우수수 못다 안을 낙엽이 지면,/ 깊은 골짜기 비석처럼 적막한 노송 송피 벗겨지고 다시금 옛날 피 흘러 내려 아파집니다// 산 같은 고집과 어리광 모두 어이하고 이제는 바윗돌처럼 잠이든 당신의 무덤 그위에 낙엽이 지고 낙엽이 쌓이는데/ 삼단같은 머릿결 검고 숱한, 나만이 아직도 궂은 벌처럼 젊었습니다 (「낙엽」 부분, 76-77쪽) 「낙엽」에서의 자아는 가을의 계절을 '아픈' 계절로 인식하고 '당신'의 죽음만을 상기하는 상실의 계절로 인식하고 있다.

자기 성찰과 응시로 현실의 절망을 극복한다. 그리고 이것은 구체적으로 이타 정신으로 발현된다. 고독에서 이타 정신으로의 이동은 어떻게 연결될 수 있는가. 이는 야스퍼스의 논의를 빌려올 수 있다. 앞서 야스퍼스가 말하는 고독의 의미를 살펴본 바 있다. 그런데 야스퍼스에게 '고독'이란 진정한 소통 즉 실존적 소통을 가능하게 하는 전제가 된다. 고독한 자만이 자아의 본래적 실체에 도달할 수 있고, 그것이 진정한 소통을 가능하게 하기 때문이다.[22] 말하자면 김남조에게 있어 고독은 자신을 성찰하게 하는 인식적 정서가 되는 것이고 나아가 그 고독을 통해 얻은 실존적 소통은 이타 정신으로 나타난 것으로 볼 수 있다. 다음의 시 「낙엽은 쌓여라」에서 이를 확인할 수 있다.

돌 위에 돌을 뉘이자/ 돌 위에 돌처럼 굳어진 나를 뉘이자

낙엽은 쌓여라 낙엽은 쌓여라/ 죽은 나비야/ 그 위론 흰 눈이 깔리고/ 흰 눈 위에 연한 혈액처럼/ 붉은 노을은 흘러라/ 꽃잎을 문 작은 시내처럼 흘러라

인생은 하나의 희사(喜捨) / 사금(砂金)과 같은 미소가 나를 건드린다/ 오오 노래여/ 사랑은 보다 더 숭엄한 희사

돌 위에 돌을 뉘이자/ 돌 위에 돌처럼 굳어진 나를 뉘이자/ 이대로 시간이 못을 박아주면/ 이 마음 영 이처럼 있겠지/ 인생은 하나의 참회/ 낙

---

22) 주혜연, 「현대인의 소통과 고독에 관한 고찰」, 『철학논집』 50, 서강대학교 철학연구소, 2017.

엽은 쌓여라 낙엽은 쌓여라/ 녹슨 동화(銅貨)처럼

-「낙엽은 쌓여라」, 133쪽

'돌 위에 나를 뉘이는' 행위는 '참회'의 행위이다.("인생은 하나의 참
회") 자아의 '참회'는 '거듭남'의 의미를 지니는데 '죽은 나비' 위로 깔리
는 '흰 눈' 그리고 그 위에 '혈액처럼' 흐르는 붉은 노을로 이어지는 이미
지가 이를 뒷받침한다. 노을의 흐름은 인생의 흐름으로 전환되고, 이러
한 상상력은 '인생'은 하나의 '회사'에 해당한다는 인식으로 귀결된다.
자아의 인생은 '사랑'을 위한 '회사'의 대상이 되며 종국에는 '사랑' 자체
도 하나의 '회사'가 된다. 앞선 작품들에서 보이는 자아의 정서가 변화하
는 양상을 고려할 때 죽음을 거쳐온, 혹은 전쟁으로 인해 상실감을 경험
한 타자들에게 회사할 수 있는 가치로 자신의 인생과 사랑을 상정했다
는 것을 추론할 수 있다. 『목숨』에 수록된 「낙엽」에서 인식한 상실의 계
절로서의 시간인 가을은, 「낙엽은 쌓여라」에서 자아 성찰과 절망 극복
의 시간으로 그 의미가 변화했음을 알 수 있다.[23]

자신의 인생을 타인을 위한 '회사'로 내어놓은 자아는 「축원」에서 스
스로 '길의 표지'가 되길 자처한다.

---

23) 이러한 변화에는 섭리를 받아들이는 마음이 전제되어있다고 볼 수 있는데, 「낙화」에
서 찾을 수 있다. "이건 밤이어야 했구나/ 대지처럼 견디고 있는 슬픔이여/ 여기 낙
화의 향연/ 고령한 신의 성결의 마음/ 꽃이여 꽃이여 / 어쩔 수 없음이여"(「낙화」,
127쪽)에서 보듯이 '낙화'로 인한 상실감은 '어쩔 수 없음'으로, '고결한 신의 성결한
마음'으로 표현된다. 낙화 이후에 '열매 맺음'이 시에 직접적으로 언급되지 않았다고
할지라도, 이 작품에서 화자가 낙화의 상실을 받아들일 수 있는 이유는 '열매 맺음'
으로 대변되는 성숙의 결과를 기대하고 있기 때문으로 볼 수 있다.

언제고 더욱 깊은 음미를/ 그 몸에 지니고

청량한 물줄기의/ 허구한 갈증을 풀어주는/ 생명의 샘물 되기를

마침내는/ 오롯한 예지의/ 무구한 촉지觸智를 얻어/ 달무리처럼 은은
한/ 길의 표지가 되리라

-「축원」, 121쪽

시적 자아는 '허구한 갈증'을 풀어주는 '생명의 샘물'이 되기를 희망
하고 있다. 생명의 샘물은 길의 표지를 의미하는 '달'의 의미로 이어진
다. 자아가 '샘물'이라면 그 반대급부로서의 '갈증'은 타인이 된다. 자아
가 '길의 표지'가 되려고 하는 이유가 타인의 목마름을 해소해 주기 위
한 것이라는 점에서 이는 이타 정신의 발현이다. 이러한 양상은 다음 장
에서 살필『나무와 바람』에서 확연히 나타난다.

『나아드의 향유』에서 자아는『목숨』에서와는 달리 절망감에 분노하
고 있는 자아가 아니다. 이 시집에서는 오히려 분노를 야기한 상황을 받
아들이며 자기 성찰을 통해 그것을 극복하려 한다. 이러한 극복은 고독
을 통한 자기 응시를 통해 타인을 향한 이타 정신의 발현으로 그 가치가
확장된다. 그러나 아직은 시적 자아가 추구하는 궁극적 지향점이 드러
나지 않는다. 이는『나무와 바람』시집에 이르러서야 나타난다.

4. 고독의 내면화와 성숙의 자아 : 『나무와 바람』

김남조는 자신의 글에서 "생각해 보면 전쟁과 빈곤, 충격과 비탄 등에 젊음은 송두리째 파묻혀 버렸고 중년기에야 수증기처럼 서려오르는 감응으로 긍정적인 가치관과 경건한 신뢰 등을 만나게 되었음은 고마운 일이었다"고 고백하고 있다.[24] 다시 말해 중년에 이르러서야 그의 시세계는 평온을 찾았다는 뜻인데, 그의 시세계에서 이러한 변모는 급작스럽게 이루어지지 않는다. 특히 이 장에서 살펴볼 시들을 통해 중기시 이후 보이는 시들에 나타나는 삶에 대한 긍정, 존재에 대한 사랑. 절대자로의 지향 등의 김남조 시세계의 핵심 정신이 발현되는 기저를 찾아볼 수 있을 것이다.

『나무와 바람』 이르러 『나아드의 향유』에서 보이던 치열한 자기 응시로서의 고독은 내면화된다. 『목숨』에서 보이던 분노와 같은 감정의 격정은 사라지고 『나아드의 향유』에서 고통스럽게 마주해야 했던 고독의 이미지도 절제된 감정으로 전환되는데 이는 자기 고독의 시간을 거쳐 완성된 경지이다.

　　잠든 솔숲에 머문 달빛처럼이나/ 슬픔이 갈앉아 평화로운 미소 되게 하소서

　　깎아 세운 돌기둥에/ 비스듬히 기운 연지빛 노을 같은/ 그리움일지라도/ 오히려 말없는 당신과 나의 사랑이게 하소서

---

24) 김남조, 「세 갈래로 쓰는 나의 자전적 에세이」, 『시와 시학』, 시와 시학사, 1997 가을 호, 47-49쪽.

본시 슬픔과 간난(艱難)은/ 우리의 것이었습니다

짙푸른 수심일수록 더욱 붉은/ 산호의 마음을/ 꽃밭처럼 가꾸게 하소서/ 별그림자도 없는 밤이어서 한결 제 빛에 눈부시는/ 수정의 마음을 거울 삼게 하소서

눈물과 말로/ 내마음을 당신께 알리려던 때는/ 아직도 그리움이 덜했었나 생각합니다./ 지금은 침묵만이 나의 전부이오니/ 잊음과 단잠 속에 스스로 감미로운 묘지들의 나무들을 닮아/ 축원 가득히 속에서만 넘쳐나게 하소서/ 사랑하는 이여

-「연가」, 149쪽

「연가」에서 시적 자아는 '슬픔이 갈앉은' 상태, '짙푸른 수심'이 오히려 더 '붉은' 꽃이 되는 상태를 염원한다. 그러면서 '슬픔'과 '간난'이 도망칠 수 없는 대상으로 본래 '우리의 것'임을 고백한다. '눈물'과 '말'로 내뱉던 격정의 감정은 자아의 내면 아래로 스며들고 오로지 '침묵'으로서 '수정의 마음'을 갖기를 원하고 있다. 여기서 "눈물과 말로 내마음을 당신께 알리려던 때"는 자아가 아직 정서적으로 미성숙했을 때임을 알 수 있다.("아직도 그리움이 덜했었다 생각합니다") 진정한 그리움과 사랑은 '말'이 아니라 '침묵'으로서 증명되어야 한다는 것을 역설하는 것이다. 여기서 '침묵'이란 단순히 말을 하지 않는 것이 아니라 하고 싶은 말과 염원이 내적인 가치로 승화된 상태임을 알 수 있다.

하이데거에 따르면 현존재가 실존적 사유를 할 수 있으려면 '죽음'에 대한 불안이 전제되어야 하며 그 불안을 통해 역설적으로 본래적 존재

에 대한 사유를 할 수 있게 된다. 그리고 이러한 사유를 불러내는 것은 바로 '양심'이다. 특히 이 양심은 '침묵'의 양태로 말해질 수 있다는 점은 주목할 만하다. 한편 하이데거는 죽음, 불안, 양심으로부터 본래적 실존에 도달하였을 때 나타나는 언어는 시 짓기의 언어라고 말한 바 있다. 즉 "현존재는 사유해야 할 사태로부터 울려오는 침묵을 뒤따라 사유"하고 "뒤로 물러섬"으로써 말하고자 하는 바를 말할 수 있게 되는 것이다.[25]

이로 보면 김남조는 '침묵'으로 실존을 추구하고 이를 '시'라는 언어를 통해 구체화한 시인이라고 할 수 있다. 다시 말해 그의 시세계는 어떻게 실존적 자아로서 세계를 살아갈 것인가에 대한 고뇌의 자취인 것이다.

『목숨』이 1953년에 간행되었더라도 1951년까지의 작품이 수록되었다는 점, 『나아드의 향유』가 1955년에 간행, 『나무와 바람』이 1958년에 간행된 것임을 감안할 때 세 시집 사이의 공백은 3-4년 정도이다. 김남조의 자전적인 측면으로 보자면 『목숨』에 수록된 시들을 창작할 때의 나이가 24세 경, 『나아드의 향유』가 28세 경, 『나무와 바람』 31세 경이다. 20대 중반에 시작된 그의 시세계가 어느덧 30대를 넘어서는 시점. 그는 절망과 분노로 세상을 슬퍼하던 자아에서 철저한 자기 응시와 고독의 시간을 건너 어느새 성숙의 시세계로 접어들고 있었다. 그리하여 지속적으로 시상의 소재로 사용되던 '가을'의 시간이 '열매 맺음'의 시간으로 묘사된다.

아무 생각도 없이 일몰의 뜰에 서다/ 한철 폭양에 주저 없이 피고 진 꽃들은/ 까맣게 영근 씨앗으로 단잠에 들었음이려니/ 일찍 온 가을바람

---

25) 이윤미, 「비본래적 언어에서 본래적 언어로」, 『현대유럽철학연구』 66, 한국하이데거학회, 2022, 254-260쪽.

이/ 살눈썹 끝을 간질이는 그 엷은 졸음기/ 그들의 고운 넋을 품어주고 있음이려니

　봄,/ 여름,/ 가을,/ 깊은 우물을 들여다보는 마음으로/ 나는 살아 왔었단다

　흐린 날 개인 날에 어김없이 찾아보는/ 우물 밑 작은 옥돌들은/ 그리움이 되고 미움도 되던/ 내 감정의 화려한 운석/ 때로 빛이 되고 그늘에도 잠기는 수면의 명암은/ 그대로가 내 영혼의 아픈 절기를 고하는/ 속 깊은 말이었기도 했다

　봄,/ 여름,/ 가을,/ 갓 조율한 악기의 암색을 귀담아 듣듯이/ 다함없는 바람으로 산다고 할까/ 내일은 있는 대로 마음의 기(旗)를 걸자/ 해마다 이맘때쯤 들려오는 노래가 있다/ 가을이다
-「해마다 이맘때쯤」, 150-151쪽

‘한철 폭양에 주저 없이 피고 진 꽃들’이 ‘까맣게 영근 씨앗’으로 익어가는 것을 상기하던 자아는 자신의 내면으로 시상을 돌려 ‘깊은 우물’을 ‘들여다보는’ 즉 성찰의 시간, 내면을 단련하는 시간으로 지나온 자신의 봄-여름-가을의 시간을 떠올린다. 그 시간들은 흐리거나 개이었거나 한결같은 모습으로 존재하는 ‘작은 옥돌’과 같은 자아를 가능하게 했다. 이 ‘옥돌’은 ‘그리움’과 ‘미움’, ‘빛’과 ‘그늘’이 모두 공존하던 자아의 지난날의 응축체이다. 그러한 감정의 소용돌이는 성숙의 디딤돌이 되어 이제 내일의 ‘기’를 새로이 거는 미래의 자아를 가능하게 한다. 이러한 전개는 「나목」에서도 이어진다. "꽃을 피움은 열매를 맺기 위함"임을 인

식하는 자아는 "잎을 떨어뜨림이야 순금보다 값진 열매를 부풀리려 함"임을 인정한다. 그렇기에 "죽은 이가 다시 죽으러 가는 황량한 화장터"라도 상실 이후의 결실을 기대할 수 있는 것이다. 이러한 자아의 인식은 "돌문처럼 군건한 인동의 의지"로 "냉엄한 스스로의 절제"를 기르겠다고 하는 다짐으로 귀결된다. 이처럼 스스로를 채찍질로 다스린 자아는 종국에는 타인의 슬픔을 끌어안는 주체로 거듭난다.

> 어디 한적한 섬으로 가자/ 게서 영영 산대도 좋다/ 돌아가는 배엔 달빛과 너만이 타고/ 나 홀로 거기에 남는 대도 좋다/ 너의 성명이 무엇이면 어떠리/ 너의 고향이 아무 데면 뭐라나/ 죽어야할 만치 슬픔이 있다기에/ 오늘 네가 내 마음을 끈다

> 우리가 삶에 바랐던 건/ 소박하고 향긋한 한 춤의 인정/병석에서 목마른 아내라면/한 그릇의 냉수를 사랑으로 먹여주는 남편 있음으로 족하다 했었나라

> 건강과 이해와 믿음,/그렇다 결코 많은 걸 바라지 않았건만/ 마음과 영혼의 배고픔 고치지 못하였다/ 손목에 감긴 사슬 풀어내듯/ 배리(背理)를 끊고 나는 떠나리니/ 어디 한적한 섬에라도 가자/ 가서 겨웁도록 네 슬픔을 품어주마

> -「무제1」, 198-199쪽

「무제1」에서 시적 자아는 "마음과 영혼의 배고픔"을 끊어내고 "한적한 섬"으로 가기를 요청한다. 그곳은 이름도, 고향도 어디인지 몰라도 ("너의 성명이 무엇이면 어떠리/ 너의 고향이 아무 데면 뭐라나") 슬픔

을 가진 자들이면 모두 떠날 수 있는 곳이다. 자아의 사명은 "네 슬픔을 품어주"는 것으로 이것은 「축원」에서 보이던 이타 정신의 심층적 확장 이다. 나아가 고립된 '섬'은 '배리'를 끊어내고 도달할 수 있는 곳으로서 일종의 이상적 공간으로 제시된다. 또한 이 시에서 "너"는 구체화된 개 인이 아닌, 전쟁의 상흔을 겪은 우리 민족을 은유한 것으로 볼 수 있다.

특히 이 시와 「어둠」의 비교를 통해 자아의 현실 대응이 확연히 변모 한 지점을 찾을 수 있다. "한 그릇의 냉수를 사랑으로 먹여주는 남편 있 음으로 족하다 했었니라"의 구절과 「어둠」에서 "원시의 동맥이 실하게 내어 비치는/ 착하고 실한 하나의 지아비를/ 우주처럼 섬기며 살고 싶 었습니다."의 구절은 대응을 이루면서 변주되고 있기 때문이다. 「어둠」 에서 '원시의 동맥'을 가진 생명력으로서의 상징이자 소박한 삶의 지향 으로서의 '지아비'를 '섬기며 살고 싶었다'는 시구는, 그 시구의 과거형 서술어를 통해 '지아비'의 부재를 확인하는 것과 같다. 다시 말해 상실의 감정이 주된 정서이다. 그러나 「무제1」에서의 시적 자아는 "한 그릇의 냉수라도" '사랑'으로 줄 수 있는 '남편'이 있음에 만족하라고 말한다. 즉 상실의 '지아비'는 물질적 가치가 배제된 상황에서도 사랑만으로 가치 를 가지는 '남편'으로 의미가 변화한다. 여기서의 주된 정서는 '사랑'이 된다. 이에서 볼 수 있듯 같은 대상을 통해 상반된 정서를 나타내고 있 는 지점이 바로 자아의 세계 인식이 달라졌음을 의미하는 표지이다.

5. 결론

이상으로 김남조의 1950년대 시편에 드러나는 실존의식을 살펴보았다. 그의 초기시에서 시적 자아의 정서는 유의미하게 변모한다. 이는 시적 자아가 실존을 찾아가는 과정으로 볼 수 있으며 궁극적으로 완성된 '성숙'과 '이타정신'의 내재는 결코 평화로운 과정으로 완성되지 않았다. 그는 시를 통해 치열한 실존의식을 보여주고 있다.

먼저 『목숨』에서는 전쟁을 통해 목도한 죽음이 야기한 정서로서의 '불안'이 나타난다. 여기서 '불안'은 전쟁이라는 극한의 상황 속에서 인간의 유한성을 코앞에서 인식한 시적 자아의 내면의 표현이다. 「목숨」에서는 인간 생명의 유한성에 의해 야기된 '불안'이 철저한 생존의 의지로서 나타난다. 이러한 불안의 정서는 「어둠」에서 '담대한 분노'를 말하는 시적 자아에 의해 '분노'로 이어지는데 이는 누스바움이 말한 '이행분노'의 개념을 빌려와 설명이 가능하다. 즉, 『목숨』에서의 김남조 시에 나타난 '분노'의 정서는 긍정적인 방향으로 나아가게 하는 힘으로 기능하게 되는데 이 지점이 김남조의 이후 시들이 이타 정신을 발현하게 하는 기저가 된다고 할 수 있다. 한편 이러한 '분노'의 정서는 시적 자아 자신에게도 향하게 되는데 이는 '인내'를 배우지 못했기 때문이다. 특히 「사야」에서 시적 자아는 소극적 태도를 드러내며 절망감을 드러낸다. 이러한 자아의 인식이 변화되기 위해서는 인고의 시간이 필요하다. 이러한 인고의 정신은 '고독'으로 형상화된다.

두 번째 시집 『나아드의 향유』에 이르러서는 성찰과 인내를 전제로 하는 '고독'의 시간이 형상화되는데 이러한 고독의 정서가 나타나는 것은 죽음의식에서 비롯된 불안을 극복하기 위한 적극적 행위라고 볼 수 있다. 이러한 고독은 자신을 성찰하게 한다는 점에서 참회의 태도로 이어지게 된다. 야스퍼스에 따르면 이러한 고독은 '한계 상황'을 맞닥뜨린 인간이 좌절을 하면서도 진리로 나아가려는 의지를 지속할 때 생겨난다. 나아가 이 '고독'을 통해 본래적 실체에 도달할 수 있으며 진정한 소통을 가능하게 할 수 있다. 『나아드의 향유』에서의 시적 자아는 「낙엽은 쌓여라」, 「축원」을 통해 '길의 표지'를 자처하는 존재로 거듭난다.

불안과 분노, 고독과 참회의 시간을 거친 시적 자아는 『나무와 바람』에 이르러서는 감정의 격정은 사라지고 절제된 감정으로 성숙을 노래한다. 「해마다 이맘때쯤」에서는 1950년대 시편들에서 지속적으로 환기되던 가을의 이미지가 '성숙'의 의미과 연결되고 있다. 나아가 이러한 내면의 성숙은 「무제1」에서 타인의 슬픔, 즉 전쟁의 상흔을 끌어안는 시적 자아를 가능하게 한다. 이것은 『나아드의 향유』에서 보이던 이타 정신의 심층적 확장이라고 볼 수 있다.

이러한 일련의 과정은 김남조가 '사랑의 시인'이 되기까지의 열쇠가 되는 초기시의 시세계의 변모 과정을 살펴보았다는 점에서 의의가 있다. 더불어 『정념의 기』에 이르러 짙어지는 기독교적 세계관이 어떻게 초기시의 실존의식과 맞물리는지에 대한 면밀한 분석을 하지 못한 것이 아쉽다.

한편 전쟁이 끝났다고 하여 세상의 모든 질곡이 끝난 것은 아니다. 어쩌면 현대에 이르러서 인간은 더 많은 고통을 감수하며 삶을 살아가야 한다. 이에 전후 시대에 형성된 이러한 자아의 현실 대응 양상은 이후로도 계속해서 김남조의 시 세계의 근간을 이룰 수 있었을 것이다. 보이지 않는 전쟁을 매일 치르는 세계에서의 시 창작이란 전쟁 시기의 그것과 다르지 않았을 것이니 말이다.

제2장

김남조 시의 '막달라 마리아' 연구

이세호 · 김옥성

1. 서론

김남조는 1950년에 등단한 이래로 70여 년 세월 동안 긴 시작 활동
을 이어 온 시인이다. 김남조는 총 19권의 시집과 다수의 산문집을 발간
하며, 한국여성문인 중에서도 손꼽을 정도로 많은 작품을 창작했다. 최
근까지도 시집을 발간할 정도로 긴 세월 동안 창작을 했었기 때문에, 김
남조 시에 대한 연구는 2000년대 들어 활발히 진행되고 있다. 우선 그
의 초기 시편들—전후 시기의 작품들에 대한 연구가 돋보이는데, 1950
년대 전후 시기의 여성으로의 글쓰기[1] 그리고 시에 나타난 실존의식[2]에

---

1) 손미영, 「1950년대 여성시의 모색과 문학적 전략-김남조와 홍윤숙의 시를 중심으
로」, 『韓民族語文學』 77, 한민족어문학회, 2017 ; 이경수, 「1950년대 여성시의 지형과
여성적 글쓰기의 가능성-김남조와 홍윤숙을 중심으로」, 『여성문학연구』 21, 한국여
성문학학회, 2009 ; 이은영, 「1950년대 여성시에 나타난 애도와 우울:김남조와 홍윤
숙의 시를 중심으로」, 『여성문학연구』 34, 한국여성문학학회, 2015.
2) 김희원 · 김옥성, 「김남조 시의 실존의식 연구-1950년대 시를 중심으로」, 『한국근대

관한 연구가 주를 이루었다. 이외에도 김남조의 시에 나타난 '사랑'[3]이
나 개별적인 이미지들에 대한 연구[4]가 폭 넓게 진행되어 왔다.

   이와 더불어 '기독교(가톨릭)'를 김남조의 작품 세계의 중요한 지점
으로 볼 수 있다. 기독교 신앙의 표현은 김남조 시의 주된 주제였을 뿐
만 아니라, 당대 시대 현실과 맞물려 전후 시기 구원의 매개이기도 했다.
이러한 이유 때문에, 김남조에 관한 연구는 그의 시 세계에 나타난 기독
교(가톨릭)적 세계관과 상상력에 대한 연구가 비중 있게 진행되어왔다.
김옥성[5]은 김남조 시에 나타난 기독교적 상상력을 다층적인 차원에서
살펴보고 있다. 죄의식, 기독교 생태학, 가톨릭 여성주의 등 여러 차원에
서 김남조의 시를 살펴보고 있다. 이 중에서 가톨릭 여성주의에 관한 연
구는 이 글에서 살펴보고자 하는 주제와 비슷한 관점에서 진행되었다.
김옥성의 연구에서는 성서적 의미의 '막달라 마리아', 죄의 고통과 참
회의 과정을 겪는 '여성'으로서의 막달라 그리고 막달라와 예수의 관계
에 주목하여 막달라의 의미를 도출했다. 그러나 김옥성의 연구는 성모
마리아와 막달라 마리아 그리고 모성 등 가톨릭적 여성주의 전반에 대

문학연구』 23, 한국근대문학학회, 2022 ; 정동매, 「김남조 전후시에 나타난 실존의식
  연구」, 『아시아문화연구』 32, 가천대학교 아시아문화연구소, 2013.
3) 윤유나 · 김옥성, 「김남조 시의 휴머니즘적 사랑 연구」, 『신종교연구』 47, 한국신종교
  학회, 2022.
4) 방승호, 「김남조 시의 내면의식-"겨울"의 상징성을 중심으로」, 『문예시학』 32, 문예시
  학회, 2015 ; 방승호, 「김남조 시에 나타난 '겨울'의 상징성 연구」, 『現代文學理論硏究』
  71, 한국현대문학이론학회, 2017 ; 방승호, 「김남조 시의 영원성 연구」, 『現代文學理論
  硏究』 74, 한국현대문학이론학회, 2018 ; 방승호, 「김남조 초기 시에 나타난 분노와 멜
  랑콜리 연구」, 『우리文學硏究』 70, 우리문학회, 2021.
5) 김옥성, 「김남조 시의 기독교 생태학적 상상력」, 『일본학연구』 34, 단국대학교 일본연
  구소, 2011 ; 김옥성, 「김남조 『목숨』에 나타난 죄의식과 자기구원 의식 연구」, 『語文
  學』 132, 한국어문학회, 2016 ; 김옥성, 「김남조 시의 가톨릭적 여성주의 연구」, 『어문
  론총』 91, 한국문학언어학회, 2022.

한 포괄적인 논의이다. 그렇기 때문에 막달라 마리아에 대한 개별적이고 심층적인 연구가 진행되지 않았다. 이 글에서는 김옥성의 연구에서 하나의 장으로 논의되었던 막달라 마리아에 주목하여 이를 심층적으로 살펴보고자 한다.

김남조의 시에는 기독교의 인물—성서의 인물들이 자주 등장한다. 김남조는 기독교의 인물들 특히 예수와 두 '마리아'—성모와 막달라 마리아에 관심을 보였다. 이 글에서는 두 마리아 중 '막달라 마리아'에 초점을 맞추어 김남조의 시를 살펴보고자 한다. 막달라 마리아에 대한 김남조의 관심은 남달랐다.[6] 막달라 마리아는 김남조의 전체 시 세계를 관류하는 시적 대상으로 다양하게 표상되었다.[7] 이러한 이유에서 김남조의 시에 나타난 마리아에 대해 심층적으로 살피는 것은 김남조의 시세계를 이해하는 데에 중요한 지표가 된다.

복음서마다 조금씩 다르게 표현하지만, 기독교에서 막달라 마리아는 "귀신 들린 여자", "창녀", "예수의 발을 씻긴 여인", "예수의 부활을 최초로 목격한 사람" 등으로 정의된다.[8] 초대교회의 가부장적인 성격과 교

---

6) "막달라 마리아, 최애의 성녀여." 김남조, 「막달라 마리아께」, 『그 이름에게』, 主婦生活社, 1980, 111쪽. 위와 같은 표현에서 알 수 있듯이, 막달라 마리아에 대한 김남조의 애정과 관심은 각별했다.

7) 김남조의 작품에서 '막달라 마리아'의 표상은 둘로 나누어 살펴볼 수 있다. 「막달라 마리아1~7」, 「나아드의 향유」, 「부활의 새벽」 등에서는 막달라 마리아가 시의 표면에 등장한다. 시적 화자로 나타나기도 하고, 시적 대상 혹은 시의 청자로 표상된다. 「사야(邪夜)」, 「별후(別後)」, 「꽃과 여인」, 「망 부활(望復活)」에서는 원형적 이미지로서 막달라 마리아가 표상된다.

8) 근래의 연구들에서 위의 막달라 마리아에 대한 정의는 4세기 무렵의 교회와 교부들에 의해 굳혀진 것으로 밝혀졌다. 막달라는 위에 열거한 특징들에만 한정되지 않는다. 막달라는 예수의 제자 중 한 사람이었고, "사도들의 사도(apostola apostolorum)"로 여겨질 만큼 중요한 역할을 맡았다. 정기문, 「1~2세기 막달라 마리아의 위상 변화 고찰」, 『歷史學報』 221, 역사학회, 2014, 422쪽 참조.

회 안에서의 여성 역할을 축소하기 위한 움직임으로 '막달라 마리아'를
비롯한 예수의 여성 제자 및 교회 안에서의 여성 지도자들의 역할은 축
소 및 삭제되었고, 이 과정에서 "사도 중의 사도"이면서, '마리아 복음서'
의 저자였던 막달라 마리아의 의미는 괄호가 쳐지고, "귀신 들린 여자",
"창녀" 등의 죄인이었다가 예수의 발에 '향유'를 부어 씻긴 헌신과 회개
하는 여자의 이미지만 남게 되었다.[9] 교계(教界)에서는 1969년에 "회개
한 창녀"의 이미지를 철회하였는데[10], '막달라 마리아'에 대한 김남조의
인식은 오히려 초대교회 및 기독교에서 한정한 의미에서 벗어나지 않
는다.

막달라 마리아에 대한 김남조의 인식은 '귀신 들린 여자'와 '창녀'와
[11] 예수의 발을 씻겨 회개함으로써 "가장 밑에서 제일 높은 곳까지 솟아

---

9) "교황 그레고리의 설교는 초대교회 교부들이 막달라 마리아를 어떻게 이해하고 있었
   는지를 여실히 보여준다. 누가복음에 나타난 죄를 지은 여인은 곧 막달라 마리아이며
   그녀의 죄성은 "금지된 행위로 자신의 육체를 위해 향유를 부은" "정욕에 눈이 멀었
   던" 여인이다. 그녀의 참회의 행위와 눈물은 길이 칭송될 모범임을 말한다. (중략) 교
   황 대그레고리가 로마에 있는 성지오만지 라테라노 성당(S. Giovanni Laterano)에서
   고난 주간의 성목요일에 열린 예배 때 한 죄인이었던 막달라 마리아가 무덤으로 갔다
   고 설교함으로써 그가 찬양하는 참 회개한 창녀가 막달라 마리아였음을 공식적으로
   선포했다. 그로 인해 막달라 마리아와 베다니의 죄인 마리아는 서방교회에서 한 인물
   로 확정되었고 이후 1400년을 지속해 오고 있는 것이다." 채승희, 「초대교회의 막달라
   마리아의 표상(表象) 변화에 대한 역사적 고찰─사도들의 사도적 표상에서 참회하는
   창녀의 표상으로」, 『한국기독교신학논총』 56, 한국기독교학회, 2008, 105쪽.
10) "결국 1969년, 가톨릭교회는 그레고리우스 1세의 설교에 실수가 있었음을 공식적으
    로 인정하고 이를 철회했다. 성서의 명확한 근거도 없이 제 몸을 스스로 더럽힌 '회
    개한 창녀'라는 오명을 뒤집어쓴 채 막달라 마리아는 1500여 년이라는 긴 세월을 넘
    어 우리에게 다가온 셈이다." 하희정, 『역사에서 사라진 그녀들』, 선율, 2019, 45쪽.
11) "출생의 언저리는 알 수 없으되 일찍이 마귀들린 여자요, 그것도 한꺼번에 일곱 마
    귀가 그녀의 영육 안에 살고 있었다고 성서에 씌어 있다. 그 마귀들은 하나씩 사당을
    지어 온갖 소요스런 귀신 굿거리를 벌였으리라. (중략) 그리고 그녀는 창녀였다고
    한다./ 로마 군인이 준 구슬 달린 허리띠나 비단신을 가졌을 것이며, 사람의 모멸을

오른 회심과 전신(轉身)의 성녀"[12]로 한정된다. 김남조가 기독교 교육
과 교리 안에서 성장했다는 것을 고려해 볼 때, 이러한 점은 그가 기독
교의 교리를 무비판적으로 수용했다는 한계로 볼 수 있다. 그러나 김남
조의 시에서 형상화되고 있는 막달라 마리아가 성서적 의미에만 한정
되지 않는다. 이러한 문제의식에서 출발하여, 이 글은 성서적 의미를 넘
어서는 김남조 시의 막달라 마리아를 다각적이고 심층적으로 조명하는
것을 목표로 한다.

이 글의 2장에서는 김남조가 주목하고 있는 막달라 마리아의 특성과
그 관계에 대해 중점적으로 조명한다. 3장에서는 김남조가 주목한 막달
라의 성녀적 특성에 주목하여 김남조의 시를 살펴본다. 이 글의 4장에
서는 '귀신 들린 여자', '창녀' 이미지를 벗어난 막달라 마리아에 대해 살
펴본다. 김남조가 막달라 마리아에게 새로 부여하고 있는 역할과 김남
조의 시가 궁극적으로 도달하고자 하는 목표는 무엇인지 살펴보고자
한다. 이 과정에서 김남조의 시에 나타난 '막달라 마리아'의 의미와 시문
학사적 의의가 드러날 것이다.

2. 죄인 막달라─'죄성(罪性)'과 '애욕(愛慾)'

이 장에서는 김남조가 주목한 막달라 마리아의 두 가지 측면의 상관

아랑곳하지 않으려고 얇은 간막이를 지른 듯이 슬프고 짙은 장을 했었을 듯싶고 무
수한 사나이들이 그녀를 거쳐 지나면서 그 수효보다 더 많은 상처를 남겼기도 했으
리라." 김남조, 『그가 네 영혼을 부르거든』, 중앙일보사, 1985, 260쪽.
12) 위의 책, 262쪽.

관계에 대해 살펴본다. 김옥성은 김남조가 주목한 막달라 마리아의 두 측면에 대해 "한 측면이 '죄 많은 자'라면, 다른 측면은 '예수 그리스도를 사랑한 자'이다"라고 언급한다.[13] 두 측면은 김남조의 시에서 자주 등장하는 이미지들로, 김남조가 인식한 막달라 마리아의 대표적인 특성이다.[14] 선행 연구에서는 두 특성의 관계에 대해서는 언급하고 있지 않다. 이 글에서는 이 둘이 서로 영향 관계에 있다고 보았다. 둘은 병치된 특성이 아닌, 서로의 기원이 되며, 김남조의 작품에 표상된 예수와 막달라의 관계에서도 이러한 점을 찾아볼 수 있다.

막달라 마리아의 '죄성(罪性)'은 김남조의 시와 산문에서 지속적으로 언급된다. 아래 시는 막달라 마리아는 '죄성'을 잘 보여주고 있다.

> ① 죄와 울음의 여자/ 일곱 귀신이 몸 속에 살아/ 일곱 가지 귀신굿을 하던 여자/ 모두 잠들면/ 이럴 수가 차마 없는/ 적막한 여자// 일곱 번의 일곱 갑절/ 남자를 사랑해/ 끝내 한 사람의 영혼과도 못 만난 여자/ 어둡고 더 추워서/ 누구와도 다르던 여자/ (중략)/ 아아 탕약보다 좋아든/ 평생의 죄 모든 참회며는
>
> —「막달라 마리아2」 부분[15]

> ② 당신처럼 저희도/ 여러 번 남자를 사랑했습니다/ 당신처럼 저희도

---

13) 김옥성, 앞의 논문, 2022, 217쪽.
14) 이 글에서는 두 가지 특성을 '죄성(罪性)'과 '애욕(愛慾)'으로 정의한다. 이때의 '죄성'은 '원죄(原罪)'의 의미가 아닌 개별 인간이 갖는 '죄인 된 성질'이다. 때문에 이는 '죄의식'과도 연관되며, 김남조의 경우 '죄성' 혹은 '죄의식'이 시의 주된 원동력이기도 하다.
15) 김남조, 『김남조 시전집』, 국학자료원, 2005, 500쪽.

일곱 마귀가 들어/ 일곱가지 굿판을 벌입니다

　　　　　　　　　　　　—「막달라 마리아5」부분[16]

　①은 제8시집 『동행』(1976)에 실린 작품이다. 이 시에서 김남조는 막달라 마리아를 "죄와 울음의 여자"로 정의한다. 이때 막달라의 죄성을 "일곱 귀신이 몸 속에 살아"있는 여자의 죄성[17]과 "일곱 번의 일곱 갑절/ 남자를 사랑"한 여자의 죄성으로 구분할 수 있다. 이에 따라 두 가지 죄성은 각각 다른 결과로 이어진다. 귀신 들린 여자인 막달라는 "적막한 여자"가 되고, "일곱 번의 일곱 갑절/ 남자를 사랑"한 막달라는 "끝내 한 사람의 영혼과도 못 만난 여자"가 된다. 연달아 배치된 두 인과관계는 대구를 이룬다고 볼 수 있으며, 이는 "일곱 귀신"이 든 것과 "일곱 번의 일곱 갑절/ 남자를 사랑"한 것이 연결성이 있음을 보여준다.

　②는 제14시집 『희망학습』(1998)에 실린 작품으로, 이 작품에서도 역시 "일곱 마귀"가 들린 막달라 마리아의 이미지가 등장한다. 이 작품과

16) 위의 책, 922쪽.
17) "예수께서 이레의 첫날 새벽에 살아나신 뒤에, 맨 처음으로 막달라 마리아에게 나타나셨다. 마리아는 예수께서 일곱 귀신을 쫓아내 주신 여자이다."(마가복음 16장 9절), "그리고 악령과 질병에서 고침을 받은 몇몇 여자들도 동행하였는데, 일곱 귀신이 떨어져 나간 막달라라고 하는 마리아와"(누가복음 8장 2절) "귀신 들린 여자"의 죄성과 관련하여 정경복음서에서 "귀신 들린 여자"인 막달라 마리아에 관한 언급은 두 곳에서 찾을 수 있다. 그러나 두 복음서에서는 막달라 마리아가 귀신 들린 여자였으나, 예수가 귀신을 쫓아준 여자로만 간단히 기록하고 있다. 귀신을 쫓는 행위는 후행하는 누가복음 8장 26~39절에서 "군대"라는 귀신을 쫓아내는 장면으로 묘사된다. 고대 유대사회에서 '귀신 들린 것'은 죄로 취급받았다. 그러나 정경 복음서에서 막달라 마리아의 귀신 들린 이력은 그녀의 죄성의 기원에서 큰 비중을 차지하지 않는다. 이러한 점에서 볼 때 '귀신 들린 이력'은 김남조가 바라본 막달라 마리아의 죄성이고, 이러한 사유는 초기 시부터 『희망학습』에 실린 「막달라 마리아」 연작까지 이어진다.

「막달라 마리아 2」에 긴 시간의 간극이 있음에도 불구하고, "당신처럼 저희도/ 여러 번 남자를 사랑했습니다"와 「막달라 마리아2」의 "일곱 번의 일곱 갑절/ 남자를 사랑해"는 겹쳐 읽을 수 있다. 두 시에서 공통적으로 '귀신 들린 이력'과 "일곱 번의 일곱 갑절" 혹은 "여러 번" "남자를 사랑"했다는 것이 병치되어 있다. 두 작품의 공통적인 시적 논리 안에서 "일곱번 번의 일곱 갑절" 남자를 사랑하는 것(애욕)은 '귀신 들린 것'과 동일시된다. 다시 말해 "남자를 사랑"하는 것이 곧 죄성이 된다.

이는 초대 교회의 여성의 성적 유혹과 죄의 관계 정의와 연결된다. 채승희는 "막달라 마리아와 창녀의 연결은 초대교회 교부들의 죄(sin), 성(sexuality) 그리고 여성(woman)에 대한 이해"에 있다고 말한다. 그는 "초대교회 교부들은 타락설화에서 이브의 죄를 부각함과 동시에 타락으로 인한 죄와 죽음, 그리고 성(sexuality)은 직결되고 나아가 타락한 본성인 '욕정'(concupiscence)으로 말미암는 성적 관계를 통해 전이된다고" 했으며, 초대교회 교부들이 이브가 "거짓으로 아담을 꾀었고 이는 성적 유혹과 직결되는 것으로 보았다"고 밝히고 있다. 이어서 채승희는 이러한 헤게모니 안에서 초대교회 교부들이 "남자나 여자나 성을 부인하는 금욕적 삶을 칭송"했으며, "여성은 원죄의 절대 책임자로 일평생 참회하는 마음으로 자신들의 유약하고 열등한 성을 참회를 통해 극복하도록 가르침을 받는다"고 언급한다.[18]

김남조가 인식한 막달라의 죄성은 남녀 간의 사랑, 다시 말해 '애욕(愛慾)'에서 비롯된 것이다. 이를 채승희의 논의와 연관 지어 보면, 막달라에 대한 김남조의 인식은 "초대교회 교부들"의 주도권을 벗어나지 못

18) 채승희, 앞의 논문, 100~101쪽.

하고, 가부장적 기독교 세계관을 그대로 수용했다는 한계를 갖는다. 이러한 막달라의 '애욕'은 예수와 막달라의 관계에서도 발견된다.

> 박쥐 한 마리 검은 샘물 속에 빠진 채/ 죽지도 않았는데/ 물만 커진다 모락모락 샘물은 왜/ 밤에만 부푸는지// 죄가 많으려고 죄가 얼마나 많으려고/ 끝끝내 너 하나를 잊지 못하는 형벌의 굴레를 쓴 채/ 그 하필 엄청난 그리스도를 안고/ 나는 이 밤에/ 검은 샘 속으로 떨어져 버리고 싶어

—「사야(邪夜)」부분[19]

이 시에서는 막달라가 원형적 이미지로 등장한다. 시적 화자는 "죄가 많으려고 죄가 얼마나 많으려고" "그 하필 엄청난 그리스도를 안고" "샘 속으로 떨어져 버리고 싶어"한다. 화자의 앞에 놓인 샘물은 "밤에만" 커지는데, 이때의 샘물은 '사랑하는' 그리스도를 안고 샘 속으로 떨어지고 싶어하는 욕망을 상징하기도 한다. '죄 많은' 사람이면서, "엄청난 그리스도"를 안고 뛰어내리고 싶다는, 주체할 수 없는 욕망을 드러내는 것을 볼 때 이 시의 화자는 막달라로 볼 수 있을 것이다.

이 시에서 우리는 김남조의 막달라 마리아가 예수를 사랑하는 방식에 대해 생각해 볼 필요가 있다. 통념적으로 사랑은 '신'과 인간 사이의 사랑과 '이성에 대한 사랑(애욕)' 등 다양한 유형이 있지만, 이는 완전히 구분될 수는 없으면서도 완벽히 일치하지도 않는다. 그렇다면 김남조가 「사야」에서 보여주고 있는 사랑은 어떤 유형인가. 「사야」에서의 사랑은

---

19) 김남조, 앞의 책, 2005, 80쪽.

종교적 차원의 사랑보다는 남녀간의 '애욕'에 가깝다. 위에서 살펴본 것처럼 김남조에게 '애욕'은 막달라의 '죄성'의 근원이다. 그런데 이 시의 화자는 '금욕'적인 자아가 아닌 자신의 욕망을 숨김없이 분출하고 있는 자아이다. 이때 화자가 예수를 사랑하는 것은 곧 죄를 짓는 것이다. 즉 예수를 사랑하는 것 자체가 죄성을 띠는 것이다. 이러한 점에서 이 시의 제목인 「사야」는 "삿된 꿈"[20]이면서 동시에, "죄스런 밤" 혹은 "그릇된 밤"으로 해석될 수 있다.

막달라 마리아의 예수에 대한 애욕은 「사야」 뿐만이 아니라 다른 작품들에서도 찾아볼 수 있다.

> ① 신을 사랑한/ 사람 세상의 여자마음아 여자마음아/ 천만 줄기의 냇물의 지하수의/ 그 더 깊은 데에까지/ 끓는 단맛의 피로 흘러 흘러서/ 진홍의 폭죽/ 천하 삼월의 꽃나무로/ 처염히 솟아난다
>
> —「막달라 마리아2」 부분[21]

> ② 당신에게선 손발에 못박는 소리/ 아슴히 들립니다/ 사랑하는 분이/ 눈앞에서 못 박혀 죽은 후/ 당신은 못박는 소리와 그 메아리들의/ 소리 사당입니다
>
> —「막달라 마리아4」 부분[22]

> ③ 사랑한 이와의 이별 중에서/ 신으로 승천하신 분과의 이별은 당신 뿐입니다/ (중략) / 오로지 당신이/ 구주의 첫번째 갈비뼈이나이다

---

20) 김옥성, 앞의 논문, 2022, 219쪽.
21) 김남조, 앞의 책, 2005, 500쪽.
22) 위의 책, 920쪽.

—「막달라 마리아6」부분[23]

위의 세 편의 시에서 공통적으로 발견되는 점은 시적 대상인 '막달라 마리아'가 '신'을 사랑했다는 점이다. ①의 시부터 차례로 살펴보면, "신을 사랑한" 시적대상에 대해 화자는 구태여 "여자마음아"라고 표현하고 있다. 이는 막달라의 사랑이 이성을 대하는 마음과 동일하다는 의미이다. 이러한 "여자마음"은 고여 있거나 멈춰있는 것이 아닌, "삼월의 꽃나무"로 쓸쓸하고 곱게("처염(凄艶)히") 피어나는 역동성을 보여준다.

②, ③에서 역시 '예수'를 사랑한 막달라가 서술되고 있다. ②에서의 "사랑하는 분"이 "눈앞에서 못 박혀 죽은" '당신'과 ③에서 "신으로 승천한 분과의 이별"을 경험한 '당신'은 모두 막달라 마리아를 지칭하는 것이다. ①과 달리, ②, ③ 막달라는 사랑하는 사람과 '이별'한 막달라이다. 두 작품에서 막달라가 사랑한 대상은 주지의 사실처럼 '예수'이다. 종교적인 의미의 보편적 사랑은 이별 없는 영원성을 갖지만, 남녀 간의 사랑에서는 이별이 동반될 수 있다. ②와 ③에서 김남조는 막달라와 예수의 '이별'을 강조하면서 '애욕'의 성격을 강조한다.

특히 ③의 "오로지 당신이/ 구세주의 첫 번째 갈비뼈이나이다"와 같은 문장은 주의 깊게 볼 필요가 있는데, "첫 번째 갈비뼈"는 창세기에 나오는 첫 번째 인간에 대한 상징이다. 신이 아담의 갈비뼈를 빼내어 첫 번째 여자를 창조하였다는 상징이 「막달라 마리아6」에 등장한 것은 막달라 마리아의 '사랑'이 단순히 신에 대한 사랑—종교적 의미의 사랑이 아니었다는 것을 의미한다. 다시 말해, ②과 ③의 화자의 사랑은 '애욕'

이다. 이러한 점은 김남조의 산문 「막달레나의 칠월」에서 더욱 직설적
으로 표현된다.

> 사람세상의 여자로서 아득히 신이신 예수를 만나 전심전력으로 사랑
> 을 바쳐드린 그녀의 운명은 여러 가지로 의미심장한 상징을 드러낸다.
> 우선 그녀의 사랑은 통례적인 여성의 본성으로 볼 때 심히 비극적이
> 다.
> 여자가 원하는 건 나의 그대, 되도록이면 나만의 그대이며 나 또한 당
> 신의 여자, 당신만의 그녀가 되어지는 일이다. (중략)
> 그녀의 어둠은 소멸되고 두려움은 끝나고 온갖 비참도 사라졌다. 이
> 분이 계시는 한에는 또 다시 어둡거나 허약할 수가 없을 것이었다.
> 다만 그 분은 나의 그대, 나의 사나이일 수가 없으시다. (중략) 자기 속
> 의 여자를 몰아내고 여자 이전의 순수하고 본질적인 인간으로서, 또한 다
> 른 모든 이와 동격인 평등한 자녀로서 한걸음 한 걸음 걸어가야 한다.
> ─「막달레나의 칠월」 부분[24]

　인용문은 산문의 도입부에 해당하는 부분으로, 김남조는 "여자로서
아득히 신이신 예수"를 만난 막달라 마리아와 여성의 "통례적인" 사랑
을 제시한다. 김남조가 보여주는 막달라의 사랑은 "여자가 원하는 건 나
의 그대, 되도록이면 나만의 그대이며 나 또한 당신의 여자, 당신만의 그
녀가 되어지는 일"이다. 이러한 막달라 마리아의 사랑은 "심히 비극적"
이다. 그녀가 사랑하는 '예수'는 "나의 그대, 나의 사나이일 수가 없"는 존
재이기에, 막달라 마리아는 "자기 속의 여자를 몰아내고 여자 이전의 순

---

24) 김남조, 앞의 책, 1985, 259~261쪽.

수하고 본질적인 인간"으로서의 역할을 강요받는다. 이는 막달라 마리아의 사랑은 남성을 향한 여성의 사랑의 형태로 나타나지만, 그 대상이 예수, 즉 신이라는 점에서 그 사랑의 형태는 어쩔 수 없이 종교적 사랑의 형태로 드러낼 수밖에 없다는 점을 시사하고 있다. 이러한 점은 막달라의 사랑이 양가적임을 보여준다. 막달라가 예수를 사랑하는 것 자체가 죄성을 띄지만, 그녀는 죄인이기 때문에 구세주인 예수를 사랑할 수밖에 없는 '운명'에 놓여 있다.

그렇다면 김남조가 막달라 마리아에게서 '죄성'과 '애욕'을 주목하고 강조한 이유는 무엇인가. 위에서 살펴본 것처럼 막달라 마리아의 '애욕'은 죄성의 근원이며, 죄성 때문에 애욕이 발생한다. 그런데 사실 막달라의 애욕과 죄성은 김남조 자신의 것이기도 하다. 「막달라 마리아 5」의 첫구절인 "당신처럼/ 저희도/ 여러 번 남자를 사랑했습니다/ 당신처럼 저희도 일곱 마귀가 들어/ 일곱가지 굿판을 벌입니다"에서 알 수 있듯이, 김남조는 막달라 마리아와 동질감을 느낀다. 김남조와 막달라 마리아는 사랑하는 사람과 이별했다는 공통점이 있다. 막달라 마리아가 신이자 남자로서의 '예수'와 이별하였다면, 김남조는 전후시기에 천문학과 교수와, 그리고 1986년에 남편인 김세중 교수와 이별했다. 사랑과 이별을 통해 김남조와 막달라 마리아 사이의 동질성이 형성되는 것이다.

지금까지 살펴본 것처럼 김남조가 주목한 막달라 마리아의 '죄성'과 '애욕'은 개별적인 특성이 아니다. 두 특성은 서로의 기원이 되는 특성들이다. 막달라의 죄성은 '애욕'에서 비롯된다. 그리고 이러한 애욕은 막달라 마리아가 예수를 사랑하는 형태이며, 죄인인 막달라의 운명이기도 하다. 다시 말해 김남조의 시적 논리구조 안에서 예수에 대한 막달라 마리아의 '애욕'은 죄성의 근원이 되며 죄성 때문에 애욕이 발생한다. 그리

고 이러한 죄성과 애욕은 막달라와 김남조 사이의 동질성의 근원이 된
다.

3. 성녀 막달라ー'막달라 되기'와 개인의 구원

앞선 장에서 김남조가 주목한 막달라 마리아의 특성인 '죄성'과 '애욕'
에 대해 살펴보았다면 이 장에서는 김남조가 주목한 막달라의 '성녀'적
특성을 살펴본다. '성녀'로서의 막달라는 두 가지 장면에서 출발한다. 향
유와 머리카락으로 예수의 발을 씻긴 장면과 예수의 부활을 가장 먼저
목격한 장면에서 막달라는 성녀로서 호명된다. 김남조 역시 이러한 성
서의 장면을 주목한다. 산문 「막달레나의 칠월」에서 김남조는 막달라를
"죄와 참회의 성녀/ 가장 밑에서 제일 높은 곳까지 솟아오른 회심과 전
신(轉身)의 성녀. 누구와도 못 비길 열정의 성녀./ 부활절 아침에 첫번째
로 주님을 뵈온 은총의 성녀"로 표현하고 있다.[25] 이때 "죄와 참회", "회
심과 전심"은 막달라가 자신의 머리카락으로 예수의 발을 씻기며 자신
의 죄를 뉘우친 장면에서 비롯한 것이며, 예수의 죽음을 맨 처음 목격했
다는 잘 알려진 내용 역시 서술되고 있다. 그런데 김남조는 막달라를 단
순히 성서의 인물로 묘사하고 있지 않다.

당신은 옥합의 향유를/ 거룩한 분의 두 발에 따르고/ 눈물에 적신 머릿
단으로/ 공들여 오래오래 닦았습니다/ 저희도 그 비슷이는 했습니다//

---

25) 위의 책, 262쪽.

부활의 아침/ 날빛보다 밝으신 어른이/ 친히 이름 부르시며 당신 앞에
보이셨기에/ 비통은 환희로 보답되었습니다/ 하지만 저희는 다릅니다
— 「막달라 마리아5」 부분[26]

인용한 부분은 「막달라 마리아 5」의 2, 3연에 해당한다. 위 시에서는
시적 대상인 막달라가 "옥합의 향유"로 예수의 발을 닦는 장면과 "부활
의 아침"에 예수를 만난 장면이 그려진다. 이때 두 연에서 우리는 막달
라에 대한 김남조의 태도를 찾아볼 수 있다. 막달라는 예수의 부활을 맨
처음 보았다는 점에서 "저희"와는 다르다. "저희"는 예수의 부활을 볼
수 없을 뿐만 아니라 '최초'가 될 수 없다는 점에서 '성녀'인 막달라와 다
름을 인정하고 있다. 그러면서도 이 시의 화자는 막달라를 닮고자 한다.
2연에서 화자는 "저희도 그 비슷이는 했습니다"라고 서술한다. 이는 김
남조가 막달라를 닮고자 하는 의지를 나타낸다고 볼 수 있을 것이다. 신
도가 성녀의 모습을 본받고자 하는 것은 당연한 일일 수도 있다. 그러나
김남조가 성녀를 닮는 방식은 일반적이지 않다.

여인이여 사랑이란 시시각각 죽는 일이며 시시각각으로 태어나는 일
입니다. 내가 사랑할 때 약속처럼 당신을 생각합니다. 거울을 보듯이 당
신에게 내 모습을 비춥니다. 하세월 변함없이 닦는 청동의 거울이 내게
있어선 매번 당신입니다. 당신입니다. 막달라 마리아, 최애의 성녀여.
— 「막달라 마리아께」 부분[27]

---

26) 김남조, 앞의 책, 2005, 921쪽.
27) 김남조, 앞의 책, 1980, 110~111쪽.

인용한 부분에서 김남조는 막달라 마리아를 '내 모습을 비추는' 거울
로 설정한다. 이는 일종의 동일화이다. 김남조는 막달라를 단순히 응시
하는 것이 아닌 스스로가 막달라 마리아가 '되는 것(becoming)'이다. 이
때 김남조와 막달라 사이를 연결해주는 것은 '사랑'이다[28] 김남조는 "내
가 사랑을 할 때 약속처럼 당신을 생각"한다고 서술한다. 앞선 장에서
살펴보았듯이 '애욕'과 이별은 김남조와 막달라의 공통점이다. 즉 김남
조와 막달라 사이에는 사랑하는 사람과의 이별이라는 동질성이 형성되
어 있고, 그렇기 때문에 김남조는 '막달라 되기'가 가능하다.

이러한 '막달라 되기'는 어떠한 의미를 갖는가? 위의 산문에서 그 의
미를 유추해 낼 수 있다. 김남조는 "사랑"이 "시시각각 죽는 일"이면서
동시에 "시시각각 태어나는 일"이라고 말한다. 기독교 신앙에서 구원은
죽음 이후의 다시 삶에서 비롯된다는 점에서 김남조의 '사랑'은 구원과
연결된다. 이 사랑 — 구원의 과정에서 김남조는 성녀인 막달라를 떠올
린다. 그리고 김남조는 막달라 마리아를 자신의 내면을 바라보는 도구
인 거울로 제시한다. "거울을 보듯이 당신에게 내 모습"을 비춘다. 거울
이 자신의 내면을 들여다보는 원형적 상징이라는 점을 고려해 볼 때, 거
울을 보는 일, 자신의 내면이자 '막달라 마리아'를 들여다보는 행위는 곧
자기 치유이자 개인의 구원을 지향하는 행위인 것이다.[29]

---

28) 「막달라 마리아께」에서의 '사랑'은 앞서 살펴본 '애욕'과 동일한 의미로 볼 수 있다.
'여인'이라는 단어가 제시되었다는 점과 김남조와 막달라 사이의 동질성이 사랑하
는 사람(남성)과의 이별에서 비롯된다는 점을 고려해보면 이때의 '사랑'은 '애욕'과
동일한 의미로 볼 수 있다.

29) 거울을 통한 자기치유와 구원의 양상은 첫 시집에서도 찾아볼 수 있다. 『목숨』에 실
린 「수경의 노래」는 거울을 통한 슬픔의 극복 과정을 잘 보여주고 있다. 시에서 화자
는 "나의 얼굴을 보러" "너"인 "물거울"로 간다. 이 시에서 '거울'은 거울을 찾을 때의
'마음가짐'에 특이점이 있다. 화자는 "신을 부르고 기다릴 때의/ 내 엄숙한 자성(自

'막달라 되기'는 김남조의 시세계에서 빈번하게 찾아볼 수 있다.[30] 막
달라 마리아가 되고자 하는 상상력은 초기 시부터 시작된다. 김남조의
시에서 '막달라 되기'는 '막달라 마리아'를 화자로 설정하거나, 막달라에
대한 상징과 이미지가 투영되는 방식으로 전개된다. 아래 시들은 '막달
라 되기'의 상상력을 찾아볼 수 있는 작품들이다.

　　당신이 임종하시올 때/ 더욱 당신께의 귀의를 기원하였습니다/ 주여/
더운 눈물이 돌 속으로 스며들고/ 음산한 바람이 밤새워 부는 무덤에까
지/ 일체의 비교를 넘으신/ 당신의 죽으심을 섬기려 왔사옵니다/ 주여//
당신 묘석의 살을 베는 차가움이여/ 당신 뿌리옵신 피와 눈물이여/ 진실

省)으로" 물거울을 찾는다. 내면을 바라보고 성찰하는 과정에"신을 부르고 기다릴
때"라는 조건이 추가된다. 신을 부르고 기다린다는 것은 결국 신에게서 비롯되는 구
원을 기다리는 것이다. 즉 거울을 통해 내면의 상처를 극복하는 일은 결국 신과 마주
하여 나오는 구원에 이르는 일이다. "투명한 수심과 속일 수 없는 눈빛"―자신의 내
면과 마주한 화자는 "슬픔"이 "이제사 돌아"간 치유된 화자가 된다. "너는 물거울/ 거
기 나의 얼굴을 보러 간다// (중략)// 너는 물거울, 신을 부르고 기다릴 때의/ 내 엄
숙한 자성(自省)으로 거기에 간다/ 투명한 수심과 속일 수 없는 눈빛// 언제고 한 번
은 철들어 돌아오리라고/ 나를 기다려 주었음이라/ 너는 고요히 늙고 물은 더더욱
깊어졌다/ 저녁 해 인주처럼 이마에 찍고/ 이제사 돌아가는 내 슬픔이여// 너는 물
거울, 물새처럼 네 품에 있어/ 나도 이제는 정적의 깊이를 배우자"(김남조,「수경(水
鏡)의 노래」, 앞의 책, 2005, 90쪽.)

30) 이러한 시작 방법은 배역시이자 심리학에서 사용하는 역할극의 일종으로 볼 수 있
다. 막달라 마리아가 되어 시를 서술하는 것이 심리치료의 과정인 것이다. 이는 역할
극과 김남조의 시 쓰기가 공통적으로 감정의 정화―카타르시스를 목표로 하고 있기
때문이다. "역할극에서는 인간의 정서, 인지, 신체 모두를 다룬다. 정서적인 측면에
서 감정의 정화를 일으키고, 인지적인 측면에서 비합리적 사고와 신념의 통찰을 일
으키고, 신체적인 측면에서 사회적으로 바람직한 역할훈련을 할 수 있도록 도와주
는 것이다.(중략) 1)정화 억눌린 감정을 표현하고 씻어낸다는 것을 말한다."(양재혁,
「대학생 내담자를 위한 역할극 활용법」,『전국대학교학생생활상담센터협의회 학술
대회지』5, 전국대학교학생상담센터협의회, 2016, 108쪽.

로 하늘과 땅이 예서 닫히고 어둠 속에/ 사람들 벌 받아야 옳음일 것을//
당신 잠드신 동산에서/ 겨웁도록 빌며 섰으렵니다/ 불처럼 정녕 불처럼
일던 그 목마르심/ 오상(五傷) 받고 아직도/ 우주만치 남던 자비여/ 오오
주여

—「막달라 마리아1」 전문[31]

「막달라 마리아1」에서 주목할 점은 이 시의 화자가 '막달라 마리아'이
며, 시의 청자는 '예수'라는 점이다. 김남조 자신이 막달라 마리아가 되
어 예수에게 직접 말하고 있다. 이 시의 화자는 예수의 무덤 앞에 있는
막달라 마리아이다. 시의 제목과 '무덤' 등의 시어에서 유추할 수 있듯이
화자인 막달라 마리아는 예수가 부활하기 이전의 장면을 재구성하여
서술하고 있다. 그런 점에서 시에 등장하는 감각들—"당신 묘석에 살을
베는 차가움"이나 "불처럼 정녕 불처럼 일던 그 목마르심"과 같은 표현
은 화자 곧, 김남조의 상상이다. 김남조가 막달라의 입장에서 예수의 죽
음 이후를 서술하고 있는 것이다. 즉 이 시의 주된 상상력은 막달라 마
리아가 '되는 것'이다.

　이 시가 전후 시기에 쓰인 작품이라는 점에 주목할 필요가 있다. 이
시의 배경은 예수의 죽음 직후처럼 보이지만 사실 이는 전후의 상황에
대한 알레고리로 읽을 수 있다. "진실로 하늘과 땅이 예서 닫히고 어둠
속에/ 사람들 벌 받아야 옳음일 것을"에서 알 수 있듯 시적 배경은 예수
의 죽음으로 인한 어둠이지만, 이는 사실 전후의 어두운 상황을 상징하
는 것이기도 하다. 또한 인간에 대한 환멸을 느끼지만, 신에게 그들의 구

---

31) 김남조, 앞의 책, 2005, 99쪽.

원을 구하는 화자의 모습을 발견할 수 있다.[32] 이때의 구원은 전후의 상처/극복일 것이며,「막달라 마리아1」은 전후시의 특징을 잘 보여주고 있다.[33] 즉 전쟁으로 인한 상처의 치유와 구원이 이 시의 최종 도달하고자 한 목표일 것이다. 다른 전후 시들의 화자가 전쟁을 겪은 한 개인이었다면, 이 시는 막달라 마리아를 화자로 내세웠다는 점에서 특이점이 있다. 그리고 막달라 마리아를 내세우는 목적은 최종적으로 개인의 상처에 대한 치유와 개인의 구원에 있다.

지금은 슬픔이 나의 습관입니다/ 다른 일은 모두 끝내고/ 초겨울 달밤 같은 슬픔에 정듭니다// 허구한 날 그리움에 자고 깨더니/ 허구한 날 기다림에 자고 깨더니/ 그분이 가고 나니 쓰일 모가 없네요/ 다른 일은 모두 끝내고/ 이 하나 슬픔에 불 켭니다// 지금처럼 꼭 비 오던 밤/ 환하게 웃어주던 그분을/ 지금처럼 꼭 비 오던 밤/ 둘은 함께 살 언약을 했었는데/ 머릿결 한 줌만 남겨두고/ 차가운 돌무덤에 그분 홀로 재웠네요// 머리카락 한 오리에/ 개인 날도 비에 젖고/ 마지막 편지 같은 슬픔을 읽습니다/ 아아 다른 일은 모두 끝내고/ 지금은 슬픔에 내가 바쁩니다

---

32) 시집 『나아드의 향유』에는 "하늘과 따의 광영(光榮)예서 더 피어나지 못하고/ 이대로 영원한 어둠속에/ 인간들 벌 받고 죽어가야 옳음일 것을"로 수록되어있다. 『김남조 시전집』에 수록될 때 표현들이 일부분 삭제 및 순화되었는데, 『나아드의 향유』에 실린 작품의 표현들에서 전후시의 면모를 더 쉽게 찾아볼 수 있다.

33) 전쟁이 공동체적 상처라는 점은 부정할 수 없다. 그러나 『목숨』, 『나아드의 향유』 등 전후 시기에 출간된 김남조의 초기작들에는 전쟁으로 인한 공동체와 개인의 상처가 모두 나타난다. 「다시 한번 너의 목가(牧歌), 내 그리운 요람의 노래를」, 「목숨」 등에서는 공동체와 전 지구적 구원이, 「어둠」, 「막달라 마리아1」 등에서는 개인의 구원이 시의 주제로 나타난다. 또한 김남조가 전쟁으로 인한 개개인의 실존에 지대한 관심을 가졌다는 것은 『김남조 시전집』의 「시전집을 펴내며」에서도 확인할 수 있다. "대학 4학년이 된 해에 한국전쟁이 일어났고, 이때 어느 누구라고 하는 개개인은 거대한 총체적 혼란과 비극 안에 갇혀 부침하였다."(김남조, 앞의 책, 2005, 17쪽.)

―「별후(別後)」 전문[34]

　위 시는 제5시집『풍림의 음악』에 수록된 작품이다. 이 작품에서 역시 우리는 '막달라 마리아'가 된 김남조를 읽어낼 수 있다. 제목에서 알 수 있는 것처럼 이 시는 이별한 후의 상황을 그리고 있으며, 화자는 이별한 사람이다. 이때 '돌무덤'이라는 시어를 통해 이 작품이 예수와 막달라의 이별을 다루는 작품이라는 것을 유추할 수 있다. 이 작품의 첫머리에서 화자는 "슬픔이 나의 습관"이라고 말하고 있는데, 화자는 습관대로 "슬픔에 정"든다. 이때의 슬픔은 "차가운 돌무덤"에 "그분 홀로 재웠"다는 데서 비롯된 것이다. "머릿결 한줌"은 "그분"과 화자를 이어주는 매개물로, 자신의 머리카락으로 예수의 발을 닦은 막달라 마리아의 이미지를 떠올릴 수 있다. 그러나 지금의 화자는 이별한 상황이고, 그렇기에 "머리카락 한 오리"는 "개인 날도 비에 젖는"다. 화자는 슬픔을 해결하지 않는다. 오히려 "슬픔에 내가 바쁩니다"라고 서술함으로써, 그 슬픔을 온전히 받아들이고 있다.

　이는 막달라 마리아에 대한 김남조의 깊이 공감에서 나온 것이며, 김남조가 막달라 마리아의 상황을 재구성하고 있는 것으로 볼 수 있다. 그러나 이는 곧 김남조의 '슬픔'이기도 하다. 앞선 장과 이 장의 서두에서 김남조와 막달라 사이의 동질성을 형성해주는 '사랑'과 '이별'을 살펴보았다.「막달라 마리아1」과「별후」의 공통된 시적 제재인 '예수와 이별'은 '사랑한 사람과 이별한 여자'인 김남조가 막달라 마리아가 '될 수 있는' 논리를 갖게 해주며, 막달라가 됨으로써 김남조는 "나의 습관"이 된

---

34) 위의 책, 303쪽.

"슬픔"을 극복하고 있다.

> 차마 믿어지지 않고 아무도 본 이 없습니다/ 이것이 당신의 뜻입니다// 총총한 별밤에 무덤은 비고/ 먼뎃바람 같이 아스므레한 기류만이/ 설핀 갈밭인양 머물러 있었습니다/ 이것이 당신의 뜻입니다// 랍비여 부르던 어느 한 사람조차/ 함께 해 드리질 않아/ 밤새워 드리시는 기도에도 홀로이셨던/ 겟세마니의 산상이며/ 닭 울기 전 세 번을 모른다 했던/ 당신 사랑하신 시몬 베드로며// 높으신 고독은 이왕에도/ 순히 다스리시던 당신의 그림자였거니/ 부활의 새벽엔들/ 고요만이 큰 물인양 넘쳤습니다/ 이것이 당신의 뜻입니다// 죽음은 멎고/ 슬픔은 쉬고/ 생명은 저마다 무성하라십니다/ 이것이 당신의 뜻입니다/ 울려 드리는 종소리 하나도 없이/ 그 전날과 꼭 같은 새벽이었거니// 우람한 축제일수록/ 조촐한 표지로 잠잠하라 하셨습니다/ 이것이 당신의 뜻입니다
>
> ―「부활의 새벽」 전문[35]

앞선 시들에서 예수와 막달라의 이별의 장면이 전개되었다면, 이 시는 부활을 맨 처음 목격했다는 막달라 마리아의 성녀적 특성에 초점을 맞추어져 시상을 전개하고 있다. 막달라 마리아를 '성녀'로 만들어주는 특징은 예수의 발을 씻기며 한 '참회'와 이 시에서 시적 제재로 삼고 있는 "부활절 아침에 첫번째로 주님을 뵈"(「막달레나의 칠월」)었다는 점이다.[36] 이 시의 화자는 막달라 마리아이며, 시공간적 배경은 예수가 부

35) 위의 책, 158쪽.
36) 막달라 마리아는 예수가 죽고 그의 '돌무덤'을 가장 먼저 찾아간 인물로 알려져 있다. 이는 '창녀'였던 막달라 마리아에게 '성녀'가 될 수 있는 자격을 부여할 만큼 의미 있는 사건이었다. 예수의 부활은 기독교 세계관에서 가장 중요한 사건이며, 예수의

활한 새벽녘의 무덤이다. 화자는 시의 첫머리에 "차마 믿어지지 않고 아무도 본 이 없습니다/ 이것이 당신의 뜻입니다"라고 서술하고 있는데, 이는 막달라가 예수의 부활을 가장 처음 본 인물인 '성녀'임을 강조하고 있는 것이다.

화자는 "울려 드리는 종소리 하나도 없이", "그 전날과 꼭 같은 새벽", 고요한 새벽을 묘사하고 있다. 화자는 "우람한 축제일수록/ 조촐한 표지로 잠잠하라"한 "당신의 뜻"을 인지하고 있다. 이 시에서 그리고 있는 것은 기독교에서 흔히 이야기하는 부활의 기쁨 혹은 부활의 소식이 아니다. 이 시의 제목인 "부활의 새벽"의 분위기를 그리고 있다는 점에서 이 시의 시적 성취를 이야기할 수 있다. 기독교적 세계관 안에서 예수의 부활은 기독교 신앙의 가장 핵심이며, 성서에서는 이 장면을 막달라 마리아가 예수의 제자들에게 부활의 소식을 전하러 가는 것으로 그리고 있다. 그러나 이 시는 '새벽 시간'에 주목하고 있다. 부활의 새벽은 고요하고, 전날의 새벽과 다르지 않다. 예수의 부활이 "우람한 축제"인 것은 맞지만, "부활의 새벽"은 "조촐"하고 "잠잠"하다. 이러한 예수의 부활을 낯설게 바라보는 것이 이 시의 미학이라고 할 수 있다.

사월엔 십자가 새 형틀을 짜고/ 물오른 가시의 가시관을 엮는다/ 그러면 신이 와 못박히신다// 올해도 주님은 절망해 주실까/ 나의 아버지, 나의 아버지, 어이해 나를 버리시옵니까고/ 아아 더 훨씬 절망이상이다/ 목숨을 번제하는 사랑으로서만이/ 오직 이길 수 있는/ 슬픔// 사월엔 십자가 새 형틀을 짜고/ 죽으러 오시는 주님을 기다린다/ 부활의 부시게 밝은

부활을 믿는 것이 기독교 신앙의 핵심이다. 그러나 이 부활을 가장 먼저 목격한 것은 가장 사랑하는 제자로 알려진 베드로나, 성모 마리아가 아닌 막달라 마리아였다.

새벽 그 먼저/ 사흘 낮 사흘 밤을 내 품에 안겨 주실/ 절망의 하느님을 기
다린다

— 「망 부활(望復活)」 전문[37]

이 시 역시 예수의 부활을 시적 대상으로 하고 있다. 앞선 시와 달리
이 시는 성서의 한 장면이 아닌 '망부활(望復活)—성토요일'을 배경으
로 한다. 그러한 점에서 이 시의 표면적인 화자는 '성토요일'를 지내고
있는 기독교 신도일 것이다. 그런데 이 시의 화자에게서는 막달라의 이
미지도 동시에 발견할 수 있다. 화자는 "부활의 부시게 밝은 새벽 그 먼
저" "내 품에 안겨 주실" 예수(하느님)를 기다린다. 이때 화자의 기다림
은 새벽녘 무덤을 찾아간 막달라 마리아와 부활한 예수와 마주하는 장
면과 오버랩 된다. 즉 이 시의 화자는 현재의 시간에서 성토요일을 지내
는 막달라인 것이다.

현재에 사는 막달라—김남조는 예수를 기다린다. "사월엔 십자가 새
형틀을 짜고/ 물오른 가시의 가시관을 엮"으며 '성토요일'을 지내고 있
다. 예수는 화자의 바람대로 "못박히신다." 예수는 해마다 반복되는 성
토요일에 매번 죽고, 매번 다시 살아난다. 화자는 예수를 매년 못 박으
며, "슬픔"을 느끼는데, 이 슬픔은 "목숨을 번제하는 사랑", 속죄양을 통
해서만 해결될 수 있는 것이다. 그런 의미에서 시적 화자가 예수를 죽이
는 행위, 죽으러 오는 예수를 기다리는 행위는 일종의 종교의례[38]로 볼

---

37) 김남조, 앞의 책, 2005, 484쪽.
38) "예배는 그리스도의 삶과 죽음과 부활을 기억하는 아남네시스(Anamnesis)이다. 아
남네시스는 그리스도의 삶과 고난, 그리고 죽음과 부활에 대한 기억이다. 아남네시
스를 통해 그리스도의 생애는 기억되고 조명되고 재현된다. (중략) 예배는 예수 그
리스도 안에서 절정을 이루신 하나님의 구원 역사를 반복하고 '기억'하고 '재현'하며

수 있다. 속죄양인 예수를 죽이는 것은 번제를 상징하는 행위이며, 이를 통해 화자의 "슬픔"을 극복한다.

지금까지 살펴본 것처럼, 김남조는 막달라 마리아의 성녀로서의 면모에도 관심을 가졌다. 그러나 김남조는 막달라를 단순히 성서의 인물로 묘사하는 것이 아니라 자신이 닮고자 하는 존재, 자신을 비추는 '거울'로 설정한다. 막달라와 김남조 사이에 사랑하는 사람과 이별했다는 공통된 경험이 있고, 이때 둘 사이의 동질성이 형성된다. 즉 김남조가 막달라를 통해 자신을 들여다보는 행위는 동일화—'막달라 되기'의 과정이다. 이러한 '막달라 되기'는 자기 치유, 개인의 구원에 이르는 행위로서 의미를 갖는다. 거울에 자신의 내면을 들여다보는 행위는 신을 기다리는 것이며, 신에게서 비롯되는 구원을 기다리는 것이다.

2장과 3장을 종합하여 보면, 김남조가 형상화하고 있는 막달라를 새롭게 정의할 수 있다. 막달라는 예수를 사랑한 죄 많은 여인이면서 동시에 성녀이다. 다시 말해 김남조 시에 나타난 막달라는 이중적인 인물이다. 죄인이면서 성녀인 양가적 인물이며, 이 지점에서 김남조의 막달라 마리아는 신학에서 정의하는 막달라 마리아와는 다른 특이점을 갖는다.

'실천'하고 '경험'하는 행위이다. 예배는 예수그리스도에 대한 예배 공동체의 공동의 기억행위이다."(박종환, 「몸의 기억과 의례의 시간」, 『장신논단』 54, 장로회신학대학교 기독교사상과 문화연구원, 2022, 154쪽.) 기독교의 종교의례는 성서의 장면을 단순화 · 상징화하여 재현한다. 대표적인 예로 성만찬이나 영성체의 경우는 예수의 최후의 만찬에서 기원한 것으로 알려져 있다. 「망부활」 역시 성서의 장면, 예수가 죽고 부활한 사흘간의 시간을 재현하고 있다. 즉 죽음과 부활을 기억하고 있는 것이다. 이러한 점에서 본다면 「망부활」의 장면을 종교의례, 예배로 볼 수 있고 이는 곧 '아남네시스'이다. '성토요일'을 지키는 행위는 곧 기독교인들의 공동의 기억이며, 예수의 죽음과 부활, 그리고 인류의 구원이라는 기독교의 큰 핵심을 "'기억'하며 '재현'하며 '실천'하고 '경험'하는 행위이다." 다시 말해, '성토요일'을 지키는 화자는 예수의 죽음과 부활을 기념하는 동시에 거기서 파생되는 구원을 경험하는 것이다.

김남조의 막달라는 창녀이면서 동시에 성녀다. 김남조가 바라본 막달라의 특성은 서로 길항하는 것이고, 동시적인 것이다.

4. 메시아 막달라 — '듣는' 당신과 공동체의 구원

앞선 장에서 살펴보았듯, 김남조의 막달라 마리아는 죄인이자 성녀이다. 초기와 중기의 시에서 김남조는 주로 막달라의 죄인이자 성녀인 특성을 표현하면서, 자신과 막달라 사이의 동질성을 형성했다. 그러나 후기 시에서 김남조는 막달라에게 새로운 역할을 부여한다. 막달라의 의미가 확장되고 있는 것이다. 이 장에서는 후기 시에서 김남조가 주목한 막달라의 면모와 그것이 한국시사에서 어떠한 의미를 갖는지 살펴보고자 한다.

김남조는 먼저 막달라를 신앙의 대상에 놓는다. 막달라가 예수 그리고 '성모'와 동등한 위치에 놓인다. 신앙의 대상이 된 막달라는 단순히 '믿고 따르는' 대상만이 아니라 새로운 역할을 요구받는다. 첫째로 막달라는 '듣는' 존재로 호명된다.[39]

> 당신에게선 손발에 못박는 소리/ 아슴히 들립니다/ 사랑하는 분이/ 눈앞에서 못 박혀 죽으신 후/ 당신 몸은 못박는 소리와 그 메아리들의/ 소

---

39) 『희망학습』에 실린 「막달라 마리아4~7」은 모두 시 내부의 청자로 막달라 마리아가 설정되어 있다. 화자의 말을 '듣는' 대상이다. 이는 김남조가 막달라에게 요구하는 새로운 역할과 관련이 있다. 「막달라 마리아4~7」은 일종의 '기도'라고 볼 수 있다. 이때 신자의 기도를 듣는 존재는 '신' 혹은 '성녀' 즉 신앙의 대상들이다.

리 사당입니다// 세상에서 가장 강한 건/ 고통입니다./ 고통의 반복 앞에
서는/ 울연한 공포입니다/ 그래도 사랑하는, 사랑입니다// 사리를 쌓아/
태산을 이룰 때까지/ 선혈을 탈색하여/ 증류수의 강으로 넘칠 때까지/
천지간 오직 변치 않는 건/ 죽음과 참사랑뿐// 하여 당신에게선/ 어느 새
벽 어느 밤에도/ 손발에 못박히는 아픔/ 그치지 아니합니다
— 「막달라 마리아4」 전문[40]

　이 시는 독특한 상상력을 보여주고 있다. "손발에 못박는 소리"는 예
수의 처형 장면을 떠올리게 하는데, 이 소리는 이 시의 청자이자 대상인
막달라 마리아에게서 들린다. 이는 그가 예수의 죽음을 직접 목격했다
는 점에서 비롯된 시적 상상력이다. 막달라 마리아의 몸은 "못박는 소리
와 그 메아리들의/ 소리 사당"이라는 것은 막달라 마리아의 역할을 보
여주는 문장이기도 하다. 화자는 막달라 마리아를 통해서 "못박는 소리
와 그 메아리들"을 듣는다. 즉 "소리 사당"인 막달라 마리아를 통해서 예
수를 인식하는 것이다. 특히나 이 시에서 주목한 장면은 예수가 십자가
에서 처형되는 장면이다. 예수의 죽음은 기독교 세계관에서 필수적인
사건이다. 예수의 부활이 있기 전에는 반드시 죽음이 있어야 하기 때문
이다. 3연의 마지막 부분 "천지간 오직 변치 않는 건/ 죽음과 참사랑뿐"
역시 예수의 죽음과 구원—인류에 대한 신의 사랑으로 해석할 수 있다.
　이 시에서 막달라 마리아는 예수의 죽음과 인류에 대한 신의 사랑을
확인할 수 있는 매개물이다. 이는 '성녀'가 된 막달라 마리아에게 부여된
특성이자 역할인 것이다. 이러한 점은 이전 장에서 보았던 막달라 마리

---

40) 김남조, 앞의 책, 2005, 920쪽.

아와는 다른 의미를 나타낸다. 화자는 마리아를 통해 예수의 고통을 인식한다. 화자는 "당신"—막달라 마리아에게선 "어느 새벽 어느 밤에도/ 손발에 못박히는 아픔"이 그치지 않는다고 서술한다. 사실 "손발에 못박히는 아픔"의 대상은 예수이다. 그러나 화자는 "당신" 즉, 막달라 마리아를 통해서 "아픔"을 인식하고 있다. 성녀가 되기 이전의 마리아는 예수를 사랑하고 헌신한 인물이었으나, 신앙의 대상이 된 마리아는 예수의 고통과 사랑을 전달하는 매개물이 된 것이다.

> 당신처럼 저희도/ 여러 번 남자를 사랑했습니다/ 당신처럼 저희도 일곱 마귀가 들어/ 일곱가지 굿판을 벌입니다// 당신은 옥합의 향유를/ 거룩한 분의 두 발에 따르고/ 눈물에 적신 머릿단으로/ 공들여 오래오래 닦았습니다/ 저희도 그 비슷이는 했습니다// 부활의 아침/ 날빛보다 밝으신 어른이/ 친히 이름 부르시며 당신 앞에 보이셨기에/ 비통은 환희로 보답되었습니다/ 하지만 저희는 다릅니다/ 맨발의 유태 여자/ 참회의 대속자신 이여/ 주님은// 만민의 구세주 되셨으나/ 당신은 이천 년 오늘까지/ 유태의 목마른 우물이며/ 온 세상 여인들의 실못 박힌 마음들을/ 그 시린 물거울에 비춥니다// 이런 까닭으로/ 저희는 당신의 제자/ 당신의 딸 되기를 굳이 청하나이다
>
> —「막달라 마리아5」 전문[41]

앞서 살펴본 것처럼 이 시에서 화자는 막달라를 닮고자 한다. 때문에 화자는 "당신처럼 저희도"라는 표현을 반복적으로 서술하고 있다. 화자는 예수의 발에 향유를 부은 막달라 마리아의 행동을 "비슷이는" 했으

---

41) 위의 책, 922쪽.

나 이내 자신과 마리아와의 차이를 인식하게 된다. 막달라 마리아는 예수의 부활을 처음 목격한 존재다. 이를 바탕으로 "죄와 울음의 여자(「막달라 마리아2」)"였던 막달라 마리아가 "참회의 대속자"로 새로이 역할을 부여받았고, 마리아의 "비통은 환희로 보답"되었다. 그는 "이천 년 오늘까지/ 유태의 목마른 우물이며/ 온 세상 여인들의 실못 박힌 마음들을/ 그 시린 물거울에" 비춘다. 성녀인 막달라 마리아는 일종의 귀감(龜鑑)이 된 것이다. 화자는 마리아에게 "당신의 제자/ 당신의 딸 되기를 굳이 청"한다. 성모에 대한 신앙과 비슷한 신앙이 막달라 마리아를 향하고 있는 것이다.

이 시에서 또한 '저희'와 같은 복수 표현과 "온 세상 여인들"에 주목할 필요가 있다. 이러한 시어는 좁은 의미에서 기독교 신도 집단을, 넓게는 인류 전체를 지칭하는 표현이다. 또한 '당신'인 막달라는 "유태의 목마른 우물"이며, "온 세상 여인들의 실못 박힌 마음들"을 비추는 "그 시린 물거울"이다. 이는 3장에서 살펴보았던 거울에 자신을 비추는 행위, '신'에게서 비롯된 구원—자기 치유와 개인의 구원을 찾는 행위가 김남조 개인의 상징이 아닌 공동체적 · 집단적 기억의 행위로 확장되고 있는 것이다. 다시 말해, 김남조는 막달라 마리아에게 공동체적 구원의 매개로서의 역할을 요구하고 있는 것이다. 김남조는 여기서 한 발짝 더 나아가 메시아로서 막달라를 제시한다.

당신은 환생을 하시는지요/ 한 번은 한국인으로/ 이 땅에 태어나실는지요// 못 사는 부모와 더 못 살게 될지 모를/ 자식들의 나라에/ 당신의 장기이신/ 파도 같은 통곡과 참회 그리고 사랑을/ 울창한 숲으로 땅 끝까지/ 자라게 해 주실는지요// 성서학자들도 누구도/ 못 밝혀낸 은총의

비의를/ 행복한 전염병으로/ 이 땅에 퍼뜨려 주실는지요// 아아 모처럼/
형장(刑場)에도 햇빛 부시듯/ 통한 중에 감격하는/ 이 한국의 봄날에/ 당
신은 오실는지요 와서 그렇게/ 살아 주실는지요

—「막달라 마리아7」 전문[42]

이 시에서 마리아를 청자로 상정한 것은 막달라 마리아에게 특별한
위치를 부여한다. 이 시에서 막달라는 신과 동등한 위치에 놓인다. 즉 막
달라 마리아를 향한 화자의 서술은 곧 '기도'의 형태를 띠게 되고, '기복
(祈福)'적인 성격을 갖게 된다. 막달라 마리아가 더 이상 성녀에만 한정
되는 것이 아니라 예수가 그랬던 것처럼 구원자-메시아로서의 의미로
확장된 것이다. 이 시의 화자는 대승적 차원의 구원을 바라고 있다. 화
자는 마리아에게 "한국인"으로 "환생할 것"을 바라고 있다. 김옥성은 이
작품에 대해 김남조가 "한국 사회에 필요한 메시아로서 예수가 아니라
막달라를 소환한다"고 보았다.[43] 그런데 이때 '한국 사회에 필요한 메시
아'는 무엇인가.

이때 우리는 이 시가 쓰인 시대적 배경을 고려해 볼 필요가 있다. 이
시가 수록된 『희망학습』은 1998년에 발간되었는데, 이 시기는 외환위
기로 인한 한국 사회의 '빈곤'이 재조명되던 시기이다.[44] 초기 시의 「막

---

42) 위의 책, 926쪽.
43) 김옥성, 앞의 논문, 2022, 222쪽.
44) 사회 현실 그리고 빈곤의 문제는 제14시집 『희망학습』을 관통하는 주제이기도 하
다. 이 시집에 수록된 「막달라 마리아」 연작뿐만 아니라, 표제작인 「희망학습」에서
도 동일한 문제의식이 나타난다. 김남조는 「희망학습」의 2연과 3연에서 "머리에 총
맞지 않았으니/ 아직 살아 있고/ 생각하는 일 가능하리라/ 가슴에도 총 맞지 않았으
니/ 아직 살아 있고/ 사랑하는 일 가능하리라// 이런 까닭으로/ 한국인들/ 다시금
희망의 학습을 시작한다"고 서술한다. 이 시는 '총'이라는 무력의 상징에서 살아남은

달라 마리아」는 개인적 구원을 이야기하거나, 전후 사회 속 개인의 상처 치유가 주된 내용이었다. 그러나 후기의 「막달라 마리아」에서는 '빈곤'이 주제로 상정된다. 「막달라 마리아6」의 "결국 당신은/ 배고픈 이들의 저잣거리에서/ 일용할 양식과 일용할 희망을 구하는/ 구걸의 여왕이었지요"라는 서술에서 '막달라 마리아'에게 구하고 있는 구원이 한국 사회에 놓인 빈곤으로부터 구원임을 알 수 있다. 「막달라 마리아7」에서 역시 김남조의 시선은 "못 사는 부모와 더 못 살게 될지 모를/ 자식들의 나라"로 향해있다. 화자가 막달라 마리아를 "한국"으로 호출하는 것은 이러한 빈곤의 땅에 "사랑을/ 울창한 숲으로 땅 끝까지/ 자라게 해"달라는 기복 때문이다. 즉 "한국 사회에 필요한 메시아"는 정치적 메시아가 아닌 빈곤을 해결해주는 메시아—"구걸의 여왕"인 것이다.

'메시아 막달라'의 사유는 「막달라 마리아4~6」을 관류하고 있다. 『희망학습』에 실린 「막달라 마리아」 연작 시편들은 모두 시의 청자로 막달라 마리아가 설정되어 있는 것은 막달라가 '메시아'로 호명되었기 때문이다. 막달라는 기도를 듣는 존재로 설정되며, 신과 동일한 위치에서 기

"한국인들"이 '희망학습'을 전망하고 있는 작품이다. 시집의 머리말에서는 시집 『희망학습』이 공유하고 있는 것이 "시대의 불행"이라는 것을 더 명확하게 서술하고 있다. 기독교적 상상력이 주를 이루던 김남조의 시 세계가 『희망학습』에서 변모했다고 단정할 수는 없지만, 김남조가 이 시기 시대 현실과 빈곤의 문제에 주목한 것은 분명한 사실이다. "어느 시대이건 그 현대인은 절망한다는 말이 있으나 오늘의 세태에선 이 말도 오히려 함량 미달인 듯하다./ (중략) 비록 글자로 나타내진 않더라도 시대와 삶의 어려움을 먼저 부딪쳐 가슴을 다친 이들에겐 선혈과도 같은 시어가 배양되고 있을 것이기에 시인이 무슨 말을 줄 수 있을지를 자문하게 된다. 시대의 불행이 너무나도 부풀어올라 시의 상자에 담아 내기엔 가당치 않다는 말이 되겠다.(중략) 새로이 자각하는 바의 시인의 책무를 더 근면하게 감당해야 하겠으며 그건 다름 아닌 희망의 수사학을 확산시키는 일이라고 여겨진다. 시인이 침묵하는 동안엔 누구도 희망을 노래하지 않는다."(김남조, 『희망학습』 머리말, 시와시학사, 1998, 8~10쪽.)

도를 들고 구원을 줄 수 있는 위치에 놓인다. 막달라 마리아는 성서에서 '성녀' 혹은 예수의 사제였지만, 김남조에게는 '신앙의 대상'으로 확장된다. '성자'와 '성모'와 동등한 위치에 놓이게 되면서, 막달라 마리아는 구원의 매개체가 되고, 그 구원은 개인의 차원뿐만 아니라, 민족 현실에 대한 구원으로 확장되고 있는 것이다. 이러한 시적 성취는 「막달라 마리아 7」에 이르러 민중을 구원할 메시아를 찾는 것으로 완성된다.[45]

　「막달라 마리아4~7」에서 보여준 상상력은 시문학사적으로도 상당한 의의를 지닌다. 김남조의 시가 신앙의 영역을 넘어서 사회현실에 대한 인식으로 확대되었다는 점을 보여주는 것이다. 「막달라 마리아2」와 「막

---

45) 한국 사회의 빈곤과 '메시아 막달라'의 상상력은 민중신학과도 연결지어 생각해볼 수 있다. 안병무는 막달라 마리아가 예수의 결단에 결정적으로 기여했으며, 예수의 결단에는 "투철한 민중의식"이 작용했다고 설명한다. 그러면서 "여인은 민중 중의 민중"이라는 것을 강조한다. 여성은 억압되고 소외된 존재라는 점에서 여성은 민중이다. 이는 예수의 '공생애(共生涯)'를 민중운동으로 바라보는 '민중신학'에서 '십자가 사건'의 가장 중요한 역할을 막달라 마리아에게 부여한 것이다. 이러한 점에서 막달라는 구원의 시발점이 된다. "예수는 기름 부은 익명의 여인의 행위를 자신의 장례를 예비하는 것이라 했다(요한12,7). 이 말을 그 여인에게 적용시키면, "당신은 죽어야 합니다"라는 뜻을 행동으로 나타낸 것이 바로 기름 부음의 행위가 된다. 요한에게서처럼 그가 바로 이 (막달라) 마리아라면 예수가 한 말은 그의 고뇌를 토로한 것일 수 있으며, 만일 이에 대해서 그 여인이 끝끝내 침묵했다면 그것은 "당신의 길은 이미 결정되었습니다"라는 엄숙한 대답 이상 다른 것이 될 수 없을 것이다./(중략) 그런데 왜 여인들이 예수의 결단에 결정적인 역할을 했을까? 그들의 특유한 위치, 즉 자신들의 억업에 의한 한을 풀려는 염원과 기대가 예수에게 종교적 차원으로까지 승화되었을 수도 있다. 또한 예수에 대한 그들의 기대와 존경에는 성(性)이 작용했을 수도 있다. 그러나 예수가 해야 할 일, 가야 할 길을 투시함으로써 죽음으로 나누어질 아픔도 초극하는 결단을 내리게 한 것은 투철한 민중의식이었다고 보아야 한다. 여인은 민중 중의 민중이다. 이중 삼중의 억압과 착취 밑에서 소외되어 있었다.(중략) 저들의 유일한 희망은 군림하는 철권의 메시아가 아니라 저들 편에 서주는 이, 그것이 바로 그들의 메시아여야 한다는 것이다."(안병무, 「예수와 여인」, 『갈릴래아의 예수』, 한길사, 1993, 248~250쪽.)

달라 마리아3」은 개인의 신앙고백이다. 그러나 전후시로 볼 수 있는 「막
달라 마리아1」과 후기의 「막달라 마리아4~7」은 다양한 시적 성취를 보
여주고 있다. 이는 개인의 구원 · 신앙의 차원을 넘어선, 공동체적 차원
의 구원으로의 확대이면서, 시문학사적으로는 김남조의 신앙시 · 종교
시가 종교적 한계를 넘어 현실참여적인 면모를 갖추게 된 것으로 볼 수
있다.

　살펴본 것처럼, 김남조에게 있어 '성녀' 막달라 마리아는 신앙의 대상
이자 메시아였다. 구원의 매개이자 공동체를 구원할 수 있는 메시아의
역할을 부여받은 것이다. '메시아 막달라'는 「막달라 마리아4~7」을 관
류하는 사유인데, 네 편의 시가 모두 막달라를 청자로 두고 있다는 점,
그리고 화자의 서술이 기도와 비슷하다는 점에서 막달라는 기도를 듣
는 '성녀'이자 메시아로 설정되어 있다고 볼 수 있다. 김남조는 '메시아
막달라'에게 공동체적 구원을 요구한다. 이전의 막달라 마리아가 신앙
의 대상이자 개인적 차원의 구원의 매개에 한정되었다면, 후기의 「막달
라 마리아」 연작은 민중적 · 공동체적 구원을 말하고 있다.

5. 결론

　지금까지 김남조 시에 나타난 '막달라 마리아'에 대해 살펴보았다. 김
남조는 '막달라 마리아'에 지대한 관심을 보였다. 그 이유는 첫째로 막달
라 마리아와 자신 사이의 동질감 때문일 것이다. 전후 시기 천문학 교수
와의 이별 그리고 남편인 김세중 교수와의 이별을 경험한 김남조와 '신
을 사랑한 여자'이면서 "사랑한 이와의 이별 중에서/ 신으로 승천하신

분과의 이별"한 막달라 마리아 사이에는 '사랑하는 사람'과의 이별이라는 동질성이 형성된다. 이를 바탕으로 김남조는 마리아가 되고자 했고, 마리아를 신앙의 대상으로 두었으며, 메시아의 역할을 부여했다. 마리아를 통한 구원 그리고 개인의 상처 치유와 이를 넘어선 공동체 차원의 구원과 치유를 모색하고자 한 것이다.

이 글은 김남조 시에 나타난 '막달라 마리아'의 의미가 기존의 성서적 의미를 넘어서며, 새로운 의미로 읽힌다는 문제의식에서 출발하였다. 2장에서는 죄인으로서의 막달라에 주목하여 논의를 전개해 나갔다. 김남조가 주목한 막달라 마리아의 두 측면이 개별적인 것이 아닌, 서로 맞물려 있음을 밝히고자 했다. '신을 사랑하는 죄 많은 여자'가 어떻게 형성되는지, 그리고 죄성과 사랑 사이의 논리 구조가 어떻게 형성되었는지 살펴보았다. 기독교 교리에서 출발한 죄의식을 그대로 수용했다는 한계점이 존재하지만, 이 장에서 중요한 점은 김남조가 바라본 예수에 대한 막달라 마리아의 사랑은 신과 인간 사이의 사랑이 아닌 남녀 간의 사랑이라는 점이다.

3장에서는 성녀로서의 막달라 마리아에 주목하였는데, 이때 김남조가 성녀 막달라를 닮아가고자 하는 방식으로서의 '막달라 되기'를 중점적으로 살펴보았다. 막달라와의 동질성을 바탕으로 김남조는 '막달라 되기'의 상상력을 시에 구현하고 있다. 이때 막달라가 되는 것은 곧 자기치유이자 개인적 구원에 이르는 행위이다. 막달라가 되는 것은 거울을 보는 행위—자신의 내면을 바라보는 행위이고, 김남조에게 거울을 보는 행위는 '신'에게서 나오는 구원을 바라는 행위이다. 김남조는 '막달라 되기'를 통해 전쟁으로 인한 상처를 치유하고 개인적 슬픔에서 구원되는 것이다.

4장에서는 메시아 막달라에 초점을 맞추었다. 이 장에서는 성녀로서 신앙의 대상이 되며, 성모, 메시아와 동등한 위치에 놓이게 된 막달라에 대해 살펴보았다. 김남조는 막달라 마리아에게 새로운 역할을 부여한다.「막달라 마리아」연작 중 후기 시들에서 공동체적 차원의 상처의 극복과 구원을 요구하는 것이다. 신앙의 대상이 된 막달라 마리아에게 "한국인" 그리고 "한국의 봄"에 환생하는 메시아로서의 역할을 요청하고 있다. 이는 개인의 구원이 공동체적 차원으로 확대된다는 점에서 큰 의의를 갖는다.

김남조 시의 막달라 마리아는 성서와 신학에서의 정의를 넘어선 새로운 기의를 갖는다. 막달라는 창녀이자 성녀인 양가적인 인물이다. 산문 등에서 살펴볼 수 있는 막달라 마리아에 대한 김남조의 인식은 정통 교회의 교리를 그대로 수용한 것일 수 있다. 그러나 김남조는 막달라 마리아를 자신과 동일시하면서 치유와 구원의 매개물로 상정하였고, 더 나아가 메시아로서 막달라를 호명하였다. 이러한 점은 김남조 시에 나타난 막달라 마리아의 특이점으로 결론지을 수 있다.

제3장

김남조 시의 모성 연구

임현우 · 김옥성

1. 서론

　현대 문학 연구 중 특히 여성주의적 관점에서 모성이 중요하게 다루어지고 있는 것은 주지의 사실일 것이다. 2000년부터 2019년까지 발표된 현대문학 박사학위논문에서 추출한 '여성문학/젠더 관련 연도별 상위 20개 단어'에는 '모성'이 지속적으로 상위 20개 단어 안에 들고 있음을 확인할 수 있다.[1] 물론, 현대 문학 박사학위 관련 데이터에 모성이 자주 등장하였다는 이유로 그 중요성을 입증할 수는 없겠지만, 적어도 위의 자료를 통해 모성이 문학장 내에서 빠지지 않는 핵심어로 거론되고 있음을 짐작할 수 있다.

　김남조 시에서 모성이 드러난 시는 상당수 발견된다. 특히, 김남조의

---

1) 김병준 · 천정환, 「박사학위논문(2000~2019) 데이터 분석을 통해 본 한국 현대문학 연구의 변화와 전망」, 『상허학보』 60, 상허학회, 2020, 496~497쪽

수필에서 나타나는 그의 어머니는 자식에 대한 사랑이 넘쳤던 존재로 묘사된다. 그의 수필 「나의 어머니」에서 김남조는 "67년 6월 20일, 시계가 정확히 정오를 짚을 때 어머니는 숨을 거두셨고 그 후 내 목숨 속에서 나와 함께 숨쉬며 살아가고 계신다."[2]라고 밝힌 바 있는데, 이를 미루어 볼 때 어머니의 사랑은 김남조에게 큰 영향을 미친 것으로 생각된다. 단순 어머니와의 경험뿐만 아니라 김남조는 스스로 어머니이기도 했으며, 가톨릭 신앙인으로서 성모 마리아에 대한 존경 또한 그의 시적 상상력에 영향을 미쳤을 것이다. 실제로 그의 시들에는 어머니로서의 경험과 아이에 대한 사랑이 드러난 시[3], '인간' 어머니에 대한 상상력이 드러난 시[4], 어머니로서의 '성모'에 대한 상상력이 드러난 시[5]들이 여러 편 발견된다. 이러한 점에서 김남조 시에서 '모성'은 곳곳에 드러나 있을 뿐 아니라 '모성'에 대한 김남조만의 독특한 상상력이 발견되는 지점이 있다.

김남조의 시적 상상력의 한 축이 '사랑'임은 주지의 사실이다. 김남조는 '사랑의 시인'이라고 불릴 만큼 그의 수많은 시편에는 사랑의 상상력이 녹아 있다. 그리고 그중 사랑의 한 형태인 '모성'은 김남조의 '사랑'의 독특한 일면을 보여준다. 일반적으로 모성은 여성이 어머니로서 지니는 정신적, 육체적 성질 혹은 그런 본능이라고 할 수 있다.[6] 모성성은 생물

---

2) 김남조, 「나의 어머니」, 『이제와 우리 죽을 때에』, 弘盛社, 1983, 105쪽

3) 「아기와 엄마의 낮잠」, 「달밤 · 1」, 「요람의 노래」, 「엄마들은 누구나」, 「주를 뵈오려」, 「별」, 「아들에게」, 「아이」, 「자식의 일」 등

4) 「모상母像」, 「어머님의 성서」, 「빛의 어머님」, 「그의 어머님」, 「슬픈 날에」, 「어머니」 등

5) 「거룩한 밤에」, 「영광의 마리아」, 「성모」, 「성모승천」, 「오월」, 「성모의 밤」 등

6) 이선형, 「구술생애사를 통해 본 한국여성들의 모성인식에 대한 세대비교 연구」, 『페미니즘연구』 11-1, 한국여성연구소, 2011, 60쪽

학적 속성으로 한정되는 즉, 임신, 출산, 수유 등, 그 외에도 여성의 경험
적 특질이라 할 수 있는 인내, 포용 등 사회문화적 함의를 갖는다. 실제
현실에서는 어머니가 헌신적이고 희생적이기만 할 수 없음에도 불구하
고 그의 헌신과 희생의 이름으로 재생산하며 여성을 억압하는 도구로
사용되기도 한다.[7] 이와 같이 '모성'은 여성이 생명의 잉태와 해산을 가
능케 하는 신체를 갖고 있다는 육체적인 사실에 기대어 있으나 김남조
는 '모성'이 지니는 육체적 성격을 뛰어넘고자 하는 상상력을 보여준다.

선행 연구에서는 여러 관점에서 김남조 시에 나타난 모성에 대하여
다루고 있다. 김옥성[8]은 성모의 모성을 통해 기독교 생태학적 상상력
을 구명하고 있다. 그는 성모가 가지는 지모신적 모성의 모습을 통해 지
구-생태계 운행의 근원적인 생명의 힘을 성모의 모성으로 파악한다. 또
한, 그는 가톨릭적 여성주의 관점에서 김남조 시의 성모가 자신의 모성
을 통해 고통을 공유하는 구세주로서 나타남과 모성의 실천을 통해 '지
상의 어머니'들이 '지상의 성모'가 되고 있음을 밝히고 있다.[9] 그의 연구
는 다양한 관점에서 모성의 상상력을 예각화하여 다루었다는 점에서
의의를 가진다. 정영애[10]는 김남조 시의 변모 양상에 대해 연구하며 그
의 초기 시와 중기 시에 나타난 모성에 대한 예찬과 함께 자녀에 대한
사랑을 검토하고 있다. 또한, 그는 김남조의 양육 경험과 생명 인식 등

7) 배옥주, 「한국 여성시에 나타난 모성성의 특성-1970년대~1990년대 한국 여성시의 모성시를 중심으로」, 『열린정신 인문학연구』 19-1, 원광대학교 인문학연구소, 2018, 177쪽
8) 김옥성, 「김남조 시의 기독교 생태학적 상상력」, 『日本學硏究』 34, 단국대학교 일본연구소, 2011
9) 김옥성, 「김남조 시의 가톨릭적 여성주의 연구」, 『어문론총』 91, 한국문학언어학회, 2022
10) 정영애, 「김남조 시의 변모 양상 연구」, 숙명여자대학교 대학원 박사학위논문, 2009

의 영향 관계에서 그만의 독특한 형태의 모성애가 발현되고 있음을 짚
어내고 있다. 다만, 그 시기가 초기와 중기에 한정되어 그 형상화에 대해
다루었다는 한계가 남는다. 김옥순[11]은 한국 현대시에 나타난 모성 이
미지를 통해 김남조의 시편을 다루고 있지만, 그것이 단편적 고찰에서
끝나고 있다는 점에서 아쉬움이 남는다.

선행 연구에서는 김남조 시에 나타난 모성에 대하여 여러 관점에서
조명하며 김남조 시 세계의 면면들을 밝혀왔다. 그러나 그의 시 세계 내
에서 모성이 어떠한 상상력으로 작동하고 있는지에 대한 논의는 전면
적으로 이루어지지 않은 것으로 보인다. 따라서 본고는 선행 연구의 연
구 성과를 계승하는 동시에 김남조 시에 나타난 모성이 어떠한 상상력
으로 구현되고 있는지에 대해서 살피고자 한다.

2. 모성에 가려져 있던 한 인간으로서의 어머니

재클린 로즈는 어머니의 역할이 존경과 미화의 대상으로 높여질 때
마다 그가 느끼는 인간적인 복잡다단한 감정들이 지워지고 억압당한다
고 말한다.[12] 여성은 모성 때문이 아니라 '모성'을 요구하는 '제도'에 의
해 진정한 자신의 육체와 정신으로부터 소외된다.[13] 여성은 가부장주
적 제도 안에서 '모성'을 강요받으며 그 안에 존재하는 한 인간으로서의

---

11) 김옥순, 「한국 현대시에 나타난 모성 이미지-'달-물-여성'의 상징적 대응을 통하
여-」, 『우리 문학의 여성성·남성성(현대문학편)』, 이화어문학회, 2001
12) Jacqueline Rose, 김영아 옮김, 『숭배와 혐오-모성이라는 신화에 대하여』, 창작과비
평, 2020, 116쪽
13) Adrienne Rich, 김인성 옮김, 『더이상 어머니는 없다』, 평민사, 2018, 41쪽

존엄성은 인정되지 않곤 한다. 이러한 모성은 여성에게 사랑, 헌신, 희생 등을 요구하고 양육의 모든 책임을 전가하는 도구가 된다.[14] 이로 인해 여성은 '모성'이라는 이름 아래 스스로 자기 실존을 세워나갈 수 없으며 개별성이 이들에게는 인정되지 않는다.[15] '모성', '어머니'라는 단어는 여성에게 존재하는 여러 가지 감정과 한 개체로서의 존재성을 무시하게끔 한다. 이는 '모성' 혹은 '어머니'라는 용어 그 자체가 가지는 의미보다 가부장주의적 사회에서 여성을 억압하고자 하는 의도에 의해 그러한 의미를 갖게 된 것으로 이해할 수 있다. 그러나 하나의 개체로서 존재하는 여성에게는 다채로운 정체성이 존재하며 '모성'이라는 정체성만으로 '여성'이라는 존재를 규정해버리는 것은 불가능하다.

김남조 시의 '어머니'는 '숭배'되는 '모성'적 특성에 기대지 않는 면모를 보인다. 본고에서는 김남조 시의 '어머니'가 어떻게 여성을 억압하는 데 사용되어 왔던 '모성'에서 벗어나는 상상력을 보이는지 살펴보고자 한다. 다음 시의 어머니는 내면에 고통, 절망, 기쁨 등을 내재한 다면적 존재로 나타난다.

잠든 아가의 손을 쥐어 본다/ 흰 이마 귀여운 귀뿌리에 달빛이 머물고/ 눈썹 적시며 살결에도 스민다/ 아가 머리맡엔 흰 석고의 성모상/ 성모의 발에 달빛이 출렁인다

---

14) 일반적인 모성의 특징은 여성의 자기 정체성은 결국 '어머니'가 되어서야만 확보될 수 있다는 논리가 된다. 이를 통해 여성의 모성은 여성의 능력과 한계를 규정하고 동시에 양육을 통해 내면화된다. (이연정, 「여성의 시각에서 본 '모성론'」, 『여성과 사회』 6, 한국여성연구소, 1995, 174쪽)

15) Simone de Beauvoir, 이정순 옮김, 『제2의 성』, 을유문화사, 2021, 731쪽

　잠자는 이들은 좋은 술에서처럼/ 잠에 취하고/ 잠자지 않는 이는/ 자
신의 분신들을 만나고 있다/숨겼던 사랑을 들고 나오는 나와/ 미진한 염
원에 가슴이 더운 나와/ 가책의 질고를 앓고 있는 내가/ 숙연하게 원탁을
둘러앉는다

　달은 둥근 얼굴 상냥한 마음씨/ 닫힌 유리창을 넘어 와서/ 나의 눈앞에
유백색 등을 건다
　　　　　－「달밤 · 1」 전문, 『김남조 시전집』, 248쪽 (4시집, 『정념의 기』)

　이 시에서는 아이의 머리맡에 "흰 석고의 성모상"이 있고 성모상의
발에는 달빛이 출렁이고 있다. 늦은 밤 잠든 아이는 잠에 취해있고 깨어
있는 화자만이 자신의 분신들을 만난다. 화자는 "숨겼던 사랑을 들고 나
오는 나", "미진한 염원에 가슴이 더운 나", "가책의 질고를 앓고 있는"
나 등 깊은 내면에 있는 스스로의 모습들과 마주하며 원탁에 둘러앉아
있다.
　이 시에서 "달빛"과 "달빛"이 비추고 있는 것들에 주목할 필요가 있
다. 이 시의 "달빛"은 아기, 성모상의 발, 그리고 화자를 비추고 있다. 화
자가 1연의 서술을 통해 아기를 사랑하는 마음을 드러내고 있는 점에
서 아기는 사랑과 보호의 대상이며 동시에 가장 순수한 모습을 가진 존
재이며 아기는 달빛에 의해 비춰진다.("잠든 아가의 손을 쥐어 본다/ 흰
이마 귀여운 귀뿌리에 달빛이 머물고") 이 시에 등장하는 "성모상"은 어
두운 밤 아기의 머리맡에서 아기를 보살피고 있다는 점에서 '어머니'로
서의 정체성이라고 볼 수 있는데,[16] "달빛"은 성모상의 발에만 출렁인

---
16) 가부장제에 기댄 모성신화에 의하면 여성은 양육만이 여자로서의 최대의 행복이라

다. 더불어 "성모상"과 같이 '어머니'로 생각되는 시적 화자는 "달빛"에 의해 비춰지며 '밤'이라는 어둠 속에서 자신의 내면("자신의 분신들")을 마주한다. 이러한 점을 고려했을 때 "달빛"이 화자를 밝게 비춘다는 점은 의미심장하다. '화자'는 "달빛"에 의해 비추어지며 '어머니'가 아닌 개인적인 내면을 드러내게 된다. '어머니'로서의 정체성이 강조되는 '성모상'도 "달빛"에 비추어지는데, 이때 달빛은 '성모상'보다 '화자'를 더 비추고 있다. 이는 화자의 여러 내면 중 '어머니'로서의 정체성인 '성모상'보다 '화자'에 더 집중하게 한다. 이때 "달빛"의 의미는 다음 시에서 나타나고 있는 '모성'에 대한 상상력과 연결하여 볼 필요가 있다.

> 지나간 연분들과의 사이/ 못다 푼 실타래의 심사心思를/ 나는 「아이」 라 부른다/ 몸 다친 아이,/ 마음 다친 아이와/ 전혀 말 없는 아이./ 자라지 않는 아이와/ 성급히 늙는 아이,/ 저마다 얼마간 비극 적인 건/ 피와 살은 준 내 탓이다/ 엄마탓이다

> 나의 아이들아/ 나의 아이들아/ 그리고 또 나의 아이들아
> -「아이」 전문, 『김남조 시전집』, 1113쪽

는 통념을 강조하는 가부장제에 얼마나 잘 순응하느냐에 따라 그 가치를 평가받는다. 가부장제에 순응하느냐의 여부에 따라 여성은 이분법 속에 속하게 되는데 마리아(eva)/이브(eve) 또는 천사/악마의 이분법적 사고방식은 다른 방식의 삶을 평가 절하하며, 여성이 가정 안에서만 의미를 가질 수 있다는 통념을 강요하게 된다. (이정옥, 「모성신화, 여성의 또 다른 억압 기제-일제 강점기 문학에 나타난 모성 담론의 한계-」, 『여성문학연구』 3, 2000, 120쪽) 본고에서는 이분법적 사고를 통해 마리아와 이브라는 이분법적 사고로 시에 나타난 모성을 이해하고자 하는 것이기보다는 여성 안에 존재하는 어머니를 비롯한 여러 정체성을 여성 화자의 정체성 중 하나로 설명하고자 '성모상'을 화자의 정체성 중 어머니로 규정하였다.

이 시의 화자는 "지나간 연분들과의 사이/ 못다 푼 실타래의 심사"를 자신의 '아이'라고 부르며 모성을 나타낸다. 보통 '어머니'의 역할은 '자녀를 잘 양육하는 것'으로 제한되며, 그 과정에서 '어머니'가 가지는 여러 개인적이고 인간적인 면모들은 무시되어진다. 그는 '어머니'로서만 존재할 뿐이며 어머니의 역할은 자녀를 비롯한 남편, 가족 구성원을 보조하는 것에만 초점이 맞춰진다.[17] 그러나 이 시에서는 화자의 감정들조차 모성의 대상으로 여겨지고 있다. 즉, 화자에게 있어 본인의 감정들조차도 모성으로 보살펴야 하는 존재이다.

이는 더 넓게 이해하면 화자 스스로까지 모성의 대상으로 볼 수 있다는 결론에 다다른다. 이것은 위에서 언급한 시 「달밤·1」에서 가장 순수한 존재이자 사랑과 보살핌의 대상인 아기를 달빛이 비추고 있었던 것, 또 시의 화자가 "달빛"으로 인해 온전히 자신의 내면을 들여다볼 수 있었던 점과 연결된다. 아기에게 머물고 스민다는 점에서, 그리고 무언가

[17) 가령, 1920년대 자유연애와 모성 보호를 주장했던 엘렌 케이의 모성 보호론은 일본의 여성학자 히라츠카 라이쵸(平塚雷鳥)에 영향을 미쳤고, 이는 당시 그의 영향 아래에 있던 20년대 조선의 신여성들에게 크게 영향을 끼치게 되었다. 당시 엘렌 케이의 주장은 시대의 국가주의적 사고관과 연결되었고 이를 통해 사회의 필요에 의한 여성의 역할을 고착시키는데 이용되었다. (허윤, 「1930년대 여성장편소설의 모성담론 연구」, 이화여자대학교 석사학위 논문, 2006, 18쪽) 이러한 시대적 상황 속에 사회에서 자아실현의 기회를 얻지 못하던 신여성이 자신의 가치와 개성을 드러낼 수 있었던 것은 '어머니'라는 영역에 한정되었고, 이들은 이에 매달릴 수밖에 없었다. 그러나 이러한 '모성'은 유기할 수 없는 직분이자 그들의 본래적인 것으로 강요되었고 아동에 대한 사회적 시각이 '국가의 미래'로서 이들을 조명하는 것으로 전환되면서 이들을 양육하는 어머니에게 과학의 발달에 의한 전문성을 요구하는 등 새로운 짐들을 그들에게 지웠다. 당시 여성들은 자아를 실현하기 위해서는 스스로 여성의 '아내'와 '어머니'의 역할에 충실해야만 구성될 수 있는 '스위트홈'의 구성원이 되어야만 했으며, 이러한 '모성'은 여성들의 고통을 은폐한 채로 사회에 의해 미화되었다. (연구공간 수유+너머 근대매체 연구팀, 『매체로 본 근대 여성 풍속사 新女性』, 한겨레신문사, 2005, 256~257쪽)

를 사랑해주고 보살핀다는 점에서 "달빛"을 모성이라고 생각해 볼 때, "달빛"은 '어머니'인 「달밤 · 1」의 화자까지 보살피고 있는 것이다. 더불어 「달밤 · 1」의 "달빛"이 단순히 "아기"와 화자만을 비추는 것이 아니라 '성모상'까지 비춘다는 점에서 이 시의 '모성'은 '어머니'와 '화자'를 양분하지 않고 '어머니'라는 정체성을 여러 정체성 중 하나로 갖는 '화자'에 초점을 맞추게 한다.

다시 돌아가 「아이」의 화자는 자신이 살아오면서 갖게 된 "심사"들을 하나하나 다 살피며 그것들이 어떠한 것인지 나열하고 그것들에 대한 모성을 드러낸다.("저마다 얼마간 비극적인 건/피와 살을 준 내 탓이다") 즉, 이 시에서의 '어머니'인 화자는 모성의 대상이 된다.

다음 시에서는 '모성'의 대상이 '어머니'인 화자 자신에게 향하고 있음을 보여주고 있다.

아침 음악을 들으며/ 아가야 네 눈매가 유순하구나/ 햇살의 층계를 오르내리는/ 청유리빛 새떼라도 보는가 싶게

언젠가 옛날 한때/ 엄마의 퍽 추운 마음씨/ 성냥 한 개비 불을 무는/ 그 동안만이라도/ 두 눈 가득히 보고싶던 사람

아침 음악을 들으며/ 지나온 애환 돌아보며/ 아침 음악을 들으며/ 네 옆에 내가 살고 있음이 대견해라

미명의 강물이/ 물소리 하나로만 다가오듯이/ 한 톨 아픈 불씨의/ 모정을 부채질하는 부채질하는/ 오늘따라 퍽 이상한 아침 음악

아가야 천 가지 사연을/ 네 이름 하나에 줄여 부르는/ 내 아가야
  - 「이상한 아침 음악」 전문, 『김남조 시전집』, 356-357쪽
                                    (6시집 『겨울바다』)

이 시에서의 "아가"의 의미는 시의 전개에 따라 변모하고 있다. 첫 연에서의 "아가"는 화자의 자녀이지만 점차적으로 "아가"는 화자 자신을 의미하게 된다. 화자는 "아가야 천 가지 사연을/네 이름 하나에 줄여 부르는/내 아가야"라고 말하는데, 결국 이 시에서의 아가는 "천 가지 사연을" 줄여 부르는 "이름"이다. "천 가지 사연"은 현재의 "엄마"를 있게 한 모든 것을 의미하는 것으로 읽을 수 있다. 이러한 점에서 "아가"는 화자의 자녀이기보다 모든 과거와 현재를 거쳐 온 자신으로 보는 것이 더 타당할 것이다. 화자는 스스로 "지나온 애환 돌아보며" 그것을 거쳐 아기 옆에 "내가 살고 있음"을 대견해 한다. 그러면서 화자는 그가 듣고 있는 "아침 음악"이 자신의 "한 톨 아픈 불씨의/모정을 부채질"한다고 말한다. 이 시의 화자에게는 "추운 마음씨"를 가졌던 "언젠가 옛날 한때"를 지나온 자신이 자신의 모성의 대상인 것이다. "아침 음악"이 화자가 있는 현재를 의미할 때, 화자는 과거의 자신을 돌보는 "모정을 부채질"하고 있는 것이다. 이 시의 화자는 현재에 이른 자신을 대견해 하며 현재에 서서 과거의 자신을 향한 모성을 드러낸다.

다음 시에서는 다양한 내면을 가진 어머니가 '어머니'라는 정체성으로 아들의 고통에 다가가는 것이 아니라 자신이 겪은 삶의 경험과 자신의 다양한 내면을 통해 공감하고 관계를 맺고 있는 모습을 보여준다.

서 있지 않고 쉼없이 걷는 삶/ 배고픈 날도 걸어가는 삶/ 그런 줄을 알

면서 아들아/ 내일이면 큰 바다를 건널/ 너의 방 불빛에/ 엄마는 척추를 다친 사람만 같구나// 엄마를 닮아/ 감상에 시달림이 고통이라는/ 그 미안한 내 아들아/ 하기야 우리 모자/ 감상엔 도통했지/ 어린애 위장처럼 아무 때나 허기지고/ 열여섯 그대로의 사춘기로/ 평생을 살아가는 우스꽝이라니

아들아/ 엄마의 참얼굴은 너도 모른다/ 마음은 한지라/ 수시로 문풍지 소리를 내고/ 실은 사랑도 모른단다/ 가슴 닳아 뭉개져서/ 핏물 질펀히 흐르는 일 외는

상처 준 이 없이도 비명 지르고/ 하마터면 죽을 뻔, 죽을 뻔/ 이리도 한심한 엄마의 처지로서/ 너에게 축복을 주노니/ 아들아/ 엄마를 닮지 말고/ 엄마에게 배우지도 말아라

    -「아들에게」 전문, 『김남조 시전집』, 754-755쪽 (12시집 『바람세례』)

이 시에서 화자는 아들에 대한 염려를 드러낸다. 화자에게 있어 삶은 고통이며 그는 그러한 길을 걸어왔다. 그러나 화자는 이를 모두 알고 있음에도 같은 길을 걸어갈 아들을 걱정하는 마음에 마치 "척추를 다친 사람"과 같이 고통스럽다. 화자의 걱정은 '어머니'로서의 걱정이기도 하지만 한 인간으로서의 공감이기도 하다. 화자는 아들이 자신의 "참얼굴"을 모른다고 말하고 있다. 일반적으로 어머니는 모든 것을 이해하고 사랑을 주는 존재로만 그려지지만, 이 시의 화자는 "마음은 한지라 수시로 문풍지 소리를 내고/ 실은 사랑도 모른"다. 이 시에서 어머니라는 한 인간은 그저 나약한 존재로서 "상처 준 이 없이도 비명 지르"는 존재이다. 이 시에서의 '어머니'는 가족 안에서 '어머니'라는 역할에 의해 이상화되

지 않고 그저 고단한 삶을 견뎌내며 살아온 나약한 한 인간으로 나타난다. 그리고 화자는 그러한 자신의 괴로움, 슬픔 등을 아들에게 이야기하며 자신의 내면을 통해 아들이 겪을 고통에 대해서 공감한다. 그리고 스스로의 내면을 충분히 돌아볼 수 있는 것은 결국 '어머니' 스스로가 '모성'의 대상이 되기 때문에 가능해진다.

김남조 시의 모성은 여성에게 강요 혹은 요구되는 모성과는 차이가 있다. 김남조 시의 여성 화자는 아이를 사랑하고 또 염려하는 어머니로 나타난다. 그러나 그것은 그가 반드시 '어머니'이기 때문에 자녀에 대한 헌신과 희생을 행하려는 것이 아니다. 그에게 있어서는 '자기 자신'조차도 모성의 대상이기에 김남조 시에서는 어머니로 그려지는 여성 화자의 감정들이 섬세하게 다뤄지고 묘사된다. 이를 통해 '어머니'라는 이름에 가려져 있었던 여성 화자의 다양한 내면들이 드러난다. 자기 자신 스스로조차 모성의 대상으로 여기는 화자는 그러한 경험을 통해서 자신의 자녀의 고통에 다가간다. 그것은 '어머니'로서가 아니라 하나의 개인으로서의 접근이라는 점에서 '어머니'와 '자녀'의 관계를 일방향적 모성의 수혜 관계가 아닌 서로를 보듬을 수 있는 수평 관계로 나아갈 수 있는 가능성을 내포한다. 다음 장에서는 이 수평적 관계가 구체적으로 어떻게 나타나고 있는지에 대하여 살펴보고자 한다.

3. 삶의 동행자로 나타나는 모성

에리히 프롬은 모성애를 자식을 향한 무조건적인 희생적 사랑으로 정의한다.[18] '모성애'에 대한 그의 주장은 여성을 억압해온 모성 이데올로기와 맞닿는 부분이 있다. 모성 이데올로기의 핵심은 아이와 어머니의 이해를 상충하는 것으로 상정하고 아이의 이해를 위해서 어머니의 이해를 희생시키는 것을 자연스러운 것으로 강요한다.[19] 즉, '모성'이든 '모성애'든 어머니에게 '아이'에 대한 일방적 희생을 강요한다는 점에서 이들 주장의 접점이 드러난다.

그러나 김남조 시에 나타나는 모성은 일방향적으로 보이지 않는다. 김남조 시에 나타나는 '어머니'는 자식에게 한없이 베풀기만 하는 존재로 나타나지 않으며 김남조 시에서의 자녀와 어머니의 이해는 상충하는 것이 아니다. 본장에서는 그렇다면 김남조 시의 모성은 어떠한 방향성을 가지고 나타나고 있는지에 대해서 살펴보고자 한다.

다음 시에서는 '어머니'와 '자녀'의 관계가 일방향적 사랑의 수혜 관계가 아님을 보여주고 있다.

> 사람은 자기의 무게로 넘어지고/ 스스로의 허무에 말을 잃는다/ 아가야 엄마의 이런 말을 너는 모를 테지
>
> 기도하는 마음이 따로 있을까/ 자식의 앞날을 염려하는 엄마들은/ 저절로 신의 회당에 사는 것을/ 때로는 쫓겨난 여자처럼/ 마음 춥고/ 숨겨온 슬픔이 꽃씨처럼 파열할 땐/ 너희들 그늘에서 조금만/ 엄마를 울게 해주련
>
> － 「엄마들은 누구나」 부분, 『김남조 시전집』, 388-389쪽

---

18) Erich Fromm, 황문수 옮김, 『사랑의 기술』, 문예출판사, 2022, 67쪽
19) 이경아, 「모성에 대한 여성주의 재사유」, 『한국여성철학』 11, 2009, 178쪽

(6시집 『겨울바다』)

이 시의 화자는 자신의 마음이 항상 자식을 염려하고 그들을 위해 기도하는 마음임을 말하고 있다. 그러면서 화자는 자신의 마음이 춥고 슬픔이 파열할 때 자신의 자녀들에게 기대고 싶음을 말한다. 이 시에서 화자의 슬픔은 두 가지로 살펴볼 수 있을 텐데, 첫 번째는 한 개인으로서의 슬픔("사람은 자기의 무게로 넘어지고/스스로의 허무에 말을 잃는다"), 두 번째는 어머니로서의 슬픔("자식의 앞날을 염려하는 엄마들은/저절로 신의 회당에 사는 것을/때로는 쫓겨난 여자처럼/마음 춥고/숨겨온 슬픔이 꽃씨처럼 파열할 땐")이다. 화자는 "너희들 그늘에서 조금만/엄마를 울게 해 주련"이라고 말하며 자녀에게 자신의 슬픔과 괴로움을 위로받고자 하고 있다.

여기서 주목되는 것은 어머니의 자녀를 향한 헌신적 모성이 아니라 인간과 인간의 관계로 형성된 어머니와 자녀 간의 관계이다. 어머니인 화자는 단순히 어머니로서의 역할에 규정되어 묘사되지 않으며, 오히려 삶을 살아가면서 겪는 슬픔, 고통, 경험에 대해 자녀와 공유하며 기대고자 한다. 이는 결국 어머니와 자녀 간의 관계가 동등한 관계에서의 맺어지는 인간관계로 나아가고 있는 것이라 할 수 있다. 더불어 어머니와 자녀의 관계가 양방향적인 관계가 됨으로써 서로 기대고 기대는 관계, 삶의 동행자로서의 관계로 나아갈 수 있음이 드러나고 있다.

다음 시에서는 절대적인 세계 안에서 함께 경이를 느끼고 있는 어머니와 자녀의 모습이 그려지고 있다.

막내는 열 살/예뻐서 못 견디는 엄마가 업어준다/초밤별 금빛 불티/순

금빛 숯불/인두질하는 인두질하는/불의 살결을 어이야 하리

한공 구만리/더운 몸의 외로움을/별들은 안다/명멸하는 숨결의 애련/
생명은 아픔이며 무상인 탓에/사랑에 값함을/별들은 안다

서럽게 진실한 만남/목화 실뿌리가 내리는 연분/내가 껴안은 절망과/
그날의 기도 구절도/별들은 알고 있다

막내는 열 살/이승의 밤하늘에/날이 날마다 별이 솟는 놀라움을/어린
아들과 나눈다
                          -「별」 전문, 『김남조 시전집』 486-487쪽, (9시집 『동행』)

이 시의 화자는 '막내'를 업고 "별"을 보며 삶의 진리를 목도하고 있
다. 별들은 "한공 구만리 더운 몸의 외로움을" 알고 "명멸하는 숨결의 애
련", "생명은 아픔이며 무상인 탓에 사랑에 값함을" 알고 있다. "별"은 삶
의 고통과 기쁨을 비롯해 화자의 만남, 연분, 절망, 기도까지 모든 것을
알고 있는 절대적인 존재이다. 화자는 이러한 모든 삶의 것들 앞에 서서
"이승의 밤하늘에 날이 날마다 별이 솟는 놀라움을" 그의 "어린 아들"과
함께 나눈다. 이로써 모든 것을 알고 있는 하늘의 별 앞에서 열 살짜리
막내아들이나 그를 업고 있는 한없이 커 보이는 어머니조차 한 사람의
인간에 지나지 않게 된다.

이 시에서의 "별"은 시에서의 묘사를 통해 볼 때 화자가 어린 자녀보
다 먼저 살아오며 느끼고 경험한 모든 것을 포괄하는 세상일 것이다. 그
러한 세상에서 화자와 어린 자녀는 하나의 개인으로서 동등한 관계가
되며 이들의 경험은 '어머니', '자식'이라는 정체성에 의해 다른 의미가

되지 않는다.

　다음 시에서는 세상 앞에 한 개인인 어머니와 자녀가 길을 함께 걸어
가는 동행자가 되고 있음을 보여준다.

　　애들아 우린 오늘 멀리 가자/ 얼어붙은 강줄기를 맨발로 밟고 가자/ 추
　운 애는 엄마가 안아 주고/ 지친 애는 엄마가 업어 주마

　　이 세상 같지도 않은/ 외로운 곳에/ 이 세상 같아서/ 외로운 곳에/ 진
　짜배기의 빛부신 성탄을 보러 가자/ 이적지 노래한 적 없는/ 엄마의 노래
　를 들려주고/ 숨어서 주는 사랑처럼 펑펑 우리는/ 기쁨과도 만나게 하마

　　성탄은 아름다워서 미치는 날/ 마음놓고 미쳐볼 한 땅을 찾아가자/ 아
　기의 빛의 억만 햇살이/ 빛을 가리고/ 가장 가난하게 하룻밤 잠자리를/
　찾아가는 그 길

　　애들아/ 부러진 날개죽지의 아픈 살점을 쪼개고 나온/ 진신사리,/ 아
　아 마르지 않는 눈물 속에 웃는/ 내 자식들아/ 저무는 먼 길을 우리는/ 아
　기를 뵈오러 가자
　　　　　　　　－「주를 뵈오려」 전문, 『김남조 시전집』 422-423쪽, (7시집 『설일』)

　이 시의 화자는 아이들을 업어주고 안아주면서 '주'를 만나러 가고 있
다. 이 시에서 '주'를 만나러 가는 화자와 그 자녀들의 행위는 가장 큰 가
치를 찾으러 가는 것을 의미하며, 삶의 궁극적 행복을 향해 나아가는 것
이다. 그 과정에서 화자는 아이들을 도와주며 그 길을 아이들과 '동행'
한다. 화자인 어머니와 그의 아이들은 "얼어붙은 강줄기를 맨발로 밟

고" 가야 하는, 목표를 향하여 고난의 길을 가야하는 존재들이다. 그 과
정에서 어머니가 어린 자녀들을 도와주기도 하지만 궁극적으로 아이들
은 그 길을 자신의 발로 직접 걸어 "진짜배기의 빛부신 성탄"에 도달하
여야 한다. 따라서 여기서 가장 주목해야 할 점은 어머니인 화자가 이를
지켜보는 존재나 보조하는 존재가 아니라 함께 이 길을 걷는 존재라는
점이다. 어머니는 자녀를 보조하는 존재가 아니며 "아기의 빛의 억만 햇
살이/ 빛을 가리고/ 가장 가난하게 하룻밤 잠자리를/ 찾아가는 그 길"을
함께하는 '동행자'이다.

김남조 시의 어머니는 아이의 보조자 혹은 그를 위한 희생자가 아니
다. 아이는 무조건적인 희생의 대상에서 벗어나 어머니에게 안식처가
될 수 있음이 김남조 시에서 드러나고 있다. 어머니는 자신에게 내재한
슬픔을 자식에게 말하며 그에게 위로받고 기대고자 한다. 이는 어머니
와 자녀가 똑같은 한 개인이기에 가능한 것이다. 어머니와 자녀는 그 나
이나 정체성과는 무관하게 "별"이라는 거대한 진리 앞에 경이를 느끼는
한 존재일 뿐으로 나타난다. 그리고 그렇게 동등한 관계에 놓인 어머니
와 아이는 삶이라는 어렵고 힘든 길을 함께 걸어가는 동행자가 된다. 때
로는 어머니가 어려움에 빠진 아이를 도와주기도 하고 아이가 어머니
의 안식처가 되기도 하며 이들은 자신의 발로 삶의 궁극적 목표를 향해
나아간다. 따라서 김남조 시에서의 모성은 일방향적인 관계가 아니라
서로를 돕고 도우며 함께 삶을 살아가는 동행자로서 나타난다.

4. 모성의 대상과 주체의 확장

에리히 프롬은 모성이 남편, 아이들을 비롯하여 타인까지 이타적이고 비이기적으로 사랑할 수 있다면 참으로 사랑하는 어머니가 될 수 있다고 말한다.[20] 김남조가 생각한 모성이 타인을 비롯한 모든 것들에 대한 이타적이고 비이기적인 사랑으로 나아간다는 점에서 에리히 프롬의 주장과 접하는 부분이 있다.[21] 다만, 에리히 프롬이 말하는 모성의 주체가 '어머니'뿐이라면, 김남조 시에서 나타나는 모성의 주체는 여성인 '어머니'에 한정되지 않는다. 김남조 시에서 어머니와 자녀는 세상을 함께 살아간다는 공통점을 가진 동행자이며, 이들은 동행하며 서로를 사랑하고 보살핀다. 따라서 이러한 모성은 세상을 함께 살아간다는 공통점을 가진 모든 것으로 확장될 수 있는 가능성을 내재한다.

다음 시는 화자가 여성들에게 모성의 주체가 될 것을 당부하고 있는 시이다.

---

20) 에리히 프롬은 어린아이의 성장에서 모성애의 참된 본질은 그의 성장을 돌봐주는 것이며 어린아이가 분리된다고 말한다. 그리고 이 과정에서 모성은 사랑하는 이의 행복 외에는 아무것도 바라지 않을 능력을 요구하고 이는 어려운 과업으로 변하게 된다. 받는 것을 바라지 않고 사랑해주는 것은 어려운 일이기에 그는 분리 과정을 밟고 있는 아이에 대한 사랑, 곧, 자기 자신을 위해 아무것도 바라지 않는 사랑이 가장 어려운 사랑의 형태라고 설명한다. (Erich Fromm, 위의 책, 2022, 81~82쪽)
21) "오월은 사랑의 달이다. 어머니께서 주시는 사랑과 어머니께 바치는 사랑이 아울러 난만히 꽃피는 달이다. 허지만 어머니만이 어머니의 사랑을 푸는 건 아니다. 사랑하는 모든 사람을 그녀의 부친까지도 사랑의 아들처럼 품어주는 그 마음을 여성은 나면서부터 갖도록 마련이다. 다만 사랑하는 이에게 건네는 뼈저린 마음의 갖가지를 비록 저들 받는 이가 다 알지는 못한다 하더라도."(김남조,『다함 없는 빛과 노래』, 瑞文堂, 1977, 56~57쪽)

저 삶이 춥다/ 혼자서 황량한 여러 밤낮을/ 실타래처럼 풀어 보내고/ 이젠 위중하다/ 비바람 진흙수렁도 괜찮다 괜찮다면서/ 너그러이 돌아나와 지금은/ 손 씻고 눈 감아버린 사람

지구의 딸들아/ 모성의 신선한 개화기인 너네가/ 그 아픈 사연들을 혼신으로 품어 덥힌다면
혹여 고쳐지려나/ 눈물과 향유를 머릿단에 적셔/ 일념으로 주님의 발을 닦아드린/ 울음과 참회의 성녀처럼/ 너희가 그리한다면······

딸들아/ 부디 그리하여다오 그리하여다오/ 나는 고작 문풍지의 분수여도/ 바람 막아 너네의/ 등잔불 지켜주리니
　　　　　　　　　　　－「추운 사람들」 전문, 『김남조 시전집』, 56-57쪽
　　　　　　　　　　　　　　　　　　　　　　(17시집, 『심장이 아프다』)

　　시의 제목인 '추운 사람들'은 모성의 대상이 되고 있으며 모성의 주체는 "지구의 딸들아"로 호명된다. 시의 시간은 삶은 춥고 혼자서 황량한 시간을 보내며 위중한 시간이다. 이러한 삶의 고난에 삶이 추운 사람들은 "손 씻고 눈 감아버린 사람"이 되어버린다. 삶의 고단함에 대하여 화자는 "지구의 딸들을" 호명하고 "모성의 신선한 개화기인" 이들에게 "그 아픈 사연들을 혼신으로 품어 덥힌다면" 그들을 고칠 수 있을지도 모른다고 말한다. 이는 "지구의 딸들"인 여성들이 모성을 통해 세상의 고통스러운 삶들에 공감하고 이를 사랑한다면 그들의 삶이 '치유' 될 수 있다는 가능성에 대해서 말하고 있는 것이다.
　　더불어 이 시에서 화자는 "딸들아"라고 모성의 대상을 호명하고 있는데, 이에 따라 화자는 '어머니'가 된다. 화자는 자신의 자녀인 "딸들"에게

세상의 고단한 이들에게 모성을 실천해 달라고 부탁한다. 또한, "나는 고작 문풍지의 분수여도/ 바람 막아 너네의/ 등잔불 지켜주리니"라며 "딸들"에 자신의 사랑을 실천하겠다고 말한다. 이에 따라 '어머니-딸-타자'라는 모성의 확산이 나타난다. 어머니는 모성을 통해 딸을 사랑하고 딸도 모성을 통해 타인에 대한 사랑을 실천한다. 이러한 사랑은 타인에 대한 사랑으로 확장된다. 그러나 이 사랑의 주체는 '여성'으로만 한정되지 않는다.

다음 시에서는 모성의 대상이 세상 모든 것으로 확장되면서 동시에 그 주체 또한 '여성'뿐 아니라 세상의 모든 "사람"으로 나타난다.

> 대지와 같은 사람이고 지노니/ 여러 해 땅을 버린 이도/ 돌아와 씨 뿌리면/ 맛과 자양과 온갖 열매 디밀어 올리고/ 우물 파면 샘물 솟고/ 죽은 이 품속에 깊이 안아/ 자거라 자거라 토닥이는/ 자애로운 모성
>
> 사람아/ 우리 모두 그리되고 지누나
> ─「흙」 전문, 『김남조 시전집』, 727쪽 (12시집 『바람세례』)

이 시의 모성은 대지, 즉 '흙'의 이미지로 이어지고 있다. '흙'이나 '대지'의 경우, 모신, 모태, 어머니 등을 상징한다.[22] 이러한 '흙'의 상징성을 생각했을 때, 이 시에서의 "흙" 또는 "대지"는 '모성'을 의미하는 것으로 볼 수 있다. 이러한 관점에서 이 시에서의 대지도 오랜 시간 버려졌었더라도 다시 씨를 뿌리면 열매가 올라오고 우물을 파면 샘물이 솟는 등 그

---

22) 이승훈, 『문학으로 읽는 문화상징사전』, 푸른사상사, 2011, 590쪽

생명력을 보이는 것으로 그려진다. 즉, 대지는 모든 것을 품고 보호하고 기르는 '어머니'의 형상으로 나타난다. 가장 주목해야 할 시구는 "사람아/ 우리 모두 그리되고 지누나"라는 시구이다. 이 시구는 단순히 "우리", "사람"이 모두 대지로부터 나오고 다시 대지로 돌아간다고 해석할 수도 있지만, 다르게 해석하면 모든 이가 대지와 같이 '되고 지는' 존재라는 것이다. 이는 곧 모성의 주체가 확장됨으로써 모든 사람이 대지와 같이 생명력을 잉태하고 해산하는 존재가 될 수 있음을 말하는 것이라고 할 수 있다. 따라서 이 시에서의 모성은 누구나 행할 수 있는 기본적인 특질이다.

> 알겠습니다, 지금 알겠구먼요/당신이 나의 누구이었나를/그 가슴 늑골 하나로 나를 빚던 날/숨쉬는 한 점 살과 몸서리나는 피/그 아픔을 먹여 나를 기르신/당신임을 알겠습니다

> 당신의 눈짓이/당신의 느낌과 생각함과 소리침이/내 몸에 옮겨오고/그 마음 그 영혼까지 거울 속처럼/환히 비치는 운명의 초상으로/나를 기르심을 알겠습니다

> 이제 내 키가 당신에게 닿고/당신의 잉태와/해산마저 이어 받음이니/오늘 당신은 죽어가심이여/하늘 한 자락 덮고 스스로 불사르는/정결한 불길……

> 아아 이 숙연한 어둠 속에서/지금은 내가/생명을 해산해야 합니다
> ─「낙일(落日)·1」전문, 『김남조 시전집』, 96-97쪽
> (2시집 『나아드의 향유』)

이 시의 화자는 "알겠습니다, 지금 알겠구먼요/ 당신이 나의 누구이
었나를"라고 말하며 그가 "당신"에 의해 "그 가슴 늑골 하나로" 빚어진
존재라고 말한다. 즉, 화자는 "당신"에 의해 태어난 존재로 결국 "당신"
이라는 존재는 모성과 연결된다. "나"를 창조한 "당신"의 모성적 능력은
화자인 "나"에게 옮겨온다. "당신의 눈짓이/ 당신의 느낌과 생각함과 소
리침이" 화자의 "몸에 옮겨오고" 심지어 "그 마음 그 영혼까지 거울 속
처럼/ 환히 비치는 운명의 초상으로" 화자를 기른다. 화자는 이에 따라
점차 자신의 근원인 "당신"과 비슷한 존재가 되어가며("이제 내 키가 당
신에게 닿고") 끝내 그의 "잉태와 해산마저" 이어받는다.[23]

이 시의 제목은 '낙일'로 '지는 해'를 의미한다. '낙일'이라는 시간은
'죽음'의 시간으로 이해해 볼 수 있는데,[24] 심지어 생명을 창조하는 '당
신'조차 죽어가는 완전한 '죽음의 시간'인 것이다. 그러나 그러한 시간이
다가왔음에도 불구하고 화자는 당신이 죽어가는 시간에 당신의 자리를
대신하여 그가 가진 생명력을 이어받고자 한다. 화자에게 "당신의 눈짓
이/ 당신의 느낌과 생각함과 소리침이" 옮겨오고 있는데, 이것은 "당신"

---

23) 김옥성(2022)은 김남조의 절대자에 대한 사유를 모성으로 파악하며 그것이 결국
'어머니 하느님'-성모라는 큰 개념 속에 포함됨을 밝히고 있다. 그리고 「낙일」에서
의 '생명의 해산'이 결국 '어머니 하느님'을 모방하여 모성의 실천자가 되고자 하는
것이라고 밝힌다. (김옥성, 위의 논문, 2022, 226~227쪽) 본고에서도 이와 같은 김
옥성의 논의를 기반으로 논의를 진행하고자 한다. 김옥성의 논의에서는 이를 가톨
릭적 여성주의의 관점에서 이 시의 모성이 결국 모든 어머니가 지상의 성모가 될 수
있다는 논의로 전개되고 있다. 그러나 본고는 절대자를 통해 보이는 창조가 '정신적'
창조라는 점에 착안하여 인류 모두에게 내재하는 모성의 가능성에 초점을 맞춘다.

24) 세상을 생명력으로 가득하게 하는 해는 밤이 되면서 지구를 비추지 않고 사라져 버
리며, 계절에 따라 그 영향력이 달라지며, 일식과 같은 현상 등에 의해 밝음과 어둠,
생명과 죽음을 동시에 상징한다. (유요한, 『종교 상징의 이해』, 세창출판사, 2021,
251쪽)

의 '모성'("잉태와 해산")이 단순히 육체적인 것이 아니라 정신적인 것임을 알 수 있다. 이 시의 화자의 모성이 정신적인 것임에 착목할 때, 김남조 시의 모성은 좀 더 구체적으로 나아가게 된다. "당신"은 대가 없이 고통을 감내하며 사랑하여 "나"를 탄생시켰고, "나"는 "그 마음 그 영혼까지 거울 속처럼/ 환히 비치는 운명의 초상으로"로서 "당신"의 부재의 시간을 대신하고자 한다. "당신"이 "나"를 모성을 통해 태어나게 한 것은 단순히 육체적인 창조일 뿐 아니라 정신적인 창조이기도 하다. 절대자의 "가슴 늑골"로 빚어졌다는 서술을 통해 화자가 여성임을 알 수 있지만, 동시에 '모성'을 실천하고 있는 이 시의 '절대자'가 남성의 형상임도 알 수 있다. 이러한 점에서 정신적 창조는 성별을 불문한 창조라고 할 수 있다. 즉, 이 시는 김남조 시의 "잉태와 해산"-'모성'-이 육체적 성별을 넘어서는 의미임을 보여준다. 다음 시에서는 '정신적 창조'의 실마리를 찾을 수 있다.

> 아기를 잉태해 본 몸으로/ 말하자면 사람 한 생애의 전운명을/ 품어본 몸으로야/ 사랑을 주려면/ 자그만치 대보름날 달덩어리만하여/ 무섬증만 나요
> ―「설동백(雪冬柏)」 부분, 『김남조 시전집』, 342쪽 (6시집 『겨울바다』)

위 시에서 "사람 한 생애의 전운명을/ 품어본" 경험은 "사랑"과 연결된다. '모성'을 경험한 "사랑"은 "자그만치 대보름날 달덩어리만" 하다. 김옥성[25]은 '성모'가 모성을 통해 타인에게 공감하고 이들을 보살핌으

───────────

25) 김옥성, 위의 논문, 2022, 216쪽

로서 '하나님'과 동등, 혹은 그를 능가하는 '어머니 하느님'으로서 나타
남을 밝힌 바 있다. 그의 연구 성과를 기반으로 할 때, 김남조 시의 '모
성'은 단순히 타인을 육체적으로 탄생시키고 돌보는 것을 넘어 타인의
고통에 공감함으로써 타인을 정신적으로 보살피는 행위로 이해할 수
있다. 위 시의 "사람 한 생애의 전 운명/ 품어본" 경험은 단순 육체적인
모체로서의 경험으로 이해할 수도 있지만, 타인의 삶에 대해 온전히 품
는 타인에 대한 온전한 이해와 공감에 대한 것으로 볼 수 있다. 이는 이
시의 "사랑"이라고 할 수 있는데, 이때의 사랑은 타인에 대한 이해를 통
해 타인을 돌보는 것이라 할 수 있다.

　이러한 점에서 김남조 시의 '모성'을 이해해 본다면, 「낙일(落日)·1」
의 화자는 "당신"의 '모성'을 통해 보살펴져 성장하였고, 그 사랑을 통해
다시 '모성'을 실천하고자 하여 또 다른 '모성'의 주체자를 탄생시키고자
한다.

　이때 육체적인 '모성' 경험이 있는 이들만이 이러한 사랑을 실천할 수
있다고 생각될 수 있으나 김남조 시에서의 "잉태와 해산"은 성별을 초
월하는 정신적인 영역이다. 즉, '정신적 창조'를 경험한 누군가-성별과
는 관련 없이-는 또 다른 '모성'을 실천하는 '모성'의 주체가 될 수 있다
는 상상력이 김남조 시에서 발견되고 있다.

　본장에서는 김남조 시에 나타나는 모성의 주체와 대상이 확장되는 양
상을 살피고자 하였다. 김남조 시의 모성은 '어머니'뿐 아니라 '딸'들 또
한 주체가 된다. 그러나 이 딸들이 보살피는 대상은 딸들의 자녀가 아닌
'추운 사람들'이다. 이들의 모성의 대상은 삶에 지치고 고단한 이들이다.
이렇게 확장된 모성의 주체는 '여성'에 한정되지 않고, 「흙」에서 모든 이
들이 모성의 주체임을 드러낸다. 김남조 시의 모성이 모든 사람이 행할

수 있는 이유는 모성이 타인에게 공감하고 이해하는 정신적인 보살핌을 통해 또다른 '모성 주체'를 탄생시키는, '정신적 창조'이기 때문이다. 김남조 시의 모성을 이를 통해 또 다른 모성의 주체를 탄생시킨다.

5. 결론

본고는 김남조 시에 나타난 모성의 상상력을 구명하고자 하였다. 김남조 시의 모성은 일반적으로 인식되는 모성에서 벗어나 '어머니'에게 가려져 있던 한 인간으로서의 여성에 초점을 맞추고 있다. 김남조는 '어머니'라는 이름에 가려져 버리는 그 내면의 감정들을 섬세히 다룬다. '어머니'인 여성은 어머니이지만 다양한 면모를 가진 존재이고 어머니가 행하는 모성은 그 모성의 대상이 자신이기도 한 것으로 나타난다. 그렇기에 '어머니'는 한 개인으로서 자신의 삶의 경험에 기반하여 자녀와의 관계를 형성한다. 그의 이러한 내면은 자녀의 삶과 그 고통에 공감할 수 있는 기반이 된다.

김남조 시의 모성은 일방향적이고 희생적이기만 한 사랑이 아니다. 어머니의 사랑은 자녀와 동행하는 모성으로 나타난다. 김남조 시의 어머니와 아이는 서로 기대기도 하고 돕기도 한다. 또한, 이를 통해 이들은 '인간-인간'의 관계를 맺는 양방향적 관계가 된다. 이들은 압도적이고 거대한 세계 앞에 놓여있는 작은 인간으로서 동등해지며 이들은 그저 세계의 경이에 함께 놀라는 존재들일 뿐이다. 이러한 관계를 바탕으로 어머니와 아이는 고단하고 괴로운 삶이라는 '길'에 놓여 "진짜배기의 빛부신 성탄"을 향해 함께 보살피며 나아가는 '동행자'가 된다.

이렇게 한 인간으로 존재하고 관계를 맺는 어머니와 자녀 사이의 모성은 김남조 시에서 확장되고 있다. 모성은 일반적으로 어머니가 자녀에게 행하는 것이지만, 김남조 시에서의 모성은 타인에게까지로 나아간다. 김남조 시의 모성은 육체적인 "잉태와 해산"을 넘어 정신적인 "잉태와 해산"으로까지 나아간다. 이는 타인의 고통에 대한 공감과 이해로부터 비롯된 정신적 보살핌이다. '모성'이라는 정신적 보살핌은 김남조 시에서 또 다른 '모성'의 주체를 탄생시킨다. 모성의 주체는 여성뿐 아니라 모성의 수혜를 받고 이를 다시 실천하는 모든 이들인 것이다.

본고에서는 김남조 시에 나타난 모성의 상상력의 일면을 고찰해 보고자 하였다. 이에 따라 김남조 시의 모성적 상상력을 관통하는 논리와 그 상상력의 전개에 대해서 일부를 구명해 볼 수 있었다. 김남조의 시에 나타난 모성은 '어머니'라는 이름에 가려져 있던 '여성'을 조명하며, '모성'의 의미를 '타인의 고통에 대한 공감과 이해로부터 비롯된 정신적 보살핌'으로 의미를 확장하고자 한다. 이러한 김남조의 시적 상상력은 그의 사랑의 시학의 한 축을 설명하고 있으며 김남조의 시 세계의 일면을 구축하고 있다.

제4장

김남조 시에 나타난 죽음 인식

장동숙

1. 서론

김남조 시인은 끝 시집인 『사람아, 사람아』를 2020년에 출간함으로써 장구한 시 세계를 완성했다. 초기 시작(詩作)은 서울대학교 재학 중이던 1948년 〈연합신문〉에 「잔상(殘像)」, 〈서울대학교 시보〉에 「성수(星宿)」가 소개되면서 알려졌다. 이후 『한국전후문제시집』[1]에 김남조의 대표 시 열여섯 편이 수록되어, 30명의 작가 중 유일하게 여성 시인으로서 인정받았다. 또 1988년 '대한민국 문화 예술상'을 수상했고, 2020년 마지막 시집으로 제12회 구상문학상을 받았다. 이렇듯 김남조 시인은 한국인이 사랑하는 시인으로 시사(詩史)에서 그 자리를 굳건히 지켜왔다.

김남조에 대한 평가는 가톨릭 시인이라는 종교적 측면[2]과 '사랑의 시

---

1) 박인환 외, 『한국전후문제시집』, 신구문화사, 1961.
2) 김효중, 「김남조의 가톨릭시 연구」, 『인문과학연구』 7, 대구가톨릭대학교, 2006 ; 방승호, 「김남조 시의 영원성 연구」, 『현대문학이론연구』 74, 현대문학이론학회, 2018 ; 양

인[3]이라는 주제적 측면에서 연구되었다. 종교적 관점에서 김영선의 연구를 살펴보면, 그는 성모 마리아와 어머니에 대한 연민과 정념이 시 속에 가톨릭시즘을 형성하고 있음을 밝혔다.[4] 한편 주제적 측면에서 기존 연구를 예각화한 연구자로는 김옥성이 대표적이다. 김옥성은 "김남조의 시에는 모성과 '뜨거운 사랑'을 성서 속의 여성주의적 요소로 판단하고 가부장주의적인 가톨릭 사상을 여성주의적으로 재해석했다"라고 밝혔다. 이어 김남조의 "여성주의적 상상력은 가톨릭을 아버지 하느님과 예수의 종교가 아니라 어머니 하느님과 막달라 마리아의 종교로 바꾸어놓고, 여성적인 가치가 여성과 인류를 구원할 수 있다"라고 해석했다.[5] 또 윤유나 · 김옥성은 "김남조 시의 휴머니즘적 사랑이 기독교 의식적으로, 개체 중심적으로, 사회 참여적으로 다양하게 형상화된다"[6]라고 평가했다. 이러한 논의는 전반적으로 앞선 김옥성의 연구와 맥을 같이 한다고 볼 수 있다. 이 외에도 최근 10년의 연구를 살펴보면, 생태학적 의미, 실존의식, 노년의식[7] 등 다채로운 논의가 이어졌지만, 70여 년

　　갑요, 「김남조 신앙시 연구」, 백석대학교 석사학위논문, 2008.

3) 김복순, 「한국 현대 여류시에 나타난 애정의식 연구-모윤숙, 노천명, 김남조, 홍윤숙 시를 중심으로」, 서울여자대학교 대학원 박사학위논문, 1990 ; 김재홍, 「사랑과 희망의 변증법」, 『한국대표시인 101인 선집-김남조』, 문학사상사, 2002 ; 나희덕, 「삶과 죽음을 넘어서는 사랑」, 『한국예술총집 (문학편5)』, 대한민국예술원, 2002 ; 원형갑, 「김남조와 사랑의 현상학」, 『현대시학』, 현대시학사, 1984, 7-8호.

4) 김영선, 「삶과 신앙의 문학적 상상력」, 『한국문예비평연구』 16, 한국현대문예비평학회, 2005.

5) 김옥성, 「김남조 시의 가톨릭적 여성주의 연구」, 『어문론총』 91, 한국문학언어학회, 2022, 228쪽.

6) 윤유나 · 김옥성, 「김남조 시의 휴머니즘적 사랑 연구」, 『신종교연구』 47, 한국신종교학회, 2022, 110쪽.

7) 정동매, 「김남조 전후시에 나타난 실존의식 연구」, 『아시아문화연구』 32, 가천대학교 아시아문화연구 소, 2013 ; 김희원 · 김옥성, 「김남조 시의 실존의식 연구- 1950년대

의 긴 시적 여정을 고려한다면 논의가 더 필요한 실정이다.

통상 김남조 시는 '한국전쟁'이라는 역사적 상황과 연결되어 해석되었다. 주지하듯, 전쟁은 인간의 욕망에 따른 사회적 폭력이다. 인간은 다양한 모습으로 자신의 욕망을 끊임없이 충족하려 한다. "그것은 쾌락 너머에 있어 극복할 수 없는 한계인 죽음에 이르기까지의 반복적 현상일 뿐이다."[8] 전쟁의 폭력성은 명백한 사실이기에 김남조 시에서 나타난 죽음 인식 또한 한국전쟁, 그리고 전후의 트라우마와 무관하지 않다. 그리하여 김남조는 첫 시집인 『목숨』(1953)부터 마지막 시집인 『사람아, 사람아』(2020)까지 '죽음'의 문제를 시적 상상력으로 형상화했다. 『사람아, 사람아』(2020)의 서문[9]을 통해 술회했듯, 자신의 한정된 삶과 평생 '전쟁의 체험과 그 참담한 일깨움'을 품고 시학을 완성하였다. 시의 출발점은 죽음의 고통에서 비롯되었다고 볼 수 있는데, 그는 자신을 둘러싼 죽음을 인간의 욕망에 따른 폭력으로 성찰해 그 고통을 시로 표현하였다. 첫 시집부터 14집, 마지막 시집에 드러난 죽음 관련 시는 대략 45편 정도다. 그 외 누락 된 시집을 포함한다면, 50편이 넘을 것이다. 그런데도 관련 논문은 소략하여 시인의 '죽음 인식'을 살펴보기는 어려운

시를 중심으로」, 『한국근대문학연구』 23, 한국근대문학회, 2022 ; 김예태, 「김남조 시에 나타난 아픔과 치유의 과정」, 충북대학교 박사학위논문, 2020 ; 구명숙, 「김남조 후기시에 나타난 노년의식」, 『여성문학연구』 35, 한국여성문학학회, 2015.

8) 김소영, 「상상계·상징계·실재계를 넘나드는 욕망의 양상-〈비우티풀〉과 〈레버넌트 : 죽음에서 돌아온 자〉를 중심으로」, 『인문콘텐츠학』 41, 인문콘텐츠학회, 2016, 279쪽.

9) "사람은 한정된 시간 안에서 무한 시공의 절대 신비를 인식하며 이것이 사람이 받아 누리는 기본 자산임도 압니다. 또한 사람은 다른 여러 사람과 더불어 살아가면서 역사와 문화와 예술, 더하여 전쟁의 체험과 그 참담한 일깨움까지를 품고 삽니다. 강력히 이끌려서 함께 가고 싶은 대열에 그의 생애를 맡기기도 합니다". 김남조, 『사람아, 사람아』 (2020), 저자 서문.

형편이다.

　따라서 본고는 김남조 시작의 동인인 '죽음 인식'을 통시적[10]으로 살펴본 뒤, 선정된 여덟 편의 시들을 통해 죽음 인식을 고찰하고자 한다. 이는 그의 시에 나타난 죽음 인식이 단순하게 비극적 시대에 처했던 지식인의 정동이 아닌, 죽음의 사유가 시 세계 전반에 어떻게 형상화됐는지 구명하기 위함이다. 이 논의는 김남조 시학의 근간인 '사랑 시학'이 '죽음 시학'과 어떻게 도정, 서정 미학으로 관류하는지 규명하는 계기도 될 것이다. 논의할 텍스트는 1953년 등단작부터 2020년까지 발표한 마지막 시집까지, 열세 권의 죽음 관련 45편[11]을 선별, 죽음 양상에 따라 초기 3편, 중기 2편, 후기 3편, 총 여덟 편을 주된 분석 대상으로 삼았다.

---

10) 김남조 시력의 시기 구분은 정영애, 이순옥, 방승호, 신정아의 논의를 참고로 초기는 국학자료원의 1시집부터 4시집, 중기는 5시집부터 11시집, 후기는 12시집부터 15시집, 마지막 시집 『사람아, 사람아』(2020)까지 포함하였다. 정영애, 「김남조 시의 변모 양상 연구」, 숙명여자대학교 박사학위논문, 2009,; 이순옥, 「김남조 시의 샤머니즘적 특성 연구」, 계명대학교 대학원 박사학위논문, 2013 ; 방승호, 「김남조 시 연구」, 충남대 박사논문, 2018 ; 신정아, 「막스 피카르트의 침묵 사상을 통한 김남조 후기시의 비움 의식과 침묵의 표상 분석」, 『동아인문학』 60, 동아인문학회, 2022.

11) 초기, 중기, 후기, 마지막 시집에 드러난 죽음 관련 시는 대략 45편 정도다. 『목숨』 1시집(1953)-「남은 말」, 「만종」, 「목숨」, 「다시 한번 너의 목가, 내 그리운 요람의 노래를」, 「만종」, 「월백」 ; 『나아드의 향유』 2시집(1955)-「영접」, 「저심」, 「세월은 갔어도」, 「만가」, 「나아드의 향유」, 「다시는 이별도 없고」 ; 『나무의 바람』 3시집(1958)-「고목」, 「부활의 새벽」, 「설화」, 「장마의 계절」, 「무명 영령은 말한다」, 「해와 달이 번갈아」, 「나목」 ; 『정념의 기』 4시집(1960)-「동작동 군묘지에서」, 「애가」, 「진혼소곡」 ; 『풍림의 음악』 5시집(1963)-「부활의 주」, 「기적의 탑」, 「그 이름 선홍의 피로」 ; 『겨울바다』 6시집(1967)-「밤에」, 「조기를 먼 하늘에」, 「영접의 불 댕겨」 ; 『설일』 7시집(1971)-「봄 송가」, 「나직한 송가」 ; 『동행』 9시집(1976)-「망 부활」 ; 『빛과 고요』 10시집(1982)-「상사」, 「가시관과 보혈」 ; 『김대건 신부』 11시집(1983)-「제7장 순교」 ; 『바람세례』 12시집(1988)-「안식」, 「신의 아들」, 「깨어나소서 주여」, 「부활」 ; 『희망학습』 14시집(1998)-「삶과 죽음 간에」 ; 『사람아, 사람아』 19시집(2020)-「종소리」, 「무효」, 「안 될 일」, 「수난의 주님」.

2. 절망과 애도의 이중주

죽음이 성찰의 계기로 작동할 수 있는 것은 비가역성을 지니고 있기 때문이다. 존재가 비가역적으로 소멸한 상태나 상황을 지시하는 비가역적 상실은 시에서 죽음을 통한 '정서'의 체험을 이끌게 된다. 죽음으로 인한 존재의 영원한 소멸과 부재에서 야기되는 실존에 대한 불안은 자아에 대한 성찰과 나와 같은 불안을 안고 있는 타자에 대한 심층적 이해의 계기로 작용할 수 있다.[12] 김남조의 새로운 사유 지평인 '죽음'의 문제는 경험적으로 한국전쟁이라는 충격적인 실존적, 심리적 상처에서 비롯되었다.

시인이 처음으로 죽음을 사색한 것은 1940년부터 1944년까지 일본에서 공부하던 마지막 학기였을 것으로 추정된다. 그는 일본 유학 시절 가장 취약한 과목이 체조라 했고, 폐결핵으로 고생한 4개월 동안의 병력으로 보아 허약한 체질이었음을 알 수 있다. 당시 폐결핵으로 죽은 사람들이 많았다는 사실을 고려할 때 시인도 삶과 죽음을 생각하며 병을 이겨냈을 것이다. 그가 좋아한 일본인 체육 선생이 히로시마 원폭으로 사망했다는 소식을 들었을 때도 큰 충격이었다. 첫 시집인 『목숨』(1953)의 출간 시기를 고려할 때, 초기 시에 드러난 죽음의 모티브는 이렇듯 열세 살부터 스물세 살까지의 경험과 숙고에서 비롯되었다고 추정할 수 있다.

먼저 이 장에서는 김남조 시 세계를 관류하는 죽음 시학의 초석이 초

---

12) 이상아, 「문학교육에서 죽음의 활용 방향에 대한 연구-시교육을 중심으로-」, 『국어교육연구』 47, 서울대학교 국어연구소, 2021, 253쪽.

기 시편에 어떻게 대응되는지를 살펴보겠다.『목숨』은 한국전쟁을 목도
한 시인이 '죽음'에 대해 시적 상상력으로 집약한 작품이다. 1950년대
전후 시단의 형성 역시 한국전쟁의 절망적인 상황과 밀접한 관련이 있
다. 아래 시는 이 시집 첫 장에 소개된 작품으로 발표 연도를 고려할 때
앞서 언급한 십 대, 이십 대의 죽음 인식을 근간으로 한국전쟁의 참상을
구체적으로 형상화했다. 한국전쟁은 김남조에게 남동생을 잃게 만든 비
극이었고, 시인은 이러한 절망에 반응하며 폭력의 문제를 시로 형상화
했다.

> 불 지핀 엽맥에서 못다 탄/흰 수액의 한 방울//남은 말이 있다/ 독 묻
> 은 버섯처럼 곱고 슬프게 눈떠 있을/네게 못다 준 목숨의 말 한 마디//기
> 적도 있고서야/내 하느님 설마 너를 살게 하시리라면서/ 석양처럼 번져
> 나는 설움/ 깜박 눈이 머는 것 같아짐은/ 아무래도 어디 기막히는 아픔
> 끝에 네가 숨져 가는가 보아 (후략)
>> -「남은 말」부분,『김남조 시전집』, 46쪽 (1시집『목숨』(1953)).

전집의 첫 시를 위의 시로 선택했다는 것은 시론의 중요한 지향을 드
러낸다고 볼 수 있다. 화자는 "불 지핀"의 "엽맥"에서 다 타지 못한 한 존
재를 목도하고 있다. '삶의 현실인 상황들 중에 인간이 변경할 수도 없
고 제거하거나 피할 수도 없고 설명할 수도 이해할 수도 없는 상황들이
있다.'[13] 이러한 상황들은 야스퍼스가 말하는 '한계 상황'이다. 화자는 전
쟁으로 인한 죽음을 목도하면서 자신의 한계를 절감한다. 그러기에 타

---

13) 이기범,「죽음에 대한 철학적 고찰-생물학적 환원주의의 죽음 이해에 대한 비판적
    고찰」, 감리교신학교 석사학위 논문, 2009, 7쪽.

고 있는 엽맥을 살리기 위해선 '수액의 한 방울'이 필요하다고 고백하고, 네게 '한 마디 말'을 남기고 싶어 한다. 또 '독 묻은 버섯처럼' 슬프게 죽어가는 모습에 '남은 말'을 하지 못하고, 하느님만을 호명한다. 기적이 일어나야 할 절명의 순간에 구원자를 찾지만, 그 설움은 나의 설움이면서 죽어가는 이의 설움으로 남는다.

결국 그 설움은 끝내 '기막힌' 아픔으로, 아무것도 할 수 없는 절망으로 나타나고, 시적 주체는 설움 속에서 "하느님 설마 너를 살게 하시리라"라며 체념한다. 이미 시의 초반부에 '남은 말'을 반복적으로 강조하듯, 화자가 처해 있는 상황은 '하나님'만이 해결할 수 있는 상황이며, 화자는 그 기막힌 아픔 속에서 아무것도 할 수 없는 처지를 드러낸다. 실존철학의 출발인 키르케고르[14]의 관점에서 보면, 화자는 죽음을 어찌할 수 없는 유한한 존재로 인식하면서 그 죽음을 해결하는 이는 '신'이라고 인식하고 있다.

나는 가고 싶던 곳 끝내 못 가보고/ 예 와서 쓸쓸히 누웠느니라/ 나는 하고 싶던 말 못내 말하고/기막힌 벙어리로 누웠느니라// 포성이 하늘을 뚫는 싸움터/ 물밀 듯 밀고 밀어 진격하던 나날,/ 내 나라와 내 겨레를 지켜야 한다는/ 뜨거운 마음 하나/ 솟구치는 불더미와 다를 바 없어도/ (중략) 선혈이 흥건히 풀을 적시고 못 박히듯/ 내 생명 그 곳에 멎을 때/ 서럽디 섧게 감기는 눈시울은/ 한 줄기 하얀 눈물 흘렸느니라// 내가 죽은

---

14) 실존철학의 출발인 키르케고르에게 인간은 여러 가지 다양한 조건이나 환경 또는 상황의 필연성에 의해 제약을 받는 유한한 존재다. 그러나 동시에 실존은 그와 같은 한계를 자유롭게 초월할 수 있는 무한한 존재로서 유한성과 무한성, 필연성과 가능성의 '종합'을 수행하는 자이다. S. 키르케고르, 『죽음에 이르는 병』, 한길사, 2010, 55~56쪽.

후론 이름 모를 전사,/이름을 모르매 새길 비 문도 없이/ 차라리 조촐한
내 영혼의 모습/ 하늘 푸르름을 덮고 누워서/ 내 나라여, 내 겨레, 내 사람
아 편안하라고/ 밤낮으로 빌고 빌며/하세월 이렇게 누웠느니라
　-「무명 영령은 말한다」 부분, 『김남조 시전집』, 178쪽 (3시집『나무와
　　바람』(1958)).

　전쟁 폭력이 강제한 죽음은 생명의 단절을 초래하기에 화자는 죽은
자로 "가고 싶던 곳" 이제 갈 수 없고, "하고 싶던 말"하지 못한 채 기막
힌 주검으로 누워있다고 탄식한다. 허망한 죽음을 시적 상상력으로 그
리고 있는데 "포성", "진격", " 솟구치는 불더미"를 통해 전장이 얼마나 치
열했을지 상상한다. 이렇듯 무명의 전사가 죽음의 공포를 이겨낼 수 있
던 것은 "내 나라와 내 겨레를 지켜야"하는 "뜨거운 마음"일지라도 절명
의 순간은 서럽기만 하다. 죽음의 이미지를 붉은 '선혈', '하얀 눈물'로 표
현함으로, 계속될 죽음을 "이름 모를 전사"의 죽음으로 인식하며, 화자
는 "이름을 모르매", "새길 비문도" 없다고 한탄한다. 이것은 나의 죽음
과 다른 이의 죽음을 동일시하는 애도의 모습이다. 시적 주체는 "내 나
라여, 내 겨레, 내 사람"을 편안하게 하려고 "이렇게" 죽어갔다고, 죽음
의 이유를 분명히 밝힌다. 이로써 희생자의 죽음을, 국가를 위한 희생의
자리에서 주체의 자리로 선회한다. 마침내 전사자의 죽음은 남은 자를
위한 희생으로 전복된다.
　앞서 살핀 두 시가 전쟁으로 희생된 전사자의 죽음을 말한다면, 아래
시는 전쟁으로 가족을 잃은 실제적 죽음을 형상화했다. 김남조는 당시
전쟁과 죽음을 사유하면서도 정작 동생의 죽음을 정면으로 바라보기는
힘들었을 것이다. 가족의 절망은 당시의 고백에서 엿볼 수 있는데 이때

아들을 보낸 어머니의 고통이 고스란히 전해진다.

> 두 아들과 두 딸을 낳아 둘은 죽고 둘은 살아남았던 것을 6.25 사변 중 무더운 8월에 그 아들이 또한 죽었다. 그 당시 나도 혈담을 뱉곤하던 참담한 병중이라 어머니 혼자서 미아리 공동묘지에 어린 아들을 파묻고 오셨는데, 서울이 두 번째 탈환된 1.4후퇴에 모녀가 피난을 갔다가 몇 해 만에 정부의 환도를 따라 다시 돌아온 후 어머니의 치열한 집념은 아들의 묘소를 확인해내는 그 일이었다.[15]

이렇듯 동생의 죽음은 자연적 죽음이 아니기에, 가족을 절망으로 빠트렸다. 이때의 아픔을 시적 상상력으로 그려낸 다음 시를 통해, 가족의 죽음을 직시하고 있는 시적 주체를 볼 수 있다. 즉 김남조 시에서 죽음은 전쟁터의 경험보다는 트라우마, 부조리한 인간의 문제 등으로 나타나고 있다. 자식을 먼저 보낸 어머니의 불안과 절망 의식을 통해서도 엿볼 수 있다.

> 음식과 옷입음을 놓았거니/ 지금은 투명한 영혼 하나로만/ 살아가는 건아/ 쑥국새 울어라도 줄 나무 한 그루 없이/ 외로운 죽음들만 모여 사는/ 미아리 공동묘지 너의 쉼터에도/ 해 저물어 비는 뿌리리라//너 가던 그 날도 방은 비고/ 한 마디 작별도 없이 목이 쉰 채/ 혼자 죽은 건아/ 까맣게 칠한 관머리엔/ 너를 낳아 기르신 어머니만이/ 반백의 머리를 비비셨거니//
> 울음쯤으로야 어찌 사람의 참슬픔이라 하리/ 전란이 한창이던 그 때/

---

15) 김남조, 「예술가의 삶」, 혜화당, 1993, 25쪽.

생목숨 같은 너를 보낸 아픔은/ 내 모든 낮밤에 맥동치느니/ 기찬 슬픔이
여/ 말아져 별첩이라도 되라/ 호르르호르르 네 귀에 감기는/ 옥피리 소
리라도 되라/ 살아서나 죽어서나 우리를 살피시는 분/ 분명 계시느니/
그분을 의지하여/ 부디 편안함 느리어라// 음식도 옷입음도 놓았거니/
영혼 하나로 영혼 하나로만 바람인양/ 살아가는 건아

　　－「진혼소곡」鎮魂小曲 전문, 『김남조 시전집』, 252쪽(4시집 『정념의
　　　기』(1960)).

　이 시에는 혼자 죽어 간 동생에 대한 '참슬픔'을 이미지로 드러난다.
시적 주체는 삶의 흔적을 내려놓고, '투명한 영혼'으로 '미아리 공동묘
지'에 누워있는 동생을 상상한다. "한 마디 작별도 없이 목이 쉰 채", "혼
자 죽은" 외로운 건의 죽음 앞에 "낳아 기르신" 어머니의 고통을 짐작하
며 "어머니만이 반백의 머리를 비비셨거니"라고 인식한다. 하지만 이 구
절을 이해할 때 중요한 것은 "혼자 죽은" 것과 "너의 쉼터"라는 모순적
인 어법을 알아차리는 것이다. 죽음이 "쉼터"로 될 수 있으나, 이를 지켜
보는 어머니의 슬픔은 "반백의 머리를 비비"는 고통이다. 그러니 아들을
떠나보낸 어머니의 슬픔은 "기찬 슬픔"일 수밖에 없다. 동생이 죽은 때
가 전란 시기라는 점을 고려해 볼 때, 어머니의 "참슬픔"은 당시 공동묘
지에 자식을 묻은 다른 어머니들로 등치될 수 있다. 화자는 "생목숨 같
은" 가족을 보낸 아픔은 "낮밤에 맥동" 치면서 침잠하고, 남아 있는 자
의 절망을 인식하며 "살아서나 죽어서나 우리를 살피시는 분"은 절대자
임을 떠올린다. "그분을 의지하여" 죽은 영혼이 "편안함"에 이르기를 소
망하며 "네 귀에 감기는 옥피리 소리" 되어 함께 머물기를 기도한다. 1
연과 마지막 연의 반복적 배치는 결국 건이 "영혼"으로 바람처럼 살아

가야 하는, 죽은 자임을 자각하는 태도에서 연유한다. 김남조의 고민이
이렇듯 죽음의 인위성이라는 본질적인 지점에 귀착된 것은 근본적으로
'죽음'이라는 주제를 어떻게 시적 상상으로 표현할지에 대한 고민을 안
고 있었기 때문이다.

　요컨대 초기 시에 나타난 김남조가 인식한 죽음은 '기투없는 절망'의
표상으로 볼 수 있겠다. 죽음이란 미래에 속해 있지만, 예기치 않게 들이
닥친 죽음은 '현재에 속해 있는 현존재가 기투나 선취를 통해 미리 앞질
러 가서 사로잡아올 수 있는 그런 현재의 미래가 아니다'[16]. 이때 시인은
죽어 간 익명의 타자와 죽은 동생을 소환하며, 어찌할 수 없는 인간의
한계를 자각하면서 신에게 그들의 죽음을 의탁한다. 즉 초기 시에 드러
난 죽음은 인간 욕망에 따른 폭력성과 그 고통을 지켜볼 수밖에 없는 시
적 주체의 절망과 애도를 드러낸다. 그런데 이때의 죽음은 폭력적 욕망
을 드러내는 기재로만 작동하는 게 아니라, 치유를 위한 믿음의 발로가
된다. 그러므로 초기 시에 드러난 죽음 인식은 존재의 문제를 드러내는
'주제적 죽음'[17]을 의미한다.

16) 정동호 외, 『철학, 죽음을 말하다』, 산해, 2004, 246쪽.
17) 이인복은 작품 속에서 나타난 죽음을 크게 '소재적 죽음', '주제적 죽음'으로 구분하
　　였다. '주제적 죽음'이란 죽음이 주제를 표현하는 최후 단계까지 남아서 작품 내에서
　　의 그 죽음의 현장이 주제를 나타내는 데 없어서는 아니 될 중요 인자를 말한다. 반
　　면 '소재적 죽음'은 작품의 주제를 결정하는 데 영향을 끼치지 않는 경우를 의미한
　　다. 이인복, 『한국문학에 나타난 죽음의식 사적 연구』, 열화당, 1987, 18쪽.

3. 일상적 순교를 통한 초극 의지

앞서 2장에선 전쟁의 폭력성으로 고통받는 시적 주체의 절망을 살펴보았다. 이러한 폭력은 시인에게 현실이면서 성찰의 고통으로 향하게 된다. 김현은 예술의 진실을 논하면서 '개인의 상상력이 현실에 대한 반응'[18]이라고 언급한 바 있다. 그의 논의대로 김남조도 상상력과 언어를 통해 현실에 대한 반응을 보이는데, 중기 시에선 절망적 상황을 순교자의 죽음으로 승화시키는 확장성을 볼 수 있다.

이러한 확정성은 김남조의 가톨릭적 죽음 인식인 순교시[19]에서 명확하게 드러난다. 김남조 시에는 순교자의 죽음에 대한 신앙 시가 여러 편 있다.[20] 자발적 죽음을 수용한 순교자의 신앙은 인간을 사랑한 하나님의 속성과 예수 그리스도가 약속한 영생에 대한 확신에서 비롯되었으며, 그를 신봉한 신자들의 영생에 대한 희망이 기독교의 고유한 순교 개념을 구성하는 원리였음을 의미한다.[21] 그러나 순교의 정신을 단순히 사랑의 실천이라는 낭만적 감성으로만 이해해서는 안 된다. 김남조는 십 대부터 사유한 죽음의 문제를, 전쟁 전후 절박한 상황에서 직면한 죽

---

18) 김현, 「창간호를 내면서」, 『문학과 지성』, 창간호, 1970년 가을호, 47쪽.
19) '순교'를 뜻하는 성경 언어가 부재하다는 점 때문에 '증언'을 의미하는 헬라어 'μάρτυς'를 순교의 어원으로 추정하는 견해가 일반적이다. 강석진은 순교를 기점으로 형성되는 이와 같은 일련의 과정을 일상생활 속에서 믿음과 소망, 사랑을 완전한 실천을 통해 예수 그리스도의 가르침을 증거하고 마지막 죽음 앞에서도 이를 유지하려는 '순교 영성'이라고 정의한다. 강석진, 「19세기 조선 교회 순교자들의 삶과 영성」, 『교회사연구』 45, 한국교회사연구소, 2014, 92쪽.
20) 『나무의 바람』 3의 「무명 영령은 말한다」, 『정념의 기』 4의 「동작동 군묘지에서」, 『설일』 7의 「나직한 송가」, 『김대건 신부』 11의 「제7장 순교」.
21) 조성호, 「순교의 의미를 통한 기독교 영성 탐구」, 『복음과 실천신학』 45, 한국복음주의실천신학회, 2017, 172쪽.

음을 시적 모티브로 수용했기 때문이다. 순교자의 죽음은 타인과 맺는 외적 관계이면서 신적 내면을 포함하고 있기에 실존적 죽음과 다르다. 대중적으로 살펴볼 중기 시는 「영겁의 불 댕겨」, 「나직한 송가」 두 편이다.

　　소리 없는 소리로 이루는/ 신비한 음악/ 주께서 빚지 않으시면/어찌 울립니까// 섬약한 불빛으로/ 의혹의 먹구름을 헤치는 믿음/ 주께서 아니 가꾸시면/ 어찌 자랍니까/ 모든 빛깔이 시드는 일모에/ 진홍의 불무더기 순교의 성취인들/ 주께서 아니 거두시면/무슨 보람되옵니까//

　　생명을 버려/생명 안의 참생명을 얻는다 해도/주의 눈길 아니 머무시면/무슨 위안되옵니까//숨긴 마음 낱낱이 읽으시는/ 밝으신 눈매의 주여// 구원을 베푸신들 구원만을 따름이 아니옵고/ 참사랑에 저희를 부르시니/ 그 사랑에 나가옴을 살펴 주소서//

　　부르는 이와 부름을 받는 이의/ 영혼만이 알던 세계,/ 혹여 오늘 다시/ 그 부르심이 메아리쳐 오거든/ 죽어, 서름없이 몇 번이고 죽어/ 다함없는 공경을 황황히/ 밝히옵게 도와주소서// 가난한 자의 등잔에/ 영겁의 불 댕겨 주시고/ 거룩한 추수 후 낙수들만 남은/ 이 쓸쓸한 밭머리에/ 주여 주여/ 부디 친히 납시옵소서

　　－「영겁의 불 댕겨」 전문, 『김남조 시전집』, 394쪽(6시집 『겨울바다』
　　　(1967)).

위 시는 '순교'를 통한 신의 사랑을 잘 보여준다. 순교는 가톨릭 신앙의 기본 영성으로, 1연의 화자는 주께서 만든 신비한 음악인 '소리 없는 소리'를 상상한다. 2연은 신의 능력을 떠올리면서 나의 믿음 또한 신이 주어야 가능한 것이고, 그 믿음으로 순교한 이들을 생각하며 "주님

이 아니 거두시면" 보람이 없다고 성찰한다. 그러니 순교자의 믿음 또한 주님의 뜻에 합하여, 열매를 맺을 때 의미가 있는 것으로 "생명을 버려" "참생명을 얻는다 해도", 주님의 눈길이 머물지 않으면 그 누구도 위안을 줄 수 없다고 고백한다. 5연에 이르러 주님은 구원을 베푸시고 "참사랑"을 주시기 때문에 순교자도 그 앞에 나갈 수 있게 된다. "부르는 이", 주님이 "부름을 받는" 순교자를 다시 부르실 때 "서슴없이 몇 번이고 죽어" 순교한다는 믿음을 보인다. 그러나 순교 의지에 앞서 화자는 "다함없는 공경"에 의탁해 "도와주소서"라고 겸손히 아뢴다. 이 부분은 화자 내면에서 우러나오는 갈망이며 소망일 것이다. 마지막 연에 주목할 것은 "가난한 자"에 대한 이중적 해석이다. 첫째, 화자의 마음이 가난한 것으로 일차적 해석이 가능하고, '누구를 위해 순교하는가'에 초점을 둔다면, 가난한 자를 향한 순교이기에 가난한 자는 그 대상이 될 것이다. 마침내 화자는 순교 후 "영겁의 불"로 인도해 달라고 소망하며, 친히 쓸쓸한 순교자 곁에 머물기를 기도한다.

순교의 개념에 있어 '사랑'을 위하여 자신의 생명을 능동적으로 '주었던' 순교자들은 김남조 시에서 '죽음의 의미'를 자신이 아닌, 신 앞에서 찾으려는 특징이 있다. 초기 시에서 볼 수 있는 시적 주체의 불안과 달리, 순교시에서 드러난 화자의 태도는 신적 정체성을 유지한다는 점이다. 이 지향성은 죽음의 재현을 모델로 해서 마련된 예수의 사랑, 즉 타자를 향한 순교자의 사랑이다.

한국의 흰 꽃에선/ 순교하신 분들의 피내음이 납니다/ 차마 눈도 못 뜰 피범벅이의 형장에서/ 불지피던 영혼의 횃불 그 순교/ 주님 앞엔 사랑이 옵는 그것// 하긴 그만큼은/ 아프고 못 견딜 열이었기에/ 땅에 뿌리면 몇

갑절로 솟아나는 나무가 되고/ 신령한 살아 있는 바람으로 불어/ 세계의
뭇 변방에/ 청청한 고함으로 번지었거니//

　초록의 오월/ 주의 면류관을 짜던 가시나무조차/ 함께 햇살을 쬐는/
생명과 관용의 절기 이 날에/ 나직한 송가를 울리며/ 한 어른을 앞세우
고/ 더욱 간망의 눈을 적시옵니다/주여//

　신앙을 위해선/ 목숨 바칠 까닭도 없어졌는데/ 이제 무엇으로 저희의
넋을 건지리까/ 소리 없는 주악奏樂/ 가슴 깊은 데에 올리옵느니/ 한국
의 흰 꽃에선 언제라도/ 순교의 피내음이 납니다

　－「나직한 송가」 전문,『김남조 시전집』, 418쪽(7시집『설일』(1971)).

　이 시는 흰 꽃을 순교의 상징적 색채로 표현했다. 한국의 흰 꽃에서
순교자의 "피내음"이 나고, "피범벅의 형장"에서 "불지피던" 영혼은 흰
색과 대조적인 붉은 색으로 표현된다. 그런데 "차마 눈도 못 뜰" "피범
벅"의 죽음을 "사랑"으로 형상화하고 있다. 위 시편에서 죽음은 실존적
죽음이 아닌, '사랑'의 다른 용법이다. '주님 앞엔 사랑이옵는 그것'이라
는 고백은 '그만큼은 아프고 못 견딜 열'이라는 진술이 암시하듯 '사랑'
으로 인한 고통의 수용, 즉 순교적 죽음을 의미한다. 이러한 죽음은 키
에르케고르가 말한 죽음에 이르는 병[22]으로 절망이나 고통을 초월한다.
그것은 절대적 신을 향한 '사랑', 즉 '그리스도'를 통해 죽음을 이분법적
인 인식에서 구별하는 것이 아니라, 죽음을 통해 "한 어른을 앞세우고"

---

22) 키에르케고르는 절망의 공식에 대하여 다음과 같이 설명한 바 있다. 즉 절망에 빠져
　　자기 자신이고 싶어 하는 경우의 실존적 절망과 절망에 빠져 자기 자신이 아닌 형태
　　로서 죽음에 이르는 절망이 그것이다. S 키에르케고르, 임규정 역,『죽음에 이르는
　　병』, 한길사, 2007, 87~97쪽.

타자성의 사랑을 구현하는 것을 의미한다. '가시나무'는 희망을 상징[23]
한다. 이 시에서 '영혼의 횃불', '흰꽃', '순교'의 어휘는 죽음을 보여주는
비유들이다. 마지막 연은 순교의 완성을 노래하는데 단순히 어떤 진리
를 위해 죽는 것을 의미하지 않는다. 순교라는 개념은 죽음을 선고받는
고통 가운데 그들의 신앙을 증명하는 것으로 그리스도에 대한 증거와
죽음을 극복하려는 실천적인 사랑을 내포한다.

이러한 "목숨 바칠 까닭이 없는" 죽음은 신학자들이 말하는 '일상의
순교'로 승화된다. 일상의 순교란 '자신의 종교적 신념'이나 '양심'에 따
라서 삶을 영위할 때 감수해야만 하는 '정치적 박해', '부당함', '고뇌', '고
통' 등 세상으로부터 오는 '멸시'나 '외면' 등을 받아들이는 순간이다. 자
신의 안위를 먼저 생각하여 타자를 멸시나 외면하지 않고 그들의 호소
에 응답하는 것 또한 '일상의 순교[24]'라고 볼 수 있다. "한국의 흰 꽃에선
언제라도" "순교의 피내음"이 나는 이유는 "한 어른"인 예수 그리스도의
사랑뿐 아니라, 그 사랑을 이어 일상의 순교를 실천하는 믿음의 사람들
때문일 것이다. 따라서 순교는 인간 존재의 모든 것, 생명까지 포함한 전
부를 그리스도에게 내어놓는 숭고한 신앙의 행위이면서 죽음을 극복하
겠다는 의지이다.

정리하면 시인이 두 편의 시에서 전달하고자 했던 죽음 인식은 죽음
을 선택할 수 있다는 측면에서 능동적 죽음이다. 즉 김남조의 순교시는
'타자에 대한 사랑'으로 그 목적을 분명히 한다. 죽음도 수행할 수 있다

---

23) 휠라이트에 의하면 문학 작품 속에서 피, 빛, 말, 물 등의 상징들은 계속 반복하여 나
타난다. 이러한 상징은 원형적 상징들이다. 가톨릭 신문, 2891호, 2014, 4월 20일, 12
쪽.
24) 최승기, 「순교 영성의 현대적 의미」, 『신학과 실천』 42, 한국실천신학회, 2014, 545
쪽.

는 원리를 시 안에 통합하고, 그 안에 담긴 초월적 태도를 통해 죽음을 신앙적 차원에서 사유하고 있다. 이것은 다른 시인들이 선취하고 있는 죽음 인식과 다른 점이다. 죽음이 불러오는 개체성과 정체성의 소멸은 절망적이지만, 김남조가 중기 시에서 주목한 지점은 이 '한계 상황'을 극복한 순교자의 죽음이다. 이것은 나중에 김남조의 사랑 문학론을 이루는 핵심적인 명제로, 개인의 종말인 죽음을 수용하는 데 있어 종교와 예술의 대응 방식은 분투하는 작가 의식에서 나온 것이다.

4. 신의 수행, 사랑의 완성

김남조가 후기 시의 정점인 마지막 시집을 발표할 당시 나이는 93세였다. 70년 전에 시작한 초기, 중기 시에 비해 마지막 시집에선 분위기가 다소 밝아진다. 초기에는 죽음과 이별과 외로움이 있었지만 깊은 신앙과 인내와 노력이 말년에는 오히려 시인으로 수필가로 문학적 상상력을 강화시켜 더욱 문학적으로 성공을[25] 거두게 했다. 이러한 변모는 이미 20년 전부터 "노년기는 나쁘지 않았다. -중략- 세상의 아름다움들은 한층 청명하고 보배롭게 보이고 사람들도 더욱 사랑스럽게 여겨졌다."[26]라고 술회하는 태도에서도 드러난다. 이러한 변화를 엿볼 수 있는 후기 시로는 『사람아, 사람아』(2020)에 수록된 「수난의 주님」, 「종소리」 두 편과 『바람세례』(1988)의 「부활」이 대표적이다.[27]

---

25) 김영선, 앞 논문, 43쪽.
26) 김남조, 「나의 시는 나의 동거인이다」, 『시문학』, 2003.
27) 살펴본 전체 시 중 신의 죽음을 모티브로 한 시는 8편이다. 『풍림의 음악』 5의 「부활

『사람아, 사람아』에 발표한 다음 시는 2장과 3장에서 살펴본 존재의 죽음이 아닌, 신의 죽음을 시적 상상력으로 내면화했다. 시적 주체는 먼저 신의 죽음을 안타까운 어조로 노래한 뒤, 인간의 죽음 문제를 해방한다. 호명된 주님은 인간의 구원자로, 인간의 죄를 죽음으로써 해결한다. 화자는 자신에게 부여하는 십자가 사랑을 자각하지만, 신과 함께 하지 못해 안타깝다. 신 중심으로 가까이 머물고자 하는 인간의 염원은 뿌리 깊은 인간 본래의 욕망이다. 신은 곧 우주로서, '나-신-우주'가 한 운명체를 이룰 때 그것은 성화(聖化)된 믿음을 감득한다. 따라서 신의 죽음은 나의 구원을 위한 구속 사건으로 다가온다. 그러기에 신의 죽음은 인간의 죽음과 달리, 지극히 희망적이다.

> 주님께선/ 지평이 안 보이는 무량의 광야이며/ 영혼이며 심장이십니다// 그러나/ 주님의 몸이 쇠못으로 뚫리고/ 십자가 위에서/ 목마르다 하셨으나/ 한 모금의 물도 못 마신/나의 주님 만민의 주님을/ 어이하리까 어리하리까// 수난의 주님께선/ 지금 이 시간에도/ 우리의 속죄와 치유를 간구하며/ 홀로 십자가에/못 박혀 계십니다
> -「수난의 주님」 전문, 『사람아, 사람아』, 108~109쪽.

위 시의 시적 주체는 인간의 죽음이 아닌, 신의 죽음을 상기한다. 화자에게 죽음은 "우리의 속죄와 치유"를 위한 "홀로 십자가"에 못 박힌 운명적 사건이다. "지평이 안 보이는 무량의 광야"이고, "영혼이며 심장"인

의 주」, 『겨울바다』 6의 「영겁의 불 댕겨」, 『설일』 7의 「봄 송가」, 『동행』 9의 「망 부활」, 『빛과 고요』 10의 「가시관과 보혈」, 『바람세례』 12의 「신의 아들」, 「깨어나소서 주여」, 「부활」, 『회망학습』 14의 「삶과 죽음 간에」, 『사람아, 사람아』 19의 「수난의 주님」.

주님이 인간을 위해 수난의 길을 선택한 것은 인간의 죄 때문일 것이다.
그래서 인간의 죄를 대신 짊어지고, 죽음을 선택한 것은 앞의 시처럼 순
교의 정신과 맞닿는다. 그런데 여기서 주목할 것은 신의 죽음 역시 인간
의 죽음만큼 고통스럽다고 상상한 지점이다. 완전한 주님은 "몸이 쇠못
으로 뚫리고", "한 모금의 물도 못 마신" 채 홀로 "십자가에 못 박혀" 있
다. 화자가 상상한 이 지점은 휠라이트가 말한 '원형적 상상²⁸⁾'일 것이
다. 이렇듯 예수 십자가 죽음은 화자의 목소리를 통해 공동체적 메시지
로 집단적인 신성을 불러일으킨다. 콜라지²⁹⁾는 화자의 제1 상상력이 무
엇보다 우선해야 어떤 신성한 존재와 관련을 맺을 수 있다고 말한다. 위
시에서 시적 주체는 신이 겪고 있는 죽음에 대한 감정적 진실을 드러낸
다. 다른 시에서 호명된 "주님"은 이 시에선 극존칭인 "주님께선"으로
바뀌어, 시적 주체와 거리를 두고 있다. 어조가 대상과의 관계에서 생겨
난다는 점을 고려한다면, 신을 높이는 형식은 화자가 신을 "나의 주님",
"만인의 주님"으로 인식하고 있기에 가능하다. 이러한 거리두기 때문인
지 앞서 살펴본 다른 시들과 달리, 화자는 최대한 감정을 절제하고 있다.
다만 "어이하리까"를 반복적으로 말하는데 이것은 인간뿐 아니라, 신의

---

28) 휠라이트의 원형적 상상 작용은 플라톤의 이데아와 프로이트의 무의식에서 발상을
얻은 것이다. 따라서 그것은 융이 말한 아키타입과 같은 궤의 뜻을 지닌 것으로, 개
인의식을 초월한 집단적, 신화적 공동체에서만 기능할 수 있는 상상력이다. 오세영,
『시론』, 서정시학, 2013, 338쪽.

29) 제1 상상력이 관심을 두는 유일한 대상은 신성한 존재와 신성한 사건이다. 이 상상
력은 세속적인 것에는 반응할 수 없으며, 따라서 세속적인 것은 알지 못한다. 몇몇
신성한 존재는 어느 시대를 막론하고 모든 사람의 상상력에 거룩한 것처럼 보인다.
예를 들면 '달', '불', '뱀', 그리고 비존재로서만 규정 내릴 수 있는 '암흑', '침묵', '허
무', '죽음' 등이 그것이다. 제2 상상력은 인간적인 법칙, 일정한 형식, 미의식 등에 조
응한다. 송욱, 『시학평전』, 일조각, 1962, 60쪽.

죽음도 어찌할 수 없는 인간의 한계를 자각한 성찰이다. 그러기에 신의 죽음을 과거형 어조가 아닌 현재형으로 표현함으로써 신의 죽음을 아직도 진행 중인 현재화로 보여 준다.

　아울러 이 시의 중핵은 신이 왜 홀로 십자가에 죽을 수밖에 없는지, 그 이유를 분명히 인지한 화자의 태도이다. "우리의 속죄와 치유"를 간구하기 위해 십자가에 못 박혔다고 자각한 마지막 시행에 잘 드러난다. 따라서 위 시는 신의 죽음을 정동의 진실로 잘 표현한 신앙 시라고 볼 수 있다. 결국 시적 주체가 그리스도의 십자가 사건을 희망의 의미로 관조한 것은 그의 상상력으로 투시된다. 다음은 『바람세례』(1988)에 실린 시로, 죽음을 긍정적인 태도로 수용한 대표적인 시다.

　　이제 잠을 깨소서 주여/ 사흘 낮밤의 절망과 견딤을// 눈물 적시는 벽돌로 쌓고/ 그 남은 눈물로 저희의 손을 씻나이다/ 이 새벽 막달라의 여자 마리아는/ 맨발로 숲길을 달려가고/ 빛의 폭포수가 심령의 마른 땅을 축이니/ 섭리하신 모든 것 성숙하고/ 주께서/ 돌무덤을 나서실 일만//

　　살아나소서 살아나소서 주여/ 천하만민의 기다림과 그리움이/ 새봄의 초원처럼 무성하오니/ 생명의 주 그리스도/ 생명의 선한 불길/ 땅끝까지 바람 일게 하소서//

　　용서하소서 용서하소서/ 용서의 주 그리스도/ 저희 손에 죽으심을 부디 용서하소서// 영혼의 상처 에서 소리치는 탄원/ 황송한 큰 용서로 답하소서/ 오로지 구세주의 부활이 소망이노니/ 또 하나 창세기를 오늘/ 눈 앞에 배려케 하여 주소서//

　　이상하여라/ 수치와 굶주림과/ 버림받음과 죽음까지를/ 따라가고 싶게 하는 그분 이상하여라/ 영혼의 밑바닥을 울음으로 흔드는/ 사랑 또사랑 더욱더 사랑이신 그분 이상하여라/ 이천 번 죽어 이천 번 살아나시는 분/ 너무나 이상하여라/ 누구로부터 용서와 화해를 배우며/ 누구로부터 생명과 거듭 남을 얻으며/ 누구의 이름 앞에 봉헌의 촛불 사루고 싶은지/ 역사와 인류가 알아버린/ 그분 정녕 이상하여라//또 다시 죽어주실 사랑으로// 또 다시 죽으시기 위하여/ 지금 잠을 깨시는/ 수난의 그리스도/ 부활의 그리스도/ 그리스도 그리스도 아멘

     -「부활」, 전문,『김남조 시전집』, 690쪽(12시집『바람세례』(1988)).

    화자에게 그리스도는 거룩한 존재로서 "생명"과 "사랑"의 근원이기에 예찬의 대상이다. 주체가 대상에 대해 심리적인 친밀감을 느끼는 경우가 예찬적 태도인데 주체의 시선에 따라 그리스도는 생명, 용서, 부활, 사랑의 대상이 된다. 이어 화자는 인류에게 생명을 주실, 그리스도 부활을 드러내기 위해 "살아나소서"를 반복하며 공명하고 있다. 예수의 죽음은 자신의 생명을 버리고 더 많은 생명을 얻게 하는 사랑이다. 화자는 그 사랑을, "용서"의 시어를 통에 4연에서 분명하게 보여준다. 짧은 3행인데도 "용서"가 세 번 차용하고 있는데 이 고백으로 인해 "영혼의 상처에서 소리치는 탄원"은 안타깝게 환기된다. 6연은 "영혼의 밑바닥을 울음으로 흔드는" 연민으로 시작해 죽음의 이중성에 대한 경외로 끝난다. 죽었지만 다시 살아나고, 다시 "이천 번" 죽기 위해 살아나는 "이상"한 죽음이다. 화자가 그 죽음에 주목한 것은 그리스도의 사랑과 생명의 영속성에 천착했기 때문이다. 따라서 이 시에 드러난 그리스도의 죽음은 "생명"과 '사랑'으로 규정할 수 있다. 즉 시인이 그리스도의 죽음을 형상화하면서 말하고 싶은 것은 "역사와 인류가 알아버린" 영원한 사랑이다. 그러기에 화자는 "또다시 죽어주실 사랑"을 소망하며, 그 죽음을 찬양한다. 이러한 죽음의 수용은 아래 시에서 더욱 두드러지게 나타난다.

그 누구와도/ 한 마디의 작별 없이 떠나서는 이별은/ 이별의 무효이리
이다// 그간의 바람이 모두 헛되고/ 마지막 하나 남은 소망이/비로소 가
능하고/가치 있는 것이라면/요샛말로 대박이리/ 모두 떠나고 한 사람만
남았는데/ 그가 진정한 친구거나/ 영원한 반려자라면/ 더욱 대박이리//
임종의 기도가/ 하늘 살결에 고루 퍼지며 가앙가앙/ 종소리 울린다면……
–「종소리」 전문, 『사람아, 사람아』(2020), 17쪽.

이 시에서도 죽음은 이별과 기대의 역설로 형상화되고, "소망"은 죽음
에 대한 예찬의 전조로 드러난다. 또 "대박"이라는 시어는 죽음이 갖는
이별과 기대의 역설을 집약한 표현이다. 시적 주체는 "한 마디의 작별
없이 떠나서는 이별"을 그 누구와도 하고 싶지 않았고, 갑자기 닥친 죽
음에는 "무효"라고 규정한다. 즉, 예기치 못한 죽음을 인정하고 싶지 않
은 "무효"의 죽음과 "임종의 기도"를 준비하는 역설적 태도가 함축되어
있다. 1연 "작별 없이" 떠난 이별엔 인정하지 못하는 한편 3연에선 화자
곁에 "그가 진정한 친구거나 영원한 반려자라면" 괜찮다고 말하면서, 그
괜찮은 친구가 나를 위해 "임종의 기도"를 올리길 소망한다.

이렇듯 김남조의 시는 죽음을 인식하고 있으나, 통상적 죽음 시와 사
뭇 다른 태도를 보인다. 아울러 그의 시는 일상어, 구어로 사용해 죽음
에 대한 일상성을 그대로 전달하는데 죽음의 서정적 단면은 마지막 연
을 통해 드러난다. 이별의 상황을 부정으로 수용했던 죽음은 마지막 행
"종소리 울린다면"을 통해 "하늘에 고루" 퍼지길 소망하며 초극한다. 이
는 첫 연에서 볼 수 있는 부정성이 "가앙가앙"[30]의 청각적 이미지로 은

---

30) "가앙가앙"은 "가앙"(苛殃)이란 1차적 해석으로 볼 때, 죽음이 '매우 심한 재앙'임을
강조한 표현이며, 서정성을 매개한 청각적 심상으로 종소리가 멀리 퍼진다는 이미

유³¹⁾, 변환된다.

　살펴보았듯이 김남조 후기 시는 죽음에 대해 긍정적으로 인식하고 있으며, 이를 통해 죽음 너머의 영원을 바라보는 사유가 더 깊어짐을 알 수 있다. 이러한 긍정적 인식에서 표출된 시 정신은 바로 죽음에 대한 '신의 수행'으로 이어진다. '신의 수행'은 김남조에게 시인으로서 죽음 문제를 어떻게 볼 것인지, 죽음의 상처를 어떤 방식으로 치유할지 깨닫게 하는 중요한 가치로 작용하는 듯하다. 이는 시인이 '죽음'의 문제를 사유하면서 인간을 위해 신이 개입한 사건을 초월적으로 상상한 결과일 것이다. 주목할 것은 이 장에서 소개한 세 편의 '죽음' 모티브는 바로 인간을 위해, 신이 자발적으로 참여한 죽음이라는 점이다. 즉 김남조의 후기 시는 죽음에 대한 두려움을 넘어, 인간을 위해 죽음을 수행한 신의 사랑일 것이다. 이때 주목되는 것은 이러한 죽음의 확장성이 동시에 사랑 시학의 확장을 가져온다는 점이다.

5. 결론

　김남조 시학의 중핵을 사랑이라고 볼 때 그가 사유한 죽음 역시 고통과 절망을 넘어선 사랑의 완성, 영원성에 있다. 이 논의는 기존의 주제의식이 지향하고 있는 '사랑'을 근간으로 죽음 시학을 고찰하고자 했다.

지로 볼 수 있다.

31) 라캉은 "증상은 은유이고 욕망은 환유"라고 말한다. '은유가 주체와 대상의 관계에서 파생되는 발생학적인 것이고, 주체와 연동된다'라고 설명한다. 권혁웅, 『시론』, 2010, 문학동네, 334쪽.

삶과 죽음을 다루지 않은 시인은 거의 없다. 다만 죽음이라는 현실을 마주했을 때, 죽음을 어떻게 관조하는가에 따라 시적 상상은 다르다. 그 과정에서 죽음 인식이 주제 의식 형성에 어떻게 관여하며, 그것이 어떠한 의미를 지니는지 살펴보는 것은 중요하다. 따라서 본고는 70년 동안 활동한 김남조의 독자적인 죽음 인식을 세 가지로 살펴보았다. 김남조 시론에서 '죽음'은 크게 세 가지 양상으로 나타난다.

첫째, 초기 시에 드러난 죽음 인식은 주체의 절망, 애도와 연결되어 있다. 한국전쟁이 중요한 시적 동인이 되어, 사회적 폭력이 초래한 아픔과 슬픔에 대응하면서 시적 상상을 통해 죽음을 조명하였다. 이는 시인의 직, 간접적 체험으로 드러나는데 슬픔, 고통, 절망의 정동이 선명하게 전달된다. 이때의 죽음 인식은 역사적 사건 아래 발생한 죽음의 기억을 소환, 현재화하고, 고통에 직면한 화자의 태도로 연결된다. 이처럼 죽음의 시적 형상화는 발생한 사건을 현재에 묶어둠으로써 전쟁의 폭력을 상기시키고, 그 고통을 겪는 전사자와 가족의 아픔을 피해자의 관점에서 보여준다. 나아가 어찌할 수 없는 전쟁 상황에서도 타자를 위한 시적 주체의 희생, 사랑, 즉 죽음을 통한 이타적 사랑으로 포착된다.

둘째, 중기 시는 능동적인 죽음, 일상적 순교의 사유가 나타난다. 세 편의 시가 발표된 60년, 70년대의 현실 인식은 허무적 상황이었을 텐데도 시적 초점은 죽음을 극복하는 순교자의 사랑으로 향한다. 김남조는 당대의 현실이 부과한 실존적 위기를 절대적 존재를 호명하여 자신의 정서를 전달, 시적 상상으로 수용했다. '절대자에 대한 믿음'은 시 세계 전반에 걸쳐 나타나는 주제로, 이 시기 능동적 죽음을 사유한 시인은 순교자가 보인 생명에 대한 사랑의 가치에 의미를 두고, 관용과 용서, 화해 등을 '일상적 죽음'이라는 사랑의 역동성으로 제시되고 있다. 즉 김남조는 신앙심을 기축으로 순교자의 죽음을 시적 상상으로 구현함으로써 시적 구원의 가능성을 타진했다.

셋째, 후기 시편들에는 죽음을 수행한 신의 사랑이 선명하게 드러난다. 앞의 두 양상은 실존적 해석이라면, 신의 죽음은 미학적 측면의 종교적 해석이다. 후기 시의 특징은 화자가 주목하는 대상의 범주가 점차 확장된다는 것이다. 그 사유의 영향력은 전사자와 애도하는 자, 신의 죽음을 바라보는 자로 변주된다. 실존적 죽음의 사유가 현시적이고, 체험적이라면, 신의 죽음은 전적으로 영감과 상상으로 투영될 수밖에 없다. 이 과정에서 죽음에 대한 성찰은 '예찬'의 태도이거나 새로운 삶에 대한 의지로 표출되기도 한다. 즉 '삶의 희망과 죽음의 해방'은 김남조 후기 시학의 중핵이라 볼 수 있다. 이는 김남조의 사랑 시학이 궁극적으로 추구하는 목적과 동조적이다.

김남조의 죽음 인식은 사랑을 기반으로 '죽음 너머의 세계'를 끊임없이 지향하며 그 가치를 더욱 깊이 있게 사색하게 만든다. 그는 죽음의 문제를 신 앞에서 간구하였고, 인간을 사랑한 신의 수행을 시로 조망하였다. 이러한 김남조의 시편들은 한국 시문학사에 시적 증언뿐 아니라 '죽음 시학'에 대한 지평을 넓혔기에 의의가 있다.

제5장

김남조 시의 생태주의적 상상력 연구

윤유나 · 김옥성

1. 서론

　김남조는 대학 재학 시절인 1950년에 『연합신문』과 『서울대학교 시보』에 「잔상」과 「성수」를 발표하면서 문단에 등장하였다. 1953년에는 제1시집 『목숨』[1]을 출판하면서 본격적으로 시작(詩作)에 전념하였다. 『목숨』은 전쟁이라는 위기 속에서 체감한 인간의 왕성한 생명력을 기독교적 의식과 적절히 조화시킨 시집이라고 할 수 있다. 시인의 기독교적 의식, 즉 신앙은 제2시집 『나아드의 향유』에 이르러 강화되었으며, 후기로 갈수록 심화되었다. 이때부터 인간에 대한 사랑 또한 전면화 되면서 김남조는 '사랑의 시인'이라는 수식어를 얻게 되었다.

---

1) 김남조는 시전집을 발간하며 다음과 같이 서술한다. "나의 어설픈 원고뭉치는 은사님의 주선으로 출판사에 넘어갔으나 상당 기간 유보되어 있다가 53년 1월 혹한의 날에 『목숨』이라는 상처보따리 혹은 상황의 보고서라 할, 첫 시집이 세상에 나오게 되었다(김남조, 『김남조 시전집』, 국학자료원, 2005, 18쪽)."

　이러한 특징에 따라 김남조 시는 주로 사랑[2]과 기독교적 관점[3]에서 논의되어 왔다. 2000년대 전후로는 논의가 보다 다각화되면서 연구가 미진했던 부분들, 예컨대 실존의식, 여성적 글쓰기, 상징체계 등이 구명될 수 있었다.[4] 그러나 아직까지 시인의 방대한 시력에 비해 축적된 연구는 소략하다. 그 중 하나는 그의 시세계를 관류하는 생태적 사유라고 할 수 있을 것이다. 여기에 관해 기독교적 생태주의의 측면에서 논의된 바도 있으나[5] 김남조 시의 생태적 사유는 언제나 절대자를 필수항으로

2) 김남조 시의 사랑은 그의 신앙과 아울러 논의되어 왔기에 이 둘을 완벽히 분리하기 어려운 것이 사실이다. 그러나 사랑에 보다 초점을 둔 연구들도 있는데, 그것은 다음과 같다. 김재홍, 「김남조, 사랑과 희망의 변증법」, 『金載弘 批評集: 생명·사랑·자유의 詩學』, 동학사, 1999 ; 오세영, 「사랑의 플라토니즘과 구원」, 『김남조 시전집』, 국학자료원, 2005 ; 윤유나·김옥성, 「김남조 시의 휴머니즘적 사랑 연구」, 『신종교연구』 47, 한국신종교학회, 2022.

3) 다음의 연구들은 김남조 시의 신앙을 예각화한다. 김영선, 「삶과 신앙의 문학적 상상력 -김남조 시인의 생애와 신앙을 중심으로-」, 『한국문예비평연구』 16, 한국현대문예비평학회, 2005 ; 김효중, 「김남조의 가톨릭시 연구」, 『인문과학연구』 7, 대구가톨릭대학교 인문과학연구소, 2006 ; 김옥성, 「김남조 시의 가톨릭적 여성주의 연구」, 『어문론총』 91, 한국문학언어학회, 2022.

4) 이은영, 「1950년대 여성시에 나타나는 애도와 우울 : 김남조와 홍윤숙의 시를 중심으로」, 『여성문학연구』 34, 한국여성문학학회, 2015 ; 구명숙, 「김남조 후기시에 나타난 노년의식」, 『여성문학연구』 35, 한국여성문학학회, 2015 ; 김옥성, 「김남조의 『목숨』에 나타난 죄의식과 자기구원 의식 연구」, 『어문학』 132, 한국어문학회, 2016 ; 손미영, 「1950년대 여성시의 모색과 문학적 전략 -김남조와 홍윤숙의 시를 중심으로-」, 『한민족어문학』 77, 한민족어문학회, 2017 ; 방승호, 「김남조 시에 나타난 '겨울'의 상징성 연구」, 『현대문학이론연구』 71, 현대문학이론학회, 2017 ; 신정아, 「막스 피카르트의 침묵 사상을 통한 김남조 후기시의 비움 의식과 침묵의 표상 분석」, 『동아인문학』 60, 동아인문학회, 2022 ; 김희원·김옥성, 「김남조 시의 실존의식 연구 -1950년대 시를 중심으로-」, 『한국근대문학연구』 23, 한국근대문학회, 2022 ; 방승호, 「김남조의 시쓰기와 진정성의 시학」, 『한국시학연구』 69, 한국시학회, 2022 ; 정유화, 「김남조의 삶을 표상하는 나무의 시적 기호와 의미작용」, 『한국학논집』 90, 계명대학교 한국학연구원, 2023.

5) 김옥성, 「김남조 시의 기독교 생태학적 상상력」, 『일본학연구』 34, 단국대학교 일본연

요구하는 것은 아니다. 이를 방증하듯 김남조는 「詩로 읊어진 생명」에서 "자연환경의 오염과 생태계 전반에 심각한 위험"[6]을 인지하고 있을 뿐더러 "물질세계에 가려진 생명들을 발견"[7]하는 것과 "생명의 尊貴, 더 나아가 생명 외의 사물들에 대하여도 바라봄과 애호를 일깨우는 그것"[8]이 바로 시의 소임이라고 역설한 바 있다. 이는 김남조의 생태적 사유가 생태계 파괴에 대한 경각심에 머무는 것이 아니라 생명의식에서 비롯되었음을 의미한다.

김남조의 생태적 사유는 그의 생명의식이 뚜렷이 드러나 있는 첫 시집인 『목숨』에서부터 나타난다. 『목숨』에는 전쟁이라는 생명파괴적인 무력 행위에서 피해를 입은 것은 비단 인류에 국한되지 않았음이 드러나 있다. 다수의 동식물, 국토, 강 등의 자연물 또한 전쟁에 의해 파괴되었으며 김남조는 그와 같은 "물질세계에 가려진 생명들을 발견"하고 있다. 전쟁기가 끝나고 나서는 피폐해진 인류의 터전을 복구하는 일이 한국사의 일순위로 자리하게 되었다. 이 과정에서 자연은 내재된 이용 가치에 따라 손쉬운 지배의 대상으로 여겨졌다. 하지만 김남조는 자연을 지배의 대상이 아니라 연대해야 하는 대상으로 인식한다. 생태담론이 대두되기 시작했던 1980년대 말부터는 자연을 인격체로서 조명하면서 인간과 공존하는 대상임을 강조하고자 한다.

이처럼 김남조 시는 전쟁과 산업화, 환경위기의 대두라는 한국사의 전개 과정에 따라 다른 모습을 취하고 있다. 이 글은 이러한 사실에 주

구소, 2011.
6) 김남조, 「詩로 읊어진 생명」, 『생명연구』 1, 서강대학교 생명문화연구소, 1993, 115쪽.
7) 위의 논문, 113쪽.
8) 위의 논문, 103쪽.

목하여 각 시기별 김남조 시에 나타난 생태적 상상력을 면밀히 탐구할
것이다. 그러므로 2장에서는 전쟁이라는 위기의식을 바탕으로 전개되
는 전체론적 사유와 그것으로 환원되지만은 않는 시인의 독창적인 상
상력에 대해 논의할 것이다. 3장에서는 자연과의 연대 단절을 비판하는
비판적 생태시와 달리 인간과 자연의 화해를 도모하고자 했던 시인의
의지와 실천에 대해 논의하고자 한다. 4장에서는 토마스 베리의 자연
인격체설과 접합되어 있으면서도 그러한 사유를 가족 공동체로 확장하
는 시인의 상상력에 대하여 살펴보고자 한다.

2. 전쟁에 대한 위기의식과 생명 공동체 '지구'

김남조의 생태적 사유는 한국전쟁기부터 나타난다. 이 시기에 창작된
시들을 수록하고 있는 『목숨』에는 김남조가 지구를 유기체이자 삶의 터
전으로 인식하고 있음이 드러난다. 김남조의 이러한 생태적 사유는 종
말의식의 차원에서 대지윤리와 맞물려 있다.

대지윤리는 지구를 거대한 하나의 유기체이자 생명 공동체로서 간주
하는 사상이다. 지구의 모든 존재들은 대지 위에서 상호의존적으로 연
결되어 하나의 생태계를 구성한다. 그러한 생태계는 물리적·외부적 요
인에 의해 파괴되지 않는다면 극상의 상태로 지속될 수 있다.[9] 1970년

---

9) 생태학에서 생태계는 생명 공동체와 동의의 것이다. 생명 공동체는 생명체들이 대지
와 물, 공기를 공유하며 상호의존적으로 살아가는 것으로 탠슬리에 의해 처음 도입된
개념이다. 대지윤리의 창시자인 레오폴드는 이러한 탠슬리의 생태학적 입장을 견지
하면서 초유기체론을 도입하여 지구를 정의한다. 여기에 따르면 지구는 하나의 초유
기체로서 생명체의 고유성질인 자기결정성(self-determination)에 의해 미성숙에서

대의 서구에서 생태담론이 처음으로 등장한 상황을 고려한다면 초유기체로의 지구의 상태를 위협하는 물리적·외부적 요인은 자연 착취와 지배를 당연시하는 인간중심주의를 가리켜야 할 것이다. 그러나 1950년대에 발간된 『목숨』에 나타나듯이 김남조에게 지구의 항상성을 위협하는 물리적·외부적 요인은 전쟁을 가리킨다. 그에게 전쟁은 인류의 무력 행위가 말미암은 생명 파괴의 현장이었으며, 이것은 생명 공동체인 지구의 종말에 대한 위기의식으로 확장되었던 것이다.

그와 같은 김남조의 위기의식은 「목숨」에서 단편적으로 드러난다. 여기서 김남조는 모든 생명들이 지구의 생명을 구성한다는 인식을 보여준다. 아울러 생태계를 구성하는 생명체의 범주에 무기물 또한 포함시키는 사유를 내비친다.[10] 그런데 이는 생명이 가진 내재적 가치를 인정하였기 때문이 아니라 한 공간 안에서 전개된 통시적 시간관을 근간으로 한다는 점에서 독창적이다.

아직 목숨을 목숨이라고 할 수 있는가/ 꼭 눈을 뽑힌 것처럼 불쌍한/ 산과 가축과 산작로와 정든 장독까지// 누구 가랑잎 아닌 사람이 없고/

성숙으로, 성숙에서 극상으로 나아가는 과정을 거친다. 극상의 상태에 다다른 초유기체는 환경적 조건들 안에서 웬만해선 항상성(homeostasis)을 유지하지만, 물리적·외부적 요인에 의해 그 상태가 파괴될 수도 있다. 여기에 대해서는 윤혜진, 「알도 레오폴드 '대지윤리'의 철학적 기초」, 『범한철학』 46, 범한철학회, 2007, 201-203쪽 참고.
10) 심층 생태주의의 창시자인 네스는 지구에 있는 모든 유기체들이 서로 생명 연대를 이루며 생태계(자연)라는 총체적인 장을 결성하고 있음을 역설한다. 처음에 그와 같은 총체적 장 안에는 무기물들은 포함되지 않았지만 세션즈와 함께 심층 생태주의를 정립하는 과정에서 유기체들뿐만 아니라 그 외의 존재들 또한 전체 생태계 존속을 돕는다고 주장한다. 이는 무기물의 내재적 가치를 인정하는 태도로 향후 확립된 심층 생태주의의 핵심 이론 중 하나가 된다. 이에 대해서는 강수택, 『환경과 연대』, 이학사, 2022, 21-25쪽 참고.

누구 살고 싶지 않은 사람이 없는/ 불붙은 서울에서/ 금방 오무려 연꽃처럼 죽어갈 지구를 붙잡고/ 살면서 배운 가장 욕심 없는/ 기도를 올렸습니다// 반만 년 유구한 세월에/ 가슴 틀어박고/ 매아미처럼 목태우다 태우다 끝내 헛되이 숨겨간/ 이 모두 하늘이 낸 선천의 벌족(罰族)이더라도/ 돌멩이처럼 어느 산야에고 굴러/ 그래도 죽지만 않는/ 목숨이 갖고 싶었습니다

-「목숨」 전문, 『김남조 시전집』, 59쪽.

「목숨」에서 김남조가 초점을 모으고 있는 것은 전쟁으로 인해 죽어나가는 많은 생명들이다. 이들이 죽어가는 현장의 모습은 "불붙은 서울" 안에서 재현된다. "불붙은 서울"은 서울의 죽음과도 다름없다. 이것은 "금방 오무려 연꽃처럼 죽어갈 지구"와 연결된다. 이는 지구상의 생명들은 지구와 유기적으로 연결되어 있다는 의미를 갖는다. 또한 서울이라는 특정 공간에서 발생한 죽음을 지구라는 전체 공간으로 확장하는데, 이로써 지구는 모든 생명들의 터전으로서의 의미를 확보한다.

그런데 위 시의 특이점은 김남조가 통시적 시간관에 따라 생명체들의 범주를 확장하고 있는 것에 있다. 주지하듯이 생명체란 생명을 가지고 생활을 하는 생물들만을 가리킨다. 하지만 김남조는 지구라는 공간 위에서 전개된 시간성을 토대로 무생물들 또한 지구를 구성하는 생명들로 인식하고 있다. 그것은 모든 사람과 동식물, 자연물, 사물들, 심지어 특정한 지리적 공간까지도 "반만 년 유구한 세월"을 공유한 존재들이라고 표현하는 점에서 드러난다. "반만 년"의 시간이란 한반도가 경험한 시간의 길이와 동일하다. 이를 자연물들 또한 공유한다는 것은 김남조에게 자연물은 일반론적인 생물적 정의를 넘어서고 있음을 암시한다.

동시에 그에게 자연물이란 한반도라는 대지 위에서 전개된 시간성을 공유할 수 있는 주체라는 의미를 내포한다.

이처럼 「목숨」은 김남조의 생태적 사유의 근간을 잘 보여준다. 그러나 「목숨」에서 김남조가 가장 강조하고자 하는 본질은 생존에 대한 강한 열망이라고 할 수 있다. 이 때문에 김남조의 생태적 사유는 단편적으로 내비쳐지는 것에 그치게 된다. 하지만 김남조는 「다시 한번 너의 목가(牧歌), 내 그리운 요람의 노래를」에서 지구 종말에 대한 위기의식을 보다 강하게 드러낸다. 동시에 생명 공동체인 지구를 그 자체로 생명의 원리를 내재하고 있는 거대 유기체로 인식하고 있음을 내비친다.

폭풍이 온다 목숨들 모두 아무렇게나 내던져진 한 장의 점괘, 지축은 처절한 오한, 또 무참한 진통, 아무래도 지구가 풍선처럼 찢어져 죽을 것만 같구나/ 너 어서 내가 사랑한 오직 한 사람아 달려와 수정빛 고운 그 노래 불러 다오. 그 전날 우리의 지구가 오월 보리밭처럼 푸르른 동산일 때 하맑은 개울가로 어린양처럼 나를 몰고 다니며 네가 불러주던 노래, 오오 너의 어진 목가 내 그리운 요람의 노래를// 포성이 하늘을 뚫어 놓았다/ 석류알처럼 흩어지는 아픈 살점들, 여기 죽음이란 이름의 분주한 쓰임이 있고 사람이 부른 전쟁의 야만이 있느니, 정녕 나는 과학도 지혜도 모르고 살고 싶었다 네 가슴 위 동그랗게 귀여운 세월을 그으며 너랑 함께 오래오래 이 땅에서 살고 싶었다// 불러 주렴 다시 한 번 불러 주렴, 보고 싶던 너의 손길에 이끌려 때아닌 동산을 찾아간 나의 소녀를 위해서라도 사물사물 꽃잎이 살눈썹에 아른거리던 너의 어진 목가, 내 그리운 요람의 노래를// 불길이 몰린다 무엇이라도 삼키는 불송이들이 파도 마냥 밀려드는구나/ 이젠 나도 죽어야 한다 내 피를 뱉으며 가슴앓이로 너를 기다리던 자리 털어 버리고 너를 찾아가자/ 기진한 두 팔에 갓벗은 매

미의 껍질만한 따스함으로 안기더라도 그게 너라면 나는 모든 걸 감사하
련다 우리는 함께 가자 가선 하늘 한 곳에 작은 새 별자리 되자// 자 어서
한 번만 더 그 노래 불러다오/ 이 고마운 지구가 태양을 가슴에 뉘이고
빛과 생명에 넘치던 곳 거기 너와 내가 목숨과 넋을 묶어 바치며 부르던
노래 오오 너의 어진 목가, 내 그리운 요람의 노래를

- 「다시 한번 너의 목가(牧歌), 내 그리운 요람의 노래를」 전문,
『김남조 시전집』, 84-86쪽.

김남조는 인용 시에서 전쟁을 경험하는 모든 생명들의 운명이 복불복
의 점괘와도 같이 내던져졌다고 형상화한다. 이는 인류의 과학과 지혜
가 전쟁이라는 결과물로 되돌아오게 되면서 누가 언제 죽어나가도 이
상하지 않은 세태가 되었음을 이야기하고자 함이다. "포성"과 "불길"이
라는 시어에는 그러한 전쟁의 야만성과 생명 파괴에 대한 잔혹성이 담
겨 있다. 천둥과도 같은 포성이 울리고 하늘에는 포환이 쏟아져 내린다.
육체를 가진 것들은 포환에 부딪혀 그 살점들이 "석류알"처럼 부서져
내린다. "불길"은 모든 생명들을 삼키려 계속해서 달려들고 있다.

지구는 이러한 상황들이 모두 펼쳐지는 현장이다. 파괴 및 소멸되는
생명들의 고통은 모두 지구의 안에서 일어나는 일이다. 그렇기에 지구
는 자신 안에서 발생하는 무수히 작은 생명들의 소멸과 파괴를 경험하
며 "처절한 오한"과 "무참한 진통"을 겪을 수밖에 없다. 김남조는 이러
한 지구의 고통을 지구의 죽음에 대한 사유로 확장한다("아무래도 지구
가 풍선처럼 찢어져 죽을 것만 같구나"). 베르그손은 『물질과 기억』에서
고통이란 유기체 고유의 특정 감각기관의 노력에서 파생된 것이라고

설명한 바 있다.[11] 고통을 감각한다는 것은 유기체의 노력의 결과물이며, 이것은 자극에 대한 단순 반응이 아닌 의지적 활동이라는 것이다. 이는 김남조에게 지구란 삶의 터전의 의미를 넘어서 인간과 다를 바 없이 고통을 느낄 수 있는 유기체라는 사실을 의미한다.[12]

한편, 이 시의 특이점은 화자가 지속적으로 요청하는 목가에 있다. 그가 요청하는 목가는 오월의 보리밭처럼 푸르른 에덴동산에 닿고자 하는 희망이 담겨 있다. 주지하듯이 에덴동산은 기독교적 용어로서 이미 잃어버린 인간들의 낙원이다. 지구 종말이라는 절망적인 현실에 대응하기 위해 에덴동산이라는 용어를 사용한 것이라면 이는 신인합일을 갈망하는 기독교적 종말론의 결과물로 조명해야 할 것이다. 그러나 김남조는 절대자의 곁에서의 안식보다는 "빛과 생명"이 가득한 지구에 닿는 것에 초점을 모으고 있다. 이는 인용시의 "에덴동산"이 기독교적 사유의 결과물이라기보다는 "그늘진 넓은 초원을 또 한 번 품어"보고자(「만종

---

11) "모든 고통은 국지적 노력이며, 노력의 그런 고립 자체가 그 무기력의 원인이다. 왜냐하면 유기체는 그 부분들과의 유대 때문에 전체의 결과 이외에는 더 이상 적절하게 응하지 않기 때문이다. 또한 노력이 국지적이기 때문에 고통은 생명체가 겪는 위험과는 절대적으로 불균등하다(앙리 베르그손, 『물질과 기억』, 박종원 옮김, 아카넷, 2005, 105쪽)."

12) 지구를 고통의 관점에서 유기체로 인식하는 시인의 태도는 「남은 말」에서도 드러난다. 여기서 김남조는 지구를 '너'로 호명하면서 불타오르는 지구("불 지핀 엽맥")의 고통에 대해 공감한다. 그러면서 지구를 "한 마리의 어린 곰"과 같은 '나'가 살아갈 수 있는 소중한 보금자리("이끼 긴 동굴")로 인식함으로써 생명을 포용할 수 있는 거대 공간으로 조명한다. "불 지핀 엽맥에서 못다 탄/ 흰 수액의 한 방울// (중략) 독 묻은 버섯처럼 곱고 슬프게 눈떠 있을/ 네게 못다 준 목숨의 말 한 마디// 기적도 있고서야/ 내 하느님 설마 너를 살게 하시리라면서/ 석양처럼 번져나는 설움/ 깜빡 눈이 머는 것 같아짐은/ 아무래도 어디 기막히는 아픔 끝에/ 네가 숨겨 가는가 보아// 지구라는 것,/ 인간이 바라는 모든 지혜가 미워/ 축축한 산마루에/ 너 한 칸 이끼 긴 동굴이라면/ 나야 얼마나/ 한 마리의 어린 곰으로 살고 싶을까"

晚鍾」) 하는 의지와 동의에 있는 것 보아야 함이 타당할 것이다. 그것은 생명력이 가득한 지구에 대한 회복 의지라고 할 수 있다.

> 봄이 오면/ 쫓겨난 에덴동산에도 파릇파릇 새순이/ 흙을 뚫고 치밀 게다/ 가슴을 문지르며 울고 싶은 너/ 내 혼 속에 깃든 처음 아가야/ 네 고향 이른 봄에 부는 열풍을/ 너의 핏속에 불러 줄게// 가자, 조춘의 햇빛 속을/ 너와 나 둘이서 가자/ 사람도 신도 없는 우리의 동산으로/ 그곳 건강한 지축 위의/ 찬란한 서광을 섬겨/ 병든 오로라의 습성을 너도 나도/ 다시는 생각지 말자// 하늘 트이고/ 바람 향유처럼 피어나는 곳/ 오, 거기 멸하지 않는 씨앗을 뿌려/ 우리들 흠뻑 고운 땀 흘리고/ 날이 어두워 하늘나라 빛의 정령들이 깨어나면/ 너는 말없이 별을 바라고/ 나는 백일홍처럼/ 나의 눈 속에 너를 새기자// 초록과 수분과 비둘기와 별,/ 아아 이를 어쩌랴/ 봄이면 보마다 나의 혈맥 속에/ 실낙원의 가슴 설레는 동경 있음을
>
> -「조춘(早春)」부분,『김남조 시전집』, 70-71쪽.

생명력이 가득한 지구(대지)에 대한 회복 의지는 「조춘(早春)」에서 나타난다. 이 시는 전쟁의 참혹함이 드러나지 않는다. 대신에 김남조는 "초록과 수분과 비둘기와 별"을 "실낙원"의 동경과 대응시키고 있다. "비둘기"는 평화의 상징이며, "초록과 수분"은 건강한 자연의 공간을 연상케 한다는 점에서 「조춘早春」은 전쟁으로 인해 죽어가는 지구에 대응하여 창작된 것으로 볼 수 있다.

그런데 주목을 요하는 부분은 「조춘早春」의 "에덴동산"은 화자가 지향하는 공간인 "신도 없는 우리의 동산"과 분리되어 있다는 점이다. 김

남조는 "신도 없는 우리의 동산"을 "실낙원"의 동경과 연결한다. 실낙원 (실락원)이란 인간이 낙원(에덴동산)에서 추방되는 과정을 그린 존 밀턴의 서사시에서 유래된 단어이다. 존 밀턴의 서사시에서 강조되는 것은 아담과 하와의 타락과 하나님의 섭리의 합당함이다. 따라서 만일 위 시가 종교시로의 환원이라면 낙원에서의 추방은 에덴동산에 결코 닿을 수 없게 된 데서 오게 된 상실감을 주조로 해야 할 것이다. 그러나 김남조는 낙원으로부터의 추방을 동경이라는 어휘와 연결하면서 "신도 없는 우리의 동산"을 지향하는 모습을 보인다. 그러한 동산의 모습은 건강한 자연의 모습으로 그려진다. 여기서 그는 "멸하지 않는" 생명의 씨앗을 뿌리고자 한다. 이는 "빛과 생명"이 가득한 지구에 닿고자 하는 의지의 일환으로 볼 수 있을 것이다.

이처럼 김남조가 지구를 "빛과 생명"이 가득한 것으로 인식하는 것은 어디에서 기인하는 것일까. 김남조는 다음 시 「월백(月魄)」에서 지구가 내재하고 있는 생명의 가치를 지구 과학적 차원에서 접근하고 있다. 이는 한국전쟁으로 인한 종말 의식이 과학적 사유와 결합된 것으로 상당히 의미심장하다.

먼 훗날 산과 골짜기 마멸되고/ 지구가 빛과 체온을 잃을 때/ 빙화氷花 망이 아름답게 피어나고/ 이윽고/ 그 처절한 개화마저 조락하면/ 이 땅 위의 생명들이 또 다시 살아갈/ 어떤 길이나마 있을 것인가// 태고, 그것도/ 바닷가 모래알을 세기보다 아득한 옛날에/ 태양의 참극에서 빚어졌다는/ 아홉 개의 별/ 지구가 눈먼 비둘기처럼 슬퍼야 함도/ 쪼개진 살덩이의 아픔이어니/ (중략) 먼 훗날 지구의 마지막 날/ 달도 함께 피를 뿜고 임종하리니/ 달과 지구와 내가/ 내 조상과 후손들 또한 내 이웃과 이

웃의 그것이/ 모두 다 원소(元素)로 돌아간다면/ 장려한 영혼의 질서가/
남은 천체들을 아슴히 덮으리라

　　　　　　　　　　　-「월백(月魄)」 부분, 『김남조 시전집』, 87-89쪽.

　「월백(月魄)」은 태양계 형성설을 내면화하고 있다. 그처럼 지구를 포
함한 태양계의 행성들은 수십억 년 전에 태양 성운들의 회전 운동의 결
과물("태양의 참극")로 탄생했다. 달의 경우에는 다양한 의견이 있지만,
지구가 화성 크기의 행성과 충돌하며 만들어졌다는 의견이 지배적이다.
처음 달이 형성되었을 때 지구는 원시 행성에 불과했다. 이때는 어떠한
생명체도 살 수 없었지만, 원시 대기와 바다가 만들어지며 생물들이 출
현하게 되었다. 그러므로 지구는 모든 생명들의 터전이자 시원이며 소
멸까지 함께하는 존재라는 의미를 갖게 된다. 그것은 지구의 생명이 다
하는 날 "이 땅 위의 생명들이 또 다시 살아갈 어떤 길이나마 있을 것인
가"라는 부분에서 드러난다. 인류를 아우른 지구상의 모든 생명들이 지
구와 함께 소멸하여 "원소"에 불과해져버릴 존재들이라는 것이다. 이는
그가 지구를 전체 생태계 그 자체로서 인식하고 있음을 대변한다. 여기
서 더 나아가 그는 지구의 충돌이 탄생시킨 달 또한 지구의 생명의 다하
는 날 "임종"할 것이라고 형상화한다. 이는 상당히 독특한 지점으로 김
남조가 생태계를 우주적 차원으로도 확장하고 있는 것으로 해석할 수
있다.

　살펴보았듯이 김남조는 한국전쟁을 맞닥뜨림으로써 지구 종말에 대
한 위기의식을 경험한다. 그것은 그가 지구를 모든 생명들을 살아가게
하는 생명 공동체라고 여겨 왔기에 가능했던 것이다. 이러한 사유에 따
라 김남조는 『목숨』에서 전쟁이 야기한 다양한 생명체들의 죽음을 지구

의 죽음으로 연결한다. 여기서 그가 인식하는 생명체란 생명을 가지고
생활을 유지하는 생물군뿐만 아니라 특정한 공간에서의 통시적 시간성
을 공유하는 주체로서의 무생물군을 포함한다. 한편, 그는 지구를 그 자
체로 생명의 원리를 내재하는 거대 유기체로도 조명한다. 그리하여 지
구 종말에 대한 위기의식이 강렬해질수록 생명력이 가득한 지구에 닿
기를 희망하는 모습을 보인다.

3. 자연과의 연대 회복을 위한 생태계 역동성

김남조에게 전쟁에 대한 위기의식은 『목숨』에서 지구를 생명 공동체
이자 전체 생태계로 인식하는 것으로 나아간다. 하지만 그와 같은 사유
는 한국의 산업화와 맞물려 변모된다. 한국의 산업화는 휴전 이후 본격
화된 국가적 사업이었다. 여기엔 기술 중심주의와 경제 성장 중심주의
가 관류하고 있었다.[13] 피폐해진 나라를 재건하고 발달시키기 위해선
경제 발전이 필요했고, 경제 발전을 위해선 기술을 발전시켜야 했으며,
기술을 발전시키기 위해선 자연을 착취해야 했던 것이다.

그와 같은 산업화, 즉 생산 지상주의에 관해 리피에츠는 경제 성장을
목표로 하는 생산 지상주의가 사람과 자연의 연대를 사라지게 만들어
생태계 균형을 파괴한다고 주장한다.[14] 이러한 리피에츠의 주장과도 같

---

13) 한국 사회에서의 생태주의의 흐름에 대해서는 우석영, 「전후체제 한국의 발전과 생
   태회복」,『생명연구』40, 서강대학교 생명문화연구소, 2016 참고.
14) 알랭 리피에츠가 지적하는 생태 위기의 근본 원인은 생산 지상주의에 있다. 생산 지
   상주의는 사람 사이의 연대를 상실케 하고, 연대의 상실은 자연과 사람의 관계에서
   도 이어지게 된다. 그러한 생산 지상주의는 자유주의 국가의 자본주의와 결합하였

이 1960년대 후반은 산업화에 대응하여 현실주의적 자연관에 바탕을
둔 생태시가 등장하였다.[15] 이 시기 김남조 시는 비판과 고발을 통해 산
업화에 대한 문제의식을 전면화하지 않는다는 점에서 전술한 생태시군
에 속한다고 볼 수 없다. 하지만 그 또한 산업화가 말미암은 자연과 인
간의 연대 상실을 자각하고 있었다는 점에서 리피에츠와 동일한 문제
의식을 내면화하고 있다.[16] 그것은 『목숨』에서 운명 공동체와 다름없었
던 자연과 인간이 분리되어 있다는 점에서 드러난다. 이것은 자연과 인
간의 연대 상실로서 다음 시 「미명지대」에서 집약적으로 드러난다.

　　지구는 없어도 좋았습니다/ 사람은 생겨나지 않았던들 복되었으리/

을 때 가장 큰 피해를 낳게 된다. 이러한 생태 위기는 인류의 책임감과 자율성을 통
해서만 극복될 수 있다(강수택, 앞의 책, 62-63쪽).

15) 이 시기는 '생태시'라는 개념이 명확히 대두된 때는 아니었지만 생태적 사유를 근간
으로 하는 시들은 과거부터 존재하고 있었다. 대표적인 것은 자연에 대한 경이로움
을 표출하는 시들이라고 할 수 있다. 이들은 자연과의 합일을 추구하는 인간 본성을
추종하는 전통적 자연관에 기초한다. 그러나 1960년대 후반의 김광섭과 1970년대
초반의 이하석은 인간과 자연의 관계를 비판적 시각으로 접근함으로써 현실주의적
자연관에 기초한 생태시의 포문을 열었다. 여기에 대해서는 송용구, 「독일과 한국의
생태시 비교 연구 - 생태학적 세계관의 비교를 중심으로」, 『카프카연구』 28, 한국카
프카학회, 2012, 374-375쪽 참고.

16) 1990년대에 이르러서야 서구의 다양한 생태담론이 정치, 사회 분야에 유입됨으로써
환경운동이 본격화되었다. 문학 역시 그러한 흐름에서 비켜나지 않았다. 사회적으
로 생태담론이 본격화된 1990년 이전까지를 논의의 대상으로 삼을 수도 있겠으나
생태시에 대한 문단의 전폭적 관심은 기실 1980년대 말부터 전조를 보이고 있었다.
따라서 본장은 『나아드의 향유』(1955), 『나무와 바람』(1958), 『정념의 기』(1960),
『풍림의 음악』(1963), 『겨울 바다』(1967), 『설일』(1971), 『사랑초서』(1974), 『동행』
(1976), 『빛과 고요』(1982)를 논의의 대상으로 한다. 『시로 쓴 김대건 신부』(1983)
의 경우는 논의 기간의 시집에 해당하지만 신앙 서사시로 판단하고 논외로 한다. 한
국 문단의 생태주의에 대해서는 김선태, 「생태시의 문제점과 나아갈 방향」, 『계간 시
작』 4, 천년의시작, 2005, 48쪽 참고.

풀잎이 허공에 뜨고/ 유리 같은 대기 속에/ 호랑나비 화석 되어 박힌다 해도/ 신의 창의는 모자람 아닐 것을// 백설이 비를 몰아/ 무수한 주먹질로 창문을 치는/ 이 밤/ 차라리 들이치는 눈보라 속에/ 가슴들 열 길 얼음을 추켜 안고/ 눈물을 뿌려라 더 뿌려라// 유리창과 사람과 검은 밤의/ 앞뒤 없는 통곡./ 태고적 메아리들 모두 죽고/ 전흔(戰痕)과 불신과 가난 앞에/ 오늘도 해 저물어/ 어둠 따끝까지……

-「미명지대」 부분, 『김남조 시전집』, 196-197쪽.

「미명지대」에서 시적 주체와 자연물의 상태는 구별된다. 대지에 뿌리를 박고 자라는 풀잎은 허공에 떠버리고, 자유롭게 날아다니던 나비도 화석처럼 굳어 버린다. 수분과 공기가 뒤섞여 있는 대기마저도 유리처럼 굳어 버린다. 『목숨』에서 숨 쉬고, 고통을 느끼고, 살기 위해 아우성치던 자연물들이 「미명지대」에 이르러 역동성을 상실하고 있는 것이다. 이는 "태고적 메아리들"의 죽음과 대응된다는 점에서 자연의 역동성 상실은 생태계의 죽음과 같은 의미를 가진다. "유리창과 사람과 검은 밤의 앞뒤 없는 통곡"은 생태계의 죽음에서 인간이 논외의 대상이 될 수 없다는 사유를 대변한다.[17]

하지만 이러한 생태계의 죽음은 인간에게서 비롯된 것이다("사람은 생겨나지 않았던들 복되었으리").[18] 그 원인은 산업화를 가리키고 있는

---

17) 김남조는 인간이 자연 생태계에서 분리될 수 없다는 인식을 가지고 있다. "자연 망상이 고귀한 피를 끊임없이 수혈해 주고 있음이며, 필경 사람도 삼라 대자연의 호흡기의 부분이며 천지간의 유기물체 중에서 살아 있는 혈액임을 새삼 말할 나위도 없으리라(김남조, 「음악 요법(療法)」, 『먼데서 오는 새벽』, 어문각, 1986, 198쪽)."

18) 김남조는 자연을 향한 인간의 폭력을 나비의 박제에 빗대어 다음과 같이 서술한다. "벽에 매달린 박제(剝製) 따위가 나는 싫다./ 죽은 나비의 수분을 빼고 영 죽지도 못하게 바늘을 꿰뚫어 유리 상자에 가두는 건 누구의 취미인가. (중략) 자줏빛 포도주

것으로 보인다. 그것은 "전흔(戰痕)과 불신과 가난"의 극복이 산업화의
목적이었다는 점에서 유추해볼 수 있다. 주지하듯이 산업화란 인간 중
심주의에 뿌리를 두면서 파생된 사회적 태동이다. 그렇기에 생태계는
착취와 죽음으로, 인간은 지배와 생존으로 분리될 수밖에 없다. 이를 방
증하듯 시적 주체와 자연물 사이에 있는 문명적 물질인 "유리창"은 인
간과 자연의 단절성을 심화시킨다. 이러한 점에 따라 시적 주체의 "통
곡"은 자연과 인간의 연대 상실에 대한 "통곡"으로 볼 수 있을 것이다.

이처럼 김남조는 산업화가 야기한 자연과의 단절성을 형상화한다.[19]
이는 『목숨』에서 모든 자연물들을 운명 공동체와 다름없이 조명하던 기
존의 사유의 변모를 추측할 수 있게 한다. 또한 인간이 자연과의 연대를
상실한 상태라는 것을 지각하고 "통곡"하는데, 이를 연대 회복에 대한
갈망으로 발전시킨다. 「연가(戀歌)」는 그와 같은 시인의 의지를 내면화
하여 보여준다.

잔에 떨어지거나 한다면 비로소 죽을 수가 있을지도 모를 고달픈 나비들./ 나비들을
모두 풀어주어라. 눈 오는 겨울 천지에 눈송이처럼 날려 주어라. 나는 것은 저들의 권
리, 훨훨 날려 주어라(김남조, 「심상의 지뢰밭」, 『예술가의 삶』, 혜화당, 1993, 124쪽)."
"제 기름에 불붙이는/ 이 사람을/ 천지 만물이 겁을 먹고 지켜본다"-「촛불」 3

19) 자연과의 단절성 외에도 자연물과 시적 주체의 거리감은 자연과의 연대 상실을 의미
한다. 「산에서」에서의 '너'는 산을 가리킨다는 점에서 자연과의 거리감을 보여준다.
"너와 하늘과, 하늘과 너와/ 한 필 비단폭의 두 끝인 줄도/ 지금엔 알았어라// (중략)
움실움실 산이 큽니다/ 해마다 봄철에 크고 커서/ 산은 높다오 하늘은 더 높다오/ 내
눈에 더운 눈물이 넘쳐흐름은/ 어디선가 너도 이 봄에/ 커가고 있는 게지// 또다시
노래부르리/ 철마다 부르고 부르던 노래/ 네 곁에 이르지 못했어도"-「산에서」
한편 김남조는 『바람에게 주는 말』(1981)에 수록된 「상심수첩」 26에서 자연과의 거
리감을 형상화한다. 「상심수첩」 26은 『바람세례』(1988)에서 「산에게 나무에게」로
개작된다. 개작 후에는 자연과의 친연성을 부각시키지만 개작 전의 것은 연대의 상
실에 초점을 둔다는 점에서 살펴볼 필요가 있다. "산은 그대로 있고/ 내가 산을 내려
왔다./ 나무들은 남겨두고/ 내가 떠나와 버렸다./ 산과 내가/ 나무들과 내가/ 이별한
이야기."-「상심수첩」 26

  잠든 솔숲에 머문 달빛처럼이나/ 슬픔이 갈앉아 평화로운 미소 되게
하소서// 깎아 세운 돌기둥에/ 비스듬히 기운 연지빛 노을 같은/ 그리움
일지라도/ 오히려 말없는 당신과 나의 사랑이게 하소서// 본시 슬픔과
간난(艱難)은/ 우리의 것이었습니다// 짙푸른 수심일수록 더욱 붉은/ 산
호의 마음을/ 꽃밭처럼 가꾸게 하소서/ 별그림자도 없는 밤이어서 한결
제 빛에 눈부시는/ 수정의 마음을 거울 삼게 하소서// 눈물과 말로/ 내
마음을 당신께 알리려던 때는/ 아직도 그리움이 덜했었나 생각합니다/
지금은 침묵만이 나의 전부이오니/ 잊음과 단잠 속에 스스로 감미로운/
묘지의 나무들을 닮아/ 축원 가득히 속에서만 넘쳐나게 하소서/ 사랑하
는 이여

-「연가(戀歌)」전문, 『김남조 시전집』, 148-149쪽.

「연가(戀歌)」를 관류하는 것은 "당신"에 대한 그리움으로 이는 시적
주체의 사랑과 연결된다. 만일 남녀 간의 사랑을 주제로 하는 것이라면
「연가(戀歌)」의 청자인 "당신"은 '우리'라는 일인칭 대명사에 포괄되어
야 할 것이다. 그러나 주체는 "슬픔과 간난"의 본래적 소유를 "당신"에
게로 환원하지 않으려 함으로써 "당신"을 "우리"와 구분한다. 이는 인용
시의 사랑이 사람과의 관계에서 파생된 마음이 아니라 어떤 대상을 소
중히 여기는 의미로 확장된 것임을 암시한다.

  또한 「연가(戀歌)」는 자연물들을 직유로 사용하거나 이들을 통해 주
체의 어떠한 상태를 일치시키고자 한다. 직유로 사용된 경우, 생략하더
라도 그 의미가 충분히 전달된다는 점에서 불필요한 수식어에 불과하
다. 불필요한 수식어를 표기한 것은 의도적 배열로서 실질적으로 강조
하고자 하는 것이 자연물 그 자체라는 것임을 짐작케 한다. 4연은 후자

의 경우로서 자연과 일치되고자 하는 시인의 의도로 해석할 수 있다. 이를 대변하듯 "당신"은 말이 없고, 주체는 현재 "침묵"으로 일관할 수밖에 없다고 형상화된다. 이는 본래 말을 할 수 없는 자연의 상태와 현재 자연과의 연대를 잃어 말을 할 수 없게 된 인간의 상태를 의미한다고 볼 수 있다. 이를 모두 종합하여 미루어 볼 때, "당신"에 대한 주체의 사랑은 자연 생태계에 대한 사랑과 일치한다. 그 사랑은 "그리움"으로 나타난다는 점에서 이는 자연과 합일될 수 없는 현재의 상태에서 비롯되었음을 알 수 있다. 그리했을 때, "우리의 것"인 "슬픔과 간난"이란 자연 생태계와 연대를 잃게 만든 배경으로 바라보아야 함이 타당할 것이다. 요 컨대 인용시는 자연과의 연대 회복에 대한 간절함을 사랑이란 방식으로 표현하고 있는 것으로 조명할 수 있다.[20]

이와 같이 김남조가 자연과의 연대를 회복하고자 하는 이유는 무엇인가. 그것은 자연 생태계란 지금처럼 착취되어야 하는 대상이 아니라 "주고받음의 건강한 균형을 유지해야"하는 존재라는 인식에서 비롯된다.[21] 그에게 자연은 인간을 위한 도구나 타자가 아니라 인간과 대등한 존재라는 것이다. 따라서 김남조는 연대의 회복을 위하여 "지구를 품어 안는

---

20) 사랑의 시선으로 자연을 조명하는 시는 다음에서도 살필 수 있다. "저무는 날 해어스름/ 박명의 아름다움을 안다/ 안개 너머 벙그는/ 별들을 안다/ 사랑하기 전엔 몰랐던 빛들"-「사랑초서(草書)」 20

21) 김남조는 자연 생태계와의 연대를 유지하기 위해 자연이 증여한 것을 인간이 부풀려서 되갚아야 함을 주장한다. "자연은 더욱 그러합니다./ 자연과 사람을 살필 때 저편은 주는 쪽이요, 우리는 받는 쪽입니다. 한데 다같이 복되다 할 수 있으리니 받아주는 이가 없이는 베풂의 성립도 불가능하기 때문입니다./ 4월의 하늘 아래 나오십시오./ 그리하여 우리에게 주어지는 모든 축복을 보배롭게 품어 안으며 이를 더 가꾸고 키워서 능동적으로 되돌려야 합니다. 주고받음의 건강한 균형을 유지해야 합니다(김남조,「사랑을 위하여」,『사랑의 말』, 학지사, 1983, 157쪽)."

커다란 윤무"(「불사조의 태극」)가 되고자 한다. 그것은 자연과의 "화해"
에 닿아 있다.[22] 그러한 화해는 문명비판과 산업화에 대한 경고를 통해
생태계에 대한 부정적 전망을 통해 실현되는 것이 아니다. 시인으로서
의 역할을 중시하면서 실현되는 것으로 자연 생태계의 매커니즘의 발
견으로 나타난다.[23] 그것은 생태계 균형의 역설이라고 할 수 있다.

　　어쩌면 미소짓는 물여울처럼/ 부는 바람일까/ 보리가 익어 가는 보리
　밭 언저리에/ 고마운 햇빛은 기름인양 하고// 깊은 화평의 숨 쉬면서/ 저
　만치 트인 청정한 하늘이/ 성그런 물줄기 되어/ 마음에 빗발쳐 온다// 보
　리가 익어 가는/ 보리밭 또 보리밭은/ 미움이 서로 없는 사랑의 고을이
　라/ 바람도 웃음 가득 부는 것일까// (중략) 보리가 익어 가는 푸른 밭 밭
　머리에서/ 유월과 바람과 풋보리의 시를 쓰자/ 맑고 푸르른 노래를 적자
　　　　　　　　　　　　　　-「유월의 시」 부분,『김남조 시전집』, 186-187쪽.

　생태계 균형을 위해선 생태계의 역동성이란 조건을 충족해야만 한
다. 역동성이란 생태계를 구성하는 무기물과 유기물의 상호 작용, 온도
의 변화, 에너지의 순환 등에서 살필 수 있다.[24] 「유월의 시」는 그중 무기

---

22) 김남조는 자신의 시가 지향하는 방향이 "보편성"과 "사랑의 연대(聯隊), 화해의 연
　　대"에 있음을 밝힌 바 있다(김남조, 「나의 문학, 나의 주장」,『예술가의 삶』, 혜화당,
　　1993, 46쪽).
23) 「시인」 4는 그와 같은 시인의 역할을 강조한다. "깊이와 높이와/ 넓이를 더하여/ 그
　　공막 그 정적에 첫 풀잎 돋아남을/ 문득 보게 되거라"-「시인」 4
24) 초유기체론을 생태학적 입장에서 면밀히 들여다보자면 자연 생태계는 식물, 동물,
　　미생물 등을 아우르는 모든 생태계 구성원들의 상호 작용을 통해 역동적으로 생태
　　계의 평형을 유지한다. 이것은 생태계의 균형과 안정을 전제로 한다. 생태계의 역동
　　적인 평형을 유지하게 하는 것은 생명체들의 적극적, 소극적 상호 작용과 영양소 및
　　에너지의 순환이다. 생태계는 이를 통해 평형을 유지하며 생태계의 연속(발전)으로

물과 유기물의 상호 작용을 통해 생태계의 역동성을 형상화한다. 태양
은 생장에 필요한 적절한 온도를 유지할 뿐만 아니라 광합성을 도와 유
기 양분을 공급할 수 있게 한다. 바람은 통기를 도와 병충해를 예방한다.
흙은 수분 및 다양한 무기 양분을 식물에게 전해주는 역할을 한다. 이들
중 하나와도 충분한 상호 작용을 하지 못하게 된다면 식물은 죽고 만다.
이것은 에너지와 영양소의 순환과도 연결된다. 무기물이 공급한 에너지
와 영양소의 식물의 내부에서 환류(순환)하는 것이다.[25]

이러한 식물 종 내부의 순환은 계절성과 결합되었을 때 생태계 순환
으로 연결된다. 김남조는 나무라는 시적 제재를 사계절과 결합시킴으
로써 생태계 순환을 집약적으로 그려낸다.[26] 생태계라는 거대한 체계의

나아갈 수 있다. 김남조는 그러한 생태계의 역동성을 인지하고 있다. "생명들의 긴
장, 생성과 소멸이 맞잡아당기는 팽팽한 탄력을 역력히 느낄 수가 있다. 두 성질의
역작용(力作用)이 있음으로 하여 열과 태동들이 들끓고 있음을(김남조, 정신의 공
복(空腹), 『먼데서 오는 새벽』, 어문각, 1986, 185쪽)." 생태계의 메커니즘의 상세한
내용은 권혁길, 「생태계(生態系)의 발전(發展)과 역동적(力動的) 균형(均衡)을 위
한 환경윤리(環境倫理)에 관한 연구」, 『윤리연구』 81, 한국윤리학회, 2011 참고.

25) 내부적 순환의 역동성은 생태담론이 본격화된 1980년대 말 이후에 보다 발전된다.
『가슴을 적시는 비』(1991)에 수록된 「들풀 한 포기에도 천만 더듬이가」와 『평안을
위하여』(1995)의 「겨울 초대」에는 식물이 "더듬이"가 있는 것처럼 형상화된다. 이는
정적인 식물의 동물화로서 본장에서 논의되는 순환이 에너지와 영양소의 환류를 암
시하는데 그치는 것과는 구별된다.
"우리는 알고 있다./ 들풀 한 포기에도 천만 더듬이가 돋아 있고/ 뿌리에서 정수리
까지를 잇고 있는 섬세한 관 속엔 빛과 수분,/ 산소와 엽록소가 흘러 순환하고 있음
을"-「들풀 한 포기에도 천만 더듬이가」
"나무살결엔/ 촘촘한 더듬이 눈 떠 있고/ 수액의 펌프질 가멸히 거룩하여라"-「겨울
초대」

26) "스믈스믈 즐거운 혈액이/ 돌고 있는 나무/ 눅눅한 입술이던 흙의 입맞춤이/ 겨우
내 나무뿌리를 축여 주고/ 가지는 한공에 회춘을 불렀으리/ 쏟아지는 햇볕에/ 목청
이 확 트인 종달새 같은/ 기쁨의 나무"-「사월의 나무」"아침의 나뭇가지엔/ 빈 잠자
리 연한 자욱만 남고/ 다갈빛 잎새들은/ 땅 위에 눈 감았구나// 범적으로 색칠하는

순환은 생태계가 균형을 잘 이루었기 때문에 가능한 것으로 생태계 연속의 가능성을 내포한다. 다음 시는 그와 같은 나무의 순환이 오랜 시간에 걸쳐 생태계 연속으로 나아가게 됨을 보여준다.

> 나무여 나무여/ 걸을 수도 날을 수도 없어서/ 친구 곁에 못 가네/ 사랑 곁에도 못 가네/ 그러나 니네들/ 한 가지 햇빛을 쬐며/ 거누 억만 년 사이/ 한날 한시에 목청이 확 트였구나// 거대한 임부(姙婦) 봄 천지에/ 지하수에도 전류 와서/ 불범벅이네 수액범벅이네/ 아, 어쩌면 좋지/ 초록의 전율// 어떤 그림 속에서도/ 반 고호의 보리밭에서도/ 움직이는 풀잎 하나 못 봤는데/ 살아서 사람처럼 출렁이는/ 니네들/ 머리 풀은 니네들/ 아, 어쩌면 좋지
>
> -「나무들 · 1」전문,『김남조 시전집』, 482-483쪽.

김남조는 나무가 태양과 함께 "억만 년"의 시간을 함께 보냈음을 형상화한다. 이는 나무가 계절의 순환 속에서 매해 지속적으로 새로운 세대로 교체됨으로써 생태계의 연속에 함께 한 존재임을 의미한다. 새로운 세대로의 교체란 나무의 존재 자체가 교체되었다는 말이 아니다. 나무의 줄기는 "충전 부싯돌"(「생명」)로서 생명의 순환을 준비하듯이 평형을 유지하고자 하는 생태계의 원리에 따라 생성과 소멸을 통해 진화하고 발전함으로써 그 개별의 종을 여전히 존속할 수 있었던 것이다. 이것은 나무 주변에 있는 외부 무기물과 관계를 잘 유지함으로써 생태계

단청/ 그 황홀한 광채를 입고 살던 것들/ 동짓달 무서리에 시들어/ 흙 위의 흙으로 돌아오다니"-「낙엽 · 물보라」"겨울 나무들을 보라/ 추위의 면도날로 제 몸을 다듬는다/ 잎은 떨어져 먼 날의 섭리에 불려 가고/ 줄기는 이렇듯이/ 충전 부싯돌임을 보라"-「생명」

의 역동성을 충족했기 때문이기도 하다. 즉, 김남조 시에서 나무는 생태계 역동성을 드러내는 제재일 뿐만 아니라 가장 집약적으로 생태계 연속을 나타내는 제재이기도 한 것이다.

이처럼 김남조는 자연과의 연대를 회복하고자 생태계의 숨겨진 가치들을 형상화하는 것에 주력한다. 이는 자연과의 연대 상실을 야기하는 세태에 대한 비판 의식에서 비롯된 것이지만 「잊을 수 없는 동화」(1983)는 그의 생태적 사유의 한계가 나타나 있다.

> 나무는 소년에게 사과를 주었다./ 그 다음 나뭇가지를 내주었고 마침내는 그 몸 전부를 잘라내어 속을 후벼 파고 배를 만드는 일조차 허용했다./ 나무의 죽음이다. 적어도 죽음과 맞먹는 잔혹이 아닐 수 없다./ (중략) 나무에게 와서 나무를 통해 소유하고 해결했음도 사실이나 나무 역시도 소년이 나타남으로써 관계가 지어지고 사건이 꽃 피며 생명의 전이(轉移)가 현실화된다./ 바로 그렇다./ 나는 이 수수 관계를 생명의 전이로 풀이하고 싶다./ 오른손에 끼었던 반지를 왼손에 바꿔 낀다고 해서 별달리 주는 행동이라 할 수 없듯이 나무도 스스로의 소실을 소년의 필요 안에서 충당했었다는 해석을 붙이고 싶다.
>
> ─김남조, 「잊을 수 없는 동화」, 『사랑의 말』, 학지사, 1983, 169쪽.

이 산문은 쉘 실버스타인의 「아낌없이 주는 나무」를 보고 작성된 것이다. 김남조는 인간에게 어버이와 같은 자연의 존재를 인식하고 있다. 자연의 일방적인 베풂은 죽음으로 끝맺게 된다는 점에서 김남조는 이를 잔혹하다고 서술한다. 이는 "주고받음의 건강한 균형"을 이루지 못하는 자연과 인간의 관계에 대해 비판 의식으로 미루어 볼 수 있다. 그러

나 결과론적으로 그는 이러한 불균형적인 관계를 "생명의 전이"로 합리
화해 버릴뿐더러 나무의 "소실"을 인간으로 표상되는 소년을 통해서 설
명한다. 생태담론의 지향점에 도달하기 위해선 인간의 입장에서의 자연
의 "소실"을 정당화하는 것이 아니라 인간 존재의 폭력성에 대한 인정,
자연에 대한 윤리와 책임, 혹은 타자적 관점으로의 전환을 통해 도달할
수 있다는 점에서 이는 그의 사유의 한계라고 볼 수 있다.[27)]

요컨대 김남조는 한국전쟁 이후 도래한 산업화의 시대에 산업화에 내
재된 인간 중심주의가 자연과 인간의 연대 상실을 말미암았음을 체감
하고 있다. 그는 연대 회복을 갈망하며 자연과의 주고받음이 균형을 이
루어야 함을 역설한다. 이는 생태계 균형에 초점을 두는 것으로 이어진
다. 김남조는 나무라는 제재를 통해 이를 계절적 요소와 결합시킴으로
써 생태계 순환으로 나아간다. 생태계 순환은 생태계 연속성을 의미하
는 것으로 나무는 생태계 연속을 가장 집약적으로 보여주는 상징과 다
름없이 제시된다. 그러나 이 시기 김남조의 생태적 사유는 근본적으로
자연에 대한 인간의 폭력을 정당화할 가능성을 내포한다는 점에서 한
계를 갖는다.

---

27) 심층 생태주의의 입장에서 보자면 생태계의 균형을 파괴하는 인간의 행위는 자연
의 가치를 인간 중심적으로 해석하는 근대의 이원적 세계관에서 출발한다(강수택,
앞의 책, 21쪽.). 그러나 김남조는 본질적으로 자연과 인간의 이원적 세계관을 극복
하지 못함을「행복」에서 드러낸다. "새와 나/ 겨울 나무와 나/ 저문 날의 만설滿雪과
나/ 내가 새를 사랑하면/ 새는 행복할까/ 나무를 사랑하면/ 나무는 행복할까/ 눈은
행복할까// 새는 새와 사랑하고/ 나무는 나무와 사랑하며/ 눈송이의 오누이도/ 서
로 사랑한다면/ 정녕 행복하리라"-「행복」

4. 생태계의 인격적 하위 체계로서의 인간과 자연

김광섭의 「성북동 비둘기」를 필두로 등장했던 비판적 생태시의 흐름
은 지속적으로 이어졌다. 그러나 1980년대 말에 김지하의 생명사상과
고은의 식물적 상상력은 비판에 경도되어 가던 한국 생태시의 흐름을
전환시키는 계기가 되었다. 또한 다수의 잡지에서 특집으로 생태시를
다룸으로써 시인들에게 자연은 매력적인 시적 소재가 되었다. 이러한
경향은 김남조에게도 동일하게 작용한 것으로 보인다. 그것은 신앙으로
점철되어 가던 김남조 시가 『바람세례』(1988)에 이르러 자연이라는 소
재를 전면적으로 사용하고 있다는 점에서 드러난다.

『바람세례』(1988)부터 나타나는 김남조 시의 생태적 사유는 이전의
『나아드의 향유』부터 『빛과 고요』에서 나타나는 것과는 재차 달라진
다.[28] 자연과 유리된 시적 주체를 부각시키지 않으며, 자연을 생태계의
역동성과 연속성을 나타내기 위한 소재로 조명하지 않는다. 「詩로 읊어
진 생명」에서는 산업화부터 이어진 "생태계의 격심한 파손은 인간을 비
롯한 모든 생명체에 치명적 위해"[29]를 주고 있음을 역설한다. 이는 그의
사유가 '자연에 대한 착취가 말미암은 자연과의 연대 상실'에서 '환경오
염'으로 초점을 옮겼음을 시사한다.[30] 그렇다 해서 김남조 시가 환경오

---

28) 생태담론이 문단에 유입되고 나서 변모된 김남조의 생태적 사유를 논의하기 위해
　　본장은 『바람세례』(1988), 『평안을 위하여』(1995)에 수록된 시들을 살펴볼 것이다.
　　『희망학습』(1998), 『영혼과 가슴』(2004), 『귀중한 오늘』(2007)의 경우에는 시인의
　　노년의식이 심화되어 자연과의 합일을 추구하는 전통적 생태시의 경향을 따르고 있
　　다는 점에서 논외로 함을 앞서 밝힌다.
29) 김남조, 「詩로 읊어진 생명」, 『생명연구』 1, 서강대학교 생명문화연구소, 1993, 115
　　쪽.
30) "불시에 찾아온 손님/ 백설 분분, 억만의 나비떼/ 만발하는 흰 꽃의 축제,/ 환경오염

염에 대한 비판을 전면화하는 것도 아니다. 그는 여전히 비판적 생태시
와는 거리를 고수하면서 환경위기에 대한 극복을 도모한다.

환경오염이 초래한 위기를 극복하기 위하여 토마스 베리는 자연은 인
간과 다를 바 없는 인격체이므로 인간은 그러한 자연과 교우해야 할 것
을 역설한다.[31] 이는 생태계에서 인간만이 능동적인 주체가 아님을 의
미하는 것이다. 또한 자연이란 생태계의 인격적 하위 체계로 인간과 상
호 관계를 이루며 공존하는 존재라는 것을 강조함으로써 생태적 윤리
를 확보하기 위함이다. 이러한 베리의 주장과 김남조의 생태적 사유는
맞닿아 있다. 그것은 김남조 시가 자연물들을 인간과 다를 바 없이 행위
하고 사유할 수 있는, 정신을 가진 인격체로 형상화하는 것에서 드러난
다.[32]

의 땅에/ 이리 지순함 괜찮은가"-「눈의 축제」

31) 자연을 인격체로 인식하는 것은 모든 자연물이 지구 생태계를 구성한다는 유기체적
인식의 확장이다. 토마스 베리에 의하면 지구는 신성한 유기체이며, 지구의 하위 체
계에 해당하는 인간과 자연의 상생관계를 통해 상호증진으로 나아갈 수 있다. 인간
과 자연의 관계는 "주체들의 친교"로 설명되며, 자연이 주체란 사실은 그것이 인간
과 다를 바 없는 인격체임을 의미한다. 인격체로서의 자연은 고유의 목소리를 가지
고 있으며, 인간은 그러한 자연을 대우하면서 친교하여야 한다. 여기에 대해서는 조
성환, 「생태 위기에 대한 지구학적 대응: 성스러운 지구와 세속화된 가이아」, 『종교
문화비평』 42, 한국종교문화연구소, 2022, 115-116쪽 참고.

32) 김남조 시에서 자연을 의인화하는 것은 「아가에게」, 「나목」, 「나무와 바람」 등의 시
들에서도 나타난다. 그러나 그러한 의인화는 인간 존재의 고독과 사랑 등을 표현하
기 위한 시적 장치로서만 기능하며, 정신을 가진 존재로 의인화되는 것도 아니다. 이
러한 특징은 본장에서 김남조의 생태적 사유를 논의하기 위해 살펴보는 '인격으로
서의 의인화'와 구별된다. 시적 장치로서 자연을 의인화하는 시는 다음과 같다. "가
만히 창에 와/ 귀 기울이며 내다보는 나무는/ 혼자서 무얼 견디며 서 있는 나무일까/
흙 속 돌틈으로 뿌리 뻗어/ 갇힌 들짐승의 절망을 울어왔을까// (중략) 어쩌면 그윽
한 달밤에/ 하얀 패각貝殼의 살결을 쓰다듬는/ 바다풀의 손길 같은 사랑으로/ 내가
나무를 보듯 누가 또한/ 나를 보아줌이 소원인 마음 있어/ 내가 나를 살피듯/ 나무를
보는 나인지도 모른다"-「나무와 바람」

들어오너라/ 겨울,/ 나는 문고리를 벗겨둔다// 삼복에도 손발/ 몹시
시리던/ 올해 유별난 추위 그 여름과 가을 다녀가고/ 너의 차례에/ 어김
없이 달려온/ 겨울, 들어오너라// 북극 빙산에서/ 살림하던 몸으로/ 한
둘레 둘둘 말은/ 얼음 멧방석쯤은 가져왔겠지/ 어서 펴려무나/ 겨울,//
울지도 못하는/ 얼어붙은 상처/ 얼얼한 비수 자국/ 아무럼 투명하고 청
결한/ 수정 칼날이고말고/ 거짓말을 안 하는 진술한/ 너의 냉가슴이고말
고

-「겨울에게」 부분, 『김남조 시전집』, 678-679쪽.

이 모두 너의 책 속의/ 빛나는 글씨더냐/ 겨울.// 땅 속에 잠든 이/ 빵
없이 족하고/ 땅 위에 머무는 자는/ 말을 버림으로 가슴 맑아지는/ 이치
를// 울더라도 소리는 없이/ 수정판 아래 눈물 흘리는/ 겨울 강과/ 얼어
서걱이며/ 보행도 어려운 바람들,/ 추운 것끼리 서로 껴안으면/ 연민하
는 대지가 이들을/ 겹겹 안아주느니// 해 저물면/ 땅 속에 잠든 이/ 등불
없이 족하고/ 땅 위에 머무는 자도/ 별빛으로 넉넉해라/ 광막한 시공에
선/ 그와 내가 한 이불 속이라/ 일깨우느니// 이 모두 너의 책 속의/ 아린
빛살 그 글씨더냐/ 겨울.

-「다시 겨울에게」 전문, 『김남조 시전집』, 680-681쪽.

「겨울에게」와 「다시 겨울에게」는 실질적 양태가 없는 자연 현상인 계
절을 인격적 실체로 조명하는 화자를 살펴볼 수 있다. 위 시들의 주요
제재인 겨울에게는 추위라는 속성이 부여된다. 겨울은 모두에게 영향을
끼친다. 화자의 손발을 시리게 하고, 산 자의 가슴을 맑아지게 하며, 죽
은 자에게는 더할 나위 없는 충족감을 준다. 자연물들 또한 그러한 겨울
의 영향에 따라 포옹하게 된다. 겨울의 매서운 추위는 다른 존재들의 삶

의 양태를 결정지음으로써 주체성을 확보하는 것이다. 그러한 겨울은 "문고리"를 열고 들어올 수도 있고, "책 속"에 "빛나는 글씨"를 쓸 수도 있는 존재로 형상화됨으로써 실체 또한 부여받는다. 김남조는 여기에서 더 나아가 겨울에게 정신을 부여한다. 그리하여 겨울은 깊은 마음의 상처를 가진 존재("울지도 못하는/ 얼어붙은 상처") 혹은 계획적으로 만물을 관할하고자 하는 존재("이 모두 너의 책 속의/ 빛나는 글씨더냐")로 구체화된다. 아울러 김남조는 겨울이 시적 주체와 "한 이불"을 덮고 사는 존재로 형상화한다. 이는 인간과 자연의 공존을 강조하기 위한 의도로 볼 수 있다.[33]

인간과 자연의 공존을 위하여 김남조는 사유를 확장하는 것으로 보인다. 그것은 인격적 실체로 호명하였던 겨울에게 대자연이라는 어머니를 지정해 주는 것에서 유추가 가능하다.[34] 대자연은 무기물과 유기물들을 모두 아우르는 존재라는 점에서 반실체라고 보아야 할 것이다. 그러나 김남조는 대자연이 "내장들을 맥동"(「근일단상」 연작 5)하는 주체로 형상화함으로써 실체를 부여한다. 문학 작품에서 대자연은 인간을 사랑하는 좋은 어머니, 인간을 위협하는 나쁜 어머니, 인간에 의해 상처받은 어

---

33) 인간의 일상 속에 자연이 공존하고 있음을 강조하고자 하는 시인의 의도는 다음 시에도 나타난다.
"문을 조금 열어 주면/ 너는 어스름 들여다본다/ 문을 좀더 열어 주면/ 거뭇한 역광으로/ 안을 내내 들여다본다// 두 짝 대문 다 열었더니/ 너는 들어오지 않고/ 하늘 높이 솟아올라/ 비단피륙만 드리우네// 옛날의 사람 하나도/ 너처럼만 하더니만/ 제 몸은 아니 오고/ 피륙 한 필 풀더니만"-「달밤」
34) 창세기 1장을 보면 기독교에서 자연은 인간의 어머니가 아니라 인간과 함께 빚어진 하나님의 창조물 가운데 하나에 불과하다. 물론 기독교적 특색이 강한 김남조 시에서 자연을 하나님의 창조물로 환원하는 시들도 있지만 기독교적으로 환원되지 않은 시들 또한 존재한다.

머니로 분류된다.[35] 이 분류 가운데 김남조 시에서 대자연은 인간을 사랑하는 좋은 어머니로 나타난다. 다음 시들은 좋은 어머니로서의 인격을 부여받은 대자연의 모습을 보여준다.

> 대지와 같은 사람이고 지느니/ 여러 해 땅을 버린 이도/ 돌아와 씨 뿌리면/ 맛과 자양과 온갖 열매 디밀어 올리고/ 우물 파면 샘물 솟고/ 죽은 이 품속에 깊이 안아/ 자거라 자거라 토닥이는/ 자애로운 모성
>
> ―「흙」 부분, 『김남조 시전집』, 727쪽.

> 생명 있는 모든 것을/ 먹이고 기르는 자연을 위하여/ 죽은 후에도 영원히 안아 주는/ 대지를 위하여/ (중략) 태어날 아기들과/ 미래의 동식물을 위하여/ 이름 없는 거/ 잊혀진 거/ 미지의 것을 위하여/ 그러고 보니 모든 걸 위하여/ 아름다운 세상을.
>
> ―「아름다운 세상」 부분, 『김남조 시전집』, 735쪽.

> 바람 한 주름/ 햇빛 한 타래에도/ 민감히 수태하여/ 봄과 여름을 해산하시더니/ 오늘은 얼음과 눈으로/ 온 세상 청결히 소독하시는가/ 숭엄한 강산이여// 사람도 한 해의 삶을/ 섬겨 마감하고/ 한 해의 할 말들을 마쳤으니/ 다시금 그 말씀을 들려주소서/ 힘내어라 힘내어라고/ 아득한 세월 동안/ 줄곧 외쳐 주시는 그 음성을/ 거듭 또 거듭/ 크게 울려주소서/ 위대한 강산이여
>
> ―「다시 세모에」 전문, 『김남조 시전집』, 874쪽.

---

35) Roach, C. M., Mother/nature: Popular culture and environmental ethics. Bloomington: Indiana University Press, 2003, p.8.

인용시들은 모두 "민감히 수태"하고 "생명 있는 모든 것을/ 먹이고 기르는" 대자연의 모습을 형상화하고 있다. "생명"을 가진 존재는 동식물에 국한되지 않는다. 계절 또한 대자연이 해산한, "생명"을 가진 자식이다("봄과 여름을 해산하시더니"). 수태와 해산, 그리고 양육은 어머니로서의 역할에 해당하며, 그것은 강산과 흙의 이미지를 포괄하는 대지에 집약된다. 대지는 모든 생명을 관할한다고 믿어졌던 고대의 대지의 여신의 모습과 가깝다. 대지의 여신이 만물을 주관하듯이 인용시의 대지 또한 계절을 해산할 뿐만 아니라 씨를 뿌렸을 때 온갖 열매를 자라나게 한다. 그리고 그 속에는 모든 생물들의 생존에 필수적인 물을 가지고 있다. 살아 있는 인간들은 대지가 키워낸 과실과 물을 먹으며 자라나고, 죽은 자들은 대지의 품에서 안식을 취하게 된다. 이와 같은 어머니로서의 대자연과 인간의 불가분의 관계 때문에 화자는 대자연의 존망을 미래에 태어날 아기들, 그리고 동식물의 존망과 연결한다. 그리고 언제고 대자연의 목소리를 겸허히 듣고자 한다. 이는 인격체로서의 자연이 고유한 목소리를 가졌으며, 그러한 자연과 친교하여야 한다는 베리의 주장을 떠올리게 한다. 그러므로 "대지와 가까운 사람"이라는 것은 해산과 양육이라는 어머니로서의 역할과 불가분의 관계인 인간의 친연성을 나타냄과 동시에 대자연의 목소리를 들을 수 있는 인간 존재의 책무를 상기시킨다.

이처럼 김남조는 대지에게 어머니로서의 인격을 부여하면서 모든 "생명"을 관할하는 존재로 형상화한다.[36] 「체념」에는 그러한 "생명"에

---

36) 김남조 시에서 모든 생명을 아우르는 어머니로서의 자연의 모습은 대지에만 국한되는 것은 아니다. "있는 자식 다 데리고/ 얼음벌판에 앉아 있는/ 겨울 햇빛/ 오오 연민 하올 어머니여// (중략) 산 이의 추위도 불쬐어 뎁히노니/ 진실로 진실로/ 살고 있는

다양한 자연물과 자연 현상뿐만 아니라 인간 또한 포함됨이 나타난다.

> 하늘에서 치면/ 지상은 깊고 먼 끝이리라/ 시린 물 속 같은 공중을/ 유
> 순한 낙하로 잠겨오는/ 백설의 자매들/ 끝에 다다라 비로소 쉬는 자의/
> 바람 한 점 없는/ 이 정온과 체념// 지금 이 누리에서/ 나만이 검은 몸이
> 어라/ 눈 밑의 검은 대지/ 이름을 흙이라 부르는 이의/ 나는 그 자식인 것
> 을/ 다만 나도/ 만감의 체념으로/ 이들 옆에 눈감노니
>
> -「체념」 전문, 『김남조 시전집』, 901쪽.

인용시는 체념의 정서를 전달하는 것을 주조로 하지만 여기엔 생태적
사유가 짙게 깔려 있다. 화자에게 생명의 "끝에 다다라 비로소 쉬는" 것
은 체념의 상태를 수반한다. 인용시에서의 체념은 정온의 상태와 연결
된다는 점에서 희망을 버린다는 의미가 아닌, 도리를 깨닫는 마음을 의
미한다. 그러한 도리는 대지의 품으로 환원되는 순리의 수용이다. 화자
는 하늘의 눈을 통해 그와 같은 순리를 발견한다. 하늘에는 흰 눈이 내
리고, 세상에 "검은 몸"은 오직 화자뿐이다. 그리고 쌓인 눈 밑에는 화자
와 같은 색을 가진 "검은 대지"가 화자를 품어주기 위해 기다리고 있다.
대지와 인간의 유사성을 발견하면서 화자는 스스로를 "흙이라 부르는
이"의 "자식"으로 지칭한다. 인간은 하늘에서 내리는 눈, 즉 일반적 자
연물과 그 색이 다르기에 분리된 존재로 여겨질 수도 있겠으나 본질적
으로 대자연과 같은 속성을 지닌 존재란 것이다. 그러므로 앞서 분석한
「흙」에서 "대지와 가까운 사람"이라는 것은 대자연이 해산한 자식에 인

이와/ 살다간 이/ 앞으로 살게 될 이들까지/ 영혼의 자매이러라"-「평안을 위하여」
"진선한 겨울 햇빛은/ 먹여주고 입혀주는 어버이러라"-「겨울 초대」

간까지 포함된다는 이중의 의미를 가지게 된다.

대자연이 인간을 포함한 모든 생명을 아우르는 존재이므로 대자연이 잉태하는 모든 자연물은 인간의 형제가 된다. "백설의 자매들"이라는 구절은 자연물을 인격체로 조명하는 사유가 확장됨으로써 자연을 가족 공동체로 여기는 김남조의 사유를 대변한다고 볼 수 있다. 심층 생태주의나 베리의 우주론, 사회 생태주의 등의 생태담론은 자연을 유기체적인 시선으로 조명하는 것에 그친다는 점에서 이는 상당히 독창적인 지점이다. 「바람 세례」에서 김남조는 생태계를 거대한 가족 공동체로 조명하는 시선을 유지한다.

> 도시의 소음을/ 용케도 빠져 나와/ 숲에 당도한 바람/ 잎을 지운 나무들 옆에/ 한 둘레 바람 병풍/ 이루었어라// 서걱서걱 얼면서/ 주룩주룩 흐르면서 하는/ 나무 속/ 새하얀 피의 펌프질을/ 눈감고 듣는 바람/ 그 밖의 일에선/ 손을 가른 바람// 지상의 나이든 이들 중/ 맏형인 바람/ 맏형의 심정/ 그 한 주름을 머리꼭지서부터/ 서서히 쏟아 흘리리/ 바람 생수/ 바람 생수로/ 세례 받으리
>
> —「바람 세례」 전문, 『김남조 시전집』, 690-692쪽.

「바람 세례」는 생물학적 양태의 유무에 한정하지 않고 자연을 인격적 주체로 조명하는 김남조의 생태적 사유를 엿볼 수 있다. 이를 방증하듯 나무는 인간과 다를 바 없이 혈액이 펌프질을 하는 것처럼 형상화된다. 바람은 나무의 혈액이 순환하는 소리를 들을 수 있는 존재로서 감각적 활동이 가능한 주체로 제시된다. 가만히 나무의 피가 도는 소리를 듣는 바람의 감각 활동은 "맏형"으로서의 "심정"과 연결된다는 점에서 김

남조는 바람에게 정신을 부여하고 있다. 그런데 바람은 나무와 같은 자연물들만의 "맏형"인 것은 아니다. 비록 그는 "도시의 소음"을 빠져 나와 숲에 당도하였기는 하지만 "지상의 나이든 이들 중/ 맏형"이다. 지상이란 범주는 그러한 존재들에 인간 또한 포함되었음을 의미한다. 따라서 이는 어머니인 대자연에게서 나온 바람이 인간들을 포함한 모든 자연물들의 맏형으로서 존재함을 가리킨다. 이는 자연물과 인간이 가족 공동체임을 의미하는 것으로 조명할 수 있다.

이처럼 김남조는 생물학적 양태에 구애받지 않고 모든 자연물을 인격적 주체로서 조명한다. 그리하여 실체와 비실체를 구분하지 않고 모든 자연물은 인격체가 되며, 그러한 자연물들이 인간들과 함께 가족 공동체를 결성하는 존재들임을 역설하고자 한다. 그러나 김남조의 생태적 사유는 인격체로서의 자연의 목소리를 인간 중심적으로 해석한다는 한계를 노정한다. 다음 시「송년」은 그와 같은 사실이 잘 나타난다.

> 사방 꾸짖는 소리만/ 발 구르며 통분하는 사람만// 이에 한 대답 있어/ 내 잘못, 모두 내 잘못이라며/ 빌고 빌어 손바닥 닳고/ 퍼렇게 언 살 터지느니/ 이렇듯 나의 속죄값으로/ 너희는 편안하여라고// 삼동의 아린 눈물과/ 땅에 버리는 온갖 꾸지람을/ 피에 보태고 살에도 보태어/ 질기고 풋풋한 생명들/ 내가 새봄에 다시 솟아나게 하리니/ 모쪼록 너희는 소망하여라고// 나직이 말씀하는/ 해 저문 강산
>
> ―「송년」 전문,『김남조 시전집』, 731쪽.

「송년」에서 화자는 대자연인 강산의 목소리와 인간들의 목소리를 듣는 청자로 제시된다. 인간들은 자연에 대하여 꾸짖고 통분하기만 한다.

이는 자연과의 상호적 관계를 생각할 줄 모르는 인간의 이기심을 집약적으로 보여주는 부분으로 볼 수 있다. 생태담론에서 자연에 대한 인간의 이기심은 인간 중심주의로서 근본적으로 극복되어야만 하는 사상이다. 그러므로 윤리적 차원에서 인간 존재를 대표하는 화자는 자연에 대한 속죄를 실행해야만 할 것이다. 그러나 김남조는 대자연이 그러한 인간의 이기심들에 대하여 속죄를 하는 주체인 것처럼 형상화한다. 이는 대자연이 "내 잘못, 모두 내 잘못이라며" 비는 것에서 확인할 수 있다. 그것은 대자연은 인간이 자연에 행하는 어떠한 잘못에도 굴하지 않고 생명을 움트게 하는 것으로 자신의 "속죄값"을 채우고자 하는 부분에서도 드러난다. 여기서 인간 존재의 책무는 대자연에서 비롯된 생명의 탄생을 "소망"하는 일 밖에 없다. 이는 김남조가 환경위기를 초래하는 자연에 대한 인간의 이기심을 인간 존재의 본질적인 잘못으로 인정하지 않음을 보여준다. 환경위기의 극복을 위해선 책임의 전가가 아니라 반성을 필수적으로 수반하여야만 한다는 점에서 이는 김남조 시에 드러난 생태적 사유의 한계라고 미루어 보아야 할 것이다.

지금까지 서술한 바와 같이 김남조는 생물학적 양태에 구애받지 않고 모든 자연물을 인격적 주체로서 조명한다. 그리고 대자연은 지상의 모든 생명을 관할하는 좋은 어머니로서 형상화된다. 이는 일반적인 모든 자연물이 인간과 가족 공동체의 구성원이라는 사유로 연결된다. 이러한 사유는 1980년대 말부터 환경오염에 대한 대응으로 유입된 유기체론으로서의 생태담론과 다른 관점을 가지고 전개되었다는 점에서 주목을 요한다. 그러나 김남조의 생태적 사유는 인격체로서의 자연의 목소리를 인간 중심적으로 해석함으로써 책무를 자연에게만 짊어지게 한다는 한계를 노정한다.

5. 결론

지금까지 이 글은 김남조 시세계에서 나타나는 생태적 사유를 살펴보았다. 그 결과 김남조의 생태적 사유는 한국사의 흐름에 따라 다소 차이를 보인다. 이를 세분화하자면 전쟁에 대한 대응, 산업화라는 자연 착취에 대한 대응, 환경오염의 심화에 대한 대응으로 그 사유가 변모한다고 할 수 있다.

전쟁에 대한 대응으로 전개된 김남조의 생태적 사유는 한국전쟁 당시에 창작된 시집인 『목숨』에 집약적으로 나타난다. 이 당시 김남조는 무수히 많은 생명들이 전쟁의 화마에 사라지는 것을 목도하는데, 이는 지구 종말에 대한 위기의식으로 연결된다. 이는 지구란 무수히 많은 생명체의 시원이라는 인식에서 비롯된 것이다. 그렇기에 지구는 생명 공동체로서 역할하며, 지구의 운명에서 지구상의 존재들의 운명은 독립될 수 없다. 이는 지구가 운명 공동체와 다름없음을 의미한다.

김남조 시에서 지구라는 생명 공동체의 구성원은 유기체뿐만 아니라 무기체들 또한 포함된다. 그것은 전체 생태계를 구성하는 무기체들의 내재적 가치를 인정하였기 때문이 아니라 지구상의 모든 존재들의 경험을 통시적 시간관 아래서 고찰한 결과물이다. 그러므로 전쟁의 파괴성이란 시간성을 공유한 주체들의 종말의식과 접합되며, 이는 지구의 목숨에 대한 위협으로 연결된다. 여기서 지구는 고통을 느끼는 존재로 형상화되는데, 고통이라는 감각은 유기체의 감각적 노력이 필요한 활동이라는 점에서 지구는 인간과 다를 바 없는 거대 유기체로서의 의미를 획득한다.

한국전쟁기가 끝나고 산업화시기로 나아가면서 김남조의 생태적 사유는 자연에 대한 인간의 착취에 방점을 찍고 있다. 인간의 자연 착취는 전후 가난 극복을 위해 시행되었던 생산 지상주의를 가리키고 있다. 생산 지상주의는 생태계의 균형 파괴를 야기하는 것으로 생태계에 내재된 역동성의 매커니즘의 상실을 의미한다. 이를 방증하듯 이 시기 창작된 김남조 시에서 자연물들은 역동성을 상실한 상태로 제시되고 시적 주체와 자연은 단절된 상태로 나타난다. 자연과의 단절은 생태계의 죽음과 연결되고, 그와 같은 죽음에서 인간인 시적 주체의 모습은 대비된다. 이는 자연과 인간의 연대 상실을 의미하는 것으로 김남조 시는 자연과의 화해를 위하여 생태계의 역동성에 초점을 맞춘다.

김남조 시에서 생태계의 역동성은 무기물과 유기물의 상호작용과 순환의 원리에서 잘 나타난다. 무기물과 유기물의 상호작용은 종 자체의 내부적 순환을 내재하고 있는 것이다. 그러나 순환은 나무라는 시적 제재가 계절과 융합되었을 때 보다 순환의 원리를 외부로 확장한다. 김남조 시에서 나무는 여기서 더 나아가 생태계의 연속성을 가장 집약적으로 보여주는 시적 장치로 기능한다.

다양한 생태담론이 문단에 유입된 1980년대 말에 이르러서 김남조 시는 기독교에 천착되어 가고 있던 경향을 자연으로 돌린다. 자연은 보다 일상적인 소재가 되며, 김남조는 환경오염에 대한 인간의 책임감을 역설한다. 이를 위해 그는 생물학적 양태에 제한을 두지 않고 모든 자연물을 인격적 실체로서 조명하고자 한다. 그러한 인격체로서의 자연물들은 인간과 공존을 하는 존재로 형상화된다.

자연과의 공존을 역설하기 위한 김남조의 시도는 자연물들이 인간들과 함께 가족 공동체를 결성하는 존재들이라는 사유로 나아간다. 그러한 자연물들의 어머니는 대자연으로 지정되며, 대자연은 지상의 모든 생명을 관할하는 좋은 어머니로서 형상화된다. 이에 따라 인간을 비롯한 자연물들은 생태계라는 가족 공동체의 구성원들이 된다. 그러나 김남조의 생태적 사유는 인격체로서의 자연의 목소리를 인간 중심적으로 해석하고 자연의 생명력 안에서 인간 존재의 잘못을 순화시키고자 하는 한계를 내포한다.

김선태는 생태시의 한계를 다음과 같이 지적한다. 첫째, 비판적 생태시들의 경우 그 소재와 사유의 원리가 관습적이다. 둘째, 비판적 생태시들은 계도의 목적이 강하기 때문에 극사실주의적 표현을 사용한다. 따라서 예술적 형상성이 떨어진다. 셋째, 전통적 생태시의 경우 현실과 지나치게 유리되어 초월주의적이다. 넷째, 자연을 인간과 이분하고 신비화시키고자 한다. 다섯째, 농촌사회 또한 문명사회이지만 이를 생태적 이상향으로 인식한다. 여섯째, 반성과 실천이 결여되어 있다.[37] 김남조 시는 전술한 것과 같은 생태시의 한계를 상당 부분 극복하고 있다. 사유를 관습화하지 않을뿐더러 각 시기마다 다른 생태적 사유를 전개하고 충분한 시적 기법을 통해 예술적 형상성을 높이고 있다. 맹목적으로 자연을 신비화하지도 않고 자연과의 추상적 합일을 추구하지도 않는다. 그러나 자연의 소실을 인간에게서 찾거나 자연을 향한 인간의 이기심을 자연의 책무로 환원시키고 있다는 점에서 심도 깊은 반성과 실천은 결여되어 있다고 할 수 있을 것이다.

---

37) 김선태, 앞의 논문, 50~54쪽.

제6장

김남조 시의 휴머니즘적 사랑 연구

윤유나 · 김옥성

1. 서론

약 70년에 달하는 시력(詩歷)을 가진 김남조 시세계에 대한 연구는 사랑[1]과 기독교[2]라는 거시적 관점 위주로 진행되어 왔다. 근래에는 구조성, 영원성, 샤머니즘, 이미지, 상징체계 등 다양한 미시적 관점의 논

---

1) 김지향, 「여류시에 나타난 에로스적 이미지 연구: 김남조 시전집을 중심으로」, 『태릉어문연구』 3, 서울여자대학교 인문과학대학 국어국문학과, 1986 ; 이경수, 「한국전쟁기 여성시에 나타난 사랑과 죄의식의 감정 구조」, 『상허학보』 55, 상허학회, 2019 ; 유성호, 「사람과 사랑을 마음 깊이 회원하는 시간들」, 『충만한 사랑』, 열화당, 2017 ; 오세영, 「사랑의 플라토니즘과 구원」, 『김남조 시전집』, 국학자료원, 2005.
2) 김효중, 「시와 신앙: 김남조의 경우」, 『여성문제연구』 15, 대구효성가톨릭대학교 사회과학연구소, 1987 ; 김영선, 「삶과 신앙의 문학적 상상력 -김남조 시인의 생애와 신앙을 중심으로-」, 『한국문예비평연구』 16, 한국현대문예비평학회, 2005 ; 김옥성, 「김남조 시의 기독교 생태학적 상상력」, 『일본학연구』 34, 단국대학교 일본연구소, 2011 ; 김옥성, 「김남조 시의 가톨릭적 여성주의 연구」, 『어문론총』 91, 한국문학언어학회, 2022.

의[3] 또한 전개되고 있다. 이처럼 김남조 시의 논의는 다각화되었으나 김남조 시의 사랑은 아직도 고찰해야할 부분이 남아 있다. 그의 사랑은 기독교적 관점에 집중되어 논의된 까닭이다.

김남조 시의 사랑을 기독교적 관점으로 천착한 것은 김재홍의 평론에서부터 출발한다. 김재홍은 김남조의 사랑이 신앙에서 비롯된 것이라고 논평한다.[4] 엄창섭은 김남조 시가 인간애를 구원 의식과 연결하여 신에 대한 경외심을 드러내고 있다고 주장한다.[5] 김영선은 김남조가 중기 시부터 기독교적 인간애를 지배적인 시적 주조로 하게 되었다고 한다.[6] 오세영은 김남조가 사랑을 기독교관 안에서 탐구하는 태도를 견지하였다고 역설한다.[7]

이와 같은 선행 연구들은 기독교 의식과 연계된 김남조 시의 사랑의 핵심적인 부분들을 밝혀내었다. 그러나 기독교 의식만이 김남조의 사랑

---

3) 이순옥, 「김남조 시의 샤머니즘적 특성 연구」, 계명대학교 대학원 박사학위논문, 2013 ; 방승호, 「김남조 시에 나타난 '겨울'의 상징성 연구」, 『현대문학이론연구』 71, 현대문학이론학회, 2017 ; 손미영, 「1950년대 여성시의 모색과 문학적 전략 -김남조와 홍윤숙의 시를 중심으로-」, 『한민족어문학』 77, 한민족어문학회, 2017 ; 방승호, 「김남조 시의 영원성 연구」, 『현대문학이론연구』 74, 현대문학이론학회, 2018 ; 방승호, 「김남조의 시쓰기와 진정성의 시학」, 『한국시학연구』 69, 한국시학회, 2022.

4) 김재홍, 「사랑시학의 한 지평」, 『문학사상』, 1984. 8 ; 김봉군, 「김남조 (金南祚) 문학 (文學) 연구 (研究)」, 『국어교육』 97, 한국국어교육연구회, 1998, 371쪽에서 재인용.

5) 엄창섭, 「김남조론 : 사변성이 표출된 현장 미학의 시」, 『관대논문집』 21, 관동대학교, 1993.

6) 김영선, 앞의 논문, 47쪽, 52쪽. 김영선은 초기와 중기를 명확히 구분하고 있지 않으나 초기 시란 『목숨』(1953), 『나아드의 향유』, 『나무와 바람』(1958)에 수록된 것들을 일컫는다. 중기 시세계는 『정념의 기』(1960), 『풍림의 음악』(1963), 『겨울바다』(1967)를 중심으로 전개되며, 후기는 『바람세례』(1988), 『평안을 위하여』(1995), 『희망학습』(1998), 『영혼과 가슴』(2004), 『귀중한 오늘』(2007), 『심장이 아프다』(2013), 『충만한 사랑』(2017), 『사람아, 사람아』(2020)에 수록된 시들이 해당된다.

7) 오세영, 앞의 논문.

과 직결된다고 단언할 수 없다. 김남조 시에는 종교적 색채가 부재한 사랑 또한 관찰되는 까닭이다. 김남조 시의 사랑의 다양성을 통합적으로 고찰한 노력은 학위 논문에 편중되어 있다.[8] 이들은 김남조 시의 사랑을 에로스, 아가페, 필리아, 모성애 등으로 세분하였다. 본고는 이와 같은 통합적인 고찰의 측면에서 김남조 시의 사랑을 휴머니즘의 관점으로 논하고자 한다. 이것은 김남조 시가 한 공동체 안에서 살아가는 타인들의 행복을 지향하는 휴머니즘적 사랑을 바탕으로 전개된다는 점에서 기인한다.[9]

김남조 시의 휴머니즘적 사랑은 기독교 의식과 결합되기도 하고 분리되어서도 나타난다. 기독교 의식과 결합된 김남조 시의 휴머니즘적 사랑은 성령론에서 비롯된 것으로 보인다. 성령론은 기독교의 도그마로서 인류를 향한 무차별적 사랑을 가능하게 하는 핵심으로 기능한다. 그러

---

8) 김경복, 「김남조 시 연구」, 경희대학교 대학원 석사학위 논문, 1998 ; 조윤미, 「김남조 시 연구」, 조선대학교 교육대학원 석사학위 논문, 1999 ; 양갑효, 「김남조 신앙시 연구」, 백석대학교 기독예술대학원 석사학위 논문, 2008 ; 정영애, 「김남조 시의 변모 양상 연구」, 숙명여자대학교 대학원 박사학위논문, 2009.
9) 휴머니즘은 고대 그리스의 문학과 철학을 중시한 교육관인 파이데이아(paideia)에서 출발한다. 이것은 로마의 후마니타스(humanitas)로 발전하는데, 본래의 의미는 타인을 위한 친절함, 인간적 행위이나 이는 점차 귀족적 관념으로 대체되었다. 이것은 또 다시 르네상스의 스투디아 후마니타티스(studia humanitatis)로 이어진다. 이것은 시민 문화의 확대와 지적 교양의 일반을 가리켰다. 르네상스기에 휴머니즘은 후마니타스의 본래적 의미 또한 회복하였다. 그리고 인권의 평등과 자유를 주장하던 부르주아 휴머니즘에도 접목되었다. 이와 같은 통시적 흐름에 따라 휴머니즘은 광의에서 인간성에 관련된 모든 것, 예컨대 인간의 행위, 품성, 교육, 학문, 지식, 교양, 정신 등을 가리킨다. 이러한 휴머니즘은 다음의 의미를 내포한다. 하나는 인간의 본성적 측면에서 이성, 지향성, 충동성, 의지 등을 포괄한다. 다른 한편으로는 공동체의식적인 측면에서 인간 존재를 사랑의 관점으로 접근한다. 이 글은 후자의 의미에 주안점을 두고 논의를 전개하려 한다. 휴머니즘의 역사와 의미에 대해서는 박호성, 『휴머니즘론: 새로운 시대정신을 위하여』, 나남, 2021, 84-97쪽 참고.

나 역설적이게도 이는 기독교적 휴머니즘의 본질적 신본주의를 대변한
다.[10] 하지만 김남조의 시세계에서 드러나는 기독교적 휴머니즘은 '인
간중심적'이다. 이러한 특이점에 따라 2장에서는 김남조가 기독교적 휴
머니즘을 어떻게 비판적으로 수용하였는지를 논하고자 한다.

기독교 의식과 분리된 김남조의 휴머니즘적 사랑은 불특정한 타인
을 가리키고 있다는 점에서 개체 중심적인 측면에서도 논할 수 있다. 개
체 중심의 사랑은 필리아와 궤를 같이 한다. 그런데 김남조의 필리아는
부버의 '나-너'의 상호적 · 인격적 관계와 접합되어 있다.[11] 이는 대화
의 형식에서 드러난다. 김남조는 이를 휴머니즘적 사랑으로 발전시키고
있다. 3장에서는 김남조 시의 개체 중심의 사랑이 휴머니즘적 사랑으로

---

10) 휴머니즘이 인간에 대한 전반을 가리키는 오늘날의 관점에서 미루어보자면 기독교
적 휴머니즘은 고대에도 존재하였다. 그러나 고대에서의 기독교적 휴머니즘은 오늘
날의 의미와 다소 상이하다. 고대의 교부들은 육욕이자 죄악으로 휴머니즘을 조명
하였다. 중세에는 휴머니즘에 대하여 보다 다양한 논의를 전개되었으나 신과 인간
의 유한성의 대비는 여전히 부각되는 주제였다. 이때 등장한 토마스 아퀴나스는 신
의 모상으로서의 인간이라는 존재적 인식을 유지하면서 인간의 "그리스도화"를 주
장하였다. 인간의 "그리스도화"란 존재적 인식에서 비롯된 하나님 사랑을 이웃 사랑
으로 연결시킴으로써 인간의 영혼이 하나님과 근사해질 수 있는 가능성을 일컫는
다. 아퀴나스의 이러한 주장은 인간이 신성화될 가능성에 대해 조명함으로써 근래
의 기독교적 휴머니즘의 기틀을 마련한 것이다. 본고는 이러한 토마스 아퀴나스의
관점의 연장에서 기독교적 휴머니즘을 조명함을 미리 밝힌다. 여기에 대해서는 위
의 책, 88-89쪽과 정원래, 「하나님의 형상 개념에 내포된 인간 창조의 목적 토마스
아퀴나스의 하나님 형상에 대한 이해를 중심으로」, 『성경과 신학』99, 한국복음주의
신학회, 2021 참조.
11) 부버에게 가장 완벽한 '나-너' 관계는 신이 '영원한 너'로서 '나'와 '상호적 관계'를 형
성할 때여야만 가능해진다(강선형, 「마르틴 부버의 철학과 유대주의」, 『철학연구』
128, 철학연구회, 2020, 129-130쪽). 반면 기독교적 휴머니즘에서 인간은 신에게서
비롯되고 환수되며, 신을 궁극적 목표로 삼고 살아가는 '종속적 존재'이다. 이러한
기독교적 휴머니즘의 인간관에 따라 인간과 신은 '나-너'의 상호적 · 인격적 관계에
안착될 수 없다.

나아가는 모습을 살펴보고자 한다.

한편으로, 종교성이 부재한 김남조의 휴머니즘적 사랑은 인간의 사회성을 인지한 채로 구체화되기도 한다. 그의 사랑은 사회 도처에 자리한 문제의 해결을 위하여 사회적 주체의 다수화를 목표로 하고 있다. 그것은 다수의 사회적 개인을 위해 보다 나은 사회를 건설하는 것에 닿아 있다. 그는 이를 목표로 휴머니즘적 사랑을 시인으로서의 소명의식과 접목시켜 사회 참여적인 시를 창작한다. 그런데 그의 사회 참여적인 휴머니즘적 사랑은 서정의 영역에서 형상화된다는 점에서 독창적이다. 이러한 면모를 초점화하여 4장에서는 휴머니즘적 사랑의 확산을 도모했던 김남조의 사회 참여적인 노력을 검토하고자 한다. 이러한 일련의 과정은 기존의 논의에 새로운 관점을 부여하고, 향후 사랑 연구에 있어서도 구체화된 시각을 제시하리라고 기대한다.

2. 기독교적 휴머니즘과 사랑-기독교적 이웃에 대한 기도와 무차별적 사랑

김남조 시를 관류하는 뚜렷한 종교성처럼 시인은 존재적 인식 또한 기독교적 가치관을 따른다.[12] 그의 존재적 인식은 기독교적 휴머니즘의 토대가 되는 성령론에 착근하고 있다. 성령론에 따르면 모든 인간존재

---

12) 다수의 에세이를 참고하면 김남조는 시와 신앙이 일치해야 함을 역설한다. 그것은 다음의 내용에 기반을 두는 것으로 보인다. "우리의 일생이 한시적 보관품의 성질이며 때에 이르러 주신 분이 환수해 간다는데 있어서도 이의가 없고, 오히려 이 운명적인 계약에 잘 길들여지기를 스스로 원하고 있다." 김남조, 「세갈래로 쓰는 나의 자전 에세이」, 『시와 시학』 가을호, 1997 ; 김영선, 앞의 논문, 48쪽에서 재인용.

에게는 신의 '생명의 영(영성)'이 부여된다. 이 영성은 종국에 신과 합치될 수 있게 하는 것이다. 존재의 처음과 끝이 신으로 일치됨에 따라 신은 당위적으로 경애의 대상이 된다. 그러한 존재에게서 비롯된 인류 또한 신을 향한 절대적 사랑 안에 포괄된다.[13] 인류와 하나님의 영은 동질적이므로 모든 사랑은 신성 안에서 통합되는 것이다. 김남조에게도 모든 사랑은 신성적 행위인 "예배" 안에서 아울러진다.

> 사람에겐 사람의 길과 염원이 있으며 사람이기에 사람의 짝을 원하게 된단다. 따라서 이를 주실 수 있는 분, 모든 베풂의 근본이신 신께 갈구하며 신의 좌석을 두 연인 사이에 마련해 드려야 한다. (중략) 그러므로 사

---

13) 성령론은 신본주의적인 종교와 인본주의적인 휴머니즘을 사랑 안에서 통합시킨다. 성령론에 따라 신을 향한 사랑은 인간에 대한 사랑으로 이어진다. 이러한 사랑의 중요성은 「마태복음」 22장 37-40절에 집약된다. 그 내용은 다음과 같다. "'네 모든 마음과 모든 목숨과 모든 정성을 다해서, 네 하나님을 사랑하여라.' 이것이 가장 중요하고, 우선되는 계명이다. 두 번째 계명은 '네 이웃을 네 자신처럼 사랑하여라'인데 이것도 첫째 계명과 똑같이 중요하다. 모든 율법과 예언자들의 말씀이 이 두 계명에서 나온 것이다." 하지만 신본주의적인 기독교와 신본과 인본을 통합하는 기독교적 휴머니즘은 다소 차이가 있다. 그것은 '보편적 성육신'의 인정 여부이다. 기독교는 예수를 유일한 성육신으로 간주하고, 하나님 사랑만큼의 가치를 가진 인간 존재를 예수에게만 한정시킨다. 반면 기독교적 휴머니즘은 인류에게 내재된 영성의 일반성에 따라 '보편적 성육신'을 인정한다. 그것은 모든 인간을 영성적 형제이자 종국에 도래하는 하나님 나라(사랑공동체)의 이웃으로 간주하는 가치관이다. 이는 모든 인간존재를 무차별적 사랑의 대상으로 간주하게 한다. 즉, 모든 인간존재에 대한 사랑은 하나님에 대한 사랑과 같은 의미를 가지게 되는 것이다. 그러므로 자유의지를 가진 모든 인간은 로고스와 사랑의 본원이자 궁극적 선(善)으로 대표되는 신과 영적 자질이 일치되는 삶을 실현해나가야 할 필요가 있다. 이는 역으로 영적 자질이 '어느 정도' 신과 일치되는 보편적인 인간들만이 기독교적 휴머니즘의 사랑의 대상이 될 수 있음을 의미한다. 여기에 대해서는 길희성, 『영적 휴머니즘: 종교적 인간에서 영적 인간으로』, 아카넷, 2021과 양창삼, 「휴머니즘에 관한 기독교적 인식 문제」, 『사회이론』 13, 한국사회이론학회, 1995, 252쪽 참조.

랑의 모든 시간은 예배와 통하는 것이라고 할 수가 있다.

-김남조, 『사랑의 말』, 학원사, 1983, 20쪽.

종교적으로 "예배", 즉 기도는 "모든 베풂의 근본이신 신"에게 향한다는 점에서 하나님에 대한 경애를 담는 의식이다. 오래토록 신앙을 유지한 김남조에게도 기도는 하나님 사랑의 발로라는 동일한 의미를 가질 것이다. 하지만 김남조는 기도의 의미를 하나님 사랑에만 제한하지 않는다. 그는 "사람의 길과 염원"을 위해서도 기도할 수 있음을 인지한다. 그리고 신에게 "갈구"하는 기도를 통해 "신의 좌석"을 사람과 같은 층위에 두고자 한다. 이러한 목적에 따라 김남조의 "사랑의 모든 시간"은 기도로 통하게 된다. 기도 안에서 공존하는 김남조의 모든 사랑은 「올해 여름」에서 가장 명확히 드러난다.

여름엔 신을 잃는다던가/ 여름 되기도 전에/ 내 하느님 길 떠나셨으니/ 눈물에 적시는 빵만으로 힘을 내어/ 나날의 삶의 무게 들어올리고/ 소망의 벽돌을 쌓을 수 있을는지// 바라느니 사랑하던 때/ 온 마음으로 껴안던 은혜로움으로/ 상을 차려/ 손발에 못 박히신 분께/ 봉헌하고 싶건마는/ 베풂의 근원이신 분께/ 보답하고 싶건마는// 엎드려 엎드려라/ 통회하는 영혼의 순이 자라면/ 주께서 추수하러 오시리니/ 엎디었던 자들 모두 일어서리니/ 그때에 나도 일어서리라// 신앙을 잃은 여름/ 슬픔이 달궈진 돌 위에/ 눈 감았으되/ 이로써 전부는 아니라고 아니라고/ 그 한 가지 알고는 있다

-「올해 여름」, 『김남조 시전집』, 722-723쪽.

기독교에서 인간은 존재적 본원과 떨어져서 살 수 없듯이 시적 주체에게 "베풂의 근원"인 하나님의 부재는 절망적이다. 그러나 주체는 이 감정을 신을 위한 "보답"의 과정으로 전환해나간다. 그에게 신은 "온 마음으로 껴안던 은혜로움"의 주체였던 까닭이다.

신을 향한 한결같은 시적 주체의 사랑은 봉헌 제의를 준비하는 것에서 드러난다. 여기에는 "통회하는 영혼"이 필요하다. 통회는 구원과 직결된 것으로 신인합일의 본래적 갈망을 충족시킬 수 있는 계기적 행동이다.[14] 바꿔 말해, 통회는 절대자를 향한 본능적인 사랑에 합치될 수 있는 기회이자 희망이다. 그러한 통회의 조건은 심회(深悔)에 대한 갈망 외에는 존재하지 않는다. 따라서 주체가 당장이라도 "통회"한다면 개인적 구원[15]에 도달할 수 있을 것이다. 그러나 그는 "엎드려 엎드려라"라고 외치며 모두의 통회 기도를 촉구한다. 그리고 "신앙을 잃은" 이들의 통회의 시작과 끝에 함께 자리하고자 한다("그때에 나도 일어서리라"). 이는 "신앙을 잃은" 이들과도 함께 구원되고자 하는, 즉 모두가 절대자의 사랑공동체로의 소속을 희망하는 주체의 의지이다.

한편 김남조가 추구하는 무차별적 사랑은 일반적으로 기도의 발화자가 됨으로써 구체화된다. 신체적·심리적으로 고통 받고 있는 이들을 위해 기도하던 주체[16]는 다수의 일반인들을 향해 기도하는 모습을

---

14) 길희성, 앞의 책, 146쪽.
15) 「미명의 날」에서 시적 주체는 신에게 특정한 "두 목숨"만을 구원해 달라 간청한다. 이것은 개인적 구원의 간구이므로 엄밀한 의미에서 신앙과 공존하는 '인간애'라고 볼 수 있다. "우리 두 목숨에 이 한 번이면 흡족합니다/신이여 구원을 베푸소서"-「미명의 날」
16) "작은 울음이 큰 울음 앞에 잠잠해지듯/ 이들의 고통이 주의 고통으로 치유되고/ 강의눈물이/ 바다의 눈물 안에 그치게 하소서"-「병원」

보여준다.

> 가난한 이와 병든 이/ 감옥에 갇힌 이를 위해 기도하라고/ 성교회의 높은 강단에서도/ 거룩하게 깨우쳐 온 수십 년이니/ 넉넉히 동서남북에 퍼지고/ 하늘에도 상달되었겠지요// 그러하니 오늘은/ 그 밖에 사람들을 위해 기도합니다/ 굶주리거나 병들지 않았으며/ 감옥에 갇히지도 않은/ 특징 없는 보통사람들// 자고 깨면 일하고/ 그럭저럭 무병하며/ 참는 일 능사로만 알아 온/ 사람들도/ 고달픈 삶이랍니다 하느님/ 위로가 필요하답니다 하느님/ 때로는 온밤을/ 울음 운답니다 하느님/ 수줍고 은밀하게 사랑을 갈구하며/ 식수처럼 날마다/ 사랑을 마실 수 있으면 좋겠다고 / 오오 하느님
>
> —「그 밖의 사람들」,『김남조 시전집』, 830-831쪽.

이 시에서 "보통사람들"은 별다른 특징이 없는 일반인들이다. 그들은 특별히 가난하지도, 허약하지도, 특별한 사연을 안고 살지도 않는다. 성교회는 그러한 "보통사람들"을 위해서 사랑의 기도를 하지 않는다. 성교회의 사랑은 신체적 심리적으로 고통 받는 특수한 이들에게만 집중되어 있는 것이다. 주체는 그러한 성교회의 사랑을 부정하지 않는다. 하지만 주체에게 "보통사람들" 또한 빈자, 약자, 전과자들과 마찬가지로 동등한 사랑을 받을 가치가 있는 존재들이다. 그들 또한 "고달픈 삶"을 살며 "울음" 우는 사람들로 주체는 그들이 "위로" 받기를 바라며 그들을 향한 신의 "사랑"을 갈구한다.

이와 같은 김남조의 사랑은 모든 인간존재가 신에게서 "진실로 한 탄생에마다/ 아득한 날 이름과 축복을/ 예비"(「화답」)받았다는 성령론적

인식에서 비롯된다. 이것은 전술하였듯이 기독교적으로 휴머니즘적 사랑을 가능하게 하는 핵심이다. 한편으로 이는 기독교적 휴머니즘이 내재하고 있는 도그마의 절대성이기도 하다.[17] 도그마의 절대성은 곧 하나님 말씀의 절대성이다. 이는 기독교적 휴머니즘이 본질적으로 신중심적이라는 것을 암시한다. 그러나 김남조의 기독교적 휴머니즘은 기독교의 도그마를 바탕으로 할지라도 인간에 초점화되어 전개된다.

> 벌하지 마시옵소서/ 진실로 그들을 벌하지 마시옵소서/ 당신 앞에 제가 잘못한 일에 비하면/ 그들 제 앞에서 잘못했음이/ 너무도 적사옵니다/ 주 그리스도의 영혼의 아버지신 이여// 어찌 온전키를 바라리까마는/ 쌓여선 산처럼 높아진 잘못, 또 잘못이기에/ 핍박과 치욕과 좁혀진 천지가/ 저의 죄인 줄 아옵나이다// 어둠 살라먹고 달빛 살라먹고/ 바다에 서면 바다 물결에서/ 시냇물가에 서면 시냇물 줄기에서/ 어디라 곳곳이 내 헐어진 시체/ 두둥실 떠내려오고// 주여 이 목숨 불살라/ 죄 없는 한 줌 재 되게 하시옵소서/ 주 그리스도/ 영생을 가르치신 이여
>
> ―「죄」, 『김남조 시전집』, 72-73쪽.

인용시에는 한국전쟁 체험에서 경험한 죽음의 만연화가 기록되어 있다. 그 비극은 시체의 "산"과 "바다"로 구체화된다. 이러한 참혹한 상황 속에서도 주체는 지천에 널려있는 시체들을 자신과 동일시한다("어디라 곳곳이 내 헐어진 시체/ 두둥실 떠내려오고"). 시체에 불과한 타자까지도 '나'로 역치(易置)하는 일련의 사고는 보다 심도 깊은 휴머니즘적

---

17) 「마태복음」 22장 40장에는 "모든 율법과 예언자들의 말씀"이 하나님 사랑과 이웃 사랑에 대한 계명에서 파생된 것이라고 나와 있다.

사랑으로 주체를 인도한다. 그리하여 "핍박과 치욕과 좁혀진 천지"를 빚어낸 "그들"의 죄까지도 "저의 죄"로 치환한다. 이어 "그들"을 향한 절대적인 존재의 엄징(嚴懲)까지도 만류하면서 "그들"의 죄를 무화하기 위해 제 한 목숨 또한 불사르고자 한다. 주체의 자기희생적 사랑은 "주 그리스도/ 영생을 가르치신 이"가 행한 완전한 사랑과 유사하다는 점에서 기독교적 가치관에 일치된다. 그러나 주체는 이와 같은 휴머니즘적 사랑의 실천을 위해 하나님의 뜻에 마냥 순응하지 않는다. 이러한 주체의 모습은 김남조가 신중심주의적인 기독교적 휴머니즘을 비판적으로 수용하려고 했음을 대변한다.

기독교적 휴머니즘에 내재된 도그마의 절대성을 약화하는 시인의 의지는 「신의 기도」에 이어진다. 그는 보다 적극적인 휴머니즘적 사랑을 위해 도그마를 '부정'하는 것으로 나아간다.

이제는/ 신께서 기도해주십시오/ 기도를 받아오신 분의/ 영험한 첫 기도를/ (중략) 죽음이 수만 명의 산 사람을 삼킨 일은/ 분명 착오였습니다/ 공포가 다녀가고/ 바늘 찌르는 외로움 사위고/ 희망이 바람 불다 뭉개질 때/ 하느님께서 그들을 품어주셨겠지요/ (중략) 어질어질, 가물가물한 저희에게/ 최소한 이 한 말씀의/ 천둥 울려주십시오/ "내가 알고 있다 내가 참으로 다 알고 있다"고
　　　　　　　　　　　－「신의 기도」, 『심장이 아프다』, 문학수첩, 2013, 66-67쪽.

기독교관에서 육체의 죽음은 필멸자에게 주어진 신정적 운명이다. 이것은 진정한 종말이 아니라 신과 결합되어 불멸로 나아가는 과정이다.[18]

---
18) 위의 책, 90쪽, 231쪽.

그처럼 이 시에서 신은 고통을 품어주는 절대자이며, 고통 받는 인류를 위해 "내가 참으로 다 알고 있다"고 위로를 건넬 수 있는 존재로 나타난다. 하지만 그러한 신의 권위 혹은 절대성보다 주체에게 부각되는 것은 고통을 마주하며 죽어간 인간들이다. 주체는 그들의 고통을 외면할 수 없다. 때문에 기독교의 예정론과 죽음에 이르러 마주하게 되는 구원의 식을 부정한다("죽음이 수 만 명의 산 사람을 삼킨 일은/ 분명 착오였습니다"). 그리고 기도의 절대적 청자였던 신의 "영험한 첫 기도"를 고통 받는 모든 이들을 위하여 요구한다.[19] 이러한 도그마의 부정과 절대자의 권위를 약화시키는 주체의 모습은 종교성의 배경화라 볼 수 있다. 김남조 시의 종교성의 배경화는 그의 기독교적 휴머니즘에서 하나님 사랑과 이웃 사랑의 동위성이 교조적이지 않다는 것을 의미한다.

살펴보았듯이 김남조 시의 하나님 사랑과 이웃 사랑은 기도를 통해 전개된다. 이 모든 사랑은 신앙적 행위 안에서 표출되고 있으므로 기독교적 휴머니즘으로 보인다. 그러나 김남조는 기독교적 휴머니즘의 신본주의가 휴머니즘적 사랑 실천에 있어서 한계가 있음을 인지한다. 이러한 인지는 절대적인 기독교의 도그마를 부정하면서 이웃사랑의 정신을 보다 우위에 두는 방향으로 나타난다.

---

19) 김남조 시세계에서 신이 언제나 완전한 절대적 존재인 것은 아니다. "그간에 주신 모든 용서를 감사 드리며/ 황송하오나 오늘은 제가/ 신이신 당신을 용서해 드립니다"- 「상심수첩 9」

3. 필리아적 휴머니즘과 사랑-'나-너'의 관계의 상호 적 무상의 사랑

앞 장에서 살펴본 바와 같이 기독교적 휴머니즘은 인류를 신에게서 비롯된 하위 존재로 간주하므로 절대자의 존재가 필수적이다. 김남조 시의 기독교적 휴머니즘이 신에게 간구하는 기도의 형태로 발산된다는 사실이 이를 뒷받침한다. 그러나 공동체의식에서 비롯된 휴머니즘적 사 랑은 종교적인 차원에서만 구체화되지 않는다. 인간 개체는 자체적으로 도 충분히 능동적이고 자기주도적인 사랑의 주체로 역할 할 수 있다.

개체 간의 사랑은 부버의 논의와 깊이 연관된다. 부버에 따르면 개체 들은 '나-그것(Ich-Es)'과 '나-너(Ich-Du)'라는 관계 속에 놓인다. 전자 의 관계는 경험적인 구별을 통해 타자를 인지한다. 이것은 타자를 사물 화하는 것으로, 타자와 주체는 표면적 관계(verhältnis)를 벗어나지 못한 다. 반면 후자는 '나'의 모든 본질(wesen)을 다하는 인격적 · 상호적 관 계(beziehung)이다. 이것은 타자를 존재 그대로 수용함으로써 형성 가 능한 관계이다.[20]

존재를 다하여 상대를 마주봄으로써 형성되는 타자와 주체의 인격 적 · 상호적 관계는 사랑의 전제 조건이다. 이것은 탁월함의 필리아와 맞물린다. 탁월함의 필리아는 자신과 유사한 품성을 가진 이의 심사(心 事)를 헤아리는 개체 간의 사랑이다. 그러한 필리아에는 선의가 내재되 어 있어 상호적 관계에서 타자를 행복으로 인도할 수 있다.[21] 선의는 개

---

20) 마르틴 부버, 『나와 너』, 표재명 옮김, 문예출판사, 2001, 8-16쪽.
21) 쾌락과 이익을 바탕으로 하는 즐거움과 유용성의 필리아는 가변적이다. 그러나 탁 월함의 필리아는 선의와 탁월한 품성의 유사성, 상호성을 토대로 전개되는 것이기

인적 이익과 쾌락을 추구하지 않는 순수한 마음으로 탁월함의 필리아를 휴머니즘적 사랑으로 발전시킨다.

김남조가 예각화하고자 했던 개체 중심의 휴머니즘적 사랑[22]은 이러한 필리아에서 비롯된 것으로 보인다. 그것은 다음의 언급에 나타난다.

> 사람은 저마다 한 권의 책이라고 말할 수 있습니다. (중략) 이것은 이후에도 절대 풍요이자 인간의 영원한 대지大地이며 따라서 지금과 후세대까지 사랑은 충만하리라 믿어집니다. (중략) 삶의 본질, 그 의미심장함과 이에 응답하는 사람의 감개무량함, 살아가면서 더디게 성숙되어 가는 경건한 인생관, 이 모두 오묘한 축복이며 오늘 우리의 감사이자 염원입니다.
>
> －『충만한 사랑』, 열화당, 2017, 5-6쪽.

김남조는 인간 개체들을 "저마다 한 권의 책"으로 비유한다. "책"은 그 안에 기술된 지식을 바탕으로 독자의 지적 풍요에 영향을 줄 수 있는 것이다. 그처럼 김남조는 "사람" "저마다"가 내재한 사랑이 타인에게 "풍요"를 안길 수 있다고 인식한다. 그런데 이 풍요로운 사랑의 존속을 위해서는 객체의 "응답"이 요구된다. 즉, "우리"에게 주어진 이 사랑의 "풍요"를 "후세대"까지 이어나가기 위해서는 개체들의 품성의 유사성과

에 영속적이다. 본고에서 이후에 언급되는 '필리아'는 그 구체적인 명칭이 적시되지 않더라도 탁월함의 필리아에서 비롯된 것임을 밝힌다. 필리아에 대한 보다 자세한 논의는 다음 참고. 박영호, 「플라톤과 아리스토텔레스의 필리아와 교육」, 『도덕교육연구』 32, 한국도덕교육학회, 2020, 78-81쪽.

22) 앞 장에서 살펴보았듯이 김남조의 기독교적 휴머니즘의 객체는 병든 사람들, 보편적인 일반인들 등과 같이 특정 성질의 전체 혹은 인류 전체를 대상으로 한다.

상호성이 요구되는 것이다. 품성은 모든 개체에게 내재된 것이며, 상호성은 개체 간의 관계를 바탕으로 한다. 그러므로 김남조는 개체들을 초점화하여 관계 맺기를 시도한다.

> (전략) 우리도 저마다의/ 진실과 운명의 처소에서/ 작은 깃발을 올린다// 머리 위엔 나직이 사분대는/ 깃발들의 해원/ 이쯤으로도 벌써 눈물겹구나/ 존재의 아픈 곳에 손을 얹으니/ 서로 닮은 심정들이구나/ 참으로 숙연하구나// 시대의 불행이 지평에까지/ 줄지어 닿았다한들/ 우리의 시력은/ 더 다른 좋은 것을 함께 보느니/ 생명들 낱낱이 절묘하고/ 세상은 무한 아름다우며/ 더하여 우리는 혼자가 아닌/ 여럿의 사랑과 동참으로/ 함께 가는도다// 이 일이 으뜸의 덕목/ 가치요 기쁨이며 보람이도다/ 아아 친구들아
>
> -「사랑과 동참으로」,『김남조 시전집』, 872-873쪽.

인용시에서 모든 개체들은 하나의 덩어리, 즉 "해원"처럼 보인다. 이 개체들은 주체에게 "작은 깃발"들로 형상화된다. "우리"라는 인칭 대명사가 가리키듯이 "작은 깃발"로 형상화된 개체들에는 주체도 포함된다. 이 모든 개체들이 들어올려진 장소는 "저마다의/ 진실과 운명의 처소"를 가리킨다. "저마다의" 장소는 개체의 삶을 이루는 배경의 이질성이다. 이것은 개체들의 상이한 삶을 부각시킨다. 삶이 상이하므로 개체들의 "아픈 곳" 또한 다를 것이다. 그런데 이들은 파랑에 의해 한 방향으로 흘러가는 "해원"처럼 보이고 있다. 서로 다른 곳곳이 헤졌음에도 한 곳을 향하는 모습은 주체의 감격을 유도한다. 이 감격은 주체가 "존재"들의 "아픈 곳" 마다마다에 "손을 얹"게 만든다. 그 결과, "저마다의" 삶에

서 수반되는 고통의 유사성이 모두에게 "더 다른 좋은" 삶을 지향하게
하였음을 깨닫게 된다.

그러나 품성은 경험을 넘어서는 '영혼'에 각인되어 있는 습성상태
이다.[23] 따라서 경험의 유사성은 품성의 유사성으로 호환될 수 없다.
객체를 삶에 대한 지향이 유사한 대상으로만 인식하는 것 또한 경험
(erfahrung)적 인식이다. 경험적 인식은 대상에 대한 '부분적 지각'에 그
쳐 대상과의 관계를 '나-그것(Ich-Es)'으로 고착시킨다. 이것은 타자를
사물화하는 상호성이 배제된 관계(verhältnis)로서 주체의 언어를 통해
서 드러난다. 언어는 주체의 사유를 드러내는 체계인데, 인용시에 나타
나는 독백의 형식에서 타자는 전체를 위해 파편화된 물적 상태로 나타
난다("우리는 혼자가 아닌/ 여럿의 사랑과 동참으로/ 함께 가는도다").

> 보이지 않는 고운 영혼이/ 네게 있고 내게도 있었느니라/ 곱고 외롭고
> 그리워하는 영혼이/ 네게 있고 내게도 있었느니라// 그것은/ 인기척 없
> 는 외딴 산마루에/ 풀잎을 비비적거리며 드러누운/ 나무의 그림자 모양/
> 쓸쓸하고 서로 닮은 영혼이었느니라// 집과 가족과 고향이 다르고/ 가는
> 길 오는 길 있는 곳이 어긋나도/ 한바다 첩첩이 포개진 물밑에/ 청옥빛
> 파르름한 조약돌이/ 살 비비며 살아옴과 같았느니라
>
> —「인인(隣人)」, 『김남조 시전집』, 152-153쪽.

'나-그것'의 관계의 한계는 개체 간의 사랑의 장애가 된다. 이에 따라
김남조는 상호적 관계 안에서 존재적 유사성을 탐색하며 타자의 물화

---

23) 전재원, 「아리스토텔레스와 품성적 탁월함」, 『철학연구』 133, 대한철학회, 2015, 309
쪽.

와 경험적 유사성을 극복하고자 한다. 따라서 그는 "영혼"에 주안점을
둔다. "영혼"은 모든 삶의 누적을 기억하고, 감정이 있는 '정신적 실체'로
서 개체의 본질에 닿아 있다. 주체는 그러한 "영혼"을 가진 타자를 마주
하고, 타자의 존재 자체를 온전한 '너'로 수용한다. 이 과정은 주체에게
타자와 자신이 "서로 닮은 영혼"임을 깨우치게 한다. 개체들이 향유하
는 상이한 삶(경험)은 부차의 것이 되고, 개체들의 존재적 유사성이 확
보되는 것이다. 때문에 주체와 객체의 품성 같은 존재의 하위 부분들도
존재적 유사성에 포용된다. 이것은 '너'와 '나'의 경계를 허물어뜨린다.[24]
존재적 경계의 모호화는 '나'를 향한 본능적인 사랑[25]을 '너'에게로 향하
게 한다. 이것은 김남조 시에서 사랑은 존재를 구성하는 것들 가운데 가
장 기저에 있는 것이기 때문이다.[26] 주체는 이러한 정보를 대화를 통해
'너'에게도 전달하고자 한다. 여기서 객체의 발화는 나타나지 않으나 객
체는 청자로 대화에 참여한 상태이다.

「인인(隣人)」에서 형성된 '나-너'의 관계와 존재적 유사성은 김남조
의 필리아적 휴머니즘의 토대가 되는 것으로 보인다. 그것은 주체가 부
지(不知)의 대상을 '너'로 지정하고, 그러한 '너'의 고통을 묵과하지 못
하는 것에서 유추할 수 있다.

어디 한적한 섬으로 가자/ 게서 영영 산대도 좋다/ 돌아가는 배엔 달
빛과 너만이 타고/ 나 홀로 거기에 남는대도 좋다/ 너의 성명이 무엇이면

---

24) "누군가 네 영혼을 부르면/ 나도 대답해"-「사랑초서 15」
25) 「편지」에는 주체의 객체화를 통한 '나'에 대한 사랑이 드러난다. "그대만큼 사랑스러
운 사람을 본 일이 없다/ (중략) 그대에게 매일 편지를 쓴다/ 한 구절 쓰면 한 구절을
와서 읽는 그대/ 그래서 이 편지는/ 한 번도 부치지 않는다"-「편지」
26) "존재의 밑바닥에 시린 샘물에/ (중략) 사랑 하나 빛나고 있다"-「사랑초서 13」

어떠리/ 너의 고향이 아무 데면 뭐라나/ 죽어야 할 만치 슬픔이 있다기에/ 오늘 네가 내 마음을 끈다// 우리가 삶에 바랬던 건/ 소박하고 향긋한 한 줌의 인정/ 병석에서 목마른 아내라면/ 한 그릇의 냉수를 사랑으로 먹여 주는/ 남편 있음으로 족하다 했었니라// 건강과 이해와 믿음,/ 그렇다 결코 많은 걸 바라지 않았건만/ 마음과 영혼의 배고픔 고치지 못하였다/ 손목에 감긴 사슬을 풀어내듯/ 배리(背理)를 끊고 나는 떠나리니/ 어디 한적한 섬에라도 가자/ 가서 겨웁도록 네 슬픔을 품어 주마

-「무제·1」, 『김남조 시전집』, 198-199쪽.

타자의 인격화는 주체가 타자의 존재 자체를 수용함으로써 가능해진다. 즉, '나-너'의 인격적 만남은 특정인과의 관계에만 한정되지 않는다. 그러므로 인격적 관계에서 '너'의 "성명"과 "고향"에 대한 정보는 중요하지 않다. 오직 '나'는 부지(不知)의 개체를 '너'로 지정하며 '너'의 존재 자체에 대해 사유한다. 주체의 존재적 사유는 '너'가 가진 "죽어야 할 만치 슬픔"을 인지하게 한다. 주체의 관심은 여기에 집중된다. 그리고 이 관심은 주체의 선의로 이어진다. 그것은 "게서 영영 산대도 좋다/ 돌아가는 배엔 달빛과 너만이 타고/ 나 홀로 거기에 남는대도 좋다"라는 시구에 집약된다. 이 구절에서 유추할 수 있듯이 주체의 상황은 중요하지 않다. 주체는 오직 '너'가 "섬"에서 위로를 받고, 또 그곳에서 벗어나는 것에만 집중한다. 그것은 '너'가 "슬픔"과 작별했음을 의미하기 때문이다.

생면부지의 개체를 '너'로 지칭하며 선의의 사랑을 실천하는 것은 「빗물 같은 정을 주리라」에도 이어진다. 「무제·1」에서의 주체의 사랑이 현재의 '너'를 위한 것이라면 다음 시에서 주체의 사랑은 미래의 '너'의

풍요를 가리킨다.

> 너로 말한건 또한/ 나로 말하더라도/ 빈손 빈 가슴으로 왔다 가는 사람
> 이지// 기린 모양의 긴 모가지에/ 멋있게 빛을 걸고 서 있는 친구/ 가로
> 등의 불빛으로 눈이 어리었을까/ 엇갈리어 지나가다/ 얼굴 반쯤 그만 봐
> 버린 사람아/ 요샌 참 너무 많이/ 네 생각이 난다// 사락사락 싸락눈이/
> 한 줌 뿌리면/ 솜털 같은 실비가 비단결 물보라로/ 적시는 첫봄인데/ 너
> 도 빗물 같은 정을/ 양손으로 받아주렴// 비는 뿌린 후에/ 거두지 않음이
> 니/ 나도 스스로운 사랑으로 주고/ 달라진 않으리라/ 아무 것도// 무상으
> 로 주는/ 정의 자욱마다엔 무슨 꽃이 피는가/ 이름 없는 벗이여
> —「빗물 같은 정을 주리라」, 『김남조 시전집』, 260-261쪽.

그리움은 면식이 있는 대상을 떠올리며 발현되는 감정이다. 그러한
점에서 그리움의 대상처럼 형상화되는 객체는 특정한 대상처럼 보인
다. 그러나 객체는 기실 "엇갈리어 지나가다/ 얼굴 반쯤 그만 봐버린 사
람"이자 "이름 없는 벗"이다. 주체는 그러한 객체를 '너'로 지정하면서
"사락사락 싸락눈"에 얼어붙은 것과도 같은 '너'의 상태를 인지하게 된
다. '너'의 상태의 인지는 주체가 "무상"의 사랑을 실천하는 것으로 나아
가게 한다. 이 사랑은 "솜털 같은 실비"와 같이 하늘에서 쏟아져 내릴 뿐
그 물줄기를 "거두지 않"는 충만한 사랑이다. 그리고 얼어붙은 '너'를 위
해 "봄비"가 되고자 하는 다정한 사랑이다. 주체는 이 사랑이 '너'에게
"첫봄"처럼 다가가 '너'의 "꽃"을 개화하는 양분이 되기를 기대한다("무
상으로 주는/ 정의 자욱마다엔 무슨 꽃이 피는가"). 씨앗이 발아하고 개
화하기까지는 다소 시간이 소요되듯이 주체는 객체의 미래의 풍요를

희망하는 것이다.

부지의 객체를 향한 "무상"의 사랑은 「눈물」에서도 지속된다. 그런데 특징적인 것은 「눈물」에는 진정한 의미의 '대화'가 이루어졌다는 점이다.[27] 이는 시인이 '나-너'의 상호적 관계를 더욱 내밀히 다짐으로써 보다 심도 깊은 사랑으로 나아갔음을 암시한다.

> 너에게 눈물을 주마/ 흡족한 수량으로 주리니/ 넉넉히 물 쓰거라/ 눈물이 그리도 많은가고/ 너 묻는 것이냐// 백만초목의 영롱한/ 이슬 눈물/ 땅속에 연실 푸는/ 지하수 눈물/ 눈과 비 그 습습한 우수의/ 하늘 눈물/ 내 눈물은 미세한/ 그 한 방울일지라도// 나에게/ 다른 눈물은 더 없다/ 이것을 너에게 주마/ … 먼 사람아
>
> -「눈물」, 『충만한 사랑』, 26-27쪽.

인용시에서 인간과 자연을 아우른 만물에게는 "눈물"이 있는 것으로 형상화된다. "이슬 눈물", "지하수 눈물", "하늘 눈물", "내 눈물"과 '너'의 "눈물"이 그것이다. 자연물과 인간의 "눈물"은 그 성분과 발생요인, 배출에 이르기까지의 인과관계가 다르다. 그렇지만 생태계를 위해, 그리고 삶을 위해 필수적이라는 것은 동일하다. 그런데 '너'는 현재 "눈물"을 흘리지 못하고 있다. 주체는 그러한 '너'의 상태를 인지하고 자신의 "눈물"을 주고자 한다. 여기서 '너'가 주체에게 한참이나 "먼 사람"이라는 것은 중요하지 않다. "눈물"의 양이 방대한 것도 아니다. '너'에게 "눈물"을 주

---

27) 「인인(隣人)」, 「무제·1」, 「빗물 같은 정을 주리라」에서의 객체는 청자이자 잠재적 발화자로 나타난다. 그러나 「눈물」에는 "눈물이 그리도 많은가"라는 객체의 물음이 명확히 드러난다.

고 나서 주체에게 "다른 눈물은 더 없"다. 필수적인 것이 결여된 삶은 주
체를 고통으로 유도할 것이다. 그러나 주체는 '너'의 물음에 단지 "미세
한/ 그 한 방울일지라도" 베풀어 '너'의 결핍을 해결하는 것에 주안점을
둔다. 이는 김남조 시의 필리아적 휴머니즘에도 타인의 행복을 우선하
는 이타적인 사랑이 기저에 있음을 의미한다.

  이처럼 김남조는 기독교의 도그마에서 나아가 '개체' 간의 관계성을
탐색한다. 그리하여 '나-너'의 인격적·상호적 관계를 형성하고 존재론
적 유사성을 발견함으로써 개체 중심적 사랑을 전개할 수 있게 된다. 이
는 필리아적 휴머니즘의 토대가 되어 생면부지의 개체를 '너'로 호명하
기에 이른다. 그리고 그러한 '너'를 대상으로 주체는 선의에서 비롯된 무
상의 사랑을 실천하는 것으로 나아간다. 이 사랑은 타자의 현재와 미래
의 풍요에 닿으며, 이것은 후세대까지 이어질 수 있다는 점에서 공동체
적 풍요와도 상통한다.

4. 사회 참여적 휴머니즘과 사랑-'슬픔'을 시화한 사회 적 관심으로서의 사랑

  기독교적 휴머니즘에서 주체는 객체들의 고통을 감지하고, 이를 해소
하기 위해 절대자에게 갈구한다. 필리아적 휴머니즘에서는 객체의 고난
과 결핍을 해결하기 위해 주체는 자신의 것을 나누는 모습을 보여준다.
그런데 이들은 김남조 시의 휴머니즘적 사랑의 전체를 대변하지 못한
다. 모든 개인은 필연적으로 사회의 주체이자 객체로 존재하는 까닭이
다. 즉 주체의 구제 의식은 개인과 사회의 불가분성을 고려하면서 실현

될 수도 있다. 하지만 사회에는 그러한 개인들을 고통으로 유도하고 또 위협하는 각종 문제들이 산재해 있다. 이 문제들이 사회에 걸친 영역이 방대할수록 개인의 차원에서 해결하는 것은 불가능해진다. 그러므로 이를 해결하기 위해서는 사회적 주체가 다수화될 필요가 있다.[28]

김남조에게 사회적 주체를 다수화하는 휴머니즘적 사랑의 실천은 문학을 통해 가능해진다. 이는 문학이 사회적 영향력을 가지는 창작물이라는 점에서 기인한다. 아도르노는 예술에 내재된 자율성이 사회의 안티테제로 기능하며 팽팽한 긴장을 형성해야만 사회에 대한 반성이 가능해진다고 역설한다.[29] 그러나 문학은 사회 안에 소속되었을 때에도 영향력을 발휘할 수 있다. 작가의 의식이 집약된 문학은 독자들과 조우함으로써 상호주체성을 획득하기 때문이다. 문학의 상호주체성은 독자들에게 사회에 대한 책임을 각성시킴으로써 사회의 변화를 도모한다.[30]

---

28) 김남조는 사회 도처에서 개인들에게 고통을 안기는 "엄청난 난제"들을 해결하기 위해 사회적 주체가 다수화될 필요가 있다고 주장한다. "일해도 배고픈 근로자 문제, 결코 덮어 두지 못합니다. 해외취업자와 가족 간에도 잇달아 문제가 생겨납니다. 군경의 노고도 재인식할 때입니다. (중략) 더 심각한건 삶의 직접적인 위협입니다. 가난과 질병과 각종 공해와 전쟁의 공포들입니다. 그러나 이 엄청난 난제들을 단번에 어쩌자는 건 물론 아닙니다. 개인에게 맞추던 관심의 촛점이 둘레로 번져나가 점차로 개인의 집합체인 사회의 차원으로 부풀게 된 사실에 무심할 수 없다는 말부터 하고자 합니다. 도처에 인간의 사랑과 열성을 필요로 하는 요청이 높습니다(김남조, 『사랑의 말』, 학지사, 1985, 200-201쪽)."

29) 민형원, 「아도르노의 리얼리즘론에 대한 생성론적 연구 - 아도르노 미학의 근본적인 미학적 범주들에 대한 성찰 -」, 『뷔히너와 현대문학』 11, 한국뷔히너학회, 1998, 61-62쪽.

30) 사르트르는 『문학이란 무엇인가』에서 문학의 사회적 역할에 대해 주목한다. 여기에 따르면 문학은 현재 사회를 부정하고 고발하여 변화를 촉구하는 작가의식의 소산이자 "호소"이다. 작가의 주체성이 집약된 이 "호소"는 독자와 연결되었을 때 비로소 상호주체성을 획득한다. 이것은 독자들의 사회적 책임을 각성시킴으로써 사회의 변화를 가능케 하는 동력이 된다. 사르트르의 문학론에 대해서는 변광배, 「'순수 · 참

문학에 대한 효용론적 관점은 김남조에게도 동일하게 나타난다. 그것은 그가 시작(詩作)에 골몰하는 것에서 유추해볼 수 있다. 김남조는 독자들의 "맵고 순열한 혈액"(「시와 독자」)이 되기 위해 뚜렷한 시인으로서의 소명의식을 확립하고 있다.

> 우리의 본 이름은/ 문학인 그 아니노라/ 정·경政·經 전문가들은/ 국인부민의 임무를 자부하고/ 기수와 나팔수는/ 시대의 총아들 몫이로되/ 우리는 사람이라는/ 첫날의 이름 하나로 넉넉하노라/ 이 이름이 반석이며/ 지붕임을 믿고 사노라// 보는 눈과 느끼는 가슴/ 맹렬한 증언이 우리의 장기이노라/ 이 단순본능조차 심각 과중하노라/ 더하여 세계의 불행이/ 우리의 혈관에 전이의 입술을 대었노라/ 우리의 두 번째 이름은/ 상처의 꽃밭이노라// 현대사의 폭풍 속에서/ 위태로이 불심지를 지키는 이들을/ 간절히 노래하노라/ 머나먼 양 끝에서 다가와/ 마침내 하나가 되는 이들을/ 몹시 사랑하노라/ 삶은 지엄하신 어른,/ 그를 섬겨 힘겨운 나날에/ 말과 글이 도와 주는도다/ 자주 실패와 회오에 좌초하건만도/ 매번 시퍼렇게 살아 남으시는/ 삶이여 높고 깊으신 분이여
>   -「우리의 소명을 위하여」, 『김남조 시전집』, 833-834쪽.

「우리의 소명을 위하여」에서 시인에겐 "사람"이라는 "첫날의 이름"이 주어진다. 이것은 사회에 소속되기 전부터 주어진 "이름"이다. 여기엔 "사람"으로서, 그리고 "사람"을 위한 시인으로서의 사회적 숙명이 담겨

여문학' 논쟁 재탐사 - 사르트르의 『문학이란 무엇인가』를 중심으로 - 」, 『인문과학』 52, 성균관대학교 인문과학연구소, 2013과 변광배, 「'앙가주망'에서 '소수문학'으로 - 사르트르, 들뢰즈 가타리의 문학 사용법」, 『세계문학비교연구』 56, 세계문학비교학회(구 한국세계문학비교학회), 2016, 117-124쪽 참고.

있다. 그 숙명은 "말과 글"로 "현대사의 폭풍"이 만들어낸 "상처"를 어루
만지는 것이다.

시("말과 글")를 통한 사회적 "상처"의 위로는 사회적 차원과 감정적
차원에서 실현될 수 있다. 전자는 "상처"를 낳는 사회와 대척점에 서서
독자들의 '반성'을 유도하는 것이다. 이는 보다 나은 사회를 지향하게 하
는 것으로 그러한 "상처"의 재발을 방지하는 동력이 된다. 후자는 사회
가 낳은 "상처"를 "증언"하며, 사회적 피해자들을 '위로'하는 것이다.

사회적 개인들의 "상처"를 '위로'하는 것은 서정의 영역에 해당한다.
서정시는 사회적 참여와 대척되는 것처럼 보인다. 하지만 원초적으로
예술은 사회적 산물이듯이 김남조는 서정의 영역에서도 사회적 반성의
가능성을 열어두고자 한다. 그것은 "현대사의 폭풍"이 야기한 개인들의
"상처"를 '슬픔'의 정서로 치환하면서 구체화된다.[31]

음식과 옷입음을 놓았거니/ 지금은 투명한 영혼 하나로만/ 살아가는
건아/ 쑥국새 울어라도 줄 나무 한 그루 없이/ 외로운 죽음들만 모여 사
는/ 미아리 공동묘지 너의 쉼터에도/ 해 저물어 비는 뿌리리라// 너 가던
그 날도 방은 비고/ 한 마디 작별도 없이 목이 쉰 채/ 혼자 죽은 건아/ 까
맣게 칠한 관머리엔/ 너를 낳아 기르신 어머니만이/ 반백의 머리를 비비
셨거니// 울음쯤으로야 어찌 사람의 참슬픔이라 하리/ 전란이 한창이던

---

31) 김남조에게 '슬픔'의 내면화는 서정 시인으로서의 소명의식과 접합되어 있다. 그 모
습은 「비가」에서 드러난다. 여기서 시작(詩作)의 재료가 되는 '슬픔'은 개인적 슬픔
과는 구별된다는 점에서 사회적 '슬픔'을 의미한다. "바삐 그래서 더더욱 슬퍼하려
기/ 실컷 슬펐는데// 물에쓰는 글씨라니/ 맥없이 이리 지워지는 일월/ (중략) 슬픔
은 어디만큼 하늘을 가나/ 돌이 된 나무라서/ 슬픔은 옹이의 화석으로 박혔는지/ 산
울림조차 없는/ 나는 가슴 닫힌 산이라네// 기진한 슬픔이여/ 참말이지, 슬프지도
않으려면/ 살지말까부다"-「비가」

그 때/ 생목숨 같은 너를 보낸 아픔은/ 내 모든 낮밤에 맥동치느니// 기
찬 슬픔이여/ 맑아져 별빛이라도 되라/ 호르르호르르 네 귀에 감기는/
옥피리 소리라도 되라/ 살아서나 죽어서나 우리를 살피시는 분/ 분명 계
시느니/ 그분을 의지하여/ 부디 편안함 누리어라// 음식도 옷입음도 놓
았거니/ 영혼 하나로 영혼 하나로만 바람인양/ 살아가는 건아

-「진혼소곡(鎭魂小曲)」,『김남조 시전집』, 252-253쪽.

인용시는 『정념의 기』(1960)에 수록되어있는 것으로 6.25전쟁에 참
전했다가 전사한 "건아"들을 대상으로 한다.[32] 이 "건아"들은 안락한 개
인적 공간을 강제적으로 떠나야 했으며, 가족과 작별도 못하고 혼자 죽
어가야만 했다. 죽음에 이르러서도 "참슬픔"을 내비친 이는 "낳아 기르
신 어머니" 밖에 없었다. 시간이 더 흐르고 나서는 "쑥국새"조차도 이들
을 위해 울어주지 않고 있다. "건아"들이 죽어야만 했던 시대의 비극은
당시에는 예사로웠으며, 지금에는 망각되어버린 탓이다. 이러한 "건아"
들의 고독한 과거와 현재에 화자는 "기찬 슬픔"을 느낀다. 화자의 "슬
픔"은 독자들에게도 이어져 그러한 현실을 돌아보게 만든다. 시인은 이
"건아"들 또한 위로하고자 한다. 그것은 모두가 의지할 수 있는 존재인
절대자를 통해 이루어진다.

---

32) 「무영 영령은 말한다」에서도 시인은 한국전쟁 당시 쓸쓸히 죽어간 건아들을 시적 주
체로 내세운다. 이들은 홀로 아무 말 못하고 죽을 수밖에 없던 인물들로 형상화되어
시대적 슬픔을 보다 극대화한다. "나는 가고 싶던 곳 끝내 못 가보고/ 예 와서 쓸쓸히
누웠느니라/ 나는 하고 싶던 말 못내 말하고/ 기막힌 벙어리로 누웠느니라// (중략)
천지를 쪼개듯 치열한 전투에/ 빗발치듯 오가는 백천의 포탄/ 그 하나가 내 가슴을
쏘아/ 선혈이 흥건히 풀을 적시고 못 박히듯/ 내 생명 그 곳에 멎을 때/ 서럽디 섧게
감기는 눈시울은/ 한 줄기 하얀 눈물 흘렸느니라"-「무영 영령은 말한다」

어느 귀한 식물의 이름이리/ 버려져 천혜를 등진 땅에/ 일제히 솟은/ 진홍의 피의 꽃나무들// (중략) 처음엔 헐값에 가져가고/ 그 다음 눈 감기고 훔쳐 가더니/ 마침내 총으로 겨냥하여/ 정의와 생명을 쏘고/ 조국의 깃발에 피 묻힌 일/ 그 항쟁의 사월 십구일// 섧지 않으랴/ 전쟁과 가난 속에 살고/ 끝내 자유와 사랑에 목마른 채/ 죽어간 젊은이들

— 「기적의 탑」, 『김남조 시전집』, 320-321쪽.

"현대사의 폭풍"이 야기한 "상처"를 "증언"하는 것은 「기적의 탑」에도 이어진다. 『풍림의 음악』(1963)에 수록된 인용시에서 조명되는 것은 4.19혁명의 주체들의 삶과 죽음이다. 이 시에서 형상화된 혁명의 주역들은 "전쟁과 가난"을 배경으로 성장한 서글픈 존재들이다. 이들은 그러한 삶에 굴하지 않고 "정의"를 지향하는 "꽃나무들"로 자라났다. 그러나 "정의"의 지향은 이 "꽃나무들"을 "끝내 자유와 사랑에 목마른 채" 죽어가게 했다.

"꽃나무"라는 피가 역동하던 생명이 스러지고 남은 것은 오직 부패하는 일 뿐일 것이다. 그러나 김남조는 그 생명의 공백에 '슬픔'이 집약된 피 묻은 "조국의 깃발"을 세운다. 이것은 "진홍의 피"를 흘리며 죽어간 "젊은이들"의 숭고한 삶의 기록으로 그들에 대한 위로를 담은 객관적 상관물로 기능한다. 또 이 시의 수록 시기에서 유추해볼 수 있듯이 이 "깃발"은 5.16 정변 이후 혁명의 정신이 무너진 '지금'의 현실을 되돌아보게 하는 상징으로도 기능한다.

김남조가 사회적 "상처"를 '슬픔'으로 시화(詩化)하는 것은 과거뿐 아니라 현재도 아우른다. 그에게 탐지된 현재의 사회적 '슬픔'은 과거의 사회적 '슬픔'보다 다양화된다. 「시지프스의 딸들」에는 반복되는 노동에

서 인간성 매몰을 경험하는 노동자들에 대한 '슬픔'이 발견된다.

> 시지프스의 딸들아/ 일손을 멈추고 얼음냉수로 해갈하여라/ 북소리
> 울리는 가슴 편히 숨 쉬고/ 접었던 날개도 부채처럼 펴거라// 운명의 사
> 나이를 만나거든/ 서로 깊이 사랑하고/ 백일하(白日下)에 혼인하여라/
> 못 견디게 사과가 먹고 싶거든/ 원 없이 먹고 그에게도 주어라/ 낙원에서
> 쫓겨나면/ 낙원 밖에서 새 낙원을 이루어라// 그간엔/ 늙고 죽는 일이 안
> 되는/ 신화 속의 혈통이었거든/ 이제는 사람의 순리를 따라/ 못 해 본 그
> 일들을 해 보거라// 무궁세월에/ 날마다 돌을 굴려/ 산 위로 올리는 시지
> 프스/ 그 아픈 뼈에서 태어난/ 노동의 딸들아/ 여자 시지프스들아/ 삶은
> 아름답고/ 세상은 좋은 곳이란다/ 정녕 그러하단다
> ─「시지프스의 딸들」, 『충만한 사랑』, 열화당, 2017, 140-141쪽.

시지프스는 신들을 기만한 죄로 산 정상으로 바위를 밀어 올려야 하
는 형벌을 받은 그리스 신화의 인물이다. 하지만 가파른 경사에 바위는
계속해서 굴러 떨어질 수밖에 없다. 그러므로 계속해서 바위를 옮겨야
하는 시지프스의 삶은 무한한 노동의 고통이라는 의미를 함축한다. 이
상상력은 현대 사회에서 기계처럼 노동을 거듭하는 개인들을 시지프스
로 조명하게 한다.

김남조는 그러한 노동자들 가운데 여성들을 "여자 시지프스"로 지칭
한다. 사회가 발전함에 따라 여성의 사회적 활동 범위가 확대되었듯이
그들 또한 노동의 주체인 것이다. 그런데 이들은 고된 노동에 꿈과 사
랑, 일상의 행복을 잊은 인물들로 형상화된다. 일상적인 행복을 잊고 노
동에만 매진하는 삶은 오늘날의 인간성의 기계화를 꼬집고 있다. 이것

은 사회가 인간성에 남긴 "상처"로서 김남조의 '슬픔'을 유발한다. 때문에 그는 "여자 시지프스"들에게 자신들의 행복을 위한 삶을 살 것을 권유한다. 이 권유는 기계화된 삶이 일상화가 된 노동자들을 위한 위로이다. 이 위로는 일상적 행복조차 매몰되는 사회에 대한 비판 의식을 내재한 채로 다수의 사회적 존재들에게 전달된다.

김남조의 '현재'의 사회에 대한 비판은 생명의식과 맞물리면서도 나타난다. 「낙태아를 위하여」에서 김남조는 죄가 없으나 죽을 수밖에 없었던 낙태아들에게서 '슬픔'을 느낀다.

> 내가 세상 떠나면/ 내 시의 올챙이들은 개구리 되어/ 개굴개굴 우는 일 못하겠구나/ 하물며 모태에서 살해된/ 사람의 낙태아/ 이를 어쩌나// 사람은/ 잉태순간에 어디에선가/ 몸의 짝으로 영혼이 온다는데/ 몸 없는 아가의 영혼/ 어이하나 어이하나/ 아가의 심장을 부풀리던/ 신비의 풀무는 누가 불 껐으며/ 이때/ 천둥도 울리지 않았는가// 죄 없이 돌아가신 하느님께서/ 죄 없이 죽은 아가들을 품에 안으셨구나/ 천국으로 가자/ 천국엔 죽음이 없다고/ 없다고 없다고/ 울면서 달래시는구나
> ─「낙태아를 위하여」, 『서정시학』 통권 제70호, 2016, 143-144쪽.

김남조에게 "사람"은 잉태되는 순간부터 육체와 영혼의 결합된 존재이다. 이들은 탄생에서 울음을 통해 생명의 역동성을 드러낸다. 그러나 "낙태아"들은 모체에 의해 "살해" 당해 그러한 생명력을 드러낼 기회가 사라진 이들이다. 이들의 울음의 공백에는 "죄 없이 돌아가신 하느님"의 슬픔만이 남는다. 절대자의 '슬픔'은 화자의 '슬픔'이 투영된 결과이다.

절대자는 울음 울지 못하는 "아가들"을 "천국"으로 인도한다. "천국"

은 "죽음"이 없는 곳으로 "죄 없이 죽"어 울음 울지 못한 "영혼"들을 달래주는 유일한 장소이다. 한편으로, "천국"은 종교적으로만 존재하는 장소이기도 하다. 종교성은 비현실성과 대응되어 현실이 결코 "낙태아들"의 안식처가 될 수 없음을 암시한다. 이는 현실의 비극성을 고조시키는 시적 전략으로 생명경시가 만연화되는 현대 사회를 비판의 대상화한다.

이처럼 김남조의 휴머니즘적 사랑은 모든 개인이 사회적 주체이자 객체라는 것을 인지하면서 전개된다. 그러한 사회 참여로서의 휴머니즘적 사랑은 사회적 개인들의 상처를 '슬픔'으로 치환함으로써 구체화된다. 이것은 사회적 개인들을 위로하며 사회에 대한 반성을 유도하는 일정한 메시지를 던진다. 이는 사회적 주체의 다수화를 꾀하는 것으로 사회적 개인들을 위한 보다 나은 사회를 건설을 지향하고 있다.

5. 결론

지금까지 이 글은 김남조 시에 내재된 사랑을 휴머니즘의 관점으로 살펴보았다. 그 결과, 김남조는 70여 년 동안 부단히 휴머니즘적 사랑에 방점을 찍고 있다. 그의 휴머니즘적 사랑은 더불어 살아가는 모든 인간들의 행복을 지향한다는 점에서 공동체의식의 산물이다. 그러한 휴머니즘적 사랑은 다양한 측면들이 서로 맞물리면서 나타난다. 그렇지만 이를 종교성, 개체성, 사회성의 측면에서 임의적으로 세분화해보자면 다음의 세 가지로 나누어 살펴볼 수 있다.

하나는 기독교적 휴머니즘이다. 이것은 김남조 시세계 전반(全般)을 관류하는 휴머니즘적 사랑으로서 시인의 기독교 의식과 공존하고 있다.

기독교적 휴머니즘의 근저가 되는 것은 성령론이다. 성령론은 이웃 사랑을 하나님 사랑과 동질화한다. 하나님 사랑 아래 인본주의를 통합하여 모든 인간을 사랑의 대상으로 간주하는 것이다. 김남조의 그러한 성령론적 인식은 휴머니즘적 사랑과 대응되어 하나님 사랑을 내포하는 기도 안에서 실현된다.

그런데 김남조의 기독교적 휴머니즘은 일반적인 기독교적 휴머니즘과 차별화된다. 성령론은 기독교의 도그마이므로 기독교적 휴머니즘은 본질적으로 신중심주의를 벗어날 수 없다. 그러나 김남조는 '인간중심적인 기독교적 휴머니즘'을 전개한다. 기도에 함축된 하나님 사랑은 일관되게 암시된다. 그러나 그는 휴머니즘적 사랑을 위해 절대자의 뜻에 순응하지 않으며, 예정론과 구원의식을 부정하고, 절대자의 권위를 약화시킨다. 이는 모두 휴머니즘적 사랑의 실천을 위해 종교성을 부차화하는 김남조 시의 독특한 면모이다.

한편, 원초적으로 공동체는 인간 개체의 결합이듯이 그는 인간의 개체성에 주목한다. 김남조에게 모든 인간 개체는 다른 개체를 풍요로 이끌 사랑이 내재되어 있는 존재이기 때문이다. 이러한 개체의 사랑은 후세대까지 이어지는 것으로 공동체적 풍요와도 맞물린다. 이에 따라 절대자의 존재와 사랑의 객체의 다수성은 휴머니즘적 사랑을 위한 절대적인 전제 조건으로 자리하지 않는다.

그러나 개체 중심적인 사랑을 실현하기 위해서는 개체 간의 상호성과 품성의 유사성이 확보될 필요가 있다. 이것은 타자에 대한 경험적 인지를 초월하여 '나-너'의 관계를 구축함으로써 가능해진다. 대화를 통해 부각되는 개체들의 상호적 관계는 주체와 타자의 존재적 유사성을 감지할 수 있게 한다. 존재적 유사성은 품성의 유사성을 포괄하는 것으로 자신을 향하던 본능적인 사랑을 타자에게 전이시킬 수 있게 한다. 김남조는 이와 같은 개체 간의 상호적·인격적 사랑을 휴머니즘적 사랑으로 발전시킨다. 그 방법은 부지(不知)의 개체를 '너'로 지정하고, 무상의 사랑을 실천하면서 드러난다. 상호적 관계 속에서 실현되는 주체의 이타적 사랑은 현재와 미래의 타자의 풍요를 지향하는 모습으로 나타난다.

동시에 김남조 시의 휴머니즘적 사랑은 사회와 개인의 불가분성을 고려하며 보다 '실천적'인 움직임으로 나타나기도 한다. 자세히 말해서, 김남조는 모든 개인들이 사회적 주체이자 객체라는 것을 인지한다. 따라서 사회는 필연적인 개인들의 삶의 터전이 된다. 하지만 그러한 사회에는 개인들의 행복을 저해하는 다양한 문제들이 존재한다. 개인의 노력으로 해결할 수 없는 이러한 사회적 문제들을 해결하기 위해 김남조는 사회적 주체들을 다수화하고자 한다. 이것은 사회 참여적인 시작(詩作)을 통해 구체화된다.

김남조의 사회 참여로서의 휴머니즘적 사랑은 사회가 야기한 개인들의 상처를 슬픔으로 형상화하는 것에 주안점을 둔다. 슬픔의 형상화는 과거와 현재의 시대를 살아가는 사회적 존재들을 위로하고, 현재 사회에 대한 비판 의식을 내재한다. 즉 그는 순수시와 참여시를 융합하여 휴머니즘적 사랑을 실천하는 것이다. 이러한 김남조 시의 사회적 비판은 결코 표면화되지 않지만 조심스레 현실 사회에 대한 독자들의 성찰을 유도한다. 이것은 사회적 개인들을 위하여 보다 나은 사회를 구축하는 것을 목표로 한다.

이처럼 이 글은 김남조 시의 휴머니즘적 사랑이 기독교 의식적으로, 개체 중심적으로, 사회 참여적으로 다양하게 형상화된다는 사실을 탐구하였다. 김남조 시의 휴머니즘적 사랑은 시인의 공동체의식의 소산으로 소외와 배척이 팽배해져가는 오늘날 의미심장한 위치를 차지한다. 이에 대한 본고의 탐구는 김남조 시 연구에 새로운 관점을 제시하였으리라고 조심스레 짐작해본다. 아울러 본고의 논의가 서정과 사회의 가교가 되었듯이 후행 연구에서는 저평가된 김남조 시의 사회적 관심에 대한 본격화된 고찰이 필요하다.

제7장

막스 피카르트의 침묵 사상을 통한 김남조 후기시의 비움 의식과 침묵의 표상 분석

신정아

1. 서론

김남조는 1950년 등단이래, 70여 년간 총 19권의 시집을 상재하였다. 반세기가 훌쩍 넘는 기간 동안 평균 3~4년마다 한 권씩 시집이 출간된 셈이다. 그의 연구 또한 1990년대 전후를 시작으로 현재까지 꾸준히 진행되고 있다. 시의 내용면, 형태면은 물론 작가의식에 이르기까지 다양하게 논의되었다.[1] 본고의 논지 전개를 위해 김남조 시력(詩歷)의 시기 구분을 보다 체계화한 박사 논문을 위주로 살펴볼 필요가 있다. 특히, 정영애(2009), 이순옥(2013), 방승호(2018)는 그의 시집을 전기, 중기, 후기로 나눠 다양한 분석과 논의를 펼친다.[2] 그중 본고에서 다루고자 한

---

[1] 단독 연구 중 학위 논문은 석사 논문 15편, 박사 논문 5편이 집계되며, 소논문은 20여 편이 확인된다.

[2] 정영애, 「김남조 시의 변모 양상 연구」, 숙명여자대학교 대학원 박사학위논문, 2009. ; 이순옥, 「김남조 시의 샤머니즘적 특성 연구」, 계명대학교 대학원 박사학위논문, 2013. ; 방승호, 「김남조 시 연구」, 충남대 박사논문, 2018.

시집은 중기와 후기에 집중되어 있다. 그 시기 구분을 살펴보면 다음
〈표 1〉과 같다.

〈표 1〉

	중기	후기
정영애 (2009)	제4시집『정념의 기』(1960)~ 제10시집『빛과 고요』(1982)	제12시집『바람세례』(1988)~ 제16시집『귀중한 오늘』(2007)
이순옥 (2013)	제7시집『설일』(1971)~ 제10시집『빛과 고요』(1982)	제11시집『김대건 신부』(1983)~ 제15시집『영혼과 가슴』(2004)
방승호 (2018)	제6시집『겨울바다』(1967)~ 제11시집『김대건 신부』(1983)	제12시집『바람세례』(1988)~ 제18시집『충만한 사랑』(2017)

　본고는 김남조 시집의 시기 구분을 초기, 중기, 후기가 아닌 전기와 후
기로 나눠 후기 시집에서 발견되는 시인의식을 논의하는 것에 주목하
고자 한다. 이것은 후기 시편에 표출된 깨달음을 중심으로 그의 의식 구
조를 살피는 데 보다 효과적인 방법이라고 판단해서이다. 후기 시편에
해당하는 연구 대상 시집을 선정하기 위해 앞서 시기 구분한 연구결과
물에서 중기와 후기에 속한 시집 목록을 참고하였다. 살펴본 바, 정영애
는 제11시집『김대건 신부』를 중기와 후기시의 논의에서 제외하였는데,
일반 시집과 성격을 달리 하기 때문이다.『김대건 신부』에 대해 이순옥
은 후기, 방승호는 중기로 각각 구분하였으나, 이 시집에 대한 논의는 거
의 이루어지지 않았다. 본고에서도 위의 시집은 논외로 한다.
　제11시집을 제외하면 결과적으로 18권의 시집을 전기와 후기로 구분
하게 되는데, 본고에서는 제10권에서 제19권에 이르는 총 9권의 시집
(제11권 제외)을 후기 시로 판단하였다. 위의 〈표 1〉 선행 연구와 본 연
구의 후기 시집 구분은 거의 일치하며, 세 연구자가 공통적으로 중기 시

에 포함시킨 작품집 가운데 제10시집 『빛과 고요』만 후기 시에 포함해 함께 다루는 셈이다. 이 시집은 최종적으로 시인 의식을 분석하는 데 있어 종교적 성찰을 통한 시의 구도적 창작 행위가 어떤 미학적 성과를 거두었는가를 밝히는 데 도움이 되는 「화답」,「용서의 성총을」 등 중요한 작품들이 다수 수록되어 있기 때문이다.

제10시집 『빛과 고요』는 1982년, 제19시집 『사람아, 사람아』는 2020년도에 각각 출간되었다. 70여 년의 창작 활동을 작품 특성과 시인의식에 따라 이분화 하고 1982년에서 2020년까지 발표된 시집을 후기시로 분류해 논의하는 것이 다소 광범위할 수 있으나, 그의 사상적 흐름을 파악하고 시인이 도달하고자 한 인생관을 분석하는 데 1980년~1990년대 발표된 시집이 중요한 기초 자료가 될 것이다. 특히, 2000년대 이후 출간된 제15시집 『영혼과 가슴』(2004)은 그의 나이 78세에 발표된 작품들로 1998년 제14시집 『희망학습』 발간 이후, 시인의 나이로는 72세부터 쓰였을 가능성이 있다. 아울러 70대 노년에 이른 당시의 사상이 19시집에 이르기까지 고착화된 경향이 있다. 본고에서 주목한 바는 최종적 시인의식, 다시 말해 비움과 침묵의 마음에 이르기까지 과도기적 단계이다.

방승호의 경우, 김남조의 초기 시를 고독의 미학, 중기 시를 성숙의 미학, 후기 시를 정화의 시학이라 하였다.[3] 영혼의 성숙과 정화는 김남조가 그의 시편에서 끊임없이 지향해온 바이다. 그러나 이와 같은 그의 신념은 이제껏 주로 종교적 관점에만 치우쳐 논의되어 온 것이 한계점으로 분석된다. 그리하여 본고는 김남조의 후기 시편에서 영혼의 성숙과

---

3) 방승호, 앞의 논문, 134~136쪽 참고.

정화에 대한 신념을 '막스 피카르트'⁴⁾의 사상을 중심으로 고찰하고자 한다. 분노와 욕망에서 탈피한 비움 의식, 용서, 이로써 완성되는 고통의 치유는 모두 침묵으로 귀결되는데, 후기 시에 이르러 더욱 집중적으로 표출되는 양상을 보인다. 이것은 서로 긴밀한 연관성을 가지면서 김남조 시편에 등장하며, 성스러운 침묵과 일치될 수 없는 현실적 한계의 모순성 속에서 괴로워하기도 한다. 그리하여 본고에서는 시인이 어떠한 의식 변화(과정)을 통해 진정한 신성함으로서의 침묵을 추구해왔는가를 분석하고, 그 구체적 면모를 살필 것이다.

　김남조는 제19시집 『사람아, 사람아』(2020)를 펴내면서 "나의 마지막 시집이라고 여겨지는 책"이라고 언급하였다.⁵⁾ 최종적으로 김남조가 추구한 삶을 되짚어보기 위한 과정으로 후기 시편의 집중적인 논의가 필요한 시점임은 의심의 여지가 없다. 특히, 김남조 후반기 시집에 주목하여 살펴보는 것은 김남조의 최종적 시인 의식과 문학사적 의의를 파악할 수 있는 매우 가치 있는 연구가 될 것이라 기대하는 바다.

2. 침묵을 통한 용서와 화해의식

　방승호는 「김남조 초기시에 나타난 분노와 멜랑콜리 연구」(2021)⁶⁾에

---

4) 침묵에 대해 사상가 내지는 철학자들의 다양한 언급이 있으나, 대체로 일체의 집착에서 벗어난 경지의 맥락에서 이해되어진다. 본고에서는 작가의 입장에서 침묵을 예찬한 독일인 막스 피카르트의 저서 『침묵의 세계』를 중심으로 논의를 전개시키고자 한다.
5) 선행연구 중에서 후기 시에 집중한 논의는 구명숙의 「김남조 후기 시에 나타난 노년 의식」(2015)에 한정되어 있다. 김남조가 제19집 『사람아, 사람아』(2020)를 마지막 시집이라고 언급한 만큼 후기 시에 대한 보다 활발한 논의가 필요한 시점이다.

서 '분노'에 주목한 바 있다. 그의 초기시에 '사랑의 시인'이라는 명칭과
어울리지 않는 분노가 표출된다는 것이다. 전쟁이라는 구조적 폭력 속
에 잊혀간 개인의 비극에서 비롯된 여성 화자의 분노가 반복적으로 발
견된다는 것이다. 또한, 김남조가 선택한 '분노'라는 감정은 역사적 주체
로서 여성 시인이 바라본 세계인식을 드러내는 정조로 발전한다는 점
에서 문제적이라 언급한다. 한국전쟁을 경험한 여성에게서 파생된 분
노의 감정에 대해 김남조는 분노를 절제하려고 노력한다고 주장하면서
전쟁이라는 지배적 가치에 대응하는 여성의 심리적 긴장과 갈등이 예
술적으로 승화되는 모습을 보여준다 하였다. 이것은 마사 누스바움이
제시한 '이행분노의 길'로 설명되어진다. 김남조의 시가 분노를 용서와
구원과 같은 다른 차원의 감정으로 이행한다는 것이다.

　여기에서 주목할 점은 분노의 감정이 용서의 감정으로 이행되기까지
의 '과도기' 과정이다. 시인이 어떠한 시점에서 분노의 감정을 긍정적으
로 승화할 수 있었는지에 대한 분석이 요구된다. 다음 시편을 통해 살펴
보자.

　　　내 안의 가장 진한 말은
　　　시로 풀지 않네
　　　오히려 외로운 사신(私信)에 담네
　　　편지에도 못다 쓴 말
　　　기도에 바치네
　　　그러나 내안의 가장 무거운 말은

---

6) 방승호, 「김남조 초기시에 나타난 분노와 멜랑콜리 연구」, 『우리문학연구』 70, 우리문
　학회, 2021.

주님께도 못 오르네
가라앉는 침묵이네

송년 무렵의 낙조
민중의 유혈을 닮은 선지핏빛 노을이네
포화에 그을린 돌이
죽은 이의 눈물로 씻기우네
초토에 또 치미는 건
이름도 안 붙은 어린 소망들

내 안의 가장 절실한 말은
사랑보다 용서이네
올해 이 땅에 베푸실 은총은 용서로써 주옵소서
용서의 백설로 누리를 덮으소서
내 안의 가장 뜨거운 말은
말의 절망이네

─「용서의 성총을」(『빛과 고요』, 1982) 전문

　김남조는 6.25 전쟁으로 하나뿐이던 동생이 죽고 사랑했던 천문학 교
수는 납북되었다.[7] 그가 겪은 전쟁의 참상은 은연중 시편에 표출된다.
전쟁으로 인한 동생의 죽음은 부정의로 인한 비극이다. 이에 따른 분노
의 표출이 아리스토텔레스 관점[8]에서는 당연시되어야 함에도 김남조는

7) 김남조,「세 갈래로 쓰는 나의 자전 에세이」,『시와시학』가을호, 1997, 45-46쪽 참고.
8) 컬럼 케니,『침묵의 힘』, 글누림, 2016, 469-470쪽. 아리스토텔레스는 부당함에 대한
　태도로 분노를 인정한 바 있다.

부당함에 대한 대응이 분노가 아닌 용서가 되어야 한다는 신념으로 침묵과 평정심을 유지하고자 한다.

막스 피카르트는 '역사와 침묵'에 대해 역사의 인물들과 사건들은 위로는 볼 수 있는 것, 들을 수 있는 것에 닿아 있으나, 밑으로는 침묵 속으로 깊이 뚫고 들어가 있음을 언급한 바 있다. 이것은 개인과 민족들이 밖으로 분명하게 드러나는 것보다 더 많은 괴로움 속에서 살고 있음을 의미한다. 또한, 인간은 괴로움과 함께 역사의 소란함 속으로 들어가기보다는 괴로움 자체를 통해서 침묵의 세계와 결합되는 것을 더 좋아하는 것 같다고 주장하면서, 한 민족이 폭군의 냉혹함을 참을성 있게 견디는 것은 오직 그렇게 밖에 이해할 수가 없다고 단언한다. 괴로움을 인간 자체 속에 있는 침묵이 견딜 수 있도록 도와주기 때문이라는 것이다.[9] 위의 시는 바로 피카르트의 '전쟁(역사)'에 대한 침묵적 태도가 극명하게 드러난 작품이다. 분노의 감정은 오히려 인간을 고통스럽게 하므로 용서의 마음을 주십사 주님께 청하는 것이다.

시인의 가슴 속에 자리한 아픔과 분노의 감정은 시로 치유할 수 없을 만큼 큰 고통, 편지와 기도로 사그라들지 않는 통증이 아닐 수 없다. "내 안의 가장 진한 말은 시로 풀지 않네"라는 시구가 의미심장하다. "문학은 일종의 고해라고 말한 이가 있으나 이 고해는 절반에도 못 미치며 그 큰 몫은 완벽하게 봉인된 채 영원히 작가의 가슴속에 머무는 것이다"[10] 라는 시인의 침묵적 의식을 이미 1980년대 발표된 위의 시편에서 읽을 수 있음이다. 따라서 전쟁의 상흔과 그에 따른 분노의 감정이 시인의 의

---

9) 막스 피카르트, 『침묵의 세계』, 까치, 2010, 95-96쪽.
10) 김남조 외, 『세월의 향기』, 솔과학, 2006, 20쪽.

식 구조를 통해 "가라앉는 침묵"으로 형상화되었음을 파악할 수 있다. 김남조가 삶의 고난을 극복하기 위해 선택한 최선의 방법은 다름 아닌 침묵인 것이다. 영국 국교회 수사 헨리 어니스트 하디는 '침묵'을 총 4단계로 단계화한 바 있다.[11] 한편, 막스 피카르트는 침묵의 경계를 지상적 침묵과 천상적 침묵으로 구분하였다. 피카르트의 지상적 침묵이 헨리의 1~3단계에 이르는 침묵이고 천상적 침묵이 4단계 '주님의 침묵' 단계라 할 수 있다. 이것을 정리한 것은 다음 〈표 2〉와 같다.

〈표 2〉

	1단계	2단계	3단계	4단계
헨리	말을 멈추는 행위	산만한 생각들을 멈추는 내면적 침묵	의지의 침묵	고통과 기도를 통해서만 도달할 수 있는 주님의 침묵
피카르트	지상적 침묵			천상적 침묵

타인의 죄를 덜 비난하고 악인에게 사랑을 베풀수록 아파테이아적 행복과 세상의 행복이 실현될 수 있는 가능성은 높아진다. 위의 시편은 김남조가 아파테이아적 행복에 이르는 주님의 침묵에 도달하기까지 고행의 과정을 보여준다. 그리하여 주님께 청하는 것은 다름 아닌 용서의 마음이며, 용서의 마음은 결과적으로 침묵의 태도로 표출된다.

위의 〈표 2〉를 기준으로 살펴보면, 1연에서 주님께도 못 오르는 "가라앉는 침묵"은 2단계 산만한 생각들을 멈추는 '내면적 침묵'과 3단계 '의지적 침묵' 사이에 있다. 3연에서 "말의 절망"이라는 시어도 침묵의 맥

---

11) 컬럼 케니, 앞의 책, 381쪽 참고.

락에서 이해되어지는데, 말에게 있어서 가장 절망적인 상태가 아무 말
도 없이 잠잠히 있는 상태, 즉 침묵이기 때문이다. 환언하면, 위의 시구
에서 절망은 분노에 대한 침묵이자 신성한 용서와의 거리, 즉 언어적 한
계에 대한 시인 의식의 표출인 것이다.

아무 말이 없으나 "가장 뜨거운 말"로써의 침묵은 분노의 감정이 용
서로 변화하는 과정, 분노의 고통을 평정하는 과정에서의 뜨거움이다.
따라서 침묵은 보이지 않고 들리지 않으나, 시인에게 있어 무엇보다 가
치 있는 것임이 분명하다.

이러한 측면에서 볼 때, 김남조의 시를 비단 종교적 관점에서만 판단
내지 분석하는 것은 한계점이 있을 수밖에 없다. 그의 시에는 분명 종교
적 측면과 함께 철학적 신념이 뒤섞여 있으므로 그의 사상적 흐름을 총
체적으로 살피기 위해서는 철학적 관점에서 들여다볼 필요가 있다. 2연
의 시구 중 '지는 해 주위로 붉은 빛이 퍼진다'라는 의미의 "송년 무렵의
낙조"는 바로 선지핏빛 노을을 "민중의 유혈"에 비유한 것이다. 전쟁으
로 인해 피를 흘린 민중들을 떠올리며, "포화에 그을린 돌이 죽은 이의
눈물로 씻기운다"는 것은 총포 맞은 돌에 내리는 비를 죽은 영혼의 눈
물로 형상화한 것이다. 또는, 죽은 영혼의 억울함으로 해석할 수도 있겠
다. 검게 그을린 땅에는 "어린 소망들"이 치민다. "이름도 안 붙은" 어린
소망들이다. 시인은 젊디 젊은 영혼의 꿈이 "초토"화된 현장에 서 있다.
'치밀다'는 분노 내지는 슬픔 따위가 세차게 복받쳐 오르다, 라는 의미를
지니는데, 어린 영혼이 꿈 한번 펼쳐보지 못한 채 불에 타버린 현장을
목격한 시인의 분노와 슬픔이 내재되어 있다.

그러나 시인은 위의 시에서 분노와 슬픔의 감정을 침묵으로써 억누
르고자 한다. 그런 면에서 시인에게 침묵은 단순한 말의 포기 그 이상의

것이다. 시인의 "말은 침묵 속에 가라앉아 망각되며, 그 망각은 용서를 준비"하고 있다. "침묵하는 실체의 광대함 속에서 분노와 고뇌의 감정은 사라지고 평정"을 찾게 된다.[12] 김남조 또한 "오직 숨 쉬는 건 침묵, 침묵만이 자라서 땅 끝까지 번성해 가리라."[13]고 외치면서 침묵을 찬양한 바 있다. 그리하여 시인은 분노를 제거하기 위한 방법으로 복수가 아닌, 침묵의 구체적 행위인 용서를 택한다. 시인에게 있어 지금 "가장 절실한 말은 용서"가 되는 것이다. 용서로써 분노의 감정을 제거하고 고통에서 벗어날 수 있는 것이다.

이렇듯 침묵의 가까움은 용서와 사랑의 가까움을 뜻한다. 용서와 사랑을 위한 자연적인 토대가 곧 침묵인 때문이다.[14] 이러한 침묵과 용서의 마음에 도달하려는 의지는 다음 작품 「작은 기도」에서도 찾아볼 수 있다. 바로 하느님이 나를 용서하는 것처럼 "죽기 살기의 한과 노여움"일지라도 용서하고 싶은 마음이다.

> 용서하소서 용서하소서라고
> 오늘도 제 기도는 이 말의 되풀이나이다
> 하오니 용서 못하시어도
> 필연 그렇게 해 주소서 주여
>
> 저에게 타관에만 나도는
> 연인이 있고 그러나

---

12) 막스 피카르트, 앞의 책, 47쪽 ; 같은 책 80-81쪽 참고.
13) 김남조, 『바람에게 주는 말』, 주우, 1981, 48쪽.
14) 막스 피카르트, 앞의 책, 36쪽.

그 영혼이 제게 늘 머문다면
죽기살기의 한과 노여움도
죽기살기로 용서하겠나이다
나 죽은 후에라도 혹여 그가 올까
외등을 밝혀 두라 이르겠나이다
그렇듯이 저에게 해 주소서
주님께 제가
바로 그 사람이나이다

피막 여린 날개론
불 무서워, 근접을 못하듯
저는 못 고칠 소심증
주께선 너무나도 세찬 광휘
이런 연고로 늘그막 오늘까지
먼 발치 외관만을 골라 밟는
타관의 남루이나이다

용서하소서 용서하소서
주께서 주시는 중에 제일로 온화한 은총인
용서 그 하나를
오늘도 내일도 눈물과 땀으로
청할 뿐이나이다 주여
　　　　　　　　　　－「작은 기도」(『평안을 위하여』) 전문

시간 속에 깃든 침묵이 없다면 망각도 용서도 존재하지 않을 것이다.

인간은 시간 속에 깃든 침묵을 통해서 망각과 용서로 인도되기 때문이다. 정신이 망각과 용서를 결정하는 것이기는 하나, 시간 속에서 침묵을 만나게 되면 정신으로서는 망각하고 용서하기가 쉬워진다.[15] 위의 시에서 '용서'라는 시어가 7번이나 등장한 것은 김남조에게 '용서'가 삶과 떼려야 뗄 수 없는 필연적인 것임을 암시해준다. 또한, 1연과 4연에는 '용서 받기', 2연에는 '용서하기'가 중심이 되는데, 용서 받기와 용서하기가 모두 화해의 길로 간다는 점에서는 일치한다. 4연에서의 용서는 하느님께 용서해달라고 청하는 것이기도 하지만, 용서의 마음을 달라는 의미에 더욱 가깝다.

이때, 용서와 화해의 대상에는 늘 타자가 내재되어 있다. 그 대상은 2연에서 더욱 구체화되어 나타난다. 바로 '연인'과 '그 영혼', '그'의 모습으로 등장한다. 비록 타관에만 나도는 연인이나, "그 영혼이 제게 늘 머문다면 한과 노여움도 죽기 살기로 용서하겠나이다"라고 고백한다. 또한, "나 죽은 후에라도 혹여 그가 올까 외등을 밝혀 두라 이르겠나이다"라는 시구에 용서에 대한 시인의 절실함이 고스란히 드러난다. 이것은 타인과의 관계에서 "피해 보상의 길은 많지만 완전한 치유와 회복은 용서와 화해를 통해서만 가능하다"[16]는 진리를 표상한 시구이기도 하다.

시적 화자는 재차 주님께 용서를 구한다. 주님께는 "제가 바로 그 사람", 용서 받아야 할 '연인'이요, '그 영혼'인 것이다. 이것은 "우리는 하나님께 용서 받고 하나님과 화해해야 한다. 그리스도인은 세상을 하느님과 화목케 하는 화해의 대사다(고후 5:17-20)"라는 복음과도 일치한다.

---

15) 막스 피카르트, 위의 책, 133쪽.
16) 에버렛 워딩턴, 『용서와 화해』, 한국기독학생회출판부, 2006, 19쪽.

3연에서 "먼발치 외관만을 골라 밟는 타관의 남루"라는 시구는 2연에서 주님께 용서 받을 그 사람이 바로 화자 자신임을 더욱 명확히 함과 동시에, 주님의 성스러움과 일치될 수 없는 한계를 드러낸다. 다시 말해, '주님과 나'의 관계가 '나와 그(타자)'의 관계로 "죽기 살기로" 일치됨(성스러움)에도 불구하고 동시에 그 일치될 수 없음(속됨)이라는 모순, 거리가 존재하는 것이다. 마지막 연에서 "용서를 오늘도 내일도 청할 뿐"은 이 차이와 간극을 좁히기 위해 끊임 없이 도전하는 시인의 극복의지가 함의된 시구라 하겠다.

침묵과 용서. 이 두 가지 키워드는 종교에서 중시하는 것으로 (…) 기도를 통해 침묵의 대화를 나누며 (…) 타인을 용서할 줄 아는 관용의 자세를 갖추라 한다.[17] 고요와 평온 즉, 마음에 정온이 찾아온 뒤라면 용서 못할 일이 없을진대, 시인은 자신 스스로를 용서하는 것조차 수차례의 다짐을 필요로 한다.[18]

또한, 진리의 주위에는 "광휘(3연)"가 있다. 그 '광휘'는 진리가 곳곳으로 뻗어나가려고 한다는 증거이다.[19] 환하고 아름답게 눈이 부신 주님 앞에 화자는 한없이 작은 존재이다. 감히 가까이 다가갈 엄두를 내지 못하고 시적 화자는 주님 앞에 늘 죄인이라는 소심증으로 노인이 된 늘그막 오늘까지 먼발치에서만 주님을 바라보는 것이다.

---

17) 김준모, 「신이시여, 침묵과 용서만이 은총이란 말입니까」, 『씨네리와인드』, 2020. 1.10.

18) 김남조는 그의 시 「용서」(『영혼과 가슴』, 77)에서도 첫째, "민망한 배고픔과 착오" 즉, 결핍을 생각한 것을 용서하고, 둘째, "아슬아슬 허깨비놀음을 맛있게 받아먹던 눈 먼 세월" 즉, 욕망을 가졌던 것을 용서하고, "만성불치병의 뜨거운 한 여자"를 용서하기 위해 침묵의 기도를 올린다.

19) 막스 피카르트, 앞의 책, 39쪽.

김남조는 "화해를 가져올 으뜸의 방법은 종교적인 방법이며, 그 다음이 예술적인 방법"이라 하였다. 그리하여 그는 전인격적으로 손을 잡는 화해의 언어에 주목하여 용서와 침묵 속에서 마음을 비우고 말을 아끼면서 삶의 모든 고통과 화해하고자 시를 쓰는 것이다.

한편, 인간은 욕망에 지배되는 상태에서 벗어남으로써 자신의 타고난 성격을 극복한 성스러운 인간이 된다.[20] 김남조의 시편에서 그가 성스러운 인간을 일컫는 대상은 바로 침묵하는 자이다. 작품에 반복적으로 제시된 시어 중 하나가 침묵인 이유이기도 하다. 그리하여 침묵의 기도를 올릴 때 더없이 만족스럽고 겸허해질 수 있다는 시적 자아의 내면이 드러난 작품을 다수 발표하기에 이른다.

쇼펜하우어에 따르면 "고통에서 벗어나는 길은 욕망을 극복"[21]하는 데 있다. 김남조는 심미적 관조 상태에서 욕망과 거리두기로 사물이나 현상을 바라보고자 시도하면서도 고통을 부정하지는 않는다. "고통은 말하지 않으나 고통 중에 성숙해지며 [고통은] 크낙한 사랑처럼 오직 침묵한다"거나 "고통의 즙이 없이는 한 줄의 시도 쓸 수 없다"[22]는 그의 말에서 "인간의 삶에는 다소의 걱정과 고통 그리고 불행이 필요"[23]하다는 인식을 읽을 수 있다.

김남조는 다양한 수필집에서 인간의 고통을 인정하고 긍정한 바 있다. 그러나 그의 후기 시집에 비중을 두고 살펴보면, 분노 내지 욕망에

20) 박찬국, 『사는 게 고통일 때, 쇼펜하우어(욕망과 권태 사이에서 당신을 구할 철학 수업)』, 21세기북스, 2021, 224-225쪽.
21) 쇼펜하우어, 『의지와 표상으로서의 세계, 1부 (쇼펜하우어 철학서)』, 부크크, 2019 참고.
22) 김남조 외, 앞의 책, 20쪽.
23) 박찬국, 앞의 책, 52-53쪽.

의한 고통과는 거리를 두고 있음을 어렵지 않게 발견할 수 있다. 이것은 "분노는 고통을 유발한다.", "인간은 욕망으로 고통스럽다."라고 주장한 스토아 철학과도 일치한다. 분노 내지 욕망의 감정을 잠재우고 침묵을 동경하는 화자를 다음 시편 「화답」에서도 발견할 수 있다.

> 고요하여라
> 어린 초목들 위에
> 엉기는 이슬
> 만상에 향유 입히는 햇빛
> 안개와 아지랑이
> 비단실 솔솔 푸는 바람도
> 아무 말 없어라
>
> 다만 고요하여라
> 천둥소리도 하나 없이
> 마음이 문을 열고
> 영혼과 영혼 사이
> 왕래의 길을 트느니
>
> 진실로 한 탄생에마다
> 아득한 날 이름과 축복을
> 예비하신 분께서
> 무량으로 생수를 따르심이로다
> 고통에조차 단맛을 섞으시며
> 귀하게 조율하심이로다

고요하여라
소리내는 순서들은
일찍이 다녀가고
느낌과 뜻과 대답으로 간절한
침묵뿐이로다

- 「화답」(『빛과 고요』) 전문

자연의 침묵은 인간을 행복하게 한다. 피카르트는 자연의 "침묵은 원초적이며, 자연의 사물들은 다만 침묵이 있는 곳을 보여주는 표지일 뿐"[24]이라고 하였다. 요한 또한 "고요와 침묵 속에서 지혜의 놀라운 조화와 지혜가 창조해낸 각양각색의 창조물을 인식"하게 되며, "침묵은 특별한 영적 가능성을 인간에게 열어줄 수 있는 도구"라고 단언한다.[25]

위의 시에서 화자는 이슬, 햇빛, 안개와 아지랑이, 바람 등 아무 말 없이 침묵하면서도 제 할 일을 다 하는 자연을 닮고 싶은 마음으로 그들의 음성을 듣는다. 어린 초목이 메마르지 않도록 엉기는 이슬, 온갖 형상에 따뜻함을 내리는 햇빛 등은 바라는 것 없이 무조건적으로 베푸는 자연의 형상이다. 자연에게서는 분노와 욕망의 모습을 찾아볼 수 없다. 따라서 그에 따른 고통도 존재하지 않는다. "무한한 우주의 침묵이 영혼 속에 전율을 불러일으키듯"[26] 시인은 자연의 고요함과 침묵을 찬양한다.

피카르트에 따르면, 침묵은 가장 먼저 태어난 원초적 현상이다. 침묵은 사랑, 믿음, 죽음 등 다른 원초적 현상들을 품고 있다. 모든 유용한 것

---

24) 막스 피카르트, 앞의 책, 154-155쪽.
25) 컬럼 케니, 앞의 책, 375쪽 참고.
26) 블레즈 파스칼, 『파스칼의 팡세』, 샘솟는기쁨, 2018 참고.

을 통틀어 우리에게 가장 많은 도움과 치유력을 베풀어주는 것은 침묵이다.[27] 특히, 마지막 4연에서 "간절한 침묵"이라는 시구는 "자연이나 성스러운 존재의 부드러운 힘과 교감할 수 있는 수단은 침묵뿐"[28]임을 암시한다.

2연에서 침묵과 상반된 시어로 "천둥소리"를 들 수 있다. 시인이 도달하고자 하는 지향점 또한 소리 없는 침묵이므로 뇌성과 번개를 동반한 천둥소리는 시인이 지목한 부정적인 시어이자 삶에서 지양해야 할 이미지로 시상이 전개된다. '천둥소리 하나 없는 고요함'이야말로 시인이 추구하는 삶이며, 마음의 평정을 되찾을 때 비로소 반란 내지는 소요(騷擾)를 진정하고 침묵할 수 있음을 제언한다.

김남조의 시편에는 타인이 늘 존재한다고 언급한 바, 그는 분노, 사랑, 고통 등 대부분의 인간 감정이 타인과의 관계에서 나타난다고 말한다. 그것은 바로 "영혼과 영혼 사이 왕래의 길"일 터이다. "한 탄생에마다 이름과 축복을 예비하신 분", 즉 주님께서 "무량으로 생수를 따르심"은 '영적 생명에 필요한 물'을 가리킨다. 또한, 고통의 '단맛'은 고통에 의한 영적 깨달음을 의미한다. 주님이 인간에게 행복만을 허락했다면 작은 것의 고마움과 소중함을 깨닫지 못했을 것이다. 고통이 있기에 행복이 존재한다는 논리이다. 시인 또한 "기쁨은 슬픔과 함께, 소망은 낙망 속의 씨앗으로 싹이 튼다"[29]라고 주장하듯 그것이 바로 시에서 말하는 "고통에서의 단맛"인 것이다. 신은 고통을 적절하게 섞고 조율하면서 삶의 참의미가 무엇인지를 일깨워준다.

---

27) 막스 피카르트, 앞의 책, 21-22쪽. ; 컬럼 케니, 앞의 책, 130쪽.
28) 컬럼 케니, 위의 책, 368쪽.
29) 김남조 외, 앞의 책, 24쪽.

마지막 연에서 그는 고요와 침묵을 재강조한다. 침묵의 자연세계보다 더 큰 자연세계는 없다. 그리고 그 침묵의 자연세계로부터 형성되는 언어의 정신세계보다 더 큰 정신세계는 없다. 완벽은 자연적 침묵의 원초성과 정신의 원초성이 한 인간 속에서 서로 만나 결합할 때 달성된다. 침묵은 정신을 위한 자연적 토대이며 휴식이며 황야인 것이다.[30] "소리 내는 순서들은 일찍이 다녀가고"라는 시구에서 시인이 염원하는 평정과 침묵의 마음에 이르기까지 자연에 따른 삶을 구현하기 위한 과도기가 있었음을 짐작할 수 있다.

이러한 침묵과 용서의 노력에도 불구하고 그는 "아직도 정온은 완성되지 못하였다"며, "정온과 침잠에 입문할 나이"라고 고백한 바 있다.[31] 이때, 김남조가 말하는 정온은 그저 고요하고 평온한 '천상적 침묵'의 상태이다. 그는 "고작 어설픈 말재주와 그 말재주의 형벌 외에 무엇이 내게 있는가"라고 자책하며, "말재주처럼 천박한 재능은 없음"[32]을 주장하기도 한다. 또한, "말의 포만에 지쳐"[33] 고요와 침묵에 잠입해 들어왔음을 고백한다. 그가 '침묵에 잠입해 들어왔다'고 언급한 시기는 제17시집 『심장이 아프다』가 출간된 2013년도로, 시인의 나이 87세이다. 80대 중반에 이르러서야 '천상적 침묵'에 가까이 이르렀음을 인정한 셈이다. 이로써, 김남조의 1980~1990년대 시편은 내면의 침묵(2단계)과 의지적 침묵(3단계)이 혼재하는 등 침묵 최고의 경지인 천상적 침묵(4단계)으로 가기 위한 과도기적 단계임을 확인할 수 있다.

---

30) 막스 피카르트, 앞의 책, 29쪽. ; 같은 책, 41~42쪽 참고.
31) 김남조, 「근황 · 1」, 『영혼과 가슴』, 새미, 2004, 92~93쪽.
32) 김남조 외, 앞의 책, 32쪽.
33) 김남조, 『심장이 아프다』, 문학수첩, 2013, 134쪽.

3. 비움을 향한 침묵에의 의지

우리가 정념을 가지게 되는 것은 기본적으로 인간이 욕구하고 소유하고자 하는 것, 즉 부와 명예, 권력과 같은 것에 대한 잘못된 판단을 통해 이루어지는데, 인간이 추구하는 대상이 바로 아디아포라[34]한 것들로 볼 수 있기 때문이다. 인간은 아디아포론한 것들의 소유에 실패할 경우 고통스러워하고 분노하게 된다. 아디아포론한 소유의 대표적인 예로 인간의 '욕망'을 들 수 있다. 욕망의 성취에 실패할 경우 인간은 고통스러워한다. 김남조 또한 욕망에 대해 다음과 같이 언급한 바 있다.

> 요즈음은 자주 사람의 욕망이 허망하다는 느낌에 사로잡힌다. 욕망을 좇는 이가 측은해보일 뿐만 아니라, 원하던 걸 얻어낸 사람 역시 별로 눈부셔 보이질 않는다. 소유는 시들고 욕망도 빛 바래어 퇴락하는구나 따위의 야릇한 부정주의에 빠지게 되면서 사람의 욕망이 미숙하고 덧없음이 사람 자체의 한계성이며 사람 됨됨이의 어설픔임을 절감한다.[35]

위의 글에서 아디아포론한 것들. 즉, 부와 명예, 권력과 같은 욕망에 대한 시인의 부정적 인식을 읽을 수 있다. 이것은 다음 작품을 통해서도

---

34) '아디아포라'는 '대수롭지 않은'이란 뜻의 헬라어이다. 스토아학파 또한 아디아포론한 것들의 태도를 세계 이성의 관점에서 그다지 중요하지 않은 것으로 판단하였다. 아울러 하느님께서 명령하시지도 그렇다고 금지하시지도 않은 행동들을 가리키는 말이다. 구원의 문제와도 직결된 것이 아니기 때문에 성도 각 개인의 경건한 사색에 의한 판단과 양심의 자유에 맡겨야 할 것이다. 아디아포라의 대상이 되는 것은 주로 의식이나 행위에 관련된 문제들이다. 이런 맥락에서 하느님의 나라와 별로 상관없는 것들에 대해서는 적극적으로 기독교인의 자유를 강조한다.

35) 김남조 외, 앞의 책, 37쪽.

표출된다.

> 「누굴 기다립니까」「아닙니다」
> 「길을 잃었습니까」「아닙니다」
> 「그럼 어디로든 걸어가세요」
> 「네, 글쎄요」
> …
> 「기다림은 끝났습니다
> 길을 찾는 일도 마쳤습니다
> 이제 봄볕 속에 도착하여
> 가만히 서 있는 겁니다」
>
> - 「십자로」(『영혼과 가슴』, 37) 일부

　위의 시에서 화자는 누굴 기다리거나 길을 잃었냐는 질문을 받는다. 그는 아니라고 대답하는 화자에게 어디로든 걸어가라고 재촉하기에 이른다. 그러나 화자는 기다림은 끝났고 길을 찾는 일도 마쳤다며 그의 제안을 단호하게 거절한다. 1연에서 그가 언급한 '누구'와 '길', '어디'라는 시어가 가리키는 것은 무엇인가. 바로 보통의 인간이 추구하고 욕망하는 대상이다. 욕망이 채워지기를 기다리는 것도 아니고, 욕망을 추구하는 과정에서 길을 잃은 것 또한 아니다. 그럼에도 화자는 마치 누군가를 기다리거나 길을 잃은 것처럼 가만히 서 있을 뿐이다. "기다림은 끝났다", "길을 찾는 일도 마쳤다"라는 시구가 의미심장하다. '길을 찾는 일을 하지 않겠다'가 아닌, 이미 '길을 찾았다'니, 화자가 찾은 길이 무엇인지 살펴볼 필요가 있다. 1980년대에서 1990년대 시인이 작품을 통해 염원하고 갈망한 대상을 바탕으로 추측컨대, 내면적 침묵(2단계)과 의지적 침묵(3단계) 단계에서 소원했던 '천상적 침묵(4단계)'의 최종적 침묵 단계에 근접했을 가능성이 있다. 따라서 1연의 '길'과 마지막 연의 '길'은 성격이 전혀 다른 '길'로 해석할 수 있다.

봄은 겨울로부터 오는 것이 아니다. 봄은 침묵으로부터 온다.[36] 화자가 도착한 "봄볕"은 고통과 기도를 통해서만 도달할 수 있는 에덴동산에 다름 아니다. 또는, "봄볕에 서 있고자 하는 화자의 의지의 공간이다. 이것은 앞서 헨리가 언급한 '의지적 침묵(3단계)'이 바탕 된 공간이며, '주님의 침묵(4단계)'을 향한 공간이기도 하다. 아울러 피카르트가 주장한 지상적 침묵과 천상적 침묵의 경계에서 천상적 침묵에 가까워져 있음이다. 즉, "가만히 서 있는" 화자는 욕망과의 거리두기를 염원하며, 침묵과 비움 의식을 실천하고자 하는 대상으로 작품에 등장한다.

침묵 속에서 인간은 다시금 시원적(始原的)인 것 앞에 서게 된다.[37] 요한은 "세상에 부족한 것이 있다면 그것은 말과 글이 아니라 침묵과 일"이라고 하였다. 침묵은 인간으로 하여금 성스러운 존재를 인식할 수 있게 해주고 주님과의 연결고리를 더 단단하게 만들어준다.[38]

같은 시집에 발표된 다음 작품 「시와 더불어」는 「십자로」와 마찬가지로 '길' 이미지가 나타난다. 단, 주님께 바치는 기도 형식을 취한 것이 특징이며, 고통을 포용하려는 그의 자전적 성격이 강하게 드러나는 시편 중 하나이다.

---

36) 막스 피카르트, 앞의 책, 28쪽.
37) 막스 피카르트, 위의 책, 24쪽.
38) 컬럼 케니, 앞의 책, 363-366쪽.

사람은 길을 찾는
미혹의 한 생이오니
이 어설픔으로
시 쓰나이다

이웃을 제 몸처럼
사랑하라 이르시나이까

사랑은 하되
필연 상처 입히는
허물과 회한으로
시 쓰나이다

　　　　　　　　– 「시와 더불어」(『영혼과 가슴』) 일부

　기도 속에서 말은 저절로 침묵 속으로 되돌아간다. 기도란 애초부터 침묵의 영역 안에 있었다. 기도 속에서 지상적 인간의 침묵 영역은, 천상적 신의 침묵 영역과 결합하게 되고, 그리하여 지상적 침묵은 천상적 침묵 속에서 휴식을 취한다. 기도 속에서 인간은 그 두 영역 사이에 놓인다.[39] 그 두 영역 사이가 바로 "사람은 길을 찾는 미혹의 한 생"에서 화자가 걷고 있는 길인 것이다.

　천상적 침묵의 길을 걷는 것은 하나님께 자아를 양도하는 행위이며, 여기에는 고통이 따르게 되어 있다. 의지를 하나님께 복종시키려면, 그렇게 복종시킬 의지가 우리에게 있어야 하며 그렇게 의지를 복종시킬

대상들이 있어야 한다.[40] 화자는 '의지적 침묵(3단계)'에서 '주님의 침묵(4단계)'으로 가기 위한 길 위를 포기하지 않는다. 앞서 언급한바, 막스 피카르트는 이것을 '지상적 침묵'에서 '천상적 침묵'으로 가는 길이라고 하였다. 주님의 말씀 중 "이웃을 제 몸처럼 사랑하라"를 인용한 것도 사랑 속에는 말보다 오히려 침묵이 더 많기 때문이다.

사랑하는 사람들의 말은 침묵을 증가시키며, 세계는 그 어느 것보다도 사랑에 의해서 더 많이 침묵으로 되돌아가게 된다.[41] 이처럼 사랑은 낭만적이고 행복한 감정이나, 무조건적인 사랑이 아닌 이상 다양한 아픔에 놓이고 타인에게 상처를 주게 마련이다. 그리하여 시인은 그 잘못 저지른 실수(허물)와 뉘우침(회한)으로 시를 쓰노라 고백한다. 시를 쓰면서 타자와의 관계에 대한 깊은 사유와 통찰을 하게 되고 비로소 아픔을 치유할 수 있음이다. 이것은 시의 언어가 곧바로 신성함으로 치환되지 않음을 제언한다. 시인은 그 모순성을 깊숙이 숙고하고 있으며, 한계 속에서 고통스러워한다. 동시에 시인 자신을 신성한 무엇으로 전환시킬 어떠한 순간이 도래하기를 염원한다. 그는 그 치유에 이르는 과정에서 작동되는 모든 것을 기록해 온 것이 바로 '시'라고 말한다.

예술은 이론적인 것이 아니라 가장 넓은 의미에서 윤리적인 것에 해당한다. 이로 인해 예술의 규범은 영혼의 감정들을 다스림에 있어서 유용성을 지닌다.[42] 이에 대해 피카르트는 "시인의 언어 속에서만은 이따금씩 침묵과 연결되어 있는 진정한 말이 나타난다"[43]고 주장하면서도

---

40) C. S. 루이스, 『고통의 문제』, 홍성사, 2018, 150쪽 ; 같은 책, 171쪽.
41) 막스 피카르트, 앞의 책, 107-108쪽.
42) 알랭바디우, 『비미학』, 장태순 역, 이학사, 2010, 15쪽.
43) 막스 피카르트, 앞의 책, 46쪽.

그것의 유지성에 관해서는 부정한다. 김남조 또한 "예술은 치유의 기능을 갖는 것이지, 인식이나 계시의 기능을 갖는 것은 전혀 아니다"[44]라고 단언한 바 있다. 그가 시로써 삶을 치유하고자 함은 '추위로', '어설픔으로', '허물과 회한으로', '재주도 없이'라는 시구에서도 확인된다. 시인이 시를 쓰는 것은 추위를 견디기 위함이며, '어설픈' 생을 보다 완전한 생으로 변화시키고자 함이며, '허물과 회한'으로 용서받기 위함이다. 이것은 "삶은 죽음의 그 순간까지 언제나 과정의 기간이며 따라서 시도 과정의 기록에 담기는 중도의 보고서라 할 것이다"[45]라는 그의 언급에서도 확인된다. 그는 "이러한 전제에도 불구하고 좀 더 환하게 정리된 상황이 되어지고 싶다"고 술회 고백한 바 있는데, 여기서 "환하게 정리된 상황"이란 모든 상처와 아픔이 치유된 상황을 가리킨다. 이 작품으로써 "시에의 지향과 책무가 있었기에 자아 상실이나 인간성 상실에서 벗어나지 않았을지도"[46] 모른다는 시인의 고백을 증명한 셈이다. 주님의 침묵과 비움 의식을 실천하려는 시인의지는 다음 작품 「좌우명」에서 보다 직설적으로 구체화된다.

> 잎이 아닌 뿌리에서 더욱 봄다웁기를.
> 능금 익히듯 사람들 마음에 공들이고
> 충직한 농부에서 모범을 취하여라.
> 백지를 능가하는 글을 쓰고
> 침묵보다 나은 말일 때 말하여라.

---

44) 김남조, 『달과 해 사이』, 서문당, 1972, 77쪽.
45) 김남조, 『여럿이서 혼자서』, 서문당, 1972, 166쪽.
46) 김남조, 『귀중한 오늘』, 시학, 2007, 5쪽.

살고 있는 이와 살다간 이를 동일하게 경애하며

다수의 복지를 섬기는 이에게

앞자리를 대접하고 아울러 그 줄에 서거라

감성에도 이성에도 치우치지 말며

행복에 앞서 가치를 생각해라.

너무 멀거나 너무 가깝지 않은 곳에서

사랑하는 이들의 강녕을 지키거라.

특별한 한 사람이 있어 청구받는 애환이거든

흔쾌히 전액 지불해라.

첫째 계명을 끝에 이르노니

만유 위에 주 하느님을 공경하라.

　　　　　　　　　　　– 「좌우명」(『영혼과 가슴』, 69) 전문

　「좌우명」은 제목에서부터 시인의 창작의도가 명확히 드러난다. 그럼에도 시상의 전개는 간단하지 않으며, 1행에서부터 심오한 이미지가 표출되어 나타난다. 잎은 눈에 보이고 뿌리는 대체로 눈에 보이지 않는다. 그러나 시인은 오히려 뿌리에서 봄의 이미지를 찾고 있다. 봄의 이미지는 새로운 생명이 고개를 내미는 생동감 내지는 차가운 겨울이 지난 뒤 따뜻함이다. 이것이야말로 생명에의 진리이다. 시인은 바로 보이지 않는 것에서 또는 낮은 곳에서 삶의 진리가 있다고 믿으며, 그것을 염원하는 것이다.

　이러한 시인의 인식은 4행에서도 반복적으로 드러난다. 소재 '백지'도 마찬가지로 눈에 아무것도 보이지 않는 상태를 이르기 때문이다. 백지는 비움의 이미지와도 겹쳐지며, "침묵보다 나은 말일 때 말하여라"처럼 글도 백지보다 가치 있는 글일 때 쓰라는 것이다. 이것은 침묵과 백지를 '침묵=백지'로 동격 처리함으로써 아무것도 없음, 비움, 겸손의 자세가 바로 진리를 향하는 것임을 강조하고자 한다.

침묵하는 실체의 힘에 의해서 많은 것들이 저절로 정돈된다.[47] 여기서 침묵은 말없이 가만히 있는 것만을 의미하지 않는다. 모든 감각과 마음까지 고요한 상태로 만드는 것이 진정한 의미에서의 침묵인 것이다.[48] 이와 같은 마음의 고요는 비움과도 일맥상통하며, 겸손은 침묵의 또 다른 표현일 터이다.

겸손은 진리를 볼 수 있고, 소박함(비움)은 탈선 없이 진리만을 지향한다.[49] "다수의 복지를 섬기는 이에게 앞자리를 대접"하는 것도 겸손의 태도이다. 개인의 이기가 아닌 다수의 행복을 추구하는 사람을 따르고 존경하는 것에서 나아가 "그 줄에 서라"는 것은 누구나 "다수의 복지"를 생각해야 한다는 것이다. 이것이 바로 하느님의 마음이기 때문이다. 이것은 "행복에 앞서 가치를 생각하라"는 시구에서 다시 한 번 강조된다. 개인 행복(탐욕 내지는 감각적 쾌락, 자학적 욕구, 과시욕 등)이 아닌 인류의 가치를 생각하라는 의미이다. 바로 '성급한 욕망'과 '미흡한 판단'을 자제할 것을 촉구하며, "어떤 욕망을 품으려 하면, 먼저 가치에 대한 인식이 뒤집힘 없이 서 있어야 함"[50]을 강조한 시구이다.

또한, 이 시에서의 침묵은 "어떠한 욕구도 표현하지 않는 상태를 의

---

47) 막스 피카르트, 앞의 책, 75쪽.
48) 이홍영, 『비움 그리고 채움(예수와 마리아의 덕행 안에서 성장하기)』, 마리아니스트 에셈북스, 2015, 31쪽.
49) 위의 책, 194쪽.
50) 김남조, 『먼데서 오는 새벽』, 어문각, 1986, 152쪽.

미하는 것이 아니라 의지의 지배 하에서 행동함"[51]임을 알 수 있다. ①
앞자리를 대접하거나, ② (나의 행복을 비우고) 행복에 앞서 가치를 생
각하는 행동이나, ③ "흔쾌히 전액을 지불하는" 행동이 모두 그러하다.
흔쾌히 전액을 지불하는 행위는 비움의 마음이 없는 상태에서는 불가
하다. "무익한 생각-쾌락, 감각과 욕정"과 같은 유혹이 있는 상태에서
도 불가하다. "욕구를 채우고자 생각하는 본능과 어떤 것을 잃어버릴까
두려워하는 호기심 사이에서 우리 마음은 쉽사리 목적을 잃기 때문"이
다.[52] 이렇듯 이기적인 야심은 오로지 자신을 보호하는데 집중하게 만
든다. 이 시기, 시인은 "연민과 사랑을 끊임없이 면밀하게 행동으로 옮
기고자 하는데"[53] 침묵의 3단계인 "의지적 침묵"의식을 강하게 드러내
면서도 천상적 침묵을 지향함으로써 자기 자신의 모순을 초월하려 한
다.

　침묵 앞에서 모순은 아무런 힘도 없으며, 헤겔 또한 자기 자신의 모순
을 완전히 초월하여 그 모순 속에서 괴롭고 불행해지지 않으리라는 확
신이 필요하다고 하였다. 침묵하는 실체가 없다면 행복과 안락이 사라
지는 것은 물론, 침묵 속에서 자기 자신을 회복할 수 있다는 것이다.[54]
한편, 김남조의 침묵적 태도는 비움 의식과도 긴밀한 연관성을 갖는다.
김남조가 희망에게 쓴 편지 형식의 시편 「희망에게」는 『영혼과 가슴』
(2004)이 출간된 지 3년 후 발표된 『귀중한 오늘』(2007)에 실린 작품이
다. 이 시를 통해 시인의 비움 의식이 보다 확장되었음이 드러난다.

---

51) 이홍영, 앞의 책, 48쪽.
52) 이홍영, 위의 책, 54-60쪽 참고.
53) 컬럼 케니, 앞의 책, 366쪽.
54) 막스 피카르트, 앞의 책, 76쪽.

그대 원대로 하렴
왔는가 하는 참에 벌써 작별인사라니
그럼 그렇게 하렴
가는 길 잘 살펴 가렴

(중략)

그 언제 허깨비처럼
내 앞에 나타난다면
차마 아니 믿기면서
반갑고말고 반갑고말고

그도 저도 아니고
나의 생 끝날에야 겨우 찾아온다면
내 이르되
너무 늦은 건 아니라 하리
또 이르되
어서 다른 데 가보라 하리

– 희망에게(『귀중한 오늘』, 144-145) 일부

　개인욕망이 신속하게 충족되는 상태가 행복이고 늦게 충족되거나 충
족되지 않은 상태가 고통이다. 욕망과 충족 사이의 시간 간격이 짧을수
록 고통은 최소한으로 줄어들고 행복감은 증대하나, 보통의 인간은 아
무리 많이 가져도 항상 부족하며 결핍감으로 인한 고통을 느끼므로[55]

---

55) 박찬국, 앞의 책, 43-45쪽.

행복의 시간이 길지 않다. 고통에서 행복으로 가는 길목에 희망을 거치게 마련인데, 희망 또한 잠시 스쳐지나갈 뿐이다.

위의 시에서 "왔는가 하는 참에 벌써 작별인사", "나의 생 끝에서야 겨우 찾아온다면 너무 늦은 건 아니라 하리", "또 이르되 어서 다른 데 가보라 하리" 시구는 희망이 바람처럼 스쳐가는 존재임을 반복적으로 강조한 시구이다. 오히려 희망에게 "어서 다른 데 가보라"며 '비움'의 마음을 내세운 것에서 "욕망에서 벗어난 순수한 관조의 눈"⁵⁶⁾으로 세상을 바라보기 시작했음을 알 수 있다. 비움에 대한 인식이 내면화된 시인에게 희망은 기대하지 않았던 "허깨비"와도 같은 것이다.

4. 천상적 침묵으로의 입문

3장에서 주로 다룬 시집 『영혼과 가슴』이 출간된 시기는 2004년. 김남조(1927~)의 나이 78세 때이며, 1950년 등단 이후 반세기가 지나서이다. 『희망학습』(1998) 출간 이후 6년 만에 발표된 이 시집은 이전 시집들과 비교했을 때 시인의식이 보다 확고하게 드러난 시편들이라 판단된다.

또한, 1980~1990년대 출간된 제10시집 『빛과 고요』(1982)에서 제14시집 『희망학습』(1998)에 이르는 시집은 '내재적 침묵(2단계)'과 '의지적 침묵(3단계)' 사이에서 비움과 침묵에 입문한 과도기적 시기이다. 반면,『영혼과 가슴』(2004)이후 출간된 시집은 '의지적 침묵(3단계)'과 '천

---

56) 위의 책, 162쪽.

상적 침묵(4단계)' 단계에 보다 가까워졌음이 확인되며, 사상 유지의 시
기라고 할 수 있다.

　그런 면에서 시인의 나이 구십에 출간된 제18시집 『충만한 사랑』
(2017)은 시인의 사상적 흐름을 분석하는 데 있어 문제적이다. 서문(작
가의 말)에서 김남조는 "살아가면서 '더디게' 성숙되어 가는 인생관"을
언급하였고 가능하다면 이후에 또 한 권의 시집을 펴내고 싶다고 하였
다. 그 또 한 권의 시집 『사람아, 사람아』(2020)가 출간되기까지도 '경건
한 인생관'은 성숙을 거듭해온 것이다.

　이 장에서 다룰 시편은 대부분 제18시집 『충만한 사랑』(2017)에 발표
된 작품이다. 이 시집에 실린 「심각한 시」를 우선적으로 살펴보자.

　　　심각한 시는
　　　편한 의자를 우리에게 권해 주며
　　　좀 쉬게 좀이 아니고
　　　오래 쉬어도 되네라고
　　　나직히 말한다

　　　(중략)

　　　심각한 시는
　　　분장하지 않으며
　　　훈장을 탐하지도 않는다
　　　밥과 물처럼
　　　익숙한 일상이면서

쉬라는 말을 자주 건네준다
쉬면서 살아가라고
쉬면서 사랑하고
쉬면서 시를 쓰라 한다

— 「심각한 시」(『충만한 사랑』, 127) 일부

위의 시에서는 침묵과 비움의 형상화가 '쉼' 이미지를 통해 전달된다. 특이할만한 점은 심각한 '시'가 화자(시인)에게 말하는 형식을 취한 점이다. 아울러 화자가 마주하고 있는 심각한 시는 만고불변의 '진리'에 다름 아니다. 진리는 "분장하지 않으며 훈장을 탐하지도 않는다." 여기서 말하는 분장은 눈에 보이는 '유용한 모든 것들'을 의미한다. 바로 욕망으로 이루어낸 결과물이다. 또한, 훈장은 보통의 인간이 탐하는 명예 내지 권력을 뜻한다. "우리가 무엇을 원하는 것 자체가 고통이며, 고통을 극복하는 길은 욕망의 본질을 완전히 꺼버리는 것"[57] 즉, 비움의 태도를 유지하는 것이라 볼 때, '심각한 시'는 욕망의 본질을 완전히 꺼버린 채 "쉬면서 살아가고 쉬면서 사랑하고 쉬면서 시를 쓰기"를 촉구한다. 이렇듯 '비움'을 향한 노력은 다음 시 「좀 쉰다」에서도 나타난다.

최선 못다 하고 좀 쉰다
상처 자국에 손을 얹고
잠시나마 기도한 후에 좀 쉰다
오늘은 울고 나서
좀 쉰다

---

57) 박찬국, 앞의 책, 133-227쪽 참고.

- 「좀 쉰다」(『충만한 사랑』, 119) 전문

위의 시에서 "최선 못다 하고"라는 시구는 최선을 다하지 못한 후회가 아니다. 욕망에 최선을 다하기 보다는 쉼을 선택한 것이며, 욕망에 의한 좌절로 생긴 상처 자국, 마음을 다스리기 위한 기도, 이 모든 것은 비움과 침묵을 위한 과정으로 읽힌다. "침묵은 자기 자신 안에 '모든 것'을 가지고 있기에 아무것도 기대하지 않는다"[58]는 피카르트의 언급은 그 무엇도 침묵을 이길 자가 없음을 확신하는 것이다.[59] "침묵의 가치가 모든 집착을 버리는 마음과 심장의 깊은 고요"[60]인 때문이며, 이것으로 에덴동산에서 주님의 아름다운 침묵과 만날 수 있음이다.

시는 침묵으로부터 나오며, 또한 침묵을 동경한다. 시는 인간 자신과 마찬가지로 한 침묵에서 다른 침묵으로 가는 길 위에 있다. 시는 침묵 위를 비상하고, 선회하는 것과 같다. 시인의 말은, 말 안에 깃든 정신을 통해서 스스로 침묵을 생산하는 능력을 가지고 있으며,[61] 김남조 또한 지상적 침묵에서 천상적 침묵으로 가는 길 위에서 노래한다.

침묵으로 자신의 더 깊은 곳을 탐험한다. 억눌린 고통과 분노가 숨어 있는 영역이 내 안에 존재한다는 통찰을 얻고, 삶의 방향성을 찾는데 도

---

58) 막스 피카르트, 앞의 책, 20쪽.
59) 김남조는 「적요」(『심장이 아프다』, 108)라는 작품에서 '적요'를 "만상 안에 제일로 겸허한 어른"으로 표현하기도 한다. 고요·적요·침묵과 같은 시어 안에 스스로 자신을 낮추고 비우는 태도가 내재되어 있기 때문이다. 그가 마지막 시집이라고 한 『사람아, 사람아』(2020)에서도 「침묵」이라는 시를 발표하며, "봉화의 불씨이면서 미풍도 밀어내는 모순의 침묵", "맨발로 구만리를 걸어가는 형벌", "누구도 다치지 않으려는 일념의 핏덩이"로 침묵의 힘을 형상화한 바 있다.
60) 컬럼 케니, 앞의 책, 380쪽.
61) 막스 피카르트, 앞의 책, 165-167쪽.

움을 받는다.[62] 이처럼 침묵하는 실체는 한 인간의 변화가 일어나는 곳
이기도 하다. 물론 이 변화의 원인은 정신이겠지만 침묵이 없다면 변화
는 실현되지 못한다. 왜냐하면 변화할 때 인간이 자신의 모든 과거로부
터 해방될 수 있는 것은 오직 그가 지나간 것과 새로운 것 사이에 침묵
을 놓을 수 있기 때문이며,[63] 시인의 의식 변화 또한 이와 마찬가지로 해
석할 수 있다.

한편, 다음 작품 「시계」는 시인이 욕망에 따른 고통과 끊임없이 거리
두기를 시도하면서 저항의 태도를 보인 시편이다.

> 그대의 나이 구십이라고
> 시계가 말한다
> 알고 있어, 내가 대답한다
>
> 시계가 나에게 묻는다
> 그대의 소망은 무엇인가
> 내가 대답한다
> 내면에서 꽃피는 자아와
> 최선을 달하는 분발이라고
> 그러나 잠시 후
> 나의 대답을 수정한다
> 사랑과 재물과
> 오래 사는 일이라고

---

62) 컬럼 케니, 앞의 책, 384쪽.
63) 막스 피카르트, 앞의 책, 79쪽.

시계는 즐겁게 한판 웃었다

그럴 테지 그럴 테지
그대는 속물 중의 속물이니
그쯤이 정답일 테지…
시계는 쉬지 않고
저만치 가 있다

–「시계」(『충만한 사랑』, 120-121) 전문

시간은 침묵 속에서 성장한다. 이에 대해 피카르트는 "시간이라는 씨앗이 침묵 속에 뿌려져 싹을 틔우는 것과 같다. 침묵은 시간이 성숙하게 될 토양"이라 하였다. 위의 시에서 화자는 시인 자신이다. 90세 시인의 소망을 주제로 시계와 나눈 대화가 인상적이다. 아흔 살의 화자는 시계가 묻는 소망에 대해 그럴듯하게 포장된 대답을 하다가 잠시 후 솔직한 소망을 이야기한다. 바로 "사랑과 재물과 오래 사는 일"이 화자의 소망이자 욕망이다. 이것은 욕망이 사랑과 재물의 결핍, 죽음에 대한 두려움을 불러일으킴에도 욕망에서 벗어나지 못하는 인간에 대한 안타까움을 감정이입한 것이기도 하다. 시계는 화자를 "속물 중에 속물"이라 비난하며 즐겁게 한판 비웃는다. 욕망을 쉽사리 떨쳐버리지 못하는 사이 시계는 벌써 저만치 가있다. 이렇듯 죽음에 이르기까지 인간이 떨쳐버리기 힘든 것 중에 하나가 바로 욕망임을 역설한 것이다.

김남조는 "아닌 줄 알면서도 가고 싶은 길, 이것이 욕망의 본질이며 동시에 그 형벌"[64]이라 하였다. 시계와 대화하는 형식을 취하나, 실은 욕

---

64) 김남조 외, 앞의 책, 38쪽.

망을 제거한 비움의 자세를 유지하면서 천상적 침묵의 길을 걷고 있는
지, 어느덧 90세에 이른 시인 자신에게 되묻고 있는 것이다. 아니, 「아기,
노인 그리고 침묵」⁶⁵⁾에서 "노인은 이제 침묵에 말하는 것에 귀 기울이는
것이 아니라, 그들 자신이 침묵의 한 조각으로 변해버린 것"이라는 피카
르트의 관점에서는 일찌감치 욕망의 부질없음을 깨달은 시인의 경고일
수 있겠다.

5. 결론

  본고는 김남조 시집 중 후반기에 해당하는 제10시집 『빛과 고요』
(1982)에서 제19시집 『사람아, 사람아』(2020)를 중심으로 '김남조 시에
나타난 비움 의식과 침묵의 표상'을 고찰하였다. 2장은 침묵을 통한 용
서와 화해의식을, 3장은 비움을 향한 침묵에의 의지를, 4장은 천상적 침
묵으로의 입문을 다루었다. 욕망에서 탈피한 비움 의식, 용서, 이로써 완
성되는 마음의 치유는 모두 천상적 침묵으로 귀결되는데, 후기 시에 이
르러 더욱 집중적으로 표출되는 양상을 보인다.
  살펴본 바, 김남조가 1980~1990년대 발표한 시편들은 지상적 침묵에
머물러 있는 반면 2000년대 이후 발표한 시편들에서는 보다 천상적 침
묵에 근접해 있음을 확인할 수 있다. 지상적 침묵을 내면적 침묵과 의지
적 침묵으로 단계화하여 분석한 결과, 제10시집에서 제14집은 내면적
침묵과 의지적 침묵 사이에서 고뇌하는 시인의식의 표출이나, 제15집

---

65) 막스 피카르트, 앞의 책, 137쪽.

에서 제19시집은 의지적 침묵과 천상적 침묵(주님의 침묵) 사이의 길에 서 있음이다.

한편, 김남조는 고통이 사람의 일상이라 단언하면서도, 욕망에 따른 고통과는 끊임없이 거리두기를 시도하면서 저항의 태도를 보인다. 그리하여 비움 의식을 실천하고자 하는 시편들이 적지 않게 발견된다. 시인은 바로 보이지 않는 것에서 또는 낮은 곳에서 삶의 진리가 있다고 믿으며, 아무것도 없음, 비움, 침묵의 자세를 촉구하고자 하는 것이다.

아울러 이것은 그 무엇도 침묵을 이길 자가 없음을 확신하는 것이다. 시인에게 삶의 최선은 고요와 침묵이며, 고요와 침묵을 지키는 것이야말로 영생을 누리는 것이기 때문이다. 그는 현실적 갈등과 모순을 인식하면서도 고요와 침묵 속에서 마음을 비우고 말을 아끼며, 삶의 모든 고통과 화해하고자 시를 쓴다. 그리고 이 모든 것은 삶의 치유라는 최종 목표를 향해 있다. 즉, 진정한 치유에 이르는 과정에서 작동되는 모든 것을 기록해온 것이 바로 김남조 시의 특성이라 하겠다.

제8장

김남조 시에 나타난 '밤'의 의미

이서진

1. 서론

김남조는 1950년대 초 첫 시집 『목숨』을 시작으로 70년간의 긴 세월 간 19권[1]의 시집을 출간하면서 신앙을 바탕으로 고독, 슬픔, 기도, 사랑 과 같은 인간의 내면에 집중한 시인이다. 그가 시인으로 걸어온 길을 통 해 그의 일생과 시에 나타난 내면을 살펴보는 것은 파노라마와 같은 한 편의 서사시로 다가옴에 충분할 것이다.

그동안 김남조의 시세계는 "사랑의 시학"[2]을 추구하여 왔다는 평가

---

1) 출간시집-1.『목숨』(1953) 2.『나아드의 향유』(1955) 3.『나무와 바람』(1958) 4.『정념의 기』(1960), 5.『풍림의 음악』(1963), 6.『겨울바다』(1967), 7.『설일』(1971), 8.『사랑 초서』(1974) 9.『동행』(1976) 10.『빛과 고요』(1982) 11.『시로 쓴 김대건 신부』(1983) 12.『바람세례』(1988) 13.『평안을 위하여』(1995) 14.『희망학습』(1998) 15.『영혼과 가슴』(2004) 16.『귀중한 오늘』(2007) 17.『심장이 아프다』(2013) 18.『충만한 사랑』(2017) 19.『사람아, 사람아』(2020).
2) 김남조, 「김재홍−사랑과 희망의 변증법」, 『김남조, 한국대표시인101인 선집』, 문학사상사, 2002, 303-316쪽.

를 받아왔다. 선행연구도 마찬가지로 그의 가장 큰 맥락을 이루는 '사랑 [3]'과 '종교[4]'적 연구를 기준으로 연구되어 왔다. 최근에는 다양한 방면으로 연구의 확장을 시도하고 있다.

실존의식[5]에 대한 논의는 전후시에 나타난 '불안'과 '분노'로 자아의 실존의식을 다루었다. 불안의식을 조명했다는 점에서 큰 의미가 있으나 초기시에 한정한다는 아쉬움이 남는다. 내면의식[6]에 관한 연구에서는 방승호의 연구가 주목된다. "자기고백적"인 모습이 드러나면서 그 내면에 '고독'의 시간이 내재 되어 있음을 밝힌다. "겨울"의 시어적 상징성을 통해 김남조 시인의 내면의식과 극복 의지를 다루고 단순한 "계절적 배경"이 아님을 논의하였다. 최근의 연구에서도 시인의 시작[7] 논의를 통해 "성찰적 글쓰기"를 "진정성의 측면"에서 구명하였다. 이러한 내면에 집중한 연구는 다양하게 이루어질 수 있다. 그럼에도 불구하고 여전히 작가의 내면의식 연구는 부족한 실정이다.

이에 본고는 작가의식이 내재 되어 함축된 '밤'이라는 시어에 집중하여 고찰하였다. 김남조의 시세계에서는 유독 '밤'과 '어둠'이 나타나는 시들이 많이 발견된다. 평생 시인으로 살아온 그의 많은 작품들에서 나

---

3) 윤유나, 김옥성, 「김남조 시의 휴머니즘적 사랑 연구」, 『신종교연구』 47, 2022.
4) 김옥성, 「김남조 시의 가톨릭적 여성주의 연구」, 『어문론총』 91, 2022; 김옥성, 「김남조 시의 기독교 생태학적 상상력」, 『일본학연구』 34, 2011.
5) 김희원, 김옥성, 「김남조 시의 실존의식 연구-1950년대 시를 중심으로」, 『한국근대문학연구』 23-2, 2022; 정동매, 「김남조 전후시에 나타난 실존의식 연구」, 『아시아문화연구』 32, 2013.
6) 방승호, 「김남조 초기시에 나타난 분노와 멜랑콜리 연구」, 『우리文學硏究』 70, 2021; 방승호, 「김남조 시에 나타난 '겨울'의 상징성 연구」, 『現代文學理論硏究』 71, 2017; 방승호, 「김남조 시의 내면의식-"겨울"의 상징성을 중심으로」, 『문예시학』 32, 2015.
7) 방승호, 「김남조의 시쓰기와 진정성의 시학」, 『한국시학연구』 69, 2022.

타난 밤과 어둠은 여러 형태로 내포되어 있다. 밤을 일반적으로 정의하기는 쉽지 않다. 밤은 인간의 내면과 깊은 관계가 있으며 외적, 내적으로 에너지 충전이 이루어지는 고요한 시간이다. 대부분의 생명체들이 휴식을 취하지만 반대로 밤에 활동을 시작하는 생명체들도 있다. 낮에 활동하는 것이 일반적인 것에 비해 밤에 활동하는 것은 본질적으로 다른 차원으로 느껴진다. 그런 이질적인 밤은 "우연적인 것, 떨어져 나온 것, 변질된 것"으로, 낮과는 "차별적인 성격"으로 의미가 생겨 그에 대한 "가치를 얻"는다.[8]

이러한 밤에 대한 특성을 시적으로 승화하는 것은 서정에 가깝다. 서구 쪽은 중세 이후, 밤을 서정시에서 "가장 폭넓은 은유의 상징적 의미를 제시"하였으며, "낭만주의에 이르러서는 밤의 모티프가 절정을 이루었다" 한다.[9] 김남조의 시에도 밤의 배경이 자주 등장한다. 그의 시세계에 다양한 이미지들 중에서도 밤이 시의 전편에 걸쳐 꾸준한 모티프로 반복됨으로서 중요한 내면을 차지하고 있음을 보여준다. 물론 앞에서 밤에 대한 서정성을 언급하였듯 많은 시인들이 밤을 소재로 한 시는 여전히 많이 창작되고 있다.

밤의 연구에서 밤의 의미를 특징적으로 나타나는 시인은 대표적으로 윤동주가 있다. 윤동주의 밤은 "성찰과 고백"의 시간이면서 그의 글쓰기가 "시의 시간"으로 드러난다.[10] 고봉준은 그의 시에서 밤은 서정시의 형식으로서 "잠들 수 없는" 밤이 배경이면서 "나-주체-화자의 의지가

---

8) 김상진, 「妓女時調에 나타난 밤의 의미 고찰」, 『한국언어문화』 17, 1999, 377쪽.
9) 위 논문, 377쪽 재인용.
10) 고봉준, 「윤동주 시의 세계 이해-'밤'과 '성찰'의 연관성을 중심으로」, 『현대문학의 연구』 63, 2017, 24쪽.

통하지 않는 밤"으로서 휴식할 수 없는 "불면의 밤"으로 정의했다.[11] 김
남조도 불면이 있었다.[12] 그 불면이 시인의 삶과 시작 활동에서 밤의 배
경이 작동하는 큰 영향이 되었음은 짐작 가능하다. 밤의 시간을 활용하
고 그가 활동하는 또 다른 공간이었을 것이다.

특히나 김남조의 평범하지 않은 삶에서 밤의 시간은 절대적으로 중요
하였다. 그의 이력을 보면 고등학교 교사 시절을 거쳐, 교수로 38년간을
보내면서 꾸준히 시집과 수필을 출간하고 회장과 위원직을 겸직하였으
며 수상활동도 많았다.[13] 바쁜 삶 속에서 개인적인 시간을 갖는 시간은
오롯이 '밤'이었을 것이며 따라서 밤의 시간이 그의 시력(詩歷)에 정서
적으로 방대한 영향을 끼쳤을 것이라 생각된다. "예술가처럼 상상과 몽
상이 활발한 사람일수록 이 '밤' 시간을 선호한다"[14]는 것은 놀라울 것도
없다.

이런 특정한 시공간의 의미를 분석해 보는 작업은 작가의 내면의식
과 더불어 작품 연구에 있어 중요한 의미를 지닌다. 밤은 필연적으로 어
둠을 전제하기 때문에 인간의 보편적인 심리상 빛 보다는 어둠을 떠올
리기 쉽다. 김남조의 시세계도 초반에는 그러한 양상을 보인다. 그러나
김남조 시에 나타난 밤의 의미를 겉으로 보여지는 어두운 세계로만 조
명되어서는 안 될 것이다. 일반적인 어두움으로만 해석하기에 김남조의

11) 위 논문, 28-29쪽 참조.
12) "허나 어젯밤엔 잠을 전혀 이루지 못했고 오늘은 눈 속에 아린 통증이 일면서 머리
도 무거웠다. 불면이란 내겐 정든 옛 버릇"-김남조, 「재회」, 『진주를 만드는 상처
들』, 청아출판사, 1991, 121쪽.
13) 김남조, 『한국대표시인 101인선집 김남조』, 문학사상사, 2002, 330-333쪽, 김남조
연보 참조.
14) 유혜숙, 「김현승 시에 나타난 '어둠·밤' 이미지」, 『비평문학』 33, 2009, 323쪽.

밤은 다양한 형태로 보여지고 있기 때문이다.

그의 시세계에서 밤은 전 시집에 걸쳐 나타난다. 19권의 시집 중 두 시집에서만 밤을 참조하지 않았는데, 『시로 쓴 김대건 신부』(1983)와 마지막 시집 『사람아, 사람아』(2020)의 시집이 그것이다. 11시집 『시로 쓴 김대건 신부』는 김대건 신부의 생애를 시로 찬미하기 위한 목적이 있다는 결론하에 제외했고, 마지막 시집인 『사람아, 사람아』에서는 그가 노년기에 접어들며 "나의 마지막 시집[15]"이라 칭한 만큼 "못다[16]"한 것들에 대해 초점을 두었으리라 판단했다.

본고에서는 김남조의 시에 나타나는 밤의 의미를 크게 세 가지로 나눈다. 첫 번째는 밤의 원형 상징인 어둠에서 눈부신 밤으로 환원되는 양상을 확인하려 한다. 희생과 헌신의 상상력을 통해 어둠에서 빛을 포착하는 모습을 볼 것이다. 두 번째 장에서는 생명체들의 휴식 시간인 밤을 모체로 인식하여 하나의 공간을 이루고 내면의 안식과 그 속에서 안식을 느끼는 생명들을 살펴본다. 세 번째 장에서는 김남조가 밤에 자신의 내면을 찾아 집중하며 소통하는 모습과 시적 사유에 대한 상상력을 펼지는 시간을 확인할 것이다.

김남조가 아흔이 넘는 나이까지 시작(詩作) 활동을 할 수 있었던 원천의 힘을 생각해 보았을 때 그는 주변의 다양한 관점을 바라보는 시선과 그에 대한 사유가 깊었음을 짐작할 수 있다. 그러한 다양한 관점은 시적 화자의 섬세함과 성찰 속에 나타난다. 다시 말해 그 상상력 속에 밤이라는 시간과 공간이 많은 부분을 차지하고 있다는 것이다. 반복되

---

15) 김남조, 「노을 무렵의 노래」, 『사람아, 사람아』, 문학수첩, 2020, 4쪽.
16) 위의 책, 6쪽.

는 밤의 시간 속에서 죽어있는 시간이 아닌 그에게 있어 살아있는 절대적인 공간으로 작용하여 그의 큰 삶의 맥락을 형성한다.

김남조의 천여 편이 넘는 시들에서 많은 함축적 의미들을 담고 있는 의미나 상징하는 것들의 다양한 개념의 연구들은 현재 출발지점이라 봐도 무방하다. 이에 따라 다방면의 연구가 활성화되기를 바라면서, 본 연구를 통해 김남조의 시에서 '밤'에 나타나는 시 · 공간의 의미가 그의 삶에서 보다 깊이 있는 배경이 되어 주었음을 밝히고자 한다. 연구에서는 밤과 어둠이 구체적으로 드러나는 시들을 중심으로 살펴보고자 했다.

2. 빛이 머무는 생명의 공간

김남조의 '밤'이 나타난 시에서는 분노와 절망에 관련한 시를 적지 않게 찾아볼 수 있다. 김남조가 시인으로 등단할 당시의 1950년대에는 혼란스러운 시대로 대부분이 암울한 시기를 지내왔다. 한국전쟁을 시작으로 한국 사회 내부의 계급모순, 정치적인 대립과 세계적으로도 큰 규모인 냉전체제로 무력감이 컸었다.[17] 그 당시 문학은 주로 "전쟁이 초래한 불안과 공포"로 인한 개인적인 "정신적, 실존적 위기"에 초점이 맞춰졌다.[18] 김남조도 마찬가지로 전쟁으로 인한 정신적인 공포와 불안이 '밤'의 시간을 통해 드러나고 있다. 전쟁이라는 배경이 있기에 어둠의 시간이 공포나 불안이 잠재된 분노[19]의 시간으로 조명되는 것은 어쩌면 당

---

17) 이승하, 『한국 현대시문학사』, 소명출판, 2019, 167쪽.
18) 위의 책, 169쪽.
19) '분노의 밤'은 1시집에서 「어둠」, 「邪夜」의 시와, 3시집에서 「未明地帶」가 대표적이다.

연한 인식일 것이다.

　김남조의 밤은 이별과 그리움으로 인한 슬픔[20]을 그리는 밤도 자주 드러난다. 어두운 밤의 원형적인 모습이다. 그러나 김남조의 '밤'이 특별한 것은, 어둠 속에서도 분노와 슬픔을 딛고 극복하고 성장하는 모습을 보인다는 것이다.[21] 아울러 이 장에서는 어둠과 대조되는 생명력을 발견할 수 있다는 점을 살피려 한다. 김남조는 어둠의 심상인 밤의 시간에 눈부신 생명의 희망을 찾는다.

　　(전략) 오늘은 내 키가/ 당신에게 밎고/ 나의 잉태마저도/ 그 전날 당신의 그것과 같음이어니/ 오오 落日/ 인젠 피 흘리며 흘리며/ 당신이 죽어가심이여// 하늘 온통 끌어 덮고/ 스스로 불사르는 정결한 불길// 숙연한 이 어둠 속에/ 지금은 내가/ 생명을 해산해야 합니다

　　　　　　　　　　　　　　　　　　　　　－「落日」[22] 부분

　「낙일」에서 해가 지는 장면은 생명을 "해산"하기 위한 하나의 과정으로 드러나고 있다. 시에서는 한 생명을 "해산"해야 한다는 사명으로 "당신"은 희생되는 존재이다. 그 희생의 모습은 "스스로 불사르는 정결한 불길"인 노을이 타오르면서 사라져 버리는 '지는 해'의 고통을 보여준다. 새로운 생명을 "해산"하기 위해 자신을 희생하는 장면이 나타나는

---

20) '슬픔의 밤'은 2시집에서 「輓歌」와, 「洛花」, 5시집의 「別後」의 시, 12시집 「슬픔에게」, 15시집에서 「촛불 앞에서」 등에서 두드러진다.
21) 문득 희맑은 미소/ 배꽃 같이 희맑은 미소를/ 짓고픈 마음……, －「未明地帶」 부분, 오오 아직도 이처럼 번성한 地熱의 굽히지 않는 忍辱의 倫理가 있었습니다, －「어둠」 부분.
22) 김남조, 『金南祚 詩全集』, 서문당, 1983, 60-62쪽(2시집 『나아드의 香油』).

것이다.

  해가 자신을 낮추면서 "어둠"이 등장하게 되는데 "어둠" 속에서 생명
을 해산한다는 것은 어둠이 많은 생명들을 잉태하고 있음을 의미한다.
아울러 "숙연"한 어둠은 생명을 위한 고요하고 엄숙한 분위기를 보여준
다. 「낙일」은 밤에 이루어지는 모든 생명의 탄생부터 순환성과 지속성
을 나타내면서 생명들의 활동을 총체적으로 보여주고 있다. 다음의 시
들에서는 생명을 해산하는 어머니의 "놀라운" 밤을 확인하려 한다.

  오늘 밤/ 당신의 새 이름은 어머니십니다/ 괴롭고 두렵던 産褥의 자
리/ 허술한 말구유에서/ 맨먼저 동방의 큰 별을 불러/ 아기의 꽃초롱으
로/ 삼으시던 이// (중략) 마리아/ 이렇듯 놀라운 환호의 밤에/ 가난한
나라/ 괴로운 어머니들을/ 기억해 주소서
                                  - 「거룩한 밤에」[23] 부분

  베드레헴 가난한 말구유에/ 단잠 드신 아기여// 童貞聖母의/ 미쁘신
보람,/ 그 몸 못박혀 골고타의 등성길은/ 흥건히 寶血에 어린대두/ 야훼
聖父의 獨生聖子/ 그 아들이심을// 오오 주 나신 밤의/ 맑고 간절하게/
가슴 부퍼 오름이여// 상록수 푸르른 가지에/ 동백꽃 같은 등불을 건다
                                    - 「主 나신 밤」[24] 부분

  이 커다란 환희의 밤은/ 잴 수 없는 고뇌의 뿌리에서/ 꽃으로 돋아난/
그 환희옵니다// (중략) 뉘라서 그 마음을 헤아려 알았으리/ 황홀한 설움
의/ 강물이던 마음/ 연연하고 신성하며/ 고독이던 마음/ 흰장미의 가시

23) 김남조, 『金南祚 詩全集』, 서문당, 1983, 131-133쪽(3시집 『나무와 바람』).
24) 위의 책, 126-127쪽(3시집 『나무와 바람』).

모양/ 두려움이던 마음// 뉘라서 그 마음 헤아려 알았으리/ 소리 없는 갈
채 앞에/ 눈물이던 마음/ 이 커다란 환희의 밤은/ 잴 수 없는 어머니의 고
뇌에서/ 잴 수 없는 어머니의 영광이 / 소리치던 밤이옵니다

-「榮光의 마리아」²⁵⁾ 부분

신앙인인 김남조에게 있어서 아기 예수의 탄생은 구원과도 같은 "환
희"로 나타난다. 위의 시들에서는 모두 예수의 어머니 성모 "마리아"의
해산을 보여준다.

「거룩한 밤에」에서는 아이를 낳음과 동시에 여성은 "어머니"라는 존
재로 "새 이름"을 부여받는다. 한 생명이 세상에 태어남은 어머니의 큰
고통이 따른다. 그것을 아는 화자는 같은 길을 가는 "어머니들"의 고통
을 짐작하며 평안을 기원하고 있다.

「主 나신 밤」의 마리아는 "말구유"에 잠든 "아기"의 예정된 미래("그
몸 못박혀")를 짐작하는 모습을 보인다. 그러나 해산의 고통도 잊은 채
생명의 존재에 대해 "가슴" 벅차("부퍼 오름")하며 새 생명과의 만남에
감격을 맞는다.

「榮光의 마리아」에서 "황홀한 설움"과 "고독", "두려움"의 온갖 마음
이 교차하는 해산의 고통은 오롯이 어머니만이 느낀다. 화자는 감히 "잴
수 없는" 어머니의 마음을 헤아린다. 그렇기에 그 "눈물"의 감격을 어머
니의 "영광"으로 돌리고 있다. 어머니의 "고뇌"와 희생의 모습이 "환희"
로 치환된다. 그것은 어둠에서 빛으로 변하는 양상이다. 고통과 "괴로
움, 설움, 고독, 눈물"의 마음들이 이룬 생명의 밤을 "동방"의 "별"들과

---

25) 위의 책, 198-199쪽(4시집 『情念의 旗』).

"동백꽃"과 같은 "등불"이 매개체가 되어 이 밤을 빛으로 "거룩"하게 밝혀준다.

이것은 밤의 원형 상징인 '어둠'과 반대되는 의미를 지니면서 김남조만의 특별한 밤이 시작되는 것이다. 이 시간만큼은 "환호의 밤", "환희의 밤", "영광"의 밤으로 그려진다. 그러나 어머니의 고통과 희생을 외면할 수 없던 화자는 "소리 없는 갈채"로 환호의 감각을 낮춘다. 청각적 감각의 상태를 경건하고 차분하게 환기함으로서 빛으로 환하게 밝힌 밤을 대변한다. 생명의 탄생은 보통 밝음으로만 형상화되어 있다. 그렇기에 생명의 탄생을 찬미하는 김남조의 밤이 더욱 의미 있다. 앞에서 생명의 탄생이 나타났다면 김남조의 밤은 생명의 소멸이 공존하는 밤의 사유도 보여준다.

당신을 단념했을 때/ 당신께 대한 더욱 온전한 歸依를/ 기원치 않을 수 없었습니다/ 主여// 더운 눈물이 줄줄이 돌 속으로 스며들고/ 마지막 일몰과도 같은 검고 차거운 바람만이/ 밤새워 불어 오는 이 적요한 무덤에까지/ 일체의 비교를 넘으신 당신의/ 슬픔과 죽으심을 섬기려 왔사옵니다/ 主여// 돌의 차거움/ 당신 墓石의 베히듯 차거움이여/ 청옥마냥 새파란 하늘 밑에/ 철쭉꽃 어울려 피듯/ 당신 뿌리옵신/ 피며 눈물이며// 진실로 하늘과 따의 광영 예서 닫히고/ 영원한 어둠 속에 인간들 벌받아야/ 옳음일 것을// 당신 누구신 동산에 남아/ 겨웁도록 빌며 머리 풀고 섰으렵니다//불처럼/ 참말 불처럼 일던 그 목마르심,/ 五傷 받고 아직도/ 우주만치 남던 자비여/ 오오 주여

– 「마리아 · 막다레나」[26] 전문

26) 위의 책, 63-64쪽(2시집 『나아드의 香油』).

이 시는 마리아 막달레나가 예수의 무덤에 찾아가 애도하는 장면이다. 막달라 마리아는 예수의 죽음 앞에서 도망간 "남성 사도들"과 달리, 예수 곁을 끝까지 지키고 무덤까지 찾아가 "목격자"가 된 "사도들의 사도"라 설명되고 있다.[27]

예수가 임종한 날은 비극임에 틀림없다. 비통한 심정으로 마리아는 "무덤"에 있다. "돌의 차거움"에서 알 수 있듯 마리아는 "묘석" 앞에 애통함을 드러낸다. 뜨거운 "눈물"이 "줄줄이" "스며"들고 있어도 오늘 밤은 슬픔에서 헤어나오지 못하는 "차거운" 고통의 밤이다. 인간들은 "영원한 어둠 속에"서 불행해야 한다며 예수의 고통("오상")을 상기한다. 죽음의 순간까지 "자비"의 뜻을 헤아렸던 막달라는 빛("광영")이 사라짐을 암시한다. 곧 여기서 의미하는 밤은 고통의 밤이다.

차마 믿기지 않고 아무도 본 이 없었읍니다/ 이것이 당신의 뜻입니다// 총총한 별밤에 무덤은 비고/ 먼넷 바람 같은 아스무레한 기류만이/ 설핀 갈밭인양 머물러 있었읍니다/ 이것이 당신의 뜻입니다// 랍비여 부르던 어느 한 사람조차/ 함께해 드리질 않아/ 밤 새워 드리시는 기도에도 홀로이셨던/ 겟세마니의 山上이며/ 닭 울기 전 세 번을 모른다던/ 당신 사랑하신 시몬·베드루며// 유례 없으신 주여/ 높으신 고독은 이왕에도 순히 다스리시던/ 당신의 그림자였거니/ 부활의 새벽엔들 오직 고요만이/ 큰 물인양 넘쳐 드리면 족하셨읍니다/ 이것이 당신의 뜻입니다// 죽음은 멎고/ 슬픔은 쉬고/ 생명은 영글어 무성하랍니다/ 이것이 당신의 뜻입니다//울려 드리는 종소리 하나도 없이/ 오히려 그 전날과 꼭같은/ 새벽이었거니/ 현요한 영혼의 축제일수록/ 조촐한 표지 속에 잠잠하라

27) 김옥성, 「김남조 시의 가톨릭적 여성주의 연구」, 『어문론총』 91, 2022, 216-217쪽.

하셨습니다/ 이것이 당신의 뜻입니다

–「부활의 새벽」[28] 전문

「부활의 새벽」은 어두운 밤에 이루어진 "현요"한 생명을 그린다. "총총한 별밤"은 다시 빛을 형상한다. 그 "별"빛들은 예수의 "부활"을 지켜보았다. 화자는 "새벽" 시간 외로이 "고독"을 수반하며 행해진 부활의 의식 속에서 엄숙하게 이루어졌을 그 날의 "고요"를 헤아리는 상상력을 보여준다. "아무도" 보지 못한 그 "현요"한 놀라운 의식이 자신의 희생을 드러내지 않고 "잠잠"히 이루어진 그분의 "뜻"임을 미루어 짐작한다. 그것은 "종소리 하나" 없는 "그 전날과" 변함없는 모습에서 드러난다.

죽음을 이겨내고 자신을 희생하고자 했던 "당신의 뜻"은 결국 "생명"들의 축원이었다. 이 밤은 "별밤"과 "새벽"이 공존하는 생명의 밤인 것이다. 고통을 감내하고 희생하는 "당신"의 모습에서 빛이 만발하는 밤을 그리고 있다. 희생한 이들은 희생을 내세우지 않는다. 이런 순교적인 희생을 통해 화자는 그의 숭고함을 기리고 밤에 기적을 보여준 그의 "뜻"을 따르고자 한다.

밤의 말씀이 오네/ 世習言語의 한낮이 기울고/ 온밤 찬이슬에 씻기는/ 해열의/ 꼭 이맘때// 水晶낱말, 角으로 쪼개는 水晶부싯돌,/ 이우는 불송이의 비릿하게 불내 나는/ 이나라 밤의 말씀/ 成熟의 말씀이네/ 몇 천년 주름살의 지혜,/ 歷史라고 부르는/ 어른의 말씀이네

–「밤의 말씀」[29] 부분

---

28) 김남조, 『金南祚 詩全集』, 서문당, 1983, 112-113쪽(2시집 『나무와 바람』).
29) 위의 책, 395-396쪽(9시집 『同行』).

　김남조는 인간을 위해 희생했던 이들을 잊지 않았다. 기독교 신앙이 두터웠던 그는 밤에도 '빛'으로 탄생한 그분을 기억하며 "밤의 말씀"을 따른다. 밤이 '빛'으로 밝혀지는 순간이다. 그 "밤의 말씀"은 인간들이 낮에 쓰는 "세습언어"와 다르게 "온밤 찬이슬에" 깨끗이 정화되고 정돈되는 저녁 무렵("해열의 꼭 이맘때") 찾아온다.

　앞서 말했듯 "해열"도 자기희생으로 볼 수 있다. "이우는" 해가 타들어가며 밤을 해산하고 밤이 태어나며 "밤의 말씀"도 시작된다. 밤의 시간에서 비롯된 말씀을 밤의 언어, 즉 "밤의 말씀"은 화자를 온전히 이끌어주는 생명의 "말씀"이다. 생명을 담보로 희생한 자에 의한 '빛의 말씀'이라 믿는 것이다. 깨끗이 "씻기"어 티끌 없는 "수정"과 같은 그의 말씀은 곧 밤에서 시작하고 생명들은 그 "온밤"에 자신들을 맡긴다. 밤이 존재하기에 생명이 존속되는 것이다.

　　"밤은 치유의 시간, 갖가지 치유가 이뤄지는 은혜로운 현장이다. 만상이 잠든 때 인술(仁術)의 큰 수레를 몰고 다니시는 분이 계시거나 그분은 만능의 주심이시다. 닫힌 유리문도 거침없이 드나드는 달빛과 같이 그분도 모든 문의 출입이 가능하시다. 열끓는 이마엔 싱그런 손을 얹어주시고 추운 가슴들은 따스한 품에 안아 주신다. 하루를 고된 노동으로 보낸 이에겐 편히 쉴 휴식을 베푸시며, 헤어져서 서로를 그리는 사람들에겐 꿈의 사닥다리를 두어 왕래의 길을 마련하신다.[30]"

　김남조는 그의 산문에서 위와 같이 언급했다. 밤의 상징인 어둠을 의식의 죽음("잠든 때")으로 비유한다면 사람을 살리는 "인술"을 "몰고 다

---

30) 김남조, 「밤과 아침의 이야기」, 『진주를 만드는 상처들』, 청아출판사, 1991, 276쪽.

니시는" 빛으로 오신 그 분은 내외적 상처들("열끓는 이마", "추운 가슴" 등)을 치료하신다. '밤'을 "치유"로 이루어져 "은혜"의 시간으로 거듭나는 장소("현장")로 치환되는 것이다.

    온갖 생명들의 "치유"를 돕는 밤의 존재는 신과 함께 하나의 공간이 되고, 삶의 지속이 이루어지는 생명의 공간이 된다. 밤이 "치유"의 빛으로 환하게 밝혀지는 것이다.

> 안녕, 시지프스/ 산자락 풀베게 눅눅해도/ 질펀히 굴복하는 이 푸른 밤은/ 그대 노숙의 땅입니다// 땅과 하늘 그 명백한 질서 중의/ 해 기울면 거하시는 낮은 곳입니다// 맹렬한 노동과 반복의 고통,/ 그대 이성理性에 실못을 박은/ 낱낱의 상처들이 치유되고 있습니다/ 내일 또다시/ 완벽한 새 살결에/ 처음인 피멍이 번지려면/ 오늘밤 고쳐져야 합니다// 안녕, 시지프스/ 지금은 능동의 옷을 벗고 오직/ 육체를 가진 사나이의/ 외로움에 잠겨 계신/ 당신의 둘레, 고요 무량합니다
>
>   – 「시지프스 · 1」[31] 전문

    지금까지 조건 없는 희생의 모습을 확인하였다. 그런 면에서 「시지프스 · 1」에서 희생의 의미는 조금 다르다. '탄생'의 일환으로 생명의 연장, 즉 생명의 '유지'로 확장된다는 점에서 차이가 있다.

    주지하다시피 시지프스의 형벌은 영원히 반복되는 노동이다. 화자가 생각하는 시지프스의 노동은 대가 있는 헌신이다. "굴복"하며 살아가야 하는 인간들의 삶을 비유하는 것이다. 죄지은 인간들의 삶에서 "노동"의 반복은 "치유"를 필요로 한다. 그 치유는 쉼의 공간, "푸른 밤"을 지칭한

---

31) 김남조, 『희망학습』, 시와시학사, 1998, 58-59쪽.

다. 이 "푸른 밤"은 생명들을 위한 "치유"의 밤이다. 자신과 다른 이들의
희생을 위해 노력했던 "능동의 옷"을 벗고, 새로운 "내일"을 위한 "상처"
를 "오늘밤" 치유해야 한다고 제시한다. 인간들에게 반복되는 노동은 가
족을 위한 헌신을 동반한다.

김남조는 밤의 시간을 생명들의 탄생과 더불어 그 생명들의 삶의 유
지에도 깊은 관련이 있음을 보여준다. 밤은 생명의 필수적인 공간임을
시 전반에 걸쳐 주시한다. 반복된 형벌에도 누구나 주어질 '밤'은 생명들
에게 회복의 공간이며 평등한 시간이다. 곧 삶의 지속을 위함인 것이다.
김남조의 산문을 통해 그의 생명사상을 엿볼 수 있다.[32]

김남조의 밤은 여러 형태로 내재되어 있다. 어둠의 원형 심상에 따라
분노의 밤, 절망의 밤, 애도의 밤들이 주를 이룬다. 그러나 전형적인 어
둠의 모습만 있었던 것이 아니라, 그 밤들 속에서 생명력을 찾아내어 검
은 밤이 아닌 밝은 빛으로 이루어진 생명의 활동 공간으로 인식했다. 밤
의 공간에서 생명의 탄생과 더불어 그 탄생을 위해 희생하고 헌신하는
이들을 보았다. 생명들의 존속을 위한 밤의 공간이 어두운 공간이 아닌
빛의 공간과 상통함을 암시한 것이다.

---

32) "잠들기 전엔 별 마중을 해라. 하루의 첫별이 명멸하면서 순금의 불티로 솟아나고 머
잖아 온 하늘이 이글거리는 숯불 동산이 되어짐을 지켜보아라. 오래오래 별 하늘을
바라보아라. 천지는 이처럼 크고 영원한 품안이다. 생명의 고향이 이리도 넓고 깊고
높음을 묵상하여라. 진실로 생명은 크낙한 은총임을 묵상하여라." -김남조, 「시지프
스의 아내」, 『진주를 만드는 상처들』, 1991, 54쪽.

3. 따뜻한 '달밤' : 모성적 안식처

밤은 일반적으로 어둠을 전제한다. 애초에 생명은 어머니의 자궁에서 생겨 자라나며 그 자궁은 '어둠'이다. 인간이 생겨나는 원초적인 환경인 어둠 속에서 평온함을 느끼는 것이다. 유혜숙은 '밤'은 '낮'보다 "훨씬 안정감을 느끼"게 되며 그러한 "속성으로 인해 밤은 자궁이나 모든 것의 어머니에 비유되기도 한다"는 사실을 짚는다.[33] 김남조의 시에서도 밤이나 어둠이 모체가 되는 시들이 많이 발견된다.

> 마음에 담고 원해 온 거란/ 달이나 별빛이 아니었단다// 달 없는 이 밤도/ 혼혼히 피어나는 이 꽃나무는/ 애오라지 어둠 하나를/ 기다렸다누나// 밤바다 찬 물살에/ 갈매기 흰 깃을/ 씻을 제/ 두메 등잔불 같은 꽃빛을 하고/ 어둠으로 어둠으로/ 제 몸을 밝히는 꽃// 어둠은/ 자비스런 기름/ 고요와 화평에 곁들리는 달디 단 안식을/ 새겨 그 마음이/ 아는 꽃이다// 가다 오다/ 바람이 입맞춤하고/ 밤이 깊을수록 꽃빛깔/ 더욱 연연한 꽃// 아침 날 빛은 피로해/ 나비마냥 나래를 접는다
>
> ─「달맞이꽃」[34] 전문

「달맞이꽃」에서는 어둠을 "자비스런 기름"에 비유하고 있다. "자비"는 조건없는 사랑을 베푸는 심상이다. "어둠" 속에서 "달디 단 안식"을 취하는 "달맞이꽃"의 모습은 평화로워 보인다. "자비"를 베푸는 자애로운 밤의 모습은 인자한 어머니의 품 같은 모성을 대신하고 있다. "애오

---

33) 유혜숙, 「김현승 시에 나타난 '어둠·밤' 이미지」, 『비평문학』 33, 2009, 322쪽.
34) 김남조, 『金南祚 詩全集』, 서문당, 1983, 133-134쪽(3시집 『나무와 바람』).

라지 어둠"만을 기다렸던 "달맞이꽃"이 밤이 되자 어머니의 품을 찾아 ("어둠으로 어둠으로") 파고든다.

달빛, 그러니까 달이 품은 어둠을 만나야만 안심하고 만개한다. 비로소 마주한 밤에 안정을 찾고 그제야 "제 몸을 밝히"며 빛을 낼 수 있는 것이다. 마치 부모를 만나야 비로소 울음을 터트리고 안심하는 아이처럼 "달맞이꽃"은 밤에게 어린 아이 같은 면모를 보인다. 조건 없는 사랑의 존재가 있어야 성장할 수 있는 인간들처럼 "밤이 깊을수록" 꽃의 "빛깔"도 깊어짐은 고요하고 편안한 상태가 지속 있음을 보여준다. 이런 따뜻한 심상의 밤의 모습은 아래 「밤」의 시에서 밤의 풍경을 통해 밤이 품고 있는 모성을 더욱 확실하게 살펴볼 수 있다.

밤이여/ 당신을 어머니라 부르게 하십시오/ 아기는 잠자는 동안에 자라고/ 구구 구구 비둘기도 밤에 정들고/ 잔잔히 시냇물 흐를제/ 소르르 조각달이 미끄러져 안기며/ 은비늘 금비늘의 먼 바다에선/ 人魚들 모여 춤을 춥니다// 모든 생명들이/ 사랑과 甘酒를 마시며/ 그립고 더욱 못잊음은/ 花環보다 푸들어 돋아 나고/ 쫑긋 귀 세우면/ 이리 은은한 합창마저/ 들려오지 않습니까// 가고 오지 않는 사람들도/이때면 돌아들 올듯 (이런 밤엔 돌아들 올 듯[35])/ 넘치고 더욱 흘러나는/ 사랑과 낭만의 玉盃// 밤이여/ 마지막날 우리가 숨거둘/ 그 시간도/ 이처럼 당신의 누리에 품어 주십시오

– 「밤」[36] 전문

35) 김남조, 『김남조 시전집』, 국학자료원, 2005, 124쪽(2시집 『나아드의 향유』).
36) 김남조, 『金南祚 詩全集』, 서문당, 1983, 81-82쪽(2시집 『나아드의 香油』).

「밤」의 시에서는 모성적 안식이 뚜렷하게 나타난다. 화자는 밤을 "어머니"라 부르고 싶기 때문이다. 그것은 밤이 주는 평온함과 안정감이 화자에게 어머니의 품처럼 따뜻하기 때문일 것이며 그로서 편안하게 휴식을 취하고 회복의 시간을 갖는 일이다. 물론 밤은 누구에게나 평온한 쉼과 회복의 시간일 테지만 김남조에게는 더욱 특별했다. 가족이라고는 어머니가 전부였던 김남조에게 말로 표현하지 못할 정성을 쏟은 어머니의 모습을 「나의 어머니」[37]에서 회고한 바 있다.

시에서 화자는 밤을 "어머니"라 부르고자 한다. 그만큼 밤의 시간에서 느끼는 안식이 크다고 볼 수 있는데 이러한 점에 비추어 볼 때 이 시에서의 밤은 시간이라기보다 공간적으로 해석할 수 있다. 어머니의 품과 같은 공간을 떠올릴 수 있기 때문이다. "모성의 위대함은 누구나가 잘 아는 터이지만 나의 경우는 훨씬 그 이상이요, 절대의 상한선[38]"이라고 김남조도 인정하였듯 시인에게는 어머니라는 존재가 존재적 그 이상의 의미였고, 어머니는 안식을 주는 특별한 존재이다.

"아기가 잠자는 동안에 자라"는 것은 인간의 성장을 의미한다. 외적인 성장, 내면의 성장 모두 인간에게는 시간의 연속성과 더불어 평안함이 주는 힘이다. "비둘기도 밤에 정든다"에서는 우주 만물의 사랑을 상징한다. 삶을 살아내느라 바쁘고 정신없는 낮보다는 하루를 마친 고요한 밤이 사랑을 나누기 좋은 시간인 것이다. "모든 생명들이 사랑과 감주를 마시며", 2연의 "가고 오지 않는 사람들도"와 3연의 "이때면 돌아들 올 듯"에서 살필 수 있듯 휴식과 쉼이 자리하고 있는 밤의 시간을 어머니의

---

37) 김남조, 「나의 어머니」, 『진주를 만드는 상처들』, 1991, 127-129쪽.
38) 위의 책, 128쪽.

따뜻한 품으로 여길 수 있다.

『김남조 시전집』(1983)의 2시집인 『나아드의 향유』에서 3연의 "이때면 돌아들 올듯"의 시구(詩句)는 새로 개정된 『김남조 시전집』(2005)에서 "이런 밤엔 돌아들 올듯"[39]으로 시인에 의해 개작되었다. "이때"를 "이런 밤"으로 변경된 것으로 보았을 때 시인은 밤이 주는 의미를 다시 한 번 상기시키고 강조된 것임을 방증한다. 화자는 우리가 마지막 날에도 이런 편안한 밤처럼 잠들기를 소망하고 있다. '밤'에게서 따뜻한 빛과 모성적 안식을 느끼고 있기 때문이다.("이처럼 당신의 누리에 품어 주십시오") 김남조의 밤은 어두운 공간이 아닌 편안하고 따뜻한 밤의 공간이다.

> (전략) 밤은 어둠에 속하고/ 죽음은 영원에 통하는 것이라면/ 無에서 나온 것은/ 無로 돌아가고/ 낮보다도 밤,/ 생명보다도 죽음,/ 정돈보다도 混沌,/ 그리고/ 태양보다 달이 母體가 아닐까// 여기 분명/ 물결처럼 출렁이는 푸른 달밤이 있어/ 밤이 귀여운 요람인양 그 위에 뜨면/ 나는 보채기 쉬운 하나의 그리움을 위해/ 燭淚같은 기원을 엮어야 한다 (후략)
> － 「月魄」 부분[40]

「月魄」에서는 달밤 아래서 "달"을 깊이 사유하는 시적 주체의 모습이 나타난다. "달이 모체가 아닐까" 고민하는 부분에서 "달"이 밤의 모태가 되는 근원임을 심층적으로 상기한다. 낮("태양")보다는 "어둠에 속"한 '밤'을 "달"이 품어주고 있는 모습에서 밤보다는 달에게서 모성적인 면

39) 김남조, 『김남조 시전집』, 국학자료원, 2005, 124쪽.
40) 김남조, 『金南祚 詩全集』, 서문당, 1983, 53쪽(2시집 『목숨』).

을 발견할 수 있는데, 결국 달이 품은 밤이 시의 배경이 되어 주고 있기에 시적 화자가 느끼는 어머니의 품은 밤이라 볼 수 있다.

"푸른 달밤"에서 검은 밤이 아닌 푸르른 색감의 이미지를 차용함으로서 한층 밝은 밤이 연상된다. 그 밤은 "귀여운 요람"처럼 달의 품속에서 "물결처럼 출렁"이며 안겨 있다. 모체가 되는 "달"은 "요람"에 밤을 태우고 "푸른" 밤을 함께 나눈다. 마치 어머니가 아이를 다루듯이 따뜻한 순간을 보내는 시간으로 나타난다.

이같이 어두운 밤이 아닌 밝은 밤이 형상으로 그려지면서 어둠과 대비되는 은은한 밤의 모습을 보여준다. 이런 맥락에서 본다면 달은 만물을 품는 어머니로 인식된다. 아래의 시 「달」은 어머니를 그리는 화자의 모습과 모든 어머니의 삶과 그 길을 겪어온 자신에게서 느끼는 모성의 마음을 짚는 모습을 확인할 수 있다.

> 오늘의 달은/ 친숙한 사이면서 오래 못 만났다가/ 다시 보는 사람 같다// 때로는 중천에/ 어느 땐 서천에 자리하며/ 그 빛깔도 유백색,/ 검으레 그림자색,/ 복숭아빛,/ 귤빛,/ 내면의 출혈이 밖으로 번지는/ 사람의 가슴 빛깔/ 속이 꽉찬 나머지/ 스믈스믈/ 밖으로 흐르는/ 순금용액 같기도 하다// 달이여/ 훗세상의 밤하늘에도 부디 솟아올라/ 이승처럼 좋은 천지이기를
>
> ― 「달」[41) 전문

「달」의 시를 살펴보면 시적 화자가 만물을 품고 밤을 따뜻하게 감싸고 있는 모습이 나타난다. 김남조는 달의 모습이 "친숙"하지만 오랜만에

---

41) 김남조, 『영혼과 가슴』, 새미, 2004, 134-135쪽.

"다시 보는 사람" 같다고 말한다.

그의 산문 「나의 어머니」를 보면 살아생전 각별했던 어머니와의 관계를 확인할 수 있는데 고인이 된 어머니를 그리며[42] 달의 심상으로 세상 모든 어머니의 "가슴 빛깔"을 헤아리는 것으로 짐작 가능하다. 물론 자신이 지내온 어머니로서의 역할을 회상하는 것도 포함된다.

달은 어머니의 모체가 되어 생명들의 안식처를 이룬다. 모성의 품에서 아이가 성장하듯 "친숙한 사이"의 보호자가 필요하다. 그 보호자는 밤에 "달"이 아우른다. 밤을 은은하게 비추는 달은 모성의 근원으로 나타난다. 그런 따뜻함과 편안한 존재인 어머니("달")에게 지금처럼 "좋은 천지"가 이어지길 염원하며 아이를 품고 길러내는 어머니의 조건 없는 사랑이 생명수임을 보여준다.

　잠든 아가의 손을 쥐어 본다/ 흰 이마 귀여운 귀뿌리에 달빛이 머문다/ 달은 둥근 얼굴의 고요한 마음씨/ 눈썹으로 해서 나의 살결에도 스미느니// 달빛이 댕기면 피부가 정결해지고/ 정결한 피부가 속으로 醇化의 깊이를 포개면/ 이로써 고운 꽃물이/ 적셔 질지도 모르는데// 아가 머리맡엔 흰 석고의 성모상/ 성모의 발이 출렁이는 물 속에 처럼/ 달빛이 잠겨 있다// 잠자는 것들은/ 좋은 술에서처럼 잠에 취하는 시간/ 잠자지 않는 건/ 눈썹을 깜빡이며 모여들 온다// 내가 나눠져서/ 몇 개의 분신으로/ 만나는 시간// 숨겼던 사랑을 차고 나오는 나와/ 미진한 염원에 가슴이 더운 나와/ 가책의 질고를 앓고 있는 나와/ 이렇게 여럿이서/ 圓卓을

---

42) "67년 6월 20일, 시계가 정확히 정오를 짚을 때 어머니는 숨을 거두셨고 그 후 내 목숨 속에서 나와 함께 숨쉬며 살아가고 계신다. 내 삶의 모든 연소(燃燒)와 봉헌들은 내 어머니와 나와의 두 사람 몫인 것을 나의 하나님만은 알고 계신다." -김남조, 「나의 어머니」, 『진주를 만드는 상처들』, 1991. 129쪽.

둘러앉는다// 달은 둥근 얼굴의 상냥한 마음씨/ 닫힌 유리창을 넘어 와
서/ 나의 눈 앞에 乳白의 燈을 건다

– 「달밤」⁴³⁾ 전문

시인은 깊은 밤 달빛에 비친 아기의 얼굴을 바라본다. 아기의 머리맡
에 "흰 석고의 성모상"이 있고 성모상의 발에도 "달빛"이 드리우는 공간
이다. 밤의 "달빛"은 고요한 밤의 공간에 평온함을 더해주고 그 평온함
은 온전히 화자에게 전달된다("나의 살결에도 스미느니"). 그렇게 스민
"달밤"은 어머니의 품처럼 온화함이 감돈다. 그 모성의 마음은 아이에게
도 전달된다. 아이의 "이마"와 "귀뿌리"에도 달빛이 머물고 있는데 "고
요한 마음씨" 즉, "아가"를 보듬어 주는 어머니의 따뜻한 마음이다.

이 시의 제목은 「달밤」이다. "달"과 "밤"이 함께 존재하고 있다. 시에
서 보면 "달"이 모성적 역할을 하는 것으로 보인다. 그러나 위의 「月魄」
의 시에서 묘사되듯 그 "달"을 품어주는 "밤"이 온 공간을 감싸고 있으
며, 밤의 품속에서 잠든 사람들이 "좋은 술"처럼 잠에 취하듯 밤에 휴식
을 취하고 잠들지 않은 사람들은 "자신의 분신들을 만나"면서 각자의
밤의 공간을 즐기고 있는 모습이 그려진다.

밝은 "달"이 모태가 되는 밤을 만나면서 밝은 빛이 아닌 "등불"같은
은은한 빛으로 변모한다. '어머니의 품'은 달을 품은 "밤" 자체인 것이다.
모성의 근원인 밤을 통해 달의 모습이 "상냥"하다는 것으로 드러나고,
"달"에게 따뜻한 보살핌을 받는 화자는 "밤"의 모성을 느끼며 평안한 심
리 상태를 보여주고 있다. "고요한 마음씨"와 마찬가지로 이 "상냥한 마

---

43) 김남조, 『金南祚 詩全集』, 서문당, 1983, 188-189쪽(4시집 『情念의 旗』).

음씨"도 화자와 "아가"가 느끼는 모성인 것이다. "닫힌 유리창"으로 그
상냥한 달이 넘어와 자신의 "눈 앞에" 불을 밝혀줌으로 모성적 따뜻함
이 감돈다. 어머니가 아이를 보는 "상냥"함은 "달빛"의 은은하고도 온화
한 색으로 표현되고 있다.

이처럼 밤이 안식과 평온함을 주는 모성의 공간이 되는 것을 살펴보
았다. 시인에게 낮보다는 밤을 더 따뜻하게 느끼고 안정감을 주는 공간
이 된다는 것을 확인할 수 있었다.

김남조는 밤을 어머니로 인식하기 시작하면서 그 근원인 "달"을 찾아
밤을 품어주는 '밤의 어머니'를 만들어내는 상상력을 구현했다. 달은 밤
을 품어주면서 은은한 "달빛"이 되어 모성애를 보여주고, 밤은 밤을 기
다렸던 만물의 생명들에게 달에게 받았던 사랑을 그대로 되돌려주는
밤의 모성이 특별함을 지닌다.

4. '영혼'이 소통하는 방

밤이 되면 인간은 하루를 정리하며 많은 생각을 하게 된다. 일반적으
로 낮의 시간보다 차분해지고 낮에 있었던 일을 떠올리며 여러 감정들
을 정리하고 휴식할 수 있는 시간이라는 것이 밤의 장점이다. 작은 일부
터 시간을 요하는 깊은 성찰까지 지나온 일들을 정리하고 회상할 수 있
는 시간인 것이다. 인간은 혼자 있을 때 깊은 사유가 가능하다. 물론 여
럿이 모여 있을 때도 불가능한 것은 아니지만 온전히 나를 위한 시간은
혼자 있을 때 깊이가 있다.

인간은 누구나 자신의 "고유시간"을 가진다. 그런 시간의 "지배"를 받

으면서 여러 가지 사건들을 통해 인간은 시간에 의해 "사라짐이라는 복수"[44]를 경험한다고 한다. 낮 시간은 사유를 하기에 너무 분주하다. 시간의 "사라짐"이 상대적으로 빠른 것이다. 시간에 방해를 받는 인간관계를 포함해서 처리해야 하는 일들은 시간의 지배를 받을 수밖에 없다. 그러나 밤은 시간의 흐름이 상대적으로 덜하다. 개인의 "고유시간"이기 때문이다.

시간의 모든 것을 설명할 수는 없지만 "시간과의 유희"는 "말"로 시작된다고 한다. 말의 "소통" 속에서 "유희"의 "공간"이 생겨나고 그 공간은 서로 다른 두 화자가 "공존"하는 공간이 된다.[45] 밤의 공간에서는 이런 소통이 침묵으로 나타난다. 김남조의 밤 또한 침묵으로만 이루어진다. 그는 시인의 삶과 어머니의 삶, 그리고 교수 활동까지 바쁜 일상[46]을 보냈으리라 추측된다. 자아를 찾는 온전한 시간은 오롯이 '밤'에 이루어졌을 것이다.

> 사람아/ 너는 알지/ 서먹해진 제 영혼과 만나려고/ 기름 채워 鐙皮 닦는 마음을 알지/ 죽는 일처럼/ 삶이 말을 마치는/ 시간// 사람아/ 日沒의 으스름 照度/ 꿈속같기만 꿈속같기만 한/ 영혼의 램프/ 그 불빛을/ 너는 알지

---

44) 뤼디거 자프란스키, 『지루하고도 유쾌한 시간의 철학』, 은행나무, 2016, 203쪽.
45) 위의 책, 같은 쪽.
46) "직장과 가사에 엄청나게 나를 쪼개어 쓴 외에도 적잖은 분량의 산문류를 끄적이는 등 내 멋대로 지내다가 막상 시 앞에 와서 마주 앉고 보면 이때 시는 단 일별도 주려고 하지 않는 전적인 냉대를 맛보이던 것이다. 더하여 30여 년 간을 이른바 시를 가르치는 교수 노릇을 해온 일도 나 자신의 창작에 현저한 위축 현상을 불러 왔다고 할 수 있다." -김남조, 「시를 쓸 때」, 『진주를 만드는 상처들』, 청아출판사, 237쪽.

-「暮日_2」[47] 전문

　밤은 "삶이 말을 마치는 시간"으로 다가온다. 「暮日_2」에서는 날이 저
무는 밤이 오면 사람들은 저마다 "영혼"을 만나기 위해 밤을 맞이할 준
비를 한다. 등잔을 닦으며 고요한 "영혼"의 "램프"를 켠다. "죽는 일처
럼" 낮을 보내고 밤을 맞이하는 의식을 하는 것인데, 이런 상상력은 밤
에 영혼들이 깨어나 영혼의 시간이 시작되며 밤을 낮과 또 다른 차원으
로 이끄는 상상력을 보여준다. '램프'는 화자의 작은 방을 밝혀주는 조명
이 되고, 영혼과의 연결을 이끄는 매개체로 찬란한 빛과 달밤의 은은한
빛과는 또다른 빛이 생성된다.

　김남조의 시에서는 밤의 시간에 내면에 집중하며 사념하는 시간을 가
졌다. 내면과 소통하는 자신만의 '방'을 만든 것이다. 그가 만든 "밤"의
'공간'에서 내면의 자아와 만났다. 선택하기 나름이지만 보통 온전한 자
신의 공간은 적막이 동반된다.

> (전략) 고요한 시간 위로 밤이 오면/ 어둠에 섰는 바람을 향해/ 영혼의
> 팔을 벌리느니// 밤에 거울을 보면 거기 또 있는/ 〈나〉라는 여인/ 진정
> 이건 누구일까
>
> 　　　　　　　　　　　　　　　　　　　　　-「자화상」[48] 부분

　화자의 밤에 정적이 흐른다("고요한 시간 위로 밤이 오면"). 이 시간
은 시인이 절대적으로 혼자만 보낼 수 있는 시간이 된다. 화자는 그 고

---

47) 김남조, 『金南祚 詩全集』, 서문당, 1983, 384-385쪽(9시집 『同行』).
48) 위의 책, 172-174쪽(4시집 『情念의 旗』).

요한 밤이 찾아 왔을 때 "어둠"을 향해 "영혼의 팔"을 힘껏 벌려본다. "영혼의 팔"을 벌린다는 것은 나의 자아를 꺼내어 펼쳐 놓는 것이다. 그렇게 해도 아무도 방해하는 이 없는 깊은 밤이므로 나 자신과 집중하며 만날 수 있다. 화자는 시에서 "거울"을 응시한다. 겉모습만 비추는 낮과 달리 밤에 거울을 보는 행위는 나에게 온전히 집중할 수 있다. 거울에 비친 내 겉모습과 또 다른 내면의 자아를 만나며 사유할 수 있는 고요한 하나의 공간이 생성된다. 그 자아를 "거울"을 통해 내면의 자아가 다시 한번 상기되면서 이 밤의 시간에 특별한 공간이 되는 것이다.

윤동주의 「자화상」[49]에서 우물에 나의 모습을 비춰보는 시간도 밤의 시간대("달이 밝고")이다. 자화상은 많은 시인들의 모티프이기도 한데 이상의 「거울」[50]에서도 자화상을 그렸다. 이상의 시에서는 시간대는 나와 있지 않지만 나의 모습을 비추며 나의 자아와 만나는 시간을 갖는다는 것이 공통점이다. 화자도 「처음 써보는 자화상」[51]의 시에서 "항상" 자신의 분신을 보며 "숙명적"인 내면의 만남을 피할 수 없는 것임을 인정하고 있다. 이렇게 거울을 보며 "사념"을 하는 시간은 「머리를 빗으며」의 시에서도 찾아볼 수 있다.

머리를 빗는다/ 이밤/ 헤일 수 없는 어둠의 실오락지를 빗어 내리듯/ 丹念히 머리를 빗질한다// 포실한 모발/ 올올이/ 純墨의 潤光이 맺히는 건/ 사람의 사념 그리도 어두운 탓인가// 난로에 기름을 더 준다/ 소리 지

---

49) 윤동주, 「自像畵」, 『사진판 윤동주 자필 시고전집』, 민음사, 1999, 292쪽.

50) 이상, 「거울」, 『증보 정본 이상문학전집1_시』, 소명출판, 2009, 83쪽.

51) "거울 속엔 이 한 사람/ 매번 거기 있는 나여, 숙명적 권태여//" -김남조, 『심장이 아프다』, 문학수첩, 2013, 140쪽.

르며 불타는/ 純粹,/ 마치도 충실을 아는 두 영혼이 만나/ 서로 한없이 껴
안는 광경이다// 가능의 黎明을/ 불의 불무더기로/ 凄艶히 불사룬 精神史
를/ 인류는 가지고 있고/ 실상 충실을 익히는 일 그쯤에 쓰기론/ 누구도
그 시간이/ 적었다고야 못하련만// 유한 수압을 가르며/ 深海漁族의 지느
러미를 빗질하듯/ 긴 머리를 빗으며/ 이밤/ 나는/ 쫓겨난 여자처럼 춥다
– 「머리를 빗으며」⁵²⁾ 전문

위의 시에서 거울을 본다는 말이 직접 언급되지는 않지만 "포실한 모
발"을 눈으로 확인하고 있음에서 드러난다. 앞의 시에서 거울 속 자아를
응시했던 모습처럼 화자는 침묵 속에서 "어둠의 실오락지"같은 머리를
빗으며 거울 속의 자신과 함께 "사념"에 빠져 있다. "순묵"과 같은 까만
머리는 화자가 느끼는 밤의 공간의 색을 암시한다. 그의 사념("사람의
사념")도 순묵처럼 까만 머리색과 같이 "어두운 탓"인지 어두운 밤과 같
은 화자의 마음에서 내면의 집중을 하고 있다. "심해어족의 지느러미를
빗질하듯" 화자의 긴 머리를 "단념"히 빗질하며 그러한 행위를 본인의
어지러운 마음에 빗대고 있다. 결국 "단념히" 들여다봄으로 현재 자신의
내면("이밤")이 쓸쓸하다는("춥다") 것을 내비친다. "머리를 빗으며" 맺
히는 "윤광"에서 근심과 혼란("사념")과 같은 생각의 정리를 보인다. 그
매끄러운 물방울이 화자의 어지러운 마음을 정리하고 있는 것이다.
　시에서 나오는 "두 영혼"이 만나 "한없이 껴안는 광경"은 앞서 언급한
서로 다른 존재들이 '공존'하는 공간이다. 이 "두 영혼"이 화자의 자아와
의 만남이든 현재와 과거의 만남이든 이들의 공간이 생성됨으로 이 시

---

52) 김남조, 『金南祚 詩全集』, 서문당, 1983, 318-319쪽(7시집 『雪日』).

간은 매우 의미 있어 진다. 이런 공간은 오롯이 "밤"에만 생성되고 있기 때문이다. 더불어 아무런 소리가 없이 "머리를 빗"는 행동 하나로만 두 영혼의 시공간이 만들어지고 있다는 점에서 김남조의 밤의 시간은 특별하다.

> 온 밤을/ 눅눅한 석회벽에 기대어/ 울고 있는 어둠// 죽음이 입맞춤할 사람을 찾아/ 꼬리 긴 바람 같이/ 서성이는지도 모르지// 후두둑 가슴 떨리는/ 별, 발가벗은 진실의 몸서리치는 눈짓앞에/ 참회나 할까부다/ 사랑한 일만 빼곤/ 나머지 무엇이나/ 내 잘못이었으니까
>
> – 「밤에」[53] 부분

「밤에」 시에서는 "어둠"의 시간, 자신과 만나 "참회"하는 시간을 갖고, 사념하는 시간을 갖는다. 인간이 느끼는 부정적 감정은 조절하기가 쉽지 않다. 이는 자연스러운 것으로 그런 감정들을 마주함으로 자아를 성찰하게 되며 그로 인해 내면의 변화가 생긴다.

우리 인간이 "순수하게 포착할 수 없는 시간"은 인간의 내부에서 움직인다. 그것이 "지향적 긴장"이라는 것인데 하이데거는 그 "긴장"을 "현존재의 자기 펼침"이라 설명했다. "자기 펼침"은 "공간과 시간"이라는 "이중적 의미"를 지닌다. 그것을 "자신의 시간"으로 만들어 "시간과 더불어 성숙함"이라는 관계를 만드는 인간은 "미래지향적"인 인간이다.[54]

그의 13시집 『평안을 위하여』에서도 노년기가 된 자신을 바라보는

53) 위의 책, 280쪽(6시집 『겨울 바다』).
54) 뤼디거 자프란스키, 『지루하고도 유쾌한 시간의 철학』, 은행나무, 2016, 66-67쪽.

「이순의 여자」[55]라는 시가 있다. 자신의 행동을 충분히 성찰하고 삶을 되돌아보는 시간을 자주 가졌다. 김남조는 그러한 "긴장"을 밤의 시간에 온몸으로 충분히 받아들이고 성숙으로 승화시켜 나간다. 충분히 과거를 성찰하고 새벽을 준비하는 "미래지향적"인 사람이었음은 두말할 것도 없다.

> 하루의 짜여진 일들/ 차례로 악수해 보내고/ 밤 이슥히/ 먼데서 돌아오는/ 내 영혼과 나만의/ 기도 시간// 「주님!」/ 단지 이 한 마디에/ 천지도 아득한 눈물,/ 날마다의 끝순서에/ 이 눈물 예비하옵느니/ 남은 세월/ 모든 날에/ 나는 이렇게만 살아지이다/ 깊은 밤 끝순서에/ 눈물 한 주름을/ 주께 바치며 살아지이다
>
> – 「밤 기도」[56] 전문

자아를 인식하고 성찰하는 시간을 김남조는 중요하게 생각했다. 그중에서도 신앙에서 기독교적 사유는 매우 중요한 부분을 차지한다. 김옥성은 김남조에 대하여 그의 "기독교적 사유와 상상은 그 깊이와 넓이가 압도적"이라고 언급하였다.[57]

「밤 기도」를 보면 "날마다의 끝순서"에 이르는 그가 잠들기 전 행하는 기도가 고백과 자아성찰을 통한 내면의 견고함을 다지는 의식이 된다. 정해진 일과로 하루를 보낸 "밤", "이슥히 먼 데서 돌아오는 내 영혼과 나만의 기도 시간"에 화자는 "주님"을 나직이 불러보는 단 한 마디에도,

---

55) 김남조, 『평안을 위하여』, 서문당, 1995, 18-20쪽.
56) 김남조, 『바람세례』, 文學世界社, 1988, 46쪽.
57) 김옥성, 「김남조 시의 가톨릭적 여성주의 연구」, 『어문론총』91, 2022, 211쪽.

하루를 평안히 살았다는 안도감과 감사함에 "눈물"부터 난다.

"나만의 기도시간"은 김남조의 밤의 시간이 온전히 내가 누릴 수 있는 중요한 공간이었음을 알 수 있다. 다른 사람에게 내보일 수 없는 "눈물"을 보이려면 내 자신("내 영혼")을 온전히 드러내야 하기 때문이다. 그 시간은 천지만물이 잠드는 고요한 "밤"의 시간밖에는 없다. "남은 세월", "모든 날" 화자는 "끝순서"에 이렇게 밤의 시간에 영혼의 기도를 올릴 수밖에 없다고 고백한다. 그 의지하는 '대상'과 나 자신이 만나는 '밤'의 시간이 얼마나 소중한지 알 수 있는 대목이다. "내 영혼과 나만의/ 기도 시간"은 나를 돌아볼 수 있는 자아 성찰의 시간도 되고 있다. 그 밤은 고요할 것이며, 침묵 속에 이루어진다. "기도"를 올리는 행위로 인해 이런 귀한 시간을 감사히 여기고 참된 시간으로 생각하고 있으며, 평생을 "눈물"로 참회하며 "주"께 의지하며 살아가는 다짐으로 신앙인의 믿음을 보여준다.

이 시는 "날마다" 하루를 마감하는 "기도"의 의식과 "주님"을 만나는 공간의 '밤'이 김남조에게 얼마나 큰 인생에 한 부분을 차지하며 안정감과 안도감을 주었는지 살펴볼 수 있는 시이다. "과거를 회상하고 현재를 과거의 결과로 보는 동시에 미래의 새로운 발전을 위한 중간 과정인 시간을 하나의 차원으로 인식하는 능력은, 인류의 독특함으로 자신의 정체성을 확인하는 근본적인 방법"이라 한다.[58] 시인 역시 그 시간을 중요하게 생각했으며 김남조에게는 곧 밤의 시간이 절대적이었다.

편지를 쓰게 해 다오// 이날의 할말을 마치고/ 늙도록 걸르지 않는/ 독

---

58) 그레이엄 클라크, 『공간과 시간, 그리고 인간』, 푸른길, 2011, 65쪽.

백의 연습도 마친 다음/ 날마다 한 귀절씩/ 깊은밤에 편지를 쓰게 해 다오// 밤기도에/ 이슬내리는 寂滅을/ 촛불빛에 풀리는/ 나직이 습한 樂曲들을/ 겨울枕上에 적시이게 해다오/ 새벽을 낳으면서 죽어 가는 밤들을/ 가슴저려 가슴저려/ 사랑하게 해 다오// 세월이 깊을수록/ 삶의 달갑고 절실함도 더해/ 젊어선 가슴으로 소리내고/ 이시절 골수에서 말하게 되는 걸/ 고쳐못쓸 유언처럼/ 기록하게 해 다오/ 날마다 사랑함은/ 날마다 죽는 일임을/ 이 또한/ 적어두게 해 다오// 눈 오는 날엔 눈발에 섞여/ 바람부는 날엔 바람결에 실려/ 땅끝까지 돌아서 오는/ 영혼의 밤외출도/ 후련히 털어놓게 해 다오// 어느날 밤은/ 나의 편지도 끝날이 되겠거니/ 가장 먼/ 별 하나의 빛남으로/ 종지부를 찍게 해 다오

- 「밤편지」[59] 전문

보통, 편지를 쓰는 시간은 누군가를 생각하며 집중해야 하는 시간이다. 이 시의 제목인 「밤편지」는 시인의 하나의 공간에서 사유가 이루어진다. 침묵 속에서 이루어지는 이 행위는 고요함을 동반한다. 늘 버릇처럼 지켜왔던 밤기도("늙도록 걸르지 않는/ 독백의 연습")를 마치고 삶의 바램들을 '하게 해다오'라는 반복적 어투로 편지를 매개체 삼아 바램들을 나타낸다. 담담하게 흐르는 시의 운율에서 절제와 조화의 감정을 내재하고 있다. "밤기도에 이슬내리는 寂滅"은 밤과 새벽의 경계이다. 화자는 새벽이 오는 모든 것들의 심상을 "악곡"으로 표현하면서 겨울("겨울枕上")의 새벽 밤을 맞이한다. "촛불빛"의 "악곡"들도 편지를 쓰고 있는 새벽 밤의 정취를 나타내어 주는 시어이다.

화자는 베갯머리를 적시게 하는 "새벽을 낳으면서 죽어가는 밤들"의

59) 김남조, 『金南祚 詩全集』, 서문당, 1983, 441-443쪽(10시집 『빛과 고요』).

희생으로 순환의 사유를 전개한다. 전날의 지난했던 시간을 밤의 시간
에 털어버리고("죽어 가는 밤") 다음날의 희망("새벽")을 "낳"는다. 그렇
게 삶의 시간을 "눈발"과 "바람"결에 보내버리며 매일 성장하는 삶으로
후련하게 생을 마감하고 싶다. 자신의 "밤외출"은 사유하는 삶이며 끝나
는 날까지 지속되기를 염원하고 있는 것이다. 하이데거는 "인간은 인간
이기 때문에 사유하는 것이 아니라, 사유하기 때문에 비로소 인간으로
존재한다[60]"고 말한다. 인간은 사유함으로 성장하고 무엇을 사유하는지
에 따라 상상력 또한 넓고 깊어진다.

> 그대는 오늘도/ 밤의 불침번으로/ 불 꺼진 도시풍경을 응시한다/ 낭만
> 과 고독을 노래하며/ 시대의 불행을 번뇌한다/ 그대의 천직이다
>
> ―「젊은 시인들에게·2」[61] 부분

　화자는 "밤의 불침번"으로 "도시풍경을 응시"하며 밤을 직시하고 있
다. 이 시에서의 밤은 낭만과 고독의 상징으로 이미지를 구현한다. 낭만
과 고독으로 도시의 밤을 대면함으로서 "시대의 불행"에 대하여 번뇌와
사색을 즐기고 있다.
　김남조는 "사실상 시인은 잠자지 않는 촉수이며 밤에도 깨어 있는 정
서의 불침번[62]"이라 언급했는데 그만큼 시창작을 위해 밤의 시간에 많
은 사유를 했다고 볼 수 있다. "천직"이라는 시어에서 드러나듯 그 행위
를 빈번하게 즐긴 것이다. 젊은 시인들에게 전하는 메시지처럼 보이지

---

60) 마르틴 하이데거, 『사유란 무엇인가』, 길, 2005, 27쪽.
61) 김남조, 『충만한 사랑』, 열화당, 2017, 132-133쪽.
62) 김남조, 「시와 시인이 하는 일들」, 『진주를 만드는 상처들』, 청아출판사, 1991, 231쪽.

만 그가 시인으로 살면서 밤을 지새며 보낸 지내온 날들에 대한 회고록
이다.

> 시인이여/ 우리는 시에게 잘못하는 일이 많다/ 하면 오늘밤 각자의 시
> 앞에/ 속죄의 등불을 켜고/ 새벽녘까지 천년처럼 긴 밤을/ 피땀으로 고
> 뇌하며/ 시의 참 배필로 있자
>
> – 「시에게 잘못함」[63] 부분

김남조는 그의 시작(詩作) 활동에서 유난히 고뇌하는 모습을 많이 보
여왔다. 김남조는 그의 산문에서 "시인이고자 하고 사실상 시인인 동안
까지는 매일 매시간 험준한 내면의 등반을 감내해야 하며 새로운 백지
와 한 견고한 침묵과의 대결이 불가피하다"고 언급했다.[64]

시에 대한 진정성과 진지함을 토대로 삼아 시인들에게 시를 높이 의
식하여 참된 시를 쓰자는 염원이 담겨 있는 것이다. 그 시작(始作)은 "오
늘밤"이 되고, 각자의 시 앞에 "속죄의 등불"로서 밤이 지나가는 통로의
끝인 '새벽'을 희망한다.

김남조는 시를 위해 "많은 것을 버"리는 것은 "시의 집중"이며 많은
것을 "주워담고 보듬어야 한다"는 것은 "감성의 풍요"를 의미한다고 설
명한다.[65] "창작의 원리"를 "끝없는 전신(轉身)과 변혁의 명령"으로[66]",
"피땀"이 되는 창작의 수고스러움을 성스럽게 여겨 시인들의 고통스러

63) 김남조, 『귀중한 오늘』, 시학, 2007, 42–43쪽.
64) 김남조, 「시와 시인이 하는 일들」, 『진주를 만드는 상처들』, 청아출판사, 1991, 229쪽.
65) 김남조, 「시를 쓸 때」, 『진주를 만드는 상처들』, 청아출판사, 1991, 237쪽.
66) 위의 책, 237–238쪽.

운 시작 활동을 위로와 격려로 전달한다. 그런 창작의 배경이 주로 밤이
면서 고뇌하는 시간을 "천년처럼 긴밤"의 시간으로 집약된다.

> "밤이 영 떠나지 않는다고 여겨지는 시절도 있다. 하나 언젠가는 밤의
> 끄트머리에 새벽의 황금 수실이 걸리고 절차로 부풀어서 새날의 해가 되
> 기 마련이다. 땅 속에서 지상의 나무 중략을 괴어주는 실한 나무뿌리와도
> 같은 존재의 의미, 그것이 곧 삶의 내성(耐性), 밤의 위대이다.⁶⁷"

　김남조는 삶의 고백과 기도의 삶 속에서 밤이 주는 시간이 하루를 정
리하는 마음의 전환점이 되고, 밤의 시간을 보내고 나면 새로운 희망이
빛처럼 쏟아질 것이라는 확신을 갖고 있었다.⁶⁸ 절망 속에서도 희망을
버리지 않는 인간의 모습을 "나무 뿌리"와 비교하며 "밤"의 공간에서 성
찰하며 희망을 쌓는 그 시간을 "위대"한 "삶의 내성", 곧 삶의 의지라 칭
한다.
　이 장에서는 김남조의 밤의 공간에서 내면에 집중하고 자아를 찾아
사유를 펼치는 모습을 살펴보았다. 작은 방 안에서 자신을 맞는 행위는
머리를 빗거나 편지를 쓰거나 기도를 하는 고요함 속에 이루어졌다. 침
묵으로 이루어진 작은 방은 자신의 영혼을 대면하고 다른 영혼과의 만
남까지도 이어지는 장이 된다. 더불어 참회와 눈물로 과거를 회상하고

---

67) 김남조, 「밤과 새벽」, 『진주를 만드는 상처들』, 청아출판사, 1991, 249쪽.
68) "이 시대는 어둡다. 하늘이 땅의 지붕이듯이 어둠은 밤의 지붕이며 지금이 바로 밤인
　　탓이다. 그러나 밤에만 보이는 빛이 있다. 검은 하늘이 뿌려 주는 억천만 개의 순금
　　의 불티들, 우리는 이를 불러 별이라 이름한다. 금빛의 눈처럼 별빛들이 쏟아져내리
　　고 있다. 그리고 별빛의 저편 끄트머리엔 거대한 새벽이 이어지고 있다. 그래 참말이
　　다. 새벽의 약속이 없는 밤이 있다고는 오늘날 우리 중의 누구도 생각하지 않는다."
　　-김남조, 「밤의 이야기」, 『진주를 만드는 상처들』, 청아출판사, 1991, 93쪽.

성찰하며 미래를 그렸다. 삶에서 반복되는 밤의 순환을 통해 내면으로부터 깨달음을 얻고 인간의 성장을 추구한 것이다. 자신의 밤의 공간을 통해 평생의 업이었던 '시인의 삶'에도 밤의 공간은 저절로 스며들었다. 밤을 자신만의 절대적 공간으로 활용하며 상상력의 시간을 갖는 '시력의 힘'을 키운 셈이다.

5. 결론

　지금까지 우리는 김남조 시에 나타난 밤의 의미를 살펴보았다. 어느 일정한 시간대를 두고 그 의미를 알아보고 분석해 보는 일은 작가의 의식 연구와 작품 연구에도 영향을 미치는 작업일 것이다. 김남조의 시 전편에서 자주 나오는 '밤'은 그에게 특별한 의미였다.

　밤의 이미지는 본연의 색인 짙은 어둠에 가깝다. 김남조의 시에서 밤의 심상은 어두움이고, 죽음이나 이별로 인한 슬픔이나 절망이 내재되어 있다. 그러나 그는 밤의 의미를 어둠에만 국한한 것이 아니라 어둠 속에서 눈부신 빛을 발견한다. 어둠에서 생명을 발견한 것이다. 생명을 위해 희생하고 헌신한 이들의 숭고함을 상기한다.

　「落日」에서는 생명을 해산하기 위한 밤을 위해서 해의 고통을 보여주는 상상력을 그렸다. 생명의 탄생을 보여주는 「거룩한 밤에」, 「主 나신 밤」, 「榮光의 마리아」에서는 밤의 환희와 영광을 보여주었다. 「마리아 · 막다레나」에서는 고통의 밤을 보여주지만 「부활의 새벽」에서 다시 생명의 빛을 찾는다. 그 빛의 말씀은 「밤의 말씀」에서 흐르고 김남조는 그 뜻에 따르고자 한다. 나아가 생명의 삶을 지속하기 위한 치유와 회복을 「시지프스·1」에서 보여주었다. 보이지 않는 헌신을 하는 순교적인 모든 이들의 삶을 생각했으며 그런 김남조의 생명사상을 미약하게나마 밤을 통해 엿볼 수 있었다.

다음 장에서는 밤을 따뜻한 달빛으로 인해 모성적 공간으로 인식하는 것을 확인했다. 첫 번째 장이 눈부신 빛이었다면 달밤은 따뜻한 모성이 흐르는 모체가 되어 안락함으로 평온함과 안식을 만끽하는 은은한 빛의 밤이었다. 「달맞이꽃」에서는 어둠을 어머니의 자비로 비유한다. 인자한 어머니의 품에서 자신을 펼치는 아이 같은 모습의 달맞이꽃이 그려진다. 「밤」의 시에서는 밤을 확실한 어머니의 품으로 인식하며 어머니로 부르고자 하는 화자의 모습을 살펴볼 수 있었다. 「月魄」, 「달」, 「달밤」의 시들을 통해 밤의 모태, 즉 밤이 어머니의 모성적인 모습으로까지 확장하여 사유하는 상상력을 구축했다.

마지막으로 밤은 내면의 나와 만나 침묵으로 집중하는 시간, 영혼과 영혼의 만남의 장이 이루어지는 '방'의 공간이 되었다. 밤을 맞이하는 의식, 영혼들이 깨어나는 시간을 위한 작은 불빛의 공간을 「暮日_2」에서 확인했다. 「자화상」에서는 깊은 밤 나의 영혼을 펼쳐 보임으로서 내면을 꺼내 자아를 탐구하는 시간을 살펴볼 수 있었다. 「머리를 빗으며」에서도 내면의 의식을 밤에 의지한 채 현재 나의 의식의 상태를 직면한다. 내면에 집중하고 사유하는 시간은 내 안의 영혼과 만나는 시간이다. 자아와 만나는 밤에 자신이 만든 '방' 안에서 집중하고 사유했다. 침묵과 동반한 화자의 모습은 머리를 빗는 행위뿐만 아니라 「밤기도」와 「밤편지」에서도 확인할 수 있었다.

시작(詩作)이라는 활동을 하는 그의 직업상 바쁜 낮의 생활을 제외하면 온전히 나에게 집중할 수 있는 시간은 밤이었을 것이며 그 밤의 시간에서 시인의 다양한 내면의 모습을 살펴보았다. 그는 밤의 시간에 하루를 마감하고 과거와 미래를 그리는 시공간의 시간들을 사랑한 것이다. '시력의 힘'을 키우고자 했으며 그로 인해 사유의 시간을 자주 갖고자 했다. 70년의 세월 동안 지치지 않는 시력을 보여준 것도 밤의 시간과 공간의 사유에서 많은 부분을 차지한다는 것을 확인하였다.

본 연구에서 보인 밤은 결국 빛의 공간이었다. 김남조는 어둠 속에서도 찬란한 빛을 향해 환호하고, 서로를 보듬는 모성과 같은 은은한 사랑의 빛 속에서 안정을 찾았다. 등불과 같은 지혜와 성찰, 인내의 빛 속에서 "밤의 위대"함을 역설했다. 밤의 공간을 통해 삶의 본질을 고찰하여 독자들에게 희망으로 나아감은 김남조만의 특별한 힘인 것이다.

제9장

김남조 시의 '아가' 연구

양승빈

1. 서론

　본고는 김남조의 시에 나타난 대상인 '아가'에 주목하여, 시인이 긍정적 삶을 희망케 이끄는 존재로서 '아가'의 의미를 살펴보고자 한다. 이는 김남조가 다루는 시적 대상에 관한 논의의 깊이와 넓이를 확장해 보려는 시도이다. 김남조 시에 나타나는 유아는 인간 존재의 본질에 대한 미지와 그 무한한 가능성을 시사함과 동시에 인간과 자연(생명), 인간과 종교를 매개하는 상징적 의미와 이미지를 수반한다.

　김남조가 지나온 시대는 일제의 억압과 한국전쟁의 고통으로 점철되어 있었다. 죽음의 기운이 전 국토를 가로지르던 당시 현실에서, 1953년 출간된 제1시집의 제목인 『목숨』은 시인 역시 시대의 아픔으로부터 떨어져 있지 않음을 말하는 것처럼 보인다. "6·25사변이라는 커다란 역사의 소용돌이 속에 휘말려 민족적 시련과 함께 내 개인에게도 엄청난 핍박과 고통이 따르게 되었습니다"[1]라는 언급으로 미루어, 그러한 시대 상황에서 시인 역시 정서적으로 크나큰 영향을 받았다고 할 수 있다. 이때 김남조가 마주한 비극과 그 영향은 비단 인간에만 그치지 않는다. 인간의 자기 생존을 위한 처절한 난투극 끝에 대지와 생명 역시 오염되고 피폐해졌기 때문이다. 그러나 시인은 내면을 비집고 들어온 고통과 슬픔을 시로써 사랑으로 승화하는 데 힘을 쏟았다. 신앙인이었던 그는 죽음이 드리운 대지를 위해 기도를 올리는가 하면,[2] 사랑을 노래하려는 의지를 드러냈으며,[3] 그리하여 그는 궁극적으로 훗날 다시금 생명이 약동하길 바라기도 했다.[4]

　여기서 김남조의 사유에 주목해 볼 필요가 있다. 그에게 생명이란 "선한 동력이며 무한한 가능성"이며, 죽음에 맞설 삶의 권능은 바로 "사랑"이다.[5] 이와 같은 사유는 그의 시에 나타난 유아에게도 적용될 수 있다. '아기', '아가' 등 유아를 지칭하는 직접적인 시어와 더불어 부모와 함께 있는 유아의 이미지는 70여 년에 이르는 김남조의 장대한 시편에 산재

---

1) 김남조, 「나의 인생, 나의 문학」, 『월간문학』, 1978 9월호.
2) "누구 가랑잎 아닌 사람이 없고/ 누구 살고 싶지 않은 사람이 없는/ 불붙은 서울에서/ 금방 오무려 연꽃처럼 죽어갈 지구를 붙잡고/ 살면서 배운 가장 욕심 없는/ 기도를 올렸습니다" 「목숨」 부분, 『김남조 시전집』, 59쪽(제1시집 『목숨』).
3) "앞이 보이는 사랑, 최소한 허무를 제거하고 있으면서 안식을 주는 사랑, 더하여 가능하다면 구원의 조명이 드리워진 그런 사랑을 노래하고 싶다." 「시를 쓸 때」 부분, 『사랑 후에 남은 사랑』, 미래지성, 1999, 276쪽.
4) "먼 훗날/ 산과 골짜기 마멸되고/ 지구가 빛과 체온을 잃을 때/ (…)/ 이 땅 위의 생명들이 또 다시 살아갈 어떤 길이나마 있을 것인가" 「월백」 부분, 『김남조 시전집』, 87쪽(제1시집 『목숨』).
5) "생명은 선한 동력이며 무한한 가능성일 텐데 (…) 죽음은 부동이다. 이와 맞설 '절대'를 삶 속에서 꼭 하나 찾을 수 있다면, 그것은 사랑이다." 「삶과 죽음 안의 정진」 부분, 『사랑 후에 남은 사랑』, 185쪽.

해 있다.[6] 이토록 김남조가 시에 유아를 자주 등장시킨 이유라면, 이는
단연 생명에 관한 그의 사유와 더불어 그의 삶과도 밀접한 연관이 있다.
김남조는 1955년 김세중과 결혼[7]하여 장녀 정아(晶雅, 1956), 장남 녕
(寧, 1958), 차남 석(晢, 1960), 3남 범(範, 1963)을 두었다. 숙명여대 전
임교수로 재직하며 무수한 집필과 강연을 이어가던 김남조는 가정에

---

6) 제1시집 『목숨』(1953) - 「조춘」, 「낙엽」 ; 제2시집 『나아드의 향유』(1955) - 「부동의
   좌표」, 「밤」, 「나아드의 향유」 ; 제3시집 『나무와 바람』(1958) - 「나무와 바람」, 「장마
   의 계절」, 「주 나신 밤」, 「거룩한 밤에」, 「순백의 꽃수레 속에_노천명 선생 조시」 ; 제4
   시집 『정념의 기』(1960) - 「동방의 별」, 「진혼소곡」, 「영광의 마리아」 ; 제5시집 『풍림
   의 음악』(1963) - 「필부의 창」, 「여윈 땅의 저 머리맡에」, 「모상」, 「여인 애가」, 「부활의
   주」, 「이 소망을 보아라」, 「새해 아침에」, 「낙엽 · 물보라」 ; 제6시집 『겨울바다』(1967)
   - 「연록의 새」, 「송가」, 「꽃과 여인」, 「이상한 아침 음악」, 「아가야 우리도」, 「해일 같은
   날에」, 「이 가을 첫머리」, 「성모」, 「봄 사연」, 「따스한 이월」, 「비 오는 하늘에」, 「요람 소
   곡」, 「허」, 「조기를 먼 하늘에」 ; 제7시집 『설일』(1971) - 「봄 송가」, 「주를 뵈오려」 ; 제
   8시집 『사랑초서』(1974) - 11, 16. ; 제9시집 『동행』(1976) - 「별」 ; 제10시집 『빛과
   고요』(1982) - 「생일」, 「그 젊음에게」, 「주일」, 「성탄」, 「가을에 · 2」 ; 제11시집 『시로
   쓴 김대건 신부』(1983, 여타 시집과 달리 해당 시집은 인물에 대한 예찬을 드러내므
   로 대상에서 제외했다.) ; 제12시집 『바람세례』(1988) - 「아버지」, 「슬픔에게」, 「신의
   아들」, 「아름다운 세상」, 「아들에게」, 「깨어나소서 주여」 ; 제13시집 『평안을 위하여』
   (1995) - 「평안을 위하여」, 「눈물」, 「머스마」, 「어떤 소년」, 「이제 잠을 깨시는 주여」 ;
   제14시집 『회망학습』(1998) - 「장엄한 숲」, 「막달라 마리아 · 5」, 「겨울과 봄의 노래」,
   「겨울 한강에서」, 「빛의 어머님」, 「어느 시인」 ; 제15시집 『영혼과 가슴』(2004) - 「그
   여자」, 「베틀에 앉아」, 「어질머리」, 「참사랑」, 「할아버지」, 「어린 왕자」, 「시와 더불어」,
   「그의 어머니」 ; 제16시집 『귀중한 오늘』(2007) - 「아이」, 「나비의 노래」, 「아가의 생
   일」, 「위험한 사회」, 「어떤 나라」, 「저문 세월에」, 「자식의 일」, 「슬픈 날에」 ; 제17시집
   『심장이 아프다』(2013) - 「눈의 행복」, 「모닥불 감동」, 「일용할 행복」, 「허수아비」, 「처
   음 써보는 자화상」, 「아가야, 아가 형아들아」, 「손자 이야기」 ; 제18시집 『충만한 사랑』
   (2017) - 「겨울 초대장」, 「어머니」, 「후일」, 「차복아 차복아」, 「시지프스의 딸들」, 「낙
   태아를 위하여」 ; 제19시집 『사람아, 사람아』(2020) - 「내 심장 나의 아가」, 「환한 세
   상 아기」, 「투명 인간」
7) "곡절도 많았으나 1955년 첫봄에 중림동 성당에서 혼배성사를 치렀고" 「세 갈래로 쓰
   는 나의 자전 에세이」, 『사랑 후에 남은 사랑』, 247쪽.

신경 쓸 겨를이 없었던 듯 "아이들에게 잘못을 저질렀다"[8]라며 회고한다. 업무에 치여 자녀에게 사랑을 다하지 못했다는 상념이 발현되기라도 한 듯, 출산 시기와 맞물려 출간된 제3시집 『나무와 바람』(1958)~제6시집 『겨울바다』(1967)에는 시적 대상으로서 아기의 형상이 곳곳의 시편에서 드러난 것으로 추론할 수 있다.

김남조가 세계를 바라본 관점이나 태도는 시대 상황, 삶, 그리고 그의 사유가 담긴 언어를 통해 유추할 수 있다. 이를 통해 재조명된 현실을 달리 말하자면 김남조의 시세계라 일컬을 수 있으며, 그 시세계에는 그의 경험과 느낌과 사유가 면면에 투영돼 있다.

그렇기에 본고에서 주목하는 '아가'는 더욱 의미심장하다. 그의 많은 시편에서 아이, 아기라는 시어가 다수 발견된다. 그러나 이러한 지칭은 일반적인 언어에 가깝고, 수사적 표현으로서 유아는 이미지화되거나 상징적인 측면이 적잖이 두드러진다. 그러나 '아가'는 그들을 향한 애칭이자 유아를 지칭하는 의미에서, 보다 정감이 묻어나는 말이다. 여기서 일상어와 문학 언어의 사이에서 은폐된 김남조의 사랑을 발견할 수 있는 부분이 바로 '아가'라는 점을 든다. 김남조의 시세계에 한 축을 이루는 존재로서 '아가'를 다루는 본고가, 김남조의 시에 대한 "무한한 가능성"을 확장케 하는 주춧돌 일부가 되기를 바란다.

---

8) 앞의 책, 248쪽.

2. 무명(無名)의 '아가'와의 동일시 - '잠'의 상상력

인간이란 어느 하나로 규정되지 않는 복잡한 존재다. 그러나 시간이 흘러, 수많은 경험과 변화를 지나온 인간은 스스로를 규정하고 제약하여 세계와 단절된다. 이때의 세계란 말하자면 전인적 합일이 이루어지던 낙원, 태초의 인간이 영위했다는 에덴을 떠올리게 된다. 에리히 프롬에 따르면, 인간은 일단 '낙원-자연과의 본래의 합일 상태'에서 쫓겨나면, 그곳으로 다시 돌아가기 어려우며, 철저하게 상실한 전(前) 인간적 조화 대신에 이성을 발달시켜 인간적인 조화를 통해 앞으로 나아간다.[9] "무한한 가능성"의 존재였던 한 생명으로서 인간은 현실을 맞닥뜨리면서 스스로 세운 고뇌와 갈등, 고통의 벽을 허물기 위한 노력에 매진하는 것이다. 더 나은 방향으로 나아가야 한다는 방향성이 자아의식에 자리 잡은 순간, 그야말로 인간은 세계와 구분된다.

하지만, 이러한 인간의 유아기는 자신을 그 무엇과도 구별하지 않는다. 자아의식조차 완고히 자리 잡지 않은 아기를 관찰하면, 아기는 인간이 철저히 상실했다는 전 인간적 조화를 곧잘 떠올리게 한다. 이는 종교적 관점의 설명으로도 충족되지 않는 가히 미지의 영역이라 할 수 있다. 김남조 시의 '아가'는 그러한 미지와 맞닿아 있으며, 이는 곧 존재 자체에 대한 경외로 표현된다.

1
아가의 머리맡에 햇빛이 앉아 놉니다

---

9) 에리히 프롬 저, 황문수 역, 『사랑의 기술』, 문예출판사, 2004, 23~24쪽.

햇빛은 아가의 손님입니다

아가가 세상에 온 후론
비단결 같은 매일이었습니다
아직 눈도 아니 뵈는
쬐그만 우리 아가

아가는 진종일 고이 잡니다
잠은 아가의 요람
아가는 잠에 안겨 자라납니다

아가는 평화의 동산
지즐대는 기쁨의 시내입니다
아가는 엄마의 등불입니다
아가 함께 있으면 훤히 밝아오는
마음이 있습니다

2
아가는 아직 이름이 없습니다
갓난 어여쁜 병아리며 강아지에게
이름이 없듯이
아가도 아직 이름이 없습니다

새벽이라 밤이라 으스름 저녁이라
허구많은 글자 속에 찾고 찾았건만

아가를 부를
아가처럼 귀여운 글자가 없었습니다
하늘의 별밭, 바다 속 진주더미
아가의 이름을 어디서 얻어 올까

아가는 아직 이름이 없습니다
머나먼 나라에서 처음으로 보내온
파란 새 흰 꽃의 이름을 모르듯이
우리 아가 이름을 모릅니다

– 「아가에게」 전문, 『김남조 시전집』, 170~171쪽(3시집 『나무와 바
람』).

위 시는 화자인 "엄마"가 "아가"의 곁에서 경험하는 내면의 긍정적 충
만함(1)과 존재론적 측면에서 아가의 본질에 대한 화자의 미지(2)를 드
러낸다. 시에서 화자의 내면은 "새벽", "밤", "으스름 저녁"으로 나타난
다. 화자는 "이름"을 찾으려 하지만, 어둠의 이미지는 이를 방해하는 요
소로 작용하고 있다. 그러나 아가가 "세상에 온 후" 화자의 세계는 "비단
결"처럼 밝아지며, 이로써 화자는 아가로부터 내면의 긍정적 변화를 경
험하고 있다. 어두움이 내려앉아 아가의 이름을 찾기 어려운 현실적 여
건조차도 아가의 이름을 얻어올 "하늘의 별밭"으로 변모하기 때문이다.

1에서, 그런 아가에게 햇빛은 무엇에도 여과되지 않은 "손님"이다. 아
가는 햇빛이 "머리맡에 앉아" 노는, 즉 "햇빛"과 하나 된 모습으로 형상
화된다. 이때 아가는 화자의 "등불"이 되어 화자 내면의 어둠을 걷어냄

으로써("훤히 밝아오는/ 마음") 화자에게 긍정적 충만함을 선사한다. 여기서 화자가 경험하는 충만함에 있어, 아가는 어떠한 의도적인 행위도 하지 않는다. 그저 "잠에 안겨" 있을 뿐이다. 심지어 아가는 그러한 잠을 통해 자라나기까지 한다. "눈도 아니 뵈"지만 햇빛이 앉아 놀 수 있는 곳이 될 수 있으며, 깨어있지 않으면서도 성장하는, 무한한 가능성 그 자체인 것이다.

자연(물)과의 조화는 2에서 심화한다. 아가는 "갓난 어여쁜 병아리며 강아지", "파란 새 흰 꽃" 등 자연물과 동일선상에 놓인다. 여기서 이들과 아가의 동일시를 완성하는 매개항은 '이름의 부재[無名]'다. 명명하기[10]는 자신과 타자를 구분하는 대상화의 일환이다. 그러나 아가는 타자로서의 화자가 시도하는 모종의 인위와 의식적 대상화에 얽매이지 않는다. 화자는 "글자(속)"에서 아가의 이름을 찾지만, 글자에는 아가에게 어울리는 이름이 "아직" 없다. 화자는 지속적으로 아가를 부를 "이름이 없"다고 말하는데, 이 지점에서 언어를 통한 '명명하기'는 적용되지 않는 것이다. 이름이 규정되지 않은 아가는, 화자에게 자연물과 대등한 존재 혹은 그 존재 자체로 자연으로 인식된다. 그리하여 화자는 글자가 아닌 자연에서 아가에게 어울리는 이름을 "얻어" 오려고 한다. 여기서 화자는 자신이 알지 못할 뿐 아가에게는 이름이 없지 않음을, 인간의 언어로서 '명명하기'는 그 '생명의 본질'을 대변할 수 없다는 인식에 다다른다. 이에 화자는 그 본질이 인간의 사유가 닿지 않는 곳("머나먼 나라")에 놓여 있다고 상상한다.

---

10) "언어의 명명하기와 명명되기의 기능은 인간 삶의 올바른 의미와 존재, 그리고 초월을 결코 담을 수 없다." 전석환·이상임, 「이름, 그 '명명하기'와 '명명되기'의 의미-동학·천도교의 동덕(同德) 개념을 중심으로」, 『동학학보』 29, 2013, 420쪽.

그의 시에서 아가는 결국 외적 형상만이 어린 인간의 모습을 띨 뿐, 그 본질은 자연과 동일시되거나 혹은 자연 그 자체로 인식되는 것이다. 아가의 본질에 대한 화자의 미지는 곧 아가의 무명에서 비롯된다고 할 수 있다. 아가의 무명성은 언어를 통한 의도적 대상화의 틈입을 허용하지 않는 비범의 경지이자 미지의 작용인 셈이다. 이름 부르기, 호명에 관해 김남조는 자신의 산문 「그 이름에게」에서 다음과 같이 말한다.

나는 강렬하고 쉼 없이 호명의 충동을 느낀다./ 그 이름을 통해, 그 이름 속에서, 삶의 긍정을 분명히 하고 더하여 상명(爽明)한 질서와 품격 있는 조화를 누리고 싶어했다. 사람은 자신에게 일어날 일들에 대해 언제나 모른다. 다만 사람이 알고 있는 능력의 근본은 최선을 다함과 결과에의 신뢰이다./ 나는 궁극의 한 이름을 알고자 했다./ 그 이름에게 말하고, 그 이름과 더불어 생각하며, 그 이름 안에 소박한 사상의 처소를 펴고자 했다. 사색의 반려가 되고 정념의 어진 스승이 되어줄 귀한 연분의 한 이름. 이는 친숙한 사이에서나 전혀 미지의 영혼에서도 구할 수 있을 것이다./ 나는 실제로 한 이름을 불렀다./ 단호하고 뇌명(雷鳴)같이, 그러나 낮은 음성으로 그를 불렀으며 그 이름에 적시어 들어갔다. 있을 수 있는 가장 귀한 위안과 희열을 낳아 주며 오성의 깨우침도 가능케 할 듯이 여겨졌다./ 다양한 광채에로 팔을 벌리고, 혼자의 음성에서 여럿의 화음을 들으며 닫힌 문을 열어 묶였던 것들을 해방하여 만전인 가호 아래 자라게 할 것 같았다.[11)]

신실한 신앙인으로서 김남조를 떠올리면, 윗글에 나타난 '이름'은 다

---

11) 「그 이름에게」 부분, 『사랑 후에 남은 사랑』, 81쪽.

분히 신을 향한 그의 경외가 담긴 '호명의 충동'의 맥락에서 파악된다. 그러나 이는 위 시의 "아가"에게도 대입될 수 있으며, 아가는 곧 인간이 자 한 생명으로, 이름을 모르는 미지의 존재로 인식되는 것에서 그러한 가능성이 두드러진다. "이름을 불렀다"라고 말한 이후부터 영적 체험의 연속적인 서술이 이어지는데, 이 지점에서 아가는 존재론적 차원에서 자연물, 더 나아가서는 초월자와도 일맥상통하는 것으로 파악할 수 있 다.

그리하여 '아가'라는 지칭조차도 더 이상 시적 화자의 필수 불가결한 언어화라는 인식에서 벗어난다. 아가는 언뜻 보기에 시적 화자가 자기 자녀만을 지칭하는 것으로 읽힌다. 그러나 그의 시에서 시적 화자는 아 가의 "이름"을 모른다. 이름이 자신과 타자를 구분하는 것이라 한다면, 아가라는 지칭은 부모 자녀 관계에서의 개별적 지칭이 아닌 모든 아가, 새 생명을 향한 '이름 부르기'이며 영적 체험을 가능케 하는 외침이다. 그리하여 "아가"라는 존재는 '화자의 자녀'라는 고정된 이미지에서 무화 (無化)하여 자연과 동일시되고, 현실 세계의 수많은 아기를 상징하며, 그 자체로 하나이면서 모두인 생명, 더 나아가서는 경외의 대상이라는 여러 층위의 접근이 가능해지는 것이다.

한편 화자는 그런 아가의 곁에 함께 있기를 강렬히 희망한다. 함께 있 다는 것은 같은 세계를 보고 경험하려는 동일시의 희망이 발현된 것이 다. 이는 다음의 시 「아가와 엄마의 낮잠」을 통해 확인된다.

아가 손 쥐고
아가 함께 엄마도 단잠 자는
눈 어린 대낮

아가 얼굴이사
물에 뜬 미끈한 달덩이지
눈이야 감건 말건
훤히 비치는 걸

조랑조랑 꽃이 많은 꽃묶음이나
잘 익은 과일들의 과일바구니모양
달디단 살결 내음
아가의 향기

꿈결에도 오가느니
아가 마음과 엄마 마음
금수레에 올라탄
메아리라 부르랴
사락사락 입맞추는
봄바람이라 부르랴

아가 한 번 눈떠 보면
엄마도 잠이 깨고
아가 방긋 웃어 주면
엄마 가슴은 해돋이

창호지 한 장 너머
누가 오고 누가 가건
우리 아가 옆자리는

엄마의 낙원

- 「아가와 엄마의 낮잠」 전문, 『김남조 시전집』, 222~223쪽(4시집 『정
  념의 기』).

위 시에서 "아가"의 곁에는 "엄마"가 있다. 화자는 아가의 손을 쥐고, 얼굴을 바라보고, 아가의 "달디단 살결 내음"을 느낀다. 아가는 화자에게 촉각, 시각, 미각, 후각 등의 오감을 체험시키고, 화자는 이를 형상화하며 이내 그 체험으로부터 자연을 떠올린다. 이때 화자는 자신과 아가의 거리가 한층 좁혀진 것과 같이 자연과 자신이 가까워지고 있음을 깨닫는다.

화자가 아가와 일체감을 느끼고, 그 일체감이 구체화하는 지점은 '잠[睡眠]'이다. 화자는 아가와 물리적 거리를 좁혀 오감으로 함께하는 한편, 꿈속에서도 하나 되기를 희망한다. ("꿈결에도 오가느니/ 아가 마음과 엄마 마음") 이윽고 화자는 아가와 육체적 감각의 합일을 이룩하며, ("아가 한 번 눈떠 보면/ 엄마도 잠이 깨고") 마지막 연에 이르러 아가의 "옆자리"는 화자의 "낙원"이 된다. 프롬은 이 에덴-낙원으로부터 일단한 번 분리되면 다시 돌아갈 수 없다고 했지만, 화자는 아가가 곧 자연이자 낙원임을 깨닫고 마치 그곳으로 다시 돌아간 것만 같은 내면의 충만함을 느낀다. 이에 화자는 바깥("창호지 한 장 너머")에 "누가 오고 누가 가건" 더 이상 신경 쓰지 않는다. 화자는 "아가 얼굴"을 통해 "물에 뜬 달덩이"와 "해돋이", 즉 순환하는 자연을 떠올리고, 그로써 감은 눈으로도 어둠이 아닌 빛을 체험하기 때문이다. ("훤히 비치는 걸")

잠든 아가의 손을 쥐어 본다
흰 이마 귀여운 귀뿌리에 달빛이 머물고
눈썹 적시며 살결에도 스민다
아가 머리맡엔 흰 석고의 성모상
성모의 발에 달빛이 출렁인다

잠자는 이들은 좋은 술에서처럼
잠에 취하고
잠자지 않는 이는
자신의 분신들을 만나고 있다
숨겼던 사랑을 들고 나오는 나와
미진한 염원에 가슴이 더운 나와
가책의 질고를 앓고 있는 내가
숙연하게 원탁을 둘러앉는다

달은 둥근 얼굴의 상냥한 마음씨
닫힌 유리창을 넘어 와서
나의 눈앞에 유백색 등을 건다

- 「달밤 · 1」 전문, 『김남조 시전집』, 248쪽(4시집 『정념의 기』).

'잠'이 조화의 매개항이 된다는 것은 위 시를 통해서도 확인된다. 잠
자는 아가의 "이마"와 "귀뿌리"에는 "달빛"이 머물고, "눈썹 적시며 살결
에도 스민다." 이때 달빛은 "머리맡"에 놓인 "흰 석고의 성모상/ 성모의
발"에도 닿는데, 이는 잠자는 아가가 마치 낙원에서 조화를 이루고 있다

는 인상을 준다.

　다만 위 시에서 화자는 "잠자지 않는"다. 잠들지 못한 화자는 "자신의 분신들", 여러 정체성의 "나"와 "숙연하게 원탁을 둘러앉는다." 아가와 함께 잠들지 못했을 때, 화자는 수많은 고뇌를 지닌 여러 정체성과 만나며 내면의 분리를 체험한다. 세계와의 분리는 고사하고 내면의 분리로 인해 잠조차 들지 못하는 화자에게는 갖가지 고뇌가 엄습한다. 각각의 "나"는 "숨겼던 사랑"이 있고, 제 "미진한 염원에 가슴이 더"워 오고, "가책의 질고를 앓고 있"다. 그러나 아가와 성모상을 비추던 "달"은 "상냥한 마음씨"를 베풀어 분신을 만나고 있는 "나"에게도 빛이 도달하게 한다. 달빛은 아가의 살결에 스미듯, 화자를 둘러싼 모종의 경계("닫힌 유리창")를 넘어와 "나"에게도 가까워지며, "눈앞에 유백색 등을 건다." 아가는 잠자는 것을 통해 성모상이 그러하듯 달빛을 매개하여 마치 당연한 양 화자에게 가 닿게 하지만, 화자는 자신과 달빛 사이에는 경계가 있음을, 그럼에도 경계를 넘어와 자신을 위로해준다는 초월적 권능에 "상냥"함을 느낄 따름이다.

　생명에 대한 김남조의 예찬은 그 "무한한 가능성"에서 비롯되며, 이는 "아가"를 통해서 확인된다. 화자는 아가의 '이름의 부재'를 통해 자연물과 동일시되거나 더 나아가서는 자연 및 생명 그 자체로 인식한다. 이때 아가가 그러했듯 시적 화자 역시 자신을 "엄마"라 일컫는 것으로써 '아가의 엄마'라는 일대일의 고정된 이미지에서 벗어나고, 세상 모든 아가와의 조화를 추구하는 동시에 자신 역시 세상 모든 엄마의 상징으로 자리매김하고 있음을 파악할 수 있다. 그러나 화자는 아가처럼 자연과의 동일시, 초월자와의 동일시는 이룩하지 못한다. 그렇기에 '아가'와의 동일시로서 '잠'의 상상력을 펼친다. 한편 '잠'에 들지 못한 화자의 모습

(「달밤 · 1」)은 앞선 두 시편에서의 양상과 다르게 동일시를 이루지 못한 양상이 두드러진다.

3. '아가'와 '사랑'을 통한 고뇌의 종교적 승화

김남조의 시세계에서 '아가'가 생명 그 자체로 대변되며 종교적 상상력과도 맞닿아 있음을 확인했다. 아가로 매개된 관념들은 '잠'으로 구체화 되는데, 잠들지 못한 화자는 고뇌를 겪는 모습을 보인다.

그러나 김남조는 이러한 고뇌조차도 긍정적으로 사유한다. 이는 마치 고통이 없으면 기쁨이 없고, 기쁨이 없으면 고통도 없으리라는 상보적 논의로 이어진다. 이에 관해 그의 산문을 살펴보면 다음과 같다.

> 새벽의 약속이 없는 밤이 있다고는 생각지 않는다.
> 칠흑의 어둠이 쏟아져 내리더라도 반드시 그 다음의 과정이 오고 있음을 믿을 일이다. 어둠 하나만이 다니는 그런 어둠은 있을 수 없고, 그런 시대나 역사도 없음을 믿는다.
> 하나의 고난이 찾아올 땐 적어도 고난의 극복이라는 과제가 함께 오고 고난의 가치가 생겨난다. 고난의 사상과 그 긴 묵상이 따라오며 고난의 심연이 펼쳐진다. 고난이 낳아주는 새 관념의 신생아.
> 고난이 산욕에 드러누워 그 분신을 분만함을 지켜볼 일이다. 삶에서 이 순서를 잘라버린다면 생명의 근력은 어디에서 솟을 것인가.
> (…)
> 기쁨에 있어서도 기쁨 하나만이, 소망에 있어서도 소망 하나만이 그림

자도 없이 생겨나는 일이라면 이는 그것들의 형벌이 함께 함과 같을 뿐
이다.

    (…)

    절대의 어둠이라고 말할 그런 어둠이 과연 있겠는가를. 가령 그가 사
랑받고 있는 사람이라면 이때의 어둠은 부서지게 마련이다. 사랑받는 사
람에겐 절망이 없기 때문이다. 그에게 아직도 시간이 남아 있다면 이때의
어둠도 온전할 수가 없다. 장래가 있는 사람에겐 절망이 없기 때문이다.[12]

김남조는 고난에서도 그 가치를 찾는다. 심지어는 고난이 새 관념의
신생아를 낳아 준다고까지 말하는데, 이를 통해 김남조가 시대와 삶에
드리운 역경을 단순히 극복해야 하는 부정적 관념의 차원이 아닌 새로
운 가치 발견의 기회로 인식했음을 파악할 수 있다. 그런데 인용문의 끝
부분에서 드러난 '사랑'에 관한 김남조의 사유는 앞선 논의와 다르게 독
특한 지점으로 다가온다.

김남조의 '사랑'은 불행과 행복의 상보적 관계에서 벗어나 불행을 파
훼하는 방법으로 이해된다. 사랑받는 자에게는 절망이 없고 시간이 남
아 있다면 어둠도 온전할 수 없다. 이는 삶을 영위할 시간이 많은 자에
게는 장래가 있으며, 이는 곧 사랑받을 기회가 열려 있기 때문이다.

한편 2장에서는 '아가'가 생명, 초월적 존재와도 일맥상통함을 파악했
다. 시적 화자의 적극적 관심이 드러난 시에서, '아가'에게는 어떠한 어
둠도, 절망도 없다. 기나긴 시간 사랑받을 장래가 있기 때문이다. 그렇기
에 이 지점에서 다시 한번 '아가'가 주목된다. 사랑받을 장래가 있다는
데 대해서는 다음의 글을 참고해본다.

---

12) 김남조, 「밤의 이야기」, 『사랑 후에 남은 사랑』, 미래지성, 1999, 186쪽.

생명은 잉태되는 순간에 '존재'를 기록하며 조물주가 승인하신 축복의 계수(計數)에도 보태진다. 생명의 가호는 탄생과 삶과 죽음을 도와주며 죽음 다음에까지 이른다.[13]

김남조의 사유에서 사랑받을 장래란 곧 "조물주가 승인하신 축복", "생명의 가호"로 이해된다. 생명의 가호는 탄생과 삶과 죽음의 순환 너머, 죽음 다음에까지 이른다. 이는 곧 생명의 죽음 이후에도 그 가호는 길이 남아 또 다른 이의 생명의 사랑받을 장래에도 덧붙어 이어질 수 있다는 영속적 사랑의 상상력으로 귀결된다. 그렇다면 이전부터 켜켜이 쌓여 온 사랑이 덧대어지는 존재, 인간이면서 자연물과 동일시되고, 더 나아가서는 초월자와 관계 맺는 존재인 '아가'는 김남조 시세계의 저변을 더욱 확대한다고 할 수 있다.

여기에 김남조의 시세계에서 '잠'은 어떠한 의미를 지니는가를 좀 더 살펴볼 필요가 있다. 앞서 시를 살펴볼 때에는 '잠'들지 못했다는 것을 '아가'와의 동일시에 실패했다는 단편적 해석이 주를 이루었다. 그러나 김남조는 자신의 산문에서 '잠'과 관련하여 상세하게 다음과 같이 말한다.

밤은 치유의 시간이다. 잠자리에 누워 그날의 자기를 만나 건강을 진맥한다. 어수선한 일과의 끝에서 측은한 자아를 면대하는 일이라니.

(…)

눈을 감는다. 하루의 일과를 흘려 보내고 느린 걸음으로 고단한 심신을 이끌어온, 여기가 오늘 내 안식의 자리인가. 밤 이슥히 불을 끄고 비로

소 손을 마주잡는 나와 나의 영혼. 그리고 이 시각에야 커다란 왕진 가방
을 들고 신의 회진이 시작됨을 우리는 안다. 더운 머리엔 서늘한 손을 얹
어주시고 답답한 가슴들엔 웃옷의 단추를 풀어놓으신다. 침침한 시력이
편안해지고 막혔던 말들조차 거침없이 풀려나온다.[14]

　　모든 건 충격을 동반하는 미(美)입니다. 생명의 감응은 어느 의미의 아
픔과 함께 옵니다. 다만 이때의 아픔은 자양이 배제된 게 아닌, 오히려 사
념의 양분을 머금어 있습니다.
　　(…)
　　남들이 잠자는 심야에 공연히 생각의 실타래를 헝클어놓고 무력한 열
손가락으로는 도저히 수습할 수 없다고 탄식하는 일. 자아란 엄청나게 과
중한 부담입니다.
　　(…)
　　그러나 나는 원합니다. 기름이 마르지 않는 두뇌와 선혈이 범람하는
가슴을 원합니다. 땀이 내배는 두 손을 원합니다.[15]

　이를 참고할 때, 앞서 살펴본 「달밤·1」에서의 시적 화자는 '잠'에 들
지 못한 것이 아닌, '잠'에 들기 전 고뇌와의 대면을 주저하지 않은 것이
다. 어둠의 기운마저 긍정적으로 수용하려는 적극적인 의지가 재조명되
는 것이다. 그러나 "측은한 자아", "(자아란) 엄청나게 과중한 부담"이라
는 서술을 통해서 김남조에게도 내면에 귀 기울이는 일은 여간 어려운
일이 아님을 파악할 수 있다. 그럼에도 김남조의 사유에서 "밤"과 어둠

---

14) 「영혼에 울려올 노크 소리를」 부분, 위의 책, 55~56쪽.
15) 「오늘 밤 이 편지를」 부분, 위의 책, 114쪽.

의 이미지는 "영혼"과 손을 마주 잡아 "신의 회진"이 이루어지는 "사념의 양분을 머금어" 다가오는 참회의 의지로 승화한다.

아기 얼굴은
옹달샘에 안겨 잠든
달과 닮았습디까
옥빛 물보라 눈도 어리는데
두 손으로 떠 올리는
달과 닮았습디까

조그만 가슴에 커다란 문
언덕과 숲에도 흡족히 물 주시는
아기의 손길도 보셨습니까

아기 얼굴은
젖은 눈에 쳐다 뵈는
별 사이에 뵈리까
환하게 광채나는
어여쁨에 뵈리까

견딤과 외로움을
하늘이 낸 업인 줄 알고 사는

수수백만 사람들
아기 얼굴은

눈벌에 멈춰서는 동백인양 뵈리까
죽도록의 그리움에 뵈리까

　–「예수아기 얼굴」 전문, 『김남조 시전집』, 280~281쪽(5시집 『풍림의
　　음악』).

　위 시는 제목에서부터 "예수"를 언급한다. 화자는 "아기"의 "잠든" "얼
굴"이 "달과 닮았"다고 말한다. "아기의 손길"은 자연에 생명력을 불어
넣어 주고, ("언덕과 숲에도 흡족히 물 주시는") 그런 "아기 얼굴"은 "별"
과 "환하게 광채나는/ 어여쁨"에서 포착된다. 한편 앞선 시편에서처럼
화자가 어머니의 형상으로도 등장하지 않는다. 그럼에도 아기는 여전히
자연물, 초월자와 긴밀히 이어져 있다. 시의 제목에 나타난 예수와 아기
얼굴은 초월자의 권능과 자연물의 비유를 통해 간접적으로 목격된다.
　화자는 반복되는 "뵈리까"라는 어조를 통해 끊임없이 "예수아기 얼
굴"을 마주하려는 의지를 내보이지만, 그 얼굴을 직접 보지는 못한다.
화자는 자연(물)과 초월적 권능 안에서만 예수아기 얼굴이 포착되리라
"흡족"하고, "환하게 광채나는", "어여쁨"에 주목한다. 이때 문득 화자는
"수수백만 사람들"에게 시선을 전환하여 그들의 삶에 불가항력으로 스
며든("하늘이 낸 업") "견딤과 외로움"을 발견하고, 비로소 예수아기 얼
굴이 기쁨과 탄생의 순간에만 들어있지 않음을 이해한다. 인내와 고독,
그리움의 정서를 외면하지 않고 마주할 때라도 정녕 그 얼굴을 볼 수 있
냐는 의문을 품는다.
　앞서 살펴봤듯 김남조의 시각에서 밤, 어둠, 고뇌 등은 일면 부정적 이
미지를 내포함과 동시에 새벽(아침), 빛, 기쁨 등과 상보적 관계에 놓여

있다. 삶에 점철된 역경을 외면하지 않겠다는 화자의 의지적 태도는 "수수백만 사람들"의 내면에 자리한, 마치 "업"처럼 다가오는 견딤과 외로움, 그리움을 목도하는 것으로 구체화한다. 이러한 노력에도 예수아기 얼굴은 직접적으로 포착되지 않는다. 다만 위 시는 초월적 존재의 목격을 희망한다는 욕구의 측면보다는 자기성찰 과정으로의 진입, 즉 승화의 과정으로 설명된다고 할 수 있다.

내가 불러서
내 문 앞에 오신 분
닫긴 문 사이로
설동백 한 가지를 드리오니
받아 가옵소서

아기를 잉태해 본 몸으로
말하자면 사람 한 생애의 전운명을
품어본 몸으로야
사랑을 주려면
자그만치 대보름날 달덩어리만하여
무섬증만 나요

내가 불러서
내 문 앞에 오신 분
저 황송한 배회
외로운 뒷모습
아아 너무 커서 차라리 눈감은 사랑

이 소중한 여광
검은 머리 한 웅큼 잘라 바치듯
설동백 한 가지를 드리오니
받아 가옵소서

-「설동백(雪冬栢)」 전문, 『김남조 시전집』, 342~343쪽(6시집 『겨울바
　다』).

위 시에서 화자는 초월자 앞에서의 황홀경을 드러낸다. 화자는 생명
("아기")를 탄생시키는 일을 "사람 한 생애의 전운명을/ 품"는 것이라
말함으로써 생명을 존속시키는 일의 고귀함을 조명한다. 이는 김남조의
산문에서 말하는, 조물주가 행하는 "축복의 계수" "생명의 가호"와도 일
면 닮은 지점이다.

　화자가 느끼는 고귀함은 이내 경외로 전환된다. 초월적 존재가 행하
는 사랑과 달리, 자신은 그러할 수 없음에 두려워한다. ("무섬증만 나
요") 모든 생명에게 가호를 선사하는 그 존재는 화자 한 사람의 부름에
도 기꺼이 찾아오는 비범을 보여주고, ("내가 불러서/ 내 문 앞에 오신
분") 화자는 이에 다시금 경외를 드러낸다. ("저 황송한 배회") 이때 초
월자가 생명에게 주는 사랑을 인식한 화자는, 그것이 "너무 커서 눈감"
기에 이른다. 생명으로 대변된 아기는 제 존재와 시적 화자의 출산 경험
을 고루 얽으며 그 자신과 화자를 '신의 사랑'에 매개한다.

　화자는 아기를 통해 한시적이나 자신도 아기의 에덴-낙원이었으며
자신도 아기의 창조자였기에 일부분 초월자("분")와 닮아있다. 그러나
이는 부모와 자녀의 일대일 관계에서만 겪은 것이며, 초월자가 행하는

사랑은 눈을 감고도 그 잔재가 남는 빛("이 소중한 여광")으로 묘사된다.

여기서 화자가 '당신을 사랑한다'라는 꽃말이 담긴 "설동백"을 초월자에게 건네는 지점을 다시 살펴볼 여지가 있다. 김남조의 시각에서, 누구나 아기였던 적이 있다는 사실은 곧 누구나 조물주의 가호, 사랑을 받았다는 것을 의미한다. 시적 화자는 이 지점에서 초월자의 "외로운 뒷모습"에 주목했을 것으로 파악된다. 화자는 한 사람의 생애를 품어 사랑을 주는 것만으로도 벅차다. 그럼에도, 초월자가 모든 생명에게 행하는 거대한 사랑을 떠올림으로써 두려움에 굴하지 않고 사랑을 실천하리라는 의지로써 설동백을 건네려는 것이다.

> 사람은 자기의 무게로 넘어지고
> 스스로의 허무에 말을 잃는다
> 아가야 엄마의 이런 말을 너는 모를 테지
>
> 기도하는 마음이 따로 있을까
> 자식의 앞날을 염려하는 엄마들은
> 저절로 신의 회당에 사는 것을
> 때로는 쫓겨난 여자처럼
> 마음 춥고
> 숨겨온 슬픔이 꽃씨처럼 파열할 땐
> 너희들 그늘에서 조금만
> 엄마를 울게 해 주련

살아갈수록
잠이 오지 않는 밤만 많아진다
막이 오르면 밝은 무대 위엔
아빠와 너희들이 있고
엄마는 숨긴 얼굴의 근심 많은 연출가란다

아가야 새털 같은 머릿결을 어루만지며
너희를 길러주는 모든 햇빛에
엄마는 거듭거듭 절을 올린다

　　－「엄마들은 누구나」 전문, 『김남조 시선집』, 388~389쪽(6시집 『겨울
　　　바다』).

　　위 시에서 "아가"는 "너", "너희(들)"로 변주된다. 이는 화자가 아가와
일체감을 형성하지 못해 아가를 타자로 인식하고 있음을 시사한다. 아
가가 타자로 인식된 순간, 화자는 자신을 비롯해 "엄마들"의 "자식"을
향한 전념이 사랑이 아닌 "염려"로 물든다. 이에 화자는 "신의 회당에 사
는" 듯이 상시 "기도하는 마음"을 지니려 하지만, 숨겨온 자아의 고독
("마음 춥고")과 "슬픔"으로 인해 잠시 자식의 곁에 기대고자 한다. 서서
히 화자에게는 아가와 함께 있으면서도 "잠"들지 못하는 "밤만 많아"지
며, 이에 화자는 "무대"를 밝게 비추는 "숨긴 얼굴의 근심 많은 연출가"
를 자처한다. 마지막 연에 이르러 화자는 자신이 미처 아가에게 사랑을
다하지 못하고 있음을 인식하는 듯이 초월자의 가호("너희를 길러주는
모든 햇빛")에 "거듭거듭 절을 올린다."

시에서 화자의 내면은 좌절과 허무, 염려와 슬픔, 근심으로 범벅되어 있다. 숨겨옴으로써 일단락될 줄로만 알았던 온갖 고뇌는 화자로 하여금 "꽃씨처럼 파열할" 상황을 상상케 한다. "잠이 오지 않는 밤"은 화자가 내면에 일어나는 여러 감정을 외면한 결과로 다가오지만, 또다시 "엄마"는 얼굴을 숨긴다. 그러나 화자는 제 속을 마주하는 일의 어려움에도 기어코 스러지지 않고, 부단히 그 끝에서 아가를 향한 가호에 경외를 드러낸다.

4. 결론

이 글은 김남조 시에 등장하는 시적 대상인 '아가'를 통해 연구의 저변을 확장하려는 시도에서 출발했다. '아가'는 유아를 향한 김남조만의 독특한 지칭이며, '아가'라는 시어에는 인간 존재의 본질에 대한 미지와 그 경외와 더불어 자연과 인간, 초월자와 인간을 매개하는 상징적 의미와 이미지를 수반한다. 김남조가 '아가'를 시에 자주 등장시킨 까닭으로는 그가 마주한 시대 상황과 그로 인한 정서적 영향, 그리고 시인의 삶을 든다. 김남조는 일제 강점기와 한국전쟁을 거쳐 온 시인이다. 비극적 시대 상황에서 정서적 영향을 받았으며, 새 생명이 약동하기를 바라는 마음이 새로움의 상징으로서 '아가'를 소환해냈다고 보았다. 다른 한편으로는 실제로 자녀를 두었던 시기의 영향도 짚어냈다.

2장에서는 '아가'의 '이름 없음[無名]'과 '잠'의 상상력에 주목하여, 김남조가 시적 화자를 필두로 상징적 의미로서 '아가'를 시에 빈번히 등장시킴과 동시에 인간 존재의 본질에 대한 미지를 담아냈다고 보았다. 명명하기를 자아를 타자와 세계에서 분리하는 대상화 작업으로 파악했다. 그러나 화자는 지속적으로 시적 대상으로서 유아를 '아가'라 일컬음으로써 그 이름을 명명하지는 않는다. 이때 '아가'는 다른 자연물과 동일시되어 스스로 '명명되기'로부터 거리를 둔다. 그리하여 '아가'는 화자의 시각에서 자연(물) 혹은 생명 그 자체로 여겨지며 그런 '아가'는 대상화의 틈입을 허용하지 않는 존재로 이해된다. '아가'는 '화자의 자녀'라는 고정된 이미지에서 무화하여 자연, 생명과 동일시된다. '아가'는 현실 세계의 수많은 아기를 상징하고, 그 자체로 하나이면서 모두인 생명, 더 나아가서는 본질에 대한 경외의 대상이라는 여러 층위의 접근을 가능케 하는 존재다. 그러나 화자는 '아가'처럼 자연과의 동일시, 초월자와의 동일시에는 이르지 못한다. 그렇기에 매개자인 '아가'와의 동일시로서 '잠'의 상상력을 펼친다.

3장에서는 김남조의 산문을 필두로, 고뇌라는 관념에 극복의 시선이 아닌 긍정적 가치의 대상이라는 접근을 시도했다. 또, 초월적 존재와 교류하는 '아가'와 종교적 관점이 두드러진 산문을 통해 김남조가 내보이는 생명 예찬과 종교적 사랑의 일면을 확인할 수 있었다. 김남조는 산문을 통해 삶에 드리운 역경을 극복해야 하는 관념이 아닌 새로운 가치 발견의 기회로 인식했다. 그렇게 김남조의 시각에서 불행과 행복의 관념은 대립하는 것이 아닌 상보적인 관계에 놓여 있다. 고뇌와의 적극적인 대면은 참회의 의지로 이어지며, 자기성찰은 곧 승화의 과정으로 설명된다. 그러는 한편 김남조의 '사랑'은 그러한 상보적 관계에서의 불행마저도 논의의 저편으로 미루어 둘 수 있는 독특한 개념이다. '아가'의 변주로 나타난 '아기'는 자연(물), 생명으로 대변되는 한편, 초월자의 권능을 비유적으로 표현하며 시적 화자를 초월자의 사랑에 매개한다. 여기

서 초월자가 모든 생명에게 행하는 '사랑'은 경외의 대상이자 시적 화자,
더 나아가서는 김남조 자신도 부단히 수행해야 할 실천적 개념으로 자
리 잡힌다.

　시대 상흔과 삶으로부터 시가 유리되어 있지 않다는 데서 출발한 본
논의는, 김남조의 산문과 시에 대한 해석을 주류로 그 사이에서 발견되
는 연구 제재로서 '아가'를 제시했다. 그의 산문에서처럼 '아가'는 무한
한 가능성이다. 켜켜이 쌓이는 영속적 사랑을 가능케 한다는 점에서 '아
가'는 그의 시세계의 중요 부분을 차지하고 있다고 할 수 있다.

참/고/문/헌

1. 기본자료

〈시〉
- 김남조, 『김남조 시전집』, 서문당, 1983.
- 김남조, 『김남조 시전집』, 국학자료원, 2005.

- 김남조, 제10시집 『빛과 고요』, 서문당, 1986.
- 김남조, 제12시집 『바람세례』, 문학세계사, 1988.
- 김남조, 제13시집 『평안을 위하여』, 서문당, 1995.
- 김남조, 제14시집 『희망학습』, 시와시학사, 1998.
- 김남조, 제15시집 『영혼과 가슴』, 새미, 2004.
- 김남조, 제16시집 『귀중한 오늘』, 시학, 2007.
- 김남조, 제17시집 『심장이 아프다』, 문학수첩, 2013.
- 김남조, 제18시집 『충만한 사랑』, 열화당, 2017.
- 김남조, 제19시집 『사람아, 사람아』, 문학수첩, 2020.

〈산문〉
- 김남조, 『달과 해 사이』, 서문당, 1972.
- 김남조, 『여럿이서 혼자서』, 서문당, 1972.
- 김남조, 『다함 없는 빛과 노래』, 서문당, 1977.
- 김남조, 「나의 인생 나의 문학」, 『월간문학』, 월간문학사, 1978.
- 김남조, 『그 이름에게』, 주부생활사, 1980.

• 김남조, 『바람에게 주는 말』, 주우, 1981.

• 김남조, 『바람에게 주는 말』, 학원사, 1981.

• 김남조, 『사랑의 말』, 학지사, 1983.

• 김남조, 『그가 네 영혼을 부르거든』, 중앙일보사, 1985.

• 김남조, 『먼 데서 오는 새벽』, 어문각, 1986.

• 김남조, 『가슴을 적시는 비』, 문화행동, 1991.

• 김남조, 『진주를 만드는 상처들』, 청아출판사, 1991.

• 김남조, 「詩로 읊어진 생명」, 『생명연구』1, 서강대학교 생명문화연구소, 1993.

• 김남조, 『예술가의 삶』, 혜화당, 1993.

• 김남조, 「세 갈래로 쓰는 나의 자전 에세이」, 『시와시학』 가을호, 1997.

• 김남조, 『사랑 후에 남은 사랑』, 미래지성, 1999.

• 김남조, 『한국대표시인 101인선집 김남조』, 문학사상사, 2002.

• 김남조, 『서정시학』 70, 2016.

2, 논저

• 강석진, 「19세기 조선 교회 순교자들의 삶과 영성」, 『교회사연구』 45, 한국교회사연구소, 2014.

• 강선형, 「마르틴 부버의 철학과 유대주의」, 『철학연구』 128, 철학연구회, 2020.

• 강수택, 『환경과 연대』, 이학사, 2022.

• 구명숙, 「김남조 후기시에 나타난 노년의식」, 『여성문학연구』 35, 한국여성문학학회, 2015.

- 권혁길, 「생태계(生態系)의 발전(發展)과 역동적(力動的) 균형(均衡)을 위한 환경윤리(環境倫理)에 관한 연구」, 『윤리연구』 81, 한국윤리학회, 2011.
- 권혁남, 「분노에 대한 인간학적 고찰」, 『인간연구』 19, 가톨릭대학교 인간학연구소, 2010.
- 권혁웅, 『시론』, 문학동네, 2020.
- 고봉준, 「윤동주 시의 세계 이해–'밤'과 '성찰'의 연관성을 중심으로」, 『현대문학의 연구』 63, 2017.
- 그레이엄 클라크, 정기문 옮김, 『공간과 시간, 그리고 인간』, 푸른길, 2011.
- 길희성, 『영적 휴머니즘: 종교적 인간에서 영적 인간으로』, 아카넷, 2021.
- 김경복, 「김남조 시 연구」, 경희대학교 대학원 석사학위논문, 1998.
- 김병준·천정환, 「박사학위 논문(2000~2019) 데이터 분석을 통해 본 한국 현대문학 연구의 변화와 전망」, 『상허학보』 60, 상허학회, 2020.
- 김명원, 「촛불과 향유의 미학」, 『시와시학』, 시와시학사, 2006.
- 김복순, 「한국 현대 여류시에 나타난 애정의식 연구–모윤숙, 노천명, 김남조, 홍윤숙 시를 중심으로」, 서울여자대학교 대학원 박사논문, 1990.
- 김봉군, 「김남조 (金南祚) 문학 (文學) 연구 (研究)」, 『국어교육』 97, 한국국어교육연구회, 1998.
- 김상진, 「妓女時調에 나타난 밤의 의미 고찰」, 『한국언어문화』 17, 1999.

• 김선태, 「생태시의 문제점과 나아갈 방향」, 『계간 시작』 4, 천년의시
  작, 2005.
• 김소영, 「상상계 · 상징계 · 실재계를 넘나드는 욕망의 양상-〈비우
  티풀〉과 〈레버넌트 : 죽음에서 돌아온 자〉를 중심으로」, 『인문콘텐
  츠학』 41, 인문콘텐츠학회, 2016.
• 김옥성, 「김남조 시의 기독교 생태학적 상상력」, 『일본학연구』 34,
  단국대학교 일본연구소, 2011.
• 김옥성, 「김남조의 『목숨』에 나타난 죄의식과 자기구원 의식 연구」,
  『어문학』 132, 한국어문학회, 2016.
• 김옥성, 「김남조 시의 가톨릭적 여성주의 연구」, 『어문론총』 91, 한
  국문학언어학회, 2022.
• 김옥순, 「한국 현대시에 나타난 모성 이미지-'달-물-여성'의 상징
  적 대응을 통하여-」, 『우리 문학의 여성성 · 남성성(현대문학편)』,
  이화어문학회, 2001.
• 김영선, 「삶과 신앙의 문학적 상상력」, 『한국문예비평연구』 16, 한
  국현대문예비평학회, 2005.
• 김예태, 「김남조 시에 나타난 아픔과 치유의 과정」, 충북대학교 대
  학원 박사학위논문, 2020.
• 김용직, 「시와 사랑하기의 변증법」, 『시와시학』, 시와시학사, 1997,
  가을호.
• 김재홍, 「사랑시학의 한 지평」, 『문학사상』, 1984. 8.
• 김재홍, 「김남조, 사랑과 희망의 변증법」, 『金載弘 批評集: 생명 · 사
  랑 · 자유의 詩學』, 동학사, 1999.
• 김재홍, 「사랑과 희망의 변증법」, 『한국대표시인 101인 선집-김남

조』, 문학사상사, 2002.

- 김준모, 「신이시여, 침묵과 용서만이 은총이란 말입니까」, 『씨네리와인드』, 2020.
- 김지향, 「여류시에 나타난 에로스적 이미지 연구: 김남조 시전집을 중심으로」, 『태릉어문연구』 3, 서울여자대학교 인문과학대학 국어국문학과, 1986.
- 김해성, 「김남조론」, 『한국현대시인론』, 금강출판사, 1973
- 김효중, 「시와 신앙: 김남조의 경우」, 『여성문제연구』 15, 대구효성가톨릭대학교 사회과학연구소, 1987.
- 김효중, 「김남조의 詩」, 『한국 현대시 성찰』, 우리문학사, 1995.
- 김효중, 「김남조의 가톨릭시 연구」, 『인문과학연구』 7, 인문과학연구학회, 2006.
- 김희원·김옥성, 「김남조 시의 실존의식 연구 – 1950년대 시를 중심으로」, 『한국근대문학연구』 23, 한국근대문학회, 2022.
- 뤼디거 자프란스키, 김희상 옮김, 『지루하고도 유쾌한 시간의 철학』, 은행나무, 2016.
- 마사 누스바움, 『분노와 용서』, 뿌리와이파리, 2018.
- 마르틴 부버, 표재명 옮김, 『나와 너』, 문예출판사, 2001.
- 마르틴 하이데거, 권순홍 옮김, 『사유란 무엇인가』, 길, 2005.
- 막스 피카르트, 최승자 옮김, 『침묵의 세계』, 까치, 2010.
- 문선영, 「1950년대 전쟁기 시의 실존의식 연구」, 『한국시문학』, 12, 2002.
- 민형원, 「아도르노의 리얼리즘론에 대한 생성론적 연구 – 아도르노 미학의 근본적인 미학적 범주들에 대한 성찰 –」, 『뷔히너와 현대문

학』 11, 한국뷔히너학회, 1998.

• 박서현, 「하이데거에 있어서 '죽음'의 의의」, 『철학』 109, 한국철학회, 2011.

• 박영호, 「플라톤과 아리스토텔레스의 필리아와 교육」, 『도덕교육연구』 32, 한국도덕교육학회, 2020.

• 박인환 외, 『한국전후문제시집』, 신구문화사, 1961.

• 박종환, 「몸의 기억과 의례의 시간」, 『장신논단』 54, 장로회신학대학교 기독교사상과 문화연구원, 2022.

• 박호성, 『휴머니즘론: 새로운 시대정신을 위하여』, 나남, 2021.

• 박찬국, 「키에르케고르와 하이데거의 불안 개념에 대한 비교 연구」, 『시대와 철학』 10-1, 한국철학사상연구회, 1999.

• 박찬국, 『사는 게 고통일 때, 쇼펜하우어(욕망과 권태 사이에서 당신을 구할 철학 수업)』, 21세기북스, 2021.

• 방승호, 「김남조 시의 내면의식-"겨울"의 상징성을 중심으로」, 『문예시학』 32, 2015.

• 방승호, 「김남조 시에 나타난 '겨울'의 상징성 연구」, 『현대문학이론연구』 71, 현대문학이론학회, 2017.

• 방승호, 「김남조 시 연구」, 충남대학교 대학원 박사학위논문, 2018.

• 방승호, 「김남조 시의 영원성 연구」, 『현대문학이론연구』 74, 현대문학이론학회, 2018.

• 방승호, 「김남조 초기시에 나타난 분노와 멜랑콜리 연구」, 『우리문학연구』 70, 우리문학회, 2021.

• 방승호, 「김남조의 시쓰기와 진정성의 시학」, 『한국시학연구』 69, 한국시학회, 2022.

- 배옥주, 「한국 여성시에 나타난 모성성의 특성-1970년대~1990년대 한국 여성시의 모성시를 중심으로」, 『열린정신 인문학연구』 19-1, 원광대학교 인문학연구소, 2018.
- 변광배, 「'순수·참여문학' 논쟁 재탐사 – 사르트르의 『문학이란 무엇인가』를 중심으로 – 」, 『인문과학』 52, 성균관대학교 인문과학연구소, 2013.
- 변광배, 「'앙가주망'에서 '소수문학'으로 – 사르트르, 들뢰즈 가타리의 문학 사용법」, 『세계 문학비교연구』 56, 세계문학비교학회(구 한국세계문학비교학회), 2016.
- 블레즈 파스칼, 조병준 옮김, 『파스칼의 팡세』, 샘솟는기쁨, 2018.
- 성낙희, 『한국 현대 여류문학 연구』, 숙명여자대학교 대학원 석사학위논문, 1969.
- 손미영, 「1950년대 여성시의 모색과 문학적 전략 -김남조와 홍윤숙의 시를 중심으로-」, 『한민족어문학』 77, 한민족어문학회, 2017.
- 송용구, 「독일과 한국의 생태시 비교 연구 – 생태학적 세계관의 비교를 중심으로」, 『카프카연구』 28, 한국카프카학회, 2012.
- 송 욱, 『시학평전』, 일조각, 1962.
- 쇼펜하우어, 『의지와 표상으로서의 세계, 1부 (쇼펜하우어 철학서)』, 부크크, 2019.
- 신정아, 「막스 피카르트의 침묵 사상을 통한 김남조 후기시의 비움 의식과 침묵의 표상 분석」, 『동아인문학』 60, 동아인문학회, 2022.
- 심선옥, 「생명의식과 사랑의 종교적 변용」, 『한국예술총집(문학편 4)』, 대한민국예술원, 1997.
- 안병무, 「예수와 여인」, 『갈릴래아의 예수』, 한길사, 1993.

- 알랭 바디우, 장태순 옮김, 『비미학』, 이학사, 2010.
- 앙리 베르그손, 박종원 옮김, 『물질과 기억』, 아카넷, 2005.
- 양갑효, 「김남조 신앙시 연구」, 백석대학교 기독교예술대학원 석사학위논문, 2008.
- 양재혁, 「대학생 내담자를 위한 역할극 활용법」, 『전국대학생학생생활상담센터협의회 학술대 회지』 5, 전국대학생학생상담센터협의회, 2016.
- 양창삼, 「휴머니즘에 관한 기독교적 인식 문제」, 『사회이론』 13, 한국사회이론학회, 1995.
- 엄미라, 「가톨릭시즘의 시 연구」, 건국대학교 대학원 석사학위논문, 1999.
- 엄창섭, 「김남조론 : 사변성이 표출된 현장 미학의 시」, 『관대논문집』 21, 관동대학교, 1993.
- 원형갑, 「김남조와 사랑의 현상학」, 『현대시학』, 현대시학사, 1984.
- 에리히 프롬, 황문수 옮김, 『사랑의 기술』, 문예출판사, 2004.
- 에버렛 워딩턴, 윤종석 옮김, 『용서와 화해』, 한국기독학생회출판부, 2006.
- 연구공간 수유+너머 근대매체 연구팀, 『매체로 본 근대 여성 풍속사 新女性』, 한겨레신문사, 2005.
- 오세영, 「사랑의 플라토니즘과 구원」, 『김남조 시전집』, 국학자료원, 2005.
- 오세영, 『시론』, 서정시학, 2013.
- 요한네스 힐쉬베르거(강성위 역), 『서양 철학사 下』, 이문출판사, 2022.

- 우석영, 「전후체제 한국의 발전과 생태회복」, 『생명연구』 40, 서강대학교 생명문화연구소, 2016.
- 원형갑, 「김남조와 사랑의 현상학」, 『현대시학』, 현대시학사, 1984, 7-8월호.
- 유성호, 「사람과 사랑을 마음 깊이 희원하는 시간들」, 『충만한 사랑』, 열화당, 2017.
- 유요한, 『종교 상징의 이해』, 세창출판사, 2021.
- 유혜숙, 「김현승 시에 나타난 '어둠·밤' 이미지」, 『비평문학』, 2009.
- 윤동주, 『사진판 윤동주 자필 시고전집』, 민음사, 1999.
- 윤병로, 「한국시에서의 기독교와 문학」, 『시문학』, 시문학사, 1994, 11월호.
- 윤유나·김옥성, 「김남조 시의 휴머니즘적 사랑 연구」, 『신종교연구』 47, 한국신종교학회, 2022.
- 윤혜진, 「알도 레오폴드 '대지윤리'의 철학적 기초」, 『범한철학』 46, 범한철학회, 2007.
- 이경수, 「1950년대 여성시의 지형과 여성적 글쓰기의 가능성-김남조와 홍윤숙을 중심으로」, 『여성문학연구』 21, 한국여성문학회, 2009.
- 이경수, 「한국전쟁기 여성시에 나타난 사랑과 죄의식의 감정 구조」, 『상허학보』 55, 상허학회, 2019.
- 이경아, 「모성에 대한 여성주의 재사유」, 『한국여성철학』 11, 2009.
- 이기범, 「죽음에 대한 철학적 고찰-생물학적 환원주의의 죽음 이해에 대한 비판적 고찰」, 감리교신학교 석사학위 논문, 2009.

- 이길연, 「가톨릭시즘과 아가페적 사랑을 통한 구원시학」, 『기도-주 님이라는 부름, 그빛으로』, 고요아침, 2005.
- 이명찬, 「1960년대 시단과 『한국전후문제시집』」, 『독서연구』 26, 한 국독서학회, 2011.
- 이상, 『증보 정본 이상문학전집1_시』, 소명출판, 2009.
- 이상아, 「문학교육에서 죽음의 활용 방향에 대한 연구-시교육을 중 심으로-」, 『국어교육연구』 47, 서울대학교 국어연구소, 2021.
- 이선형, 「구술생애사를 통해 본 한국여성들의 모성인식에 대한 세 대비교 연구」, 『페미니즘연구』 11-1, 한국여성연구소, 2011.
- 이순옥, 「김남조 시의 샤머니즘적 특성 연구」, 계명대학교 대학원 박사학위논문, 2013.
- 이숭원, 「시의 절정, 시인의 초월」, 『폐허 속의 축복』, 천년의 시작, 2004.
- 이승하, 『한국 현대시문학사』, 소명출판, 2019.
- 이연정, 「여성의 시각에서 본 '모성론'」, 『여성과 사회』 6, 한국여성 연구소, 1995.
- 이윤미, 「비본래적 언어에서 본래적 언어로」, 『현대유럽철학연구』 66, 한국하이데거학회, 2022.
- 이인복, 『한국문학에 나타난 죽음의식의 사적 연구』, 열화당, 1987.
- 이은영, 「김남조 시에 나타나는 주체와 타자의 관계 양상 연구」, 아 주대학교 대학원 석사학위 논문, 2013.
- 이은영, 「1950년대 여성시에 나타나는 애도와 우울 : 김남조와 홍 윤숙의 시를 중심으로」, 『여성문학연구』 34, 한국여성문학학회, 2015.

- 이정옥, 「모성신화, 여성의 또 다른 억압 기제-일제 강점기 문학에 나타난 모성 담론의 한계-」, 『여성문학연구』 3, 2000.
- 이홍영, 『비움 그리고 채움(예수와 마리아의 덕행 안에서 성장하기)』, 마리아니스트에셈북스, 2015.
- 전기철, 『한국 전후 문예비평 연구』, 도서출판 서울, 1994.
- 전석환·이상임, 「이름, 그 '명명하기'와 '명명되기'의 의미-동학·천도교의 동덕(同德) 개념을 중심으로」, 『동학학보』 29, 2013.
- 전재원, 「아리스토텔레스와 품성적 탁월함」, 『철학연구』 133, 대한철학회, 2015.
- 정기문, 「1~2세기 막달라 마리아의 위상 변화 고찰」, 『歷史學報』 221, 역사학회, 2014
- 정동매, 「김남조 전후시에 나타난 실존의식 연구」, 『아시아문화연구』 32, 가천대학교 아시아문화연구소, 2013.
- 정동호 외, 『철학, 죽음을 말하다』, 산해, 2004.
- 정영애, 「김남조 시의 변모 양상 연구」, 숙명여자대학교 대학원 박사학위논문, 2009.
- 정원래, 「하나님의 형상 개념에 내포된 인간 창조의 목적 토마스 아퀴나스의 하나님 형상에 대한 이해를 중심으로」, 『성경과 신학』 99, 한국복음주의신학회, 2021.
- 정유화, 「김남조의 삶을 표상하는 나무의 시적 기호와 의미작용」, 『한국학논집』 90, 계명대학교 한국학연구원, 2023.
- 정한모, 「內熱한 耕地와 그 사랑」, 『심상』 11월호, 심상사, 1973.
- 정효구, 「해방 후 50년의 한국 여성시」, 『시와시학』, 시와시학사, 1995, 봄호.

- 조성호, 「순교의 의미를 통한 기독교 영성 탐구」, 『복음과 실천신학』 45, 한국복음주의실천신학회, 2017.
- 조성환, 「생태 위기에 대한 지구학적 대응: 성스러운 지구와 세속화된 가이아」, 『종교문화비평』 42, 한국종교문화연구소, 2022.
- 조윤미, 「김남조 시 연구」, 조선대학교 교육대학원 석사학위 논문, 1999.
- 주혜연, 「현대인의 소통과 고독에 관한 고찰」, 『철학논집』 50, 서강대학교 철학연구소, 2017.
- 채승희, 「초대교회의 막달라 마리아의 표상(表象) 변화에 대한 역사적 고찰—사도들의 사도적 표상에서 참회하는 창녀의 표상으로」, 『한국기독교신학논총』 56, 한국기독교학회, 2008.
- 채영희, 「김남조 시 연구 : 죽음의식과 생명의지를 중심으로」, 중앙대학교 예술대학원 석사학위논문, 2013.
- 최승기, 「순교 영성의 현대적 의미」, 『신학과 실천』 42, 한국실천신학회, 2014.
- 컬럼 케니, 신윤진 옮김, 『침묵의 힘』, 글누림, 2016.
- 하희정, 『역사에서 사라진 그녀들』, 선율, 2019.
- 허 윤, 「1930년대 여성장편소설의 모성담론 연구」, 이화여자대학교 석사학위 논문, 2006.
- 홍준기, 「불안과 그 대상에 관한 연구」, 『철학과 현상학 연구』 17, 한국현상학회, 2001.
- Beauvoir, Simone de, 이정순 옮김, 『제2의 성』, 을유문화사, 2021.
- Kierkegaard, S., 임규정 번역, 『죽음에 이르는 병』, 한길사, 2010.
- Lewis, C. S., 이종태 옮김, 『고통의 문제』, 홍성사, 2018.

• Rich, Adrienne, 김인성 옮김, 『더 이상 어머니는 없다』, 평민사, 1995.

• Roach, C. M, *Mother/nature: Popular culture and environmental ethics*. Bloomington: Indiana University Press, 2003.

• Rose, Jacqueline, 김영아 옮김, 『숭배와 혐오-모성이라는 신화에 대하여』, 창작과비평, 2020.

발/표/지/목/록

- 제1장. 「김남조 시의 실존의식 연구-1950년대 시를 중심으로」, 『한국근대문학연구』 23-2, 한국근대문학학회, 2022, 249-279쪽.
- 제2장, 「김남조 시의 '막달라 마리아' 연구」, 『語文學』 161, 한국어문학회, 2023, 181-216쪽.
- 제3장, 「김남조 시의 모성 연구」, 『東洋學』 92, 단국대학교 동양학연구원, 2023, 1-17쪽.
- 제4장 미발표.
- 제5장 「김남조 시에 나타난 생태주의적 상상력 연구」, 『신종교연구』 49, 한국신종교학회, 2023, 137-167쪽.
- 제6장 「김남조 시의 휴머니즘적 사랑 연구」, 『신종교연구』 47, 한국신종교학회, 2022, 87-114쪽.
- 제7장 「막스 피카르트의 침묵 사상을 통한 김남조 후기시의 비움의식과 침묵의 표상 분석」, 『동아인문학』 60, 동아인문학회, 2022, 27-62쪽.
- 제8장 미발표.
- 제9장 미발표.

김/남/조/연/보

1927. 9. 26. 경북 대구에서 부친 김소도, 모친 최정옥의 장녀로 출생

1940 • 대구시 남명초등학교 졸업

1944 • 일본 후쿠오카시 큐슈여고 졸업

1947 • 서울대학교 문예과(文豫科) 수료

• 서울대학교 사범대학 국문과 입학

1948 •《연합신문》에 시「잔상」,《서울대 시보》에「성수(星宿)」등
   작품 발표

1951 • 서울대학교 사범대학 국문과 졸업

• 마산 성지여고 교사, 마산고 교사

1953 • 이화여고 교사

• 서울대, 성균관대, 숙명여대 강사

• 첫 시집『목숨』, 수문관 간행

1955 • 제2시집『나아드의 향유』, 남광문화사 간행

• 숙명여대 전임강사

• 조각가 김세중과 결혼

1956 • 장녀 정아(晶雅) 출생

1958 • 제3시집『나무와 바람』, 정양사 간행

• 제1회 자유문협상 수상

• 장남 녕(寧) 출생

• 숙명여대 조교수

1959 • 한국여류시인선집『수정과 장미』편저, 정양사 간행

1960 • 제4시집『정념의 기』, 정양사 간행

- 차남 석(晳) 출생
1961 • 숙명여대 부교수
1962 • 박목월과 공동문집 『구원의 연가』, 상아출판사 간행
1963 • 제5시집 『풍림의 음악』, 정양사 간행
- 제2회 5월 문예상 수상
- 3남 범(範) 출생
1964 • 숙명여대 교수
- 첫 수필집 『잠시 그리고 영원히』, 신구문화사 간행
1966 • 제2수필집 『시간의 은모래』, 중앙출판공사 간행
1967 • 제6시집 『겨울바다』, 상아출판사 간행
- 제3수필집 『달과 해 사이』, 상아출판사 간행
1968 • 제4수필집 『그래도 못다한 말』, 상아출판사 간행
1971 • 제7시집 『설일』, 문원사 간행
- 제5수필집 『다함없는 빛과 노래』, 서문당 간행
1972 • 『김남조 전작집』 전7권, 서문당 간행 (후에 9권까지 증보)
- 제6수필집 『여럿이서 혼자서』, 서문당 간행
1974 • 제8시집 『사랑초서』, 서문당 간행
- 제7회 한국시인협회상 수상
1975 • 『김남조 육필시선집』, 문학사상사 간행
1976 • 제9시집 『동행』, 서문당 간행
- 한국여류문학인회 중앙위원
1977 • 제7수필집 『은총과 고독의 이야기』, 갑인출판사 간행
1979 • 제8수필집 『기억하라, 아침의 약속을』, 여원사 간행
1981 • 가톨릭문우회 대표

1982 • 제10시집『빛과 고요』, 서문당 간행

1983 • 제11시집『시로 쓴 김대건 신부』, 성바오로출판사 간행

　　　•『김남조시전집』, 서문당 간행

　　　• 제9수필집『사랑의 말』, 주우 간행

1984 • 한국시인협회 회장

　　　•《소설문학》에 2년간(1982~1983) 연재한 꽁트들을 묶은 꽁
　　　　트집『아름다운 사람들』, 소설문학사 간행

　　　• 교육개혁심의회 위원

1985 •『바람과 나무』를 일본어로 번역한『風と木々』, 일본 화신사
　　　　(花神社) 간행

　　　• 제40회 서울시 문화상 수상

　　　• 잠언집『생각하는 불꽃』, 어문각 발행

　　　• 교육개혁심의위원회 위원

1986 • 한국여류문학인회 회장

　　　• 김세중 교수 별세(1928~1986)

1987 • 방송위원회 위원

　　　• (재)김세중기념사업회 설립 및 이사장(1987~2023)

1988 • 제12시집『바람세례』, 문학세계사 간행

　　　• 대한민국 문화예술상 수상

　　　• 한국방송공사(KBS) 이사

1990 • 제12차 서울 세계시인대회 계관시인(桂冠詩人)

　　　• 대한민국예술원 문학 분과 회원 입회(1990~2023)

1991 • 서강대학교 명예문학박사

　　　• 제10수필집『끝나는 고통 끝이 없는 사랑』, 자유문학사 간행

- 『김남조 시전집』 증보판(31판) 발간, 서문당 간행
1992 • 제33회 3 · 1문화상 수상
- 숙명여대 한국어문화연구소 소장
1993 • 숙명여대 정년퇴임
- 숙명여대 명예교수
- 국민훈장 모란장 수훈
- 『예술가의 삶 7』, 혜화당 간행
- 영역 시선집 *Selected Poems of Kim Namjo*, 미국 코넬대학 간행
1995 • 제13시집 『평안을 위하여』, 서문당 간행
- 『바람세례』를 일본어로 번역한 『風の洗礼』, 일본 화신사 간행
1996 • 『바람세례』를 독일어로 번역한 *Windtaufe*, 독일 Horlemann 출판사에서 간행
- 제41회 대한민국예술원 문학 부문 예술원상 수상
1997 • 꽁트집 『아름다운 사람들』, 좋은날 재간행
1998 • 제14시집 『희망학습』, 시와시학사 간행
- 김남조 · 구상 · 김광림 공동 일역시집 『韓國三人詩集』, 일본 토요미술사 간행
- 은관문화훈장(銀冠文化勳章) 수훈
1999 • 제11수필집 『사랑 후에 남은 사랑』, 미래지성사 간행
2000 • 방송문화진흥회(MBC) 이사(2000~2002)
- 일본세계시인제 제25회 지구문학상 수상
- 제2회 자랑스런 미술인상 공로부문 수상

2002 • 한국대표시인선집『김남조 시선집』, 문학사상사 간행
    • 소월시문학상 심사위원(2002~2013)
2003 • 스페인어 번역시집 *Antología Poética*, 스페인 Verbum 출
    판사 간행
2004 • 제15시집『영혼과 가슴』, 새미출판사 간행
2005 •『김남조 시전집』, 국학자료원 간행
    • 한국가톨릭문인회 고문
2006 • 일역 시집『神のランプ : 金南祚選詩集』(『하느님의 램프:김
    남조선시집』), 일본 화신사 간행
    • 제4회 영랑시문학상 본상 수상
    • 김남조 시, 윤정선 그림 시화선집『사랑하리, 사랑하라』, 랜
    덤하우스 간행
2007 • 제16시집『귀중한 오늘』, 시학사 간행
    • 제11회 만해대상 문학 부문 수상
    • 구상선생기념사업회 고문
    • 정지용문학상 심사위원 (2007~ 2013)
2008 • 시「추운 사람들」, 한국문화예술위원회 · 문학사업추진단 '문
    예지게재우수작품 지원 사업' 시 · 시조 부문 우수작품 선정
    • 대한민국건국60년기념사업위원회 공동위원장
    • 제1회 한국예술상 시 부문 수상
    • 전시「제21회 시가 있는 그림전 : 김남조 시인의 시와 함께」,
    예술의전당 한가람미술관
2009 • 국민원로회의 공동의장
    •《문학청춘》편집고문

- 제1회 님 시인상 심사위원장
2010 • 제25회 소월시문학상 심사위원
- 제22회 정지용문학상 심사위원
2011 • 꽁트집 『아름다운 사람들』, 문인의 문학 재간행
- 제13회 청관대상 공로상 수상
2012 • 김남조 시선집 『가슴들아 쉬자』, 시인생각 간행
- 꽁트집 『아름다운 사람들』을 일본어로 번역한 『美しい人び と : 金南祚掌篇集』, 일본 화신사 간행
- 배재대 한류문화산업대학원 외래교수
- 한국현대시박물관 상임고문
2013 • 제17시집 『심장이 아프다』, 문학수첩 간행
- 제7차 국민원로회의 감사패 수상
- 한국시인협회상 심사위원
2014 • 영어 번역시집 *Rain, Sky, Wind, Port*, A Forsythia Book, Codhill Press New Paltz 간행
- 제17회 한국가톨릭문학상 시 부문 수상
- 제25회 김달진문학상 수상
- 전숙희 추모위원회 위원장
2015 • 문화예술공간 '예술의 기쁨' 개관(효창동)
- 미수 기념 전시 「시가 있는 그림 : 김남조의 시와 함께」, 갤러 리서림
2016 • 전시 「시와 더불어 70년 : 김남조 자료전」, 영인문학관
- 정지용문학상 심사위원장
2017 • 제18시집 『충만한 사랑』, 열화당 간행

- 제11시집 『시로 쓴 김대건 신부』, 고요아침 재간행
- 제29회 정지용문학상 수상

2018 · 제14회 김삿갓문학상 수상

2020 · 제19시집 『사람아, 사람아』, 문학수첩 간행
- 제12회 구상문학상 본상 수상

2021 · 김남조 시, 방혜자 그림, 프랑스어 시화선집 *D'amour et de Lumière*, Voix d'encre 출판사 간행

2023 · 김남조 시, 윤정선 그림, 시화전 「사랑하리, 사랑하라」, 김세중미술관

2023 · 『김남조 시전집』 증보판 2024 간행 예정

2023.10.10. 별세 (1927.09.26~2023.10.10) 향년 96세

＊ 이 연보는 유족의 동의를 얻어, 『김남조 시전집』(국학자료원), 『사람아, 사람아』(문학수첩), 김세중 미술관 제공 자료 등을 토대로 엄영란과 이세호가 작성하였다.

색인(Index)

ㄱ

가능성 17, 18, 20, 38, 83, 89, 90, 93, 104, 122, 143, 145, 162, 182, 193, 198, 206, 211, 264, 265, 267, 268, 271, 273, 277, 290
가부장제 77, 78
가족 79, 82, 105, 106, 107, 121, 126, 153, 154, 155, 157, 158, 174, 180, 183, 241, 244
가톨릭 12, 19, 39, 41, 73, 74, 93, 98, 99, 109, 110, 113, 124, 159, 228, 237, 255
개체 68, 76, 99, 114, 162, 171, 172, 173, 174, 175, 176, 179, 187, 188, 189, 236, 251, 257
개체성 114, 187, 188
겸손 111, 216
경외 118, 160, 268, 273, 285, 288, 289, 290
고독 6, 14, 15, 22, 23, 24, 25, 27, 29, 30, 32, 36, 37, 58, 147, 183, 193, 227, 228, 234, 235, 237, 258, 283, 287
고요 12, 54, 58, 59, 115, 136, 146, 192, 193, 196, 203, 207, 208, 216, 219, 222, 227, 229, 234, 237, 238, 240, 242, 243, 247, 251, 252, 256, 257, 260, 266
고통 14, 24, 30, 37, 39, 63, 64, 74, 76, 79, 81, 82, 86, 90, 94, 95, 96, 97, 100, 106, 107, 112, 113, 116, 120, 121, 130, 131, 166, 167, 170, 174, 175, 179, 194, 197, 198, 199, 200, 204, 205, 206, 207, 209, 211, 212, 213, 218, 222, 223, 226, 233, 235, 236, 237, 238, 240, 260, 261, 264, 265, 268, 278
고통의 치유 194
공간 24, 35, 58, 79, 127, 128, 131, 132, 135, 183, 211, 230, 231, 232, 240, 241, 244, 245, 248, 249, 250, 251, 252, 253, 254, 256, 257, 260, 261, 262, 263
공동체 6, 8, 19, 56, 61, 62, 65, 69, 70, 71, 116, 126, 127, 129, 134, 135, 136, 138, 153, 154, 155, 156, 157, 158, 161, 164, 166, 171, 179, 187, 188, 190
공포 63, 105, 169, 180, 232
관용의 자세 203
구도적 창작 193
구원 12, 13, 14, 17, 21, 22, 39, 51, 53, 54, 56, 60, 63, 65, 66, 67, 68, 69, 70, 71, 99, 104, 115, 124, 159, 160, 166, 170, 188, 195, 209, 235, 265

ㅅ

김옥성

단국대학교 현대문학연구소 소장

단국대학교 국어국문학과 교수

서울대학교 종교학과 및 동대학원 국어국문학과 박사 졸업

시인, 문학평론가

김희원

단국대학교 현대문학연구소 연구원

단국대학교 교육대학원 국어교육 전공 석사 졸업

단국대학교 국어국문학과 대학원 현대문학 전공 박사수료

희원국어교육 대표

신정아

단국대학교 초빙교수

단국대학교 문예창작과 졸업 및 동대학원 박사 졸업

단국대학교 국어국문학과 대학원 한국어교육전공 박사 수료

양승빈

단국대학교 현대문학연구소 연구원

단국대학교 국어국문학과 졸업 및 동대학원 현대문학 전공 석사과정

엄영란

단국대학교 현대문학연구소 연구원

단국대학교 국어국문학과 대학원 현대문학 전공 박사 졸업

한국여성문학인회 이사, 한국수필가협회 이사

『문과 문학』 편집위원, 평창문예대학 강사

윤유나

단국대학교 현대문학연구소 연구원

단국대학교 국어국문학과 대학원 현대문학 전공 석 · 박사통합과정

이서진

단국대학교 현대문학연구소 연구원

단국대학교 국어국문학과 대학원 현대문학 전공 석사과정

이세호

단국대학교 현대문학연구소 연구원

단국대학교 국어국문학과 졸업 및 동대학원 현대문학 전공 박사과정

임현우

단국대학교 현대문학연구소 연구원 .

단국대학교 국어국문학과 졸업 및 동대학원 현대문학 전공 석사수료

장동숙

단국대학교 현대문학연구소 연구원

단국대학교 국어국문학과 졸업

한국외국어대학교 교육대학원 석사 졸업

단국대학교 국어국문학과 대학원 현대문학 전공 박사수료

김남조 시 연구

초 판 인 쇄 | 2024년 2월 1일
초 판 발 행 | 2024년 2월 1일

지 은 이 김옥성 · 김희원 · 신정아 · 양승빈 · 엄영란
윤유나 · 이서진 · 이세호 · 임현우 · 장동숙

책 임 편 집 윤수경

발 행 처 도서출판 지식과교양
등 록 번 호 제2010-19호
주 소 서울시 강북구 삼양로 159나길18 힐파크 103호
전 화 (02) 900-4520 (대표) / 편집부 (02) 996-0041
팩 스 (02) 996-0043
전 자 우 편 kncbook@hanmail.net

ISBN 978-89-6764-205-1 93810 정가 23,000원